Sylvia Smuda

BERGWEG

Sylvia Smuda

BERGWEG

Roman

Vias Verlag

1. Auflage Januar 2005

Bestellung unter: info@viasverlag.de
oder im Buchhandel

ISBN 3-9810013-0-3

Zur Erinnerung an meine Eltern

Wer nichts von der Geschichte weiß,
kann nicht politisch denken und fühlen.
Richard von Weizsäcker

I

Die Kirschbäume entlang der Landstraße standen in voller Blüte. Sanft wiegte sich ihre weiße Pracht im Frühlingswind. Knorrige Weinreben mit prall gefüllten Knospen wuchsen auf den Feldern zu beiden Seiten der Fahrbahn. In einiger Entfernung schlängelte sich die Saale entlang steil aufragender, sonniger Hänge, an die sich Weinfelder schmiegten, mit Rebstöcken wie an unsichtbaren Schnüren aufgefädelt. Hier und da wurden die Parzellen von kleinen bewaldeten Flächen oder einer engen Schlucht durchbrochen. Vereinzelte Weinberghäuschen lagen malerisch über den Hang verstreut.

Licht- und Schattenreflexe lenkten Doras Aufmerksamkeit von den Weinbergen auf die Straße. Sie fuhren nun durch eine Pappelallee. Der Fahrtwind blies ihr ins Gesicht und zerzauste ihre Haare, die unter der Ledermütze hervor schauten. Es gab nichts Schöneres als so mit Waldo durch die Landschaft zu fahren, er auf seinem Motorrad, sie im bequemen Beiwagen, die Geschwindigkeit zu genießen, das Röhren, das durch die Haut drang, die Nähe zur Natur. So oft sie konnten, verließen sie die grauen Häuserzeilen Leipzigs und fuhren hinaus aufs Land. In diesem Jahr hatte es besonders lang gedauert, bis der letzte Schnee endlich weggetaut war und Waldo sein Motorrad für den Sommer startklar machen konnte.

Glücklich schaute Dora zu ihm hinüber. Wie ein großes fremdartiges Insekt sah er mit seiner Lederkappe und der großen schwarzen Staubbrille aus. Konzentriert lenkte er die Maschine über die kurvige Landstraße. Neben ihm fühlte sie sich sicher und geborgen. Ihr Blick fiel zurück auf die Straße. Vor ihnen tauchte das massive Mauerwerk eines alten Anwesens auf, umgeben von einigen hohen Kastanienbäumen. Waldo schien neugierig geworden zu sein, denn er fuhr langsamer. Als ein Parkplatz angeschrieben war, bog er von der Straße ab und ließ das Motorrad auf dem Schotterplatz vor dem Eingang des Gebäudes ausrollen.

„Ist das eine herrliche Gegend hier!“, sagte er und schob die Brille nach oben.

Dora nickte. Auch sie nahm Helm und Brille ab, fuhr sich mit den Fingern durchs Haar und kletterte behände aus dem Beiwagen. Jetzt, nachdem das

Dröhnen des Motors geendet hatte, überraschte die unvorstellbare Stille. Dora lauschte. Nach einer kleinen Weile nahm sie leises Vogelgezwitscher in den hohen Bäumen über ihr wahr, hörte in der Ferne einen Traktor knattern. Waldo war inzwischen auf das stattliche Portal zugegangen und sie beeilte sich, neben ihn zu treten. Gemeinsam lasen sie den Text auf der dort angebrachten Tafel.

Kloster Schulpforta, 1137 von Zisterziensermönchen gegründet. Aus der später gegründeten Schule gingen Klopstock und Fichte hervor. Zur Zeit ist das Kloster eine Heimoberschule.

„Fichte hat hier gelebt?“, staunte Waldo und spähte neugierig durch den Torbogen auf den Gebäudekomplex im Inneren der Mauern.

„Lass uns das doch ein andermal anschauen“, meinte Dora und zog ihn vom Eingang weg. „Ich bin so schrecklich neugierig auf das Häuschen. Du nicht auch?“

„Doch, natürlich. Aber die Umgebung gehört auch dazu“, lachte Waldo. Er liebte ihr Lächeln, ihren Schmollmund, den sie immer zog, wenn sie etwas erreichen wollte, ihre dunklen Augen, die immer ein bisschen traurig und sehnsüchtig schauten, ihr rundes Gesicht, das noch kindliche Züge trug. Seinen Arm um ihre Schultern legend deutete auf den Weinberghang jenseits der Saale, der nur noch wenige Kilometer entfernt lag. Das Grundstück befand sich vermutlich da drüben am Hang.

Erwartungsvoll ließen beide ihre Augen über die Landschaft schweifen. Der morgendliche Tau begann sich zu verflüchtigen, ein leichter Dunst stieg vom Boden auf und legte einen Schleier über die Ebene. Waldo spürte Doras Ungeduld und so nahm er ihre Hand und half ihr als vollendeter Kavalier zuvorkommend in den Beiwagen. Sobald sie ihre Schutzbrillen aufgesetzt hatten, startete er die Maschine.

Der Landstraße folgend erklommen sie einen kleinen Hügel. Waldo drosselte das Tempo damit sie die Gegend in Ruhe aufnehmen konnten. Hier wurde wirklich jeder Streifen Land für den Weinbau genutzt. Die Reben waren sauber an die Spaliere gebunden, so dass den späteren Trauben die größtmögliche Sonneneinstrahlung zukäme. Wie Heerscharen krakeliger Märchenwesen standen die Reben mit beidseitig ausgestreckten Armen eine neben der anderen und hießen die Gäste willkommen. Bald tauchten zur Linken die ersten Häuser auf. Das musste schon der Ort Bad Kösen sein.

Doras Blicke schweiften erneut hinüber zu dem Weinberghang. Dort, in den Weinbergen, sollte das Grundstück liegen. So hatte es die Frau am Telefon beschrieben.

Zweimal war Waldos Annonce in den Leipziger Neuesten Nachrichten erschienen: Suche Wochenendgrundstück mit kleinem Häuschen, bis zu fünfzig Kilometer im Umkreis von Leipzig. Leider hatten sich nur wenige Verkäufer gemeldet. Das ohnehin schon geringe Angebot reduzierte sich weiter, weil manche Objekte zu weit weg oder schlichtweg zu teuer waren. Waldo hatte gemutmaßt, dass der Zeitpunkt für einen Kauf gerade sehr ungünstig sei, denn in Zeiten politischer Stabilität konnten Grundbesitzer stets mehr Geld verlangen. Stabil schien die Zeit. In den zurückliegenden fünf Jahren der Regierungszeit Hitlers war die Arbeitslosigkeit so niedrig wie schon lange nicht mehr und die meisten Menschen im Land besaßen ein geregeltes Einkommen. Waldo hatte sich als Heizungsingenieur selbständig gemacht, sein Verdienst konnte sich sehen lassen. Dora arbeitete bei der Firma Eulitz, einem Bekleidungsgeschäft in der Leipziger Innenstadt. Ihr Lohn war nicht sehr hoch, denn sie war eine ungelernte Kraft, aber sie kam damit über die Runden.

Ein anderer Grund für die geringe Resonanz auf die Annonce lag vielleicht in der Verunsicherung der Menschen. Auch Dora und Waldo konnten sich davon nicht frei machen. In den fünf Jahren seit 1933 war eine tiefgreifende Veränderung vonstatten gegangen. Noch wusste man nicht, wo die nationalsozialistische Herrschaft hinführen würde und so hielten die Leute an ihrem Grund und Boden fest.

Einer der wenigen Anrufe erfolgte ausgerechnet an jenem Sonnabend Nachmittag, an dem sich beide kurz in Waldos Wohnung aufhielten. Dora hatte eigentlich vor dem Haus auf Waldo warten wollen und ihn nur deshalb nach oben begleitet, weil er sich sicher war, dass seine Eltern den Tag im Schrebergarten verbrachten. Wie immer fühlte sie sich äußerst unwohl in der Wohnung und als das Telefon klingelte, zuckte sie kurz wie ein ertapptes Schulmädchen zusammen. Waldo hatte das Gespräch entgegengenommen. Amüsiert erinnerte sich Dora an den Anruf einer Frau Popperoth, deren Namen sie zunächst als Poporot missverstanden hatte.

„Das ist ein sehr reizvolles Angebot“, meinte Waldo, nachdem er den Hörer aufhängt hatte. „Diese Frau verkauft ein 23 ar großes Grundstück mit kleinem Häuschen.“

„Wo liegt es denn?“

„Bei Naumburg an der Saale, direkt zwischen den Weinbergen, an einem Südhang.“

Dora kannte Naumburg, jedenfalls vom Hörensagen. Beinahe in jedem dritten Kreuzworträtsel wurde nach den Namen der beiden bekannten Stifterfiguren am Dom gefragt: Ekkehard und Uta.
„Warum verkauft sie? Hat sie einen Grund genannt?"
„Sie sagte mir, sie sei Witwe. Der Mann sei erst kürzlich gestorben und alleine schaffe sie es nicht mehr, das Grundstück zu versorgen."
Waldo lehnte am Türpfosten und rieb sich am Kinn, wie immer, wenn er nachdachte. Das Angebot schien ihn ernsthaft zu beschäftigen; seine ganze Haltung spiegelte Anspannung wider. Dora wartete, dass er ihr weitere Einzelheiten erzählte, doch es gab anscheinend einen Grund zum Grübeln. Vielleicht war der Preis zu hoch.
„Wie viel soll es denn kosten?", unterbrach sie seine Gedanken.
Waldo blickte sie nachdenklich an.
„Sie will 2700,- Reichsmark. Das ist nicht gerade wenig, aber es könnte den Preis wert sein. Ich möchte es auf jeden Fall anschauen."
„Der Termin ist schon am kommenden Wochenende, stimmt's?"
„Ja, am Sonntag gegen zwölf."
Dora legte ihre Arme auf seine Schultern.
„Ich bin so gespannt", sagte sie. „Vielleicht ist es endlich das, was wir uns vorgestellt haben."
Waldo zog sie an sich und sie schloss verträumt die Augen. Er roch nach Eau de Cologne und frisch gebügeltem Hemd. Obwohl das Gefühl der Allgegenwart von Waldos Mutter und die dunkle Einrichtung der Räume in ihr eine große Anspannung verursachten, gab sie sich ganz dem kurzen Moment hin. Es ging ihr bei dem Grundstück beileibe nicht darum, dass sie einen Schrebergarten pachten wollte, um dort Karotten und Kartoffeln anzupflanzen. Nein, was sie beide dringend brauchten war ein Kuschelnest, ein Liebesnest, in dem sie endlich ungestört zusammen sein konnten.
Heute war es nun so weit. Heute würden sie das Grundstück anschauen und entscheiden, ob es das Richtige wäre. Inzwischen hatten sie den Ort erreicht und Waldo fuhr langsamer. Gleich links am Ortseingang entdeckte Dora ein Kaffeehaus. Wie einladend es aussah mit seinen bunten Sonnenschirmen und den Tischen und Stühlen im Freien. Da würden sie bestimmt ab und zu hingehen – wenn alles klappte. Die Straße führte über eine schöne, alte Brücke mit Kopfsteinpflaster. Darunter floss die Saale, ein breiter, ruhiger Strom. Sie spähte über die Brüstung und entdeckte auf dem linken Steilufer des Flusses ein immens großes Gradierwerk. Deswegen also der Name „Bad" Kösen. Der kleine Ort war ein Kurort mit Saline.

Die Witwe Popperoth hatte am Telefon gesagt, sie sollten gleich nach der Brücke rechts über die Schienen in die Saalstraße abbiegen. Diese führte direkt am Fluss entlang. Im Vorbeifahren bewunderte Dora die herrlichen Häuser. Eine prächtige Villa stand neben der anderen. Ein feines Wohngebiet. Es war eine Laune des Schicksals, dass sie zehn Jahre später genau in eine dieser Villen einziehen sollte, in einer Lebenssituation allerdings, in der ihre Ehe auf eine enorme Belastungsprobe gestellt war. Für den Moment hatte sie nur eine Hoffnung, vielleicht bald hier in diesem idyllischen, kleinen Ort ein Wochenendgrundstück ihr eigen nennen zu können, weit weg von der Verwandtschaft und den Eltern in Leipzig.

Sie blickte auf den Zettel, auf dem die Wegbeschreibung notiert war. Nach etwa einem Kilometer sollte sich am Saaleufer ein Weingut befinden. Etwa fünfhundert Meter davor befand sich eine Parkmöglichkeit. Das Grundstück läge am Hang neben einer Schlucht.

Es dauerte nicht lange und schon erspähten sie die große Anlage. Sogleich lenkte Waldo seine Maschine in eine Einbuchtung an der Straße und stellte sie ab. Umständlich kletterte Dora aus dem Seitenwagen. Wie beschrieben entdeckten sie an der Hangseite einen etwa fünf Meter breiten Einschnitt, der mit wildem Wein und Brombeergestrüpp zugewachsen war. Ein schmaler Pfad führte ins Dickicht. Das musste der beschriebene Weg sein. Dora schob eine Haarsträhne aus ihrer Stirn. Erst jetzt, nachdem der erfrischende Fahrtwind fehlte, bemerkten sie die Schwüle, die an diesem Morgen in der Luft lag. Diese Woche hatte den Frühling eingeläutet, der Sonntag zeigte sich mit azurblauem Himmel, ein Vorgeschmack auf den Sommer. Neugierig folgten sie dem kleinen Weg durch abgestorbene Äste und raschelndes Laub. In Serpentinen schlängelte er sich aufwärts durch ein Wäldchen aus Pappeln und Birken. Hier war es angenehm kühl. Auf einmal endete die Wildnis und gab den Blick frei auf eine große steile Obstwiese, an deren oberen Ende ein Gebäude stand. Geblendet von der plötzlichen Helligkeit hielten sie inne und nahmen die Stimmung auf. Die Bäume auf der Wiese standen wie verzaubert, ein unglaublicher Duft von Blütentrauben wehte zu ihnen hinüber. Die Luft schien vom Summen der Insekten zu vibrieren. Schweigend, um die Idylle nicht zu stören, näherten sie sich dem Gebäude, einem einfachen, mit Lehm verputzten Haus, dem man schon von Ferne ansehen konnte, dass es lange Zeit vernachlässigt worden war. Der Putz hatte an einigen Stellen tiefe Risse, die Fensterläden waren ausgebleicht und verwittert. Heckenrosen kletterten an einem Spalier bis unters Dach. Oben

am Haus angekommen stieg Waldo vorsichtig auf einen Holzpflock, der neben dem Haus stand und klammerte sich an der Regenrinne fest.
„Das Dach sieht noch ganz gut aus“, stellte er zufrieden fest, während er über die Ziegel spähte. Dora wusste, dass er die nächste Zeit damit beschäftigt sein würde, das Gebäude aufs Genaueste zu inspizieren. Das war seine Art, gründlich und exakt in allem, was er tat. Sie begann einen Rundgang um das Gebäude zu machen. An der Ostseite, wo sich die Eingangstür befand, entdeckte sie ausladende, dunkelviolette Veilchennester im Gras. Lange war es her, dass sie so eine Blumenwiese gesehen hatte. Sie hätte Waldo gerne ihre Entdeckung gezeigt, hörte aber am Klopfen von der anderen Seite des Hauses, dass er noch mit seiner ausgiebigen Prüfung beschäftigt war. Glücklich kauerte sie sich hin und pflückte ein paar Blumen. So tief war sie in ihre Tätigkeit versunken, dass sie zusammenschreckte, als Waldo neben sie trat.
„Das Haus ist sehr alt, aber die Bausubstanz ist nicht schlecht. Die Mauern bestehen aus einfachen Fundsteinen und Lehm.“
Dora erhob sich und wies auf die blaue Fläche.
„Schau dir diese Blumenpracht an! Ist das nicht wunderschön?“
Waldo lachte über ihre Freude und nahm sie in den Arm.
„Wir kaufen es, ja?“, sprudelte es aus ihr heraus. Aufgedreht löste sie sich aus seiner Umarmung. „Sieh mal das Tal dort unten.“
Der Blick war phantastisch. Zur Linken in Richtung Naumburg erstreckten sich kilometerweit Weinberge. Da die Saale sich in einem leichten Bogen wand, war die Sicht auf Hänge und Fluss völlig frei. Am unteren Ende des Hanges verlief die Straße parallel zur Saale. Ein schnurgerader Trampelpfad führte vom Häuschen in Richtung Osten. Da unten, in einer Windung, musste das Weingut liegen. Auf den Feldern jenseits des Flusses wuchs Hopfen an langen Stangen. Weiter entfernt blinkten Schienen in der Sonne, die Bahnlinie Leipzig-Erfurt.
„Dort ist auch der Hügel, den wir vorhin mit dem Motorrad überquert haben. Dahinter muss das Kloster Schulpforta liegen.“ Waldo deutete auf eine mit Wein bebaute Erhebung. Dora nickte und ihr Blick schweifte weiter in Richtung Bad Kösen, von dem nur einige Häuser zu sehen waren. Der eigentliche Ort wurde von den hohen Bäumen der Schlucht verdeckt. Dadurch lag das Häuschen vollkommen blickgeschützt. Und auch von unten, vom Weg aus, war es dank der Pappeln nicht einsehbar.
Während Waldo sich wieder dem Haus zuwandte, setzte sich Dora ins warme Gras. Was für ein schönes Fleckchen Erde. Hier könnten sie glücklich sein, hier würde sie niemand stören. Kaufen WIR es, hatte sie zu Waldo

gesagt. Das war ziemlich unverfroren, denn wenn überhaupt, so konnte nur er es kaufen. Als selbständiger Ingenieur besaß er die finanziellen Mittel dazu, denn sein Heizungsgeschäft lief sehr gut. Sie hingegen verdiente bei Eulitz, dem feinen Geschäft in der Grimmaischen Straße, gerade genug um Lebensmittel und die Miete ihres möblierten Zimmers im Leipziger Ortsteil Sellerhausen bezahlen zu können. In letzter Zeit malte sie sich oft die gemeinsame Zukunft mit Waldo aus. Rein äußerlich entsprach er zwar nicht unbedingt dem Bild ihres Traummanns. Sie hatte sich immer einen Großen vorgestellt, einen, zu dem sie aufblicken konnte und nun hatte sie einen gefunden, der sogar noch ein bisschen kleiner war als sie. Aber finanziell war er eine gute Partie. Einer aus feinem Hause. Wenn es auch mit seiner Familie nicht einfach war – doch das war ein anderes Thema.
Noch ganz in Gedanken versunken, sah sie auf dem breiten Pfad, der vom Grundstück ins Tal führte, eine Person kommen.
„Waldo! Ich glaube, sie kommt."
Schnell sprang sie auf und strich sich mehrmals über ihren Rock um eventuell vorhandene Grasreste abzustreifen. Sie fühlte sich etwas unwohl, denn sie befanden sich ja auf fremden Grund und Boden. Deshalb war sie froh, als Waldo gleich zu ihr kam und ihr beruhigend zuflüsterte: „Lass mich nur machen."
Die Frau näherte sich forschen Schrittes. Sie war etwa sechzig Jahre alt, trug eine blaue Jacke mit großen Knöpfen und einen gleichfarbigen engen Rock, der ihr weit übers Knie reichte, dazu feste Halbschuhe, die zum Rest überhaupt nicht passten, aber hier in der Weinberglandschaft sicher sinnvoll waren. Waldo ging ihr ein paar Schritte entgegen und beide begrüßten sich. Dora stellte er mit den Worten vor: „Das ist meine Verlobte, Fräulein Dosse."
Sie spürte, wie ihr das Blut in den Kopf schoss. Verlegen reichte sie Frau Popperoth die Hand. Die Frau musterte sie mit einem kurzen Blick und es schien, als hätte sie die Lüge sofort durchschaut. Aber sie ließ sich nichts anmerken und fuhr fort: „Wie ich sehe, haben Sie sich schon umgeschaut."
„Ja, wir waren recht früh hier. Die sechzig Kilometer von Leipzig ließen sich doch schneller fahren als erwartet", erklärte Waldo und seine höfliche, feine Art verfehlte die Wirkung nicht.
„Kein Problem", erwiderte Frau Popperoth und schenkte ihm ein warmes Lächeln. „Ich komme leider seit dem Tod meines Mannes nicht mehr oft her, obwohl ich ganz in der Nähe wohne. Da unten an der Straße, etwa

fünfhundert Meter weiter, liegt der Ortsteil Saalhäuser. Es sind nur ein paar Häuser, ein altes Weingut. Unser Familienbesitz seit vielen Generationen."
„War dieses Grundstück hier früher auch ein Weinberg?", fragte Waldo.
„Ja, aber das ist schon lange her. Mein Vater hat die Parzelle vor etwa dreißig Jahren als Baumwiese angelegt. Schauen Sie, die Obstbäume. Manche sind ziemlich alt, einige hat mein Mann neu gepflanzt, wie hier zum Beispiel den Mirabellenbaum. Er muss dringend geschnitten werden." Sie lachte entschuldigend. „Das Obst sollte auch versorgt werden. Das ist mir inzwischen alles zuviel."
Dora ließ die beiden einige Schritte vorausgehen und musterte die Frau unauffällig. Dass sie das Kind reicher Eltern war, merkte man sofort. Die Frisur saß tadellos, ihre Sprache klang gewählt und der für Dora hochmütig klingende Ton schaffte von der ersten Minute an eine Distanz zwischen ihnen. Es war unschwer erkennen, dass diese Frau eher gewohnt war, Anweisungen zu erteilen als selbst fest zuzupacken. Komisch, dachte Dora, Leute aus einer gewissen Schicht spürten sofort die gegenseitige Zugehörigkeit. Sie hätte gar zu gerne dazugehört, aber ihr merkte jeder gleich die Herkunft an, selbst wenn sie gar nichts sagte.
„Kommen Sie, ich schließe Ihnen auf. Sie wollen das Haus doch bestimmt von innen sehen", hörte sie Frau Popperoth sagen. Sie folgten der Frau, die ihnen voran auf die Eingangstür zuging, einen rasselnden Schlüsselbund hervorzog und umständlich aufsperrte. Knarrend gab die schwere Eichentür beim Aufdrücken nach. Gebückt traten sie unter der Türlaibung ein. Ein Geruch nach feuchtem Rauch und Stein drang ihnen entgegen und ließ sie instinktiv verharren, bis ihre Augen sich an die Dunkelheit gewöhnt hatten. Ein großer Herd, der an der rechten Wand stand, verriet ihnen, dass sie sich in der Küche befanden. Was für ein edles Stück, dachte Dora und betrachtete verzückt das massive Teil. Die Vorderfront war weiß emailliert, schwarze verzierte Griffe schmückten die diversen Türen.
„Den hat mein Mann in einem Fachgeschäft in Naumburg anfertigen lassen", erklärte Frau Popperoth, als sie Doras ehrfürchtiges Staunen bemerkte. „Der Herd ist so gut, dass er das ganze Haus wärmt." Waldo nickte anerkennend und klopfte gegen den Kamin. Währenddessen sah sich Dora in der Küche um. Die Wände waren rußgeschwärzt und auch das kleine Fenster zur Schlucht hin gab nicht viel Licht, aber mit ein bisschen Farbe ließ sich hier viel machen. Frau Popperoth ging voran und sie folgten ihr in das sich anschließende Esszimmer. Ein schwerer Holztisch und vier Stühle beherrschten den kleinen Raum. Vor einem vergilbten Ölgemälde, auf dem

eine mittelalterliche Burg dargestellt war, blieb Waldo stehen und versuchte, die Signatur am unteren Bildrand zu entziffern.
„Ein Gemälde meines Mannes. Es zeigt die Rudelsburg, das Wahrzeichen Bad Kösens. Waren Sie schon einmal dort?", fragte Frau Popperoth und Waldo verneinte. Dora überflog die vielen Gegenstände, die sich im Laufe der Jahre angesammelt hatten. Der Raum war vollgestopft damit. Jedes Ding bezeugte etwas, barg Erinnerungen. Hier musste man tüchtig ausmisten, dachte sie, den Mief der Vorgänger auslüften. Nacheinander betraten sie ein weiteres geräumiges Zimmer, in das durch zwei große Fenster Licht hereinflutete.
„Was für ein schöner, heller Raum", begeisterte sich Dora und trat ans Fenster.
Mit sichtlichem Stolz erwiderte die Besitzerin: „Ja, der ist nachträglich angebaut worden. Schauen Sie mal. Von hier aus haben Sie einen wunderschönen Blick."
Dabei nahm sie Waldo beim Arm und führte ihn zum Fenster. Für einen Moment stutzte Dora. Wieso zeigte sie ihm die Aussicht und nicht ihr? Demonstrativ hakte sie sich bei ihrem „Verlobten" ein. Vor ihnen erstreckte sich die ganze Landschaft, so wie sie es zuvor von der Wiese aus gesehen hatten. Die vielen Schmetterlinge auf der Wiese, die, wie auf ein geheimes Kommando hin, bunten Papierschnipseln gleich in alle Winde davonflogen, fielen ihr erst jetzt auf. Dort draußen herrschte inzwischen die größte Mittagshitze, doch hier im Haus war es angenehm kühl. Wahrscheinlich isolierten die dicken Wände im Sommer ebenso gut wie im Winter. Allerdings besaß das Haus weder Elektrizität noch Wasser, nur das Regenwasser, welches sich in einer Tonne sammelte. Aber unten floss ja zum Glück die Saale. In ihrer Phantasie stellte Dora sich das Haus entrümpelt und frisch gestrichen vor. Sie würde Gardinen nähen und die Couch neu beziehen. Bald schon wäre alles hier richtig gemütlich.
„Wir brauchen ein bisschen Zeit zum Nachdenken", hörte sie Waldo zu Frau Popperoth sagen. „Wäre das möglich?"
„Ja, natürlich", erwiderte diese. „Sie können sich gerne noch eine Weile umsehen. Bringen Sie mir den Schlüssel anschließend einfach herunter ins Weingut." Sie lächelte Waldo an und nickte Dora beim Hinausgehen kurz zu. Täuschte sich Dora oder lag eine Spur Missbilligung in ihrem Blick? Sie tat, als bemerkte sie es nicht und wandte sich wieder dem Fenster mit der herrlichen Aussicht zu. Kaum aber war die knarrende Türe zugezogen, zischte sie: „So eine arrogante Ziege."

Lachend trat Waldo hinter sie.
„Die Frau verhält sich ganz normal. Sie spürt nur deine Abneigung ihr gegenüber.“ Mit den Augen die Hausbesitzerin verfolgend, die sich auf dem Pfad entfernte, legte er seinen Kopf auf Doras Schulter.
„Na, was denkst du?“
Geschmeidig drehte sie sich zu ihm um.
„Wenn ich ehrlich sein soll denke an etwas Wunderschönes.“ Dabei fuhr ihm durch die dichten, schwarzen Haare.
Waldo grinste verlegen. Ein paar Sekunden lang wog er den frivolen Gedanken ab, dann siegten seine Emotionen über den Verstand. Er küsste sie in die Halsbeuge und sie lachte laut auf. Glücklich spürte sie die Sanftheit der rasierten Wangen und die Kraft seiner Umarmung, erregt sog sie seinen männlichen Geruch ein. Waldo blickte sich suchend um. Sein Blick fiel auf den massiven Holztisch im Esszimmer und er zog sie mit sich. Hastig und ungestüm liebten sie sich, ständig in der Furcht ertappt zu werden.
„Du Wilder“, flüsterte Dora, als sie bald danach vom harten Holz herunterrutschte.
Waldo grinste breit und beeilte sich in seine Kleidung zu kommen.
„Was machen wir denn nun mit dem Häuschen?“, fragte sie. „Wirst du es kaufen?“
„Mir gefällt es sehr gut, aber ich möchte versuchen, den Preis noch etwas zu drücken“, erwiderte Waldo. „Deshalb habe ich ja auch um Bedenkzeit gebeten.“
„So, so, deshalb also“, meinte Dora und warf ihm einen kecken Blick zu.
Wenig später schlossen sie die Haustüre ab und machten sich auf den Weg zu den Saalhäusern, nicht ohne sich zuvor versichert zu haben, dass sie alles ordnungsgemäß verlassen hatten.
Es war spät geworden, als sie die Heimfahrt nach Leipzig antraten. Waldo hatte lang und ausdauernd mit Frau Popperoth verhandelt. Zum Schluss war ein Vertrag aufgesetzt worden, in dem Waldo unterschrieb, das Grundstück ein Jahr lang für eine geringe Pacht zu mieten. Erst danach würde die endgültige Entscheidung für den Kauf folgen. Mit seinem Charme war es ihm sogar gelungen, Frau Popperoth zu einem nicht unerheblichen Preisnachlass zu überreden. Zunächst war Dora etwas enttäuscht gewesen. Warum hatte Waldo das Grundstück nicht sofort gekauft? Warum dieses Jahr Aufschub? Aber, so war er eben. Er überstürzte nichts, handelte stets vernünftig.
Genauso hatte sie ihn kennen gelernt – damals, vor etwa einem Jahr. Dora, die für ihr Leben gern tanzte, war an jenem Sonntag beim Tanztee gewesen,

draußen in Sellerhausen am Stadtrand. Sie hatte bis zum letzten Tanz getanzt und dann zu ihrem Erschrecken feststellen müssen, dass keine Straßenbahn mehr fuhr. Also entschloss sie sich, die drei Kilometer bis nach Hause der Straße entlang zu Fuß zu gehen. Es war nicht sehr dunkel, ab und zu kam ein Auto vorbei und die frische Luft tat ihr gut.
Sie war schon ein Stück weit gegangen, als sie hinter sich Lichter sah und das Geräusch von Motorrädern hörte. Auf ihrer Höhe angekommen, bremsten die zwei Fahrer ihre Maschinen ab und drehten bei.
„So spät noch nachts allein auf der Straße, Fräulein? Das könnte gefährlich werden“, rief einer der beiden ihr zu.
„Wo wollen Sie denn hin, wir nehmen Sie mit“, meinte der andere.
„Nein, danke“, antwortete Dora, wobei sie all ihren Mut zusammennahm. „Ich habe keine Angst und außerdem will ich zu Fuß gehen.“
Die jungen Männer schienen etwas ratlos. Schließlich stieg der eine ab, befreite sich von seiner Schutzbrille und Kappe und sagte:
„Gestatten Sie, dass ich mich vorstelle? Mein Name ist Werner Leipert. Und das hier ist mein Freund, Waldemar Schwarz.“
Waldo hatte ebenfalls seine Fahrerbrille abgenommen und ihr die Hand gereicht.
„Was meinst du, Waldo, wir können das Fräulein doch nicht allein gehen lassen. Wir werden Sie begleiten“, entschied Werner und begann seine Maschine zu schieben.
So hatte alles angefangen. In fröhlicher Unterhaltung waren sie die Strecke bis zu Doras Haus zusammen gegangen. Werner war der charmantere von beiden, er erwies sich als humorvoll und redegewandt, dazu sah er auch noch gut aus. Waldo strahlte ebenfalls Freundlichkeit aus, wirkte aber viel ruhiger als Werner. Seinem Freund gegenüber verblasste er. Noch in der Nacht hatten sie Adressen getauscht und Dora war mit einem Prickeln im Bauch eingeschlafen.
Gegen Ende der Woche rief Werner sie im Geschäft an. Dora hatte dem Anruf schon die ganze Woche entgegen gefiebert und errötete, als die Chefin sie ans Telefon rief. Sie verabredete sich mit Werner für den kommenden Sonntag im gleichen Lokal. Die verbleibenden Tage konnte sie das Wiedersehen kaum erwarten. Am Tag der Verabredung machte sie sich ganz besonders hübsch, ondulierte mit dem Stab Locken in ihre Haar und legte ihr rotes Tanzkleid an, das einzige, das sie besaß. Gegen Nachmittag fuhr sie wie jedes Mal mit der Straßenbahn zum Tanzlokal.

Es wurde ein schöner Abend. Zunächst tanzte Dora sowohl mit Werner als auch mit seinem Freund Waldo. Sie hatte sich gleich beim ersten Treffen in Werner verliebt und wollte ihn unbedingt für sich gewinnen. Aber im Laufe des Abends fiel dessen Interesse mehr und mehr auf eine andere junge Frau und so kam es, dass am Ende des Abends Waldo ihr anbot, sie heimzubringen. Er wirkte so Vertrauen erweckend, dass sie seine Bitte nicht abschlug. Auch wollte sie die lange Strecke nicht noch einmal zu Fuß heimlaufen. Vor ihrer Haustüre bat er sie inständig um ein Wiedersehen und hielt dabei ihre Hand. Sie sagte zu und erwartete, dass er sie küssen würde, aber statt dessen küsste er ihre Hand, verabschiedete sich und fuhr los.
Dora lag an jenem Abend noch lange wach. Ihr gefiel dieser junge Mann. Seine Haut war sonnengebräunt, die Augen tief dunkelbraun und mandelförmig geschnitten. Die dichten, schwarzen Haare trug er glatt nach hinten gekämmt, was seinen akkuraten Gesamteindruck unterstrich. Durch die breiten Wangenknochen und die hohe Stirn sah sein Gesicht wie gemeißelt aus. Nur die Brille ließ ihn etwas streng erscheinen. Obwohl er über ein Jahr jünger war als sie, wirkte er weltmännisch und reif. Irgendetwas an diesem Mann faszinierte sie und machte sie neugierig.
In den darauf folgenden Wochen verbrachten sie jedes Wochenende zusammen, am Anfang noch als Dreiergespann, später nur noch Waldo und sie. Beinahe jeden Sonntag trafen sie sich zum Tanztee. Schon bald kaufte Waldo einen Beiwagen für das Motorrad, damit es für sie bequemer wäre. Sonnabend abends gingen sie häufig ins Kino. Zu jener Zeit liefen viele herrliche Ufa-Filme, Musikfilme mit Zarah Leander, die Dora ganz besonders liebte und Tanzfilme mit Marikka Rökk. Dreimal gingen sie in „Die große Liebe“ mit Paul Hörbiger und Zarah Leander. Nach diesem Film wurden sie das erste Mal auf einer Parkbank unweit des Kinos intim. Damals kannten sie sich gerade erst vier Monate und es war, wie sie sich eingestanden, für beide das erste Mal.
Der Geräuschpegel ließ Dora aufschrecken. Während das Motorrad mit Kurs auf Leipzig Weideland und Hügel geschluckt hatte, war sie mit geschlossenen Augen in Gedanken versunken gewesen. Überrascht stellte sie fest, dass sie nur noch wenige hundert Meter von der Wurzner Straße entfernt waren, in der sie wohnte.
Ihr möbliertes Zimmer war klein und die Vermieterin beäugte Waldo jedes Mal missmutig, wenn er mit zu ihr hereinkam. Dieses Problem würde nun, nachdem sie das Häuschen in Bad Kösen gepachtet hatten, Gott sei Dank bald bedeutungslos werden.

„Dorle, ich muss gleich nach Hause weiterfahren", sagte Waldo, als sie vor ihrer Haustüre standen. „Meine Familie wartet auf mich."
Waldo und seine Familie! Der wunde Punkt zwischen ihnen. Doras Stimmung sank abrupt, doch bevor sie etwas sagen konnte, nahm er sie fest in seine Arme und verschloss ihr den Mund mit einem Kuss. Solcher Art gefangen, gelang es ihr einfach nicht, ihm länger böse zu sein. Er konnte ja nichts für die Situation bei sich zu Hause.
„Weißt du, welcher Name mir für unser Häuschen auf der Fahrt eingefallen ist?", fragte sie, als er sie endlich freigab. „Küllebill, das heißt ‚Glück und Liebe' von hinten gelesen. Gefällt dir der Name?"
„Küllebill. Das klingt gut", erwiderte er. „Jetzt wird alles viel leichter für uns werden, du wirst schon sehen. Bis morgen, mein Schatz. Ich liebe dich."
Ihr Gesicht erhellte sich und sie sah ihm nach, bis er um die Straßenecke verschwunden war.

II

Es war schon fast Zeit für das Abendessen, als Waldo heimkam. Er musste sich sputen. So lange er sich zurück erinnern konnte, setzte man sich bei ihnen täglich um neunzehn Uhr zu Tisch. Wie sagte seine Mutter Elisabeth immer so schön: In unserer Familie herrscht Zucht und Ordnung. Darauf war sie stolz, das war ihr Lebensprinzip.
Schnell parkte er sein Motorrad im Schuppen, deckte es sorgfältig mit einer Plane ab und beschwerte die Plane mit Steinen. Das Motorrad war sein ein und alles, es bedeutete Freiheit für ihn. Er eilte die drei Stufen zur Haustüre hoch, hatte keinen Blick übrig für das steinerne Gesicht der Jugendstilschönheit, die über dem Eingang wachte. Ihr freundliches Gesicht und die langen Haare, die zu beiden Seiten der Türe steinern herunterwallten, hatten ihn früher, als kleinen Bub, fasziniert. Inzwischen nahm er sie ebenso wenig wahr, wie die Inschrift, die an der Außenwand in Höhe des ersten Stockes prangte: Mein Haus ist meine Welt. Irgendwann hatte er sich den Blick auf diese Inschrift sogar ausdrücklich untersagt. Sie beinhaltete zuviel bitteren Beigeschmack für ihn. Er betrat den dunklen Hausflur, stieg die Treppe zum ersten Stock hoch, schloss die Wohnungstür auf, vergaß auch nicht die Schuhe gründlich abzutreten.
Wie befürchtet, stand seine Mutter im Flur, als ob sie dort seit Stunden auf ihn gewartet hätte. Sie musste ihn gehört haben.

„Du kommst spät", sagte sie barsch und musterte ihn. „Man sieht dich kaum noch zu Hause."
Um ihren Worten mehr Nachdruck zu verleihen, drehte sie sich um und verschwand in Richtung Esszimmer. Von dort aus rief sie: „Wenn du dich gewaschen hast, komm essen. Es ist Zeit."
Waldo biss sich auf die Unterlippe und schwieg. Seit einem Jahr, seitdem er Dorle kannte, reagierte seine Mutter so unwirsch. Er wusste, dass sie ihn von ganzem Herzen liebte und ihm nur das Beste wünschte, aber er wusste auch, dass sie ihm eine andere Frau gewünscht hätte, eine angemessenere.
Ihr war sofort aufgefallen, dass er sich verliebt hatte, damals, an jenem Sonntag im Mai letzten Jahres, an dem er Dora zum ersten Mal begegnet war. Sie fragte ihn gleich nach Dingen, die er selber noch nicht wusste. Aus welchem Elternhaus sie käme, was der Vater von Beruf sei. Ihn interessierte das alles nicht, er wusste nur, dass seine Dora ein hübsches Mädchen war, ziemlich ruhig, aber das war ihm gerade recht. Insbesondere hatte ihm gefallen, wie sie an jenem Abend mutig die drei Kilometer im Dunkeln zu Fuß heimgehen wollte. Er war das erste Mal richtig verliebt. Eigentlich hatte er noch nie eine Beziehung zu einem Mädchen gehabt, nur von der Ferne die eine oder andere junge Dame angehimmelt. Doch leider hatten die Angebeteten seine verhaltenen Avancen nie bemerkt.
Unschlüssig, wie er seiner Familie die Sache mit dem Grundstück in Bad Kösen mitteilen sollte, setzte er sich an den gedeckten Tisch, an dem schon alle versammelt waren. Das ist wie ein Ritual, dachte er. Aber Rituale haben ja auch ihr Gutes, sie erleichtern manchmal die Situation.
„Hallo Waldemar", strahlte ihn seine Schwester Waltraud an.
Sie war dreiundzwanzig Jahre alt, drei Jahre jünger als er. Seit ihrem schweren Schicksalsschlag vor ein paar Jahren bedeutete Waldo für sie die Verbindung zum Leben. Damals war ihre Liaison mit einem jungen Mann geplatzt. Er hatte sie einfach sitzen gelassen, sich nicht mehr bei ihr gemeldet. Waltraud war damit nicht fertig geworden. Sie fiel in eine tiefe Depression, verweigerte die Nahrung. Nachdem ihr Zustand bedrohlich geworden war, wies der Arzt sie in eine psychiatrische Klinik ein. Dort blieb sie mehrere Wochen und wurde mit Medikamenten hochgepäppelt. Momentan ging es ihr wieder leidlich gut. Sie nahm jedoch immer noch Tabletten und wirkte zum Teil geistig abwesend.
„War es schön mit deiner Freundin?", fragte sie.

„Ja“, erwiderte Waldo wortkarg. Bloß nicht dieses heikle Thema zum Gesprächsstoff des Abendessens werden lassen. Sein Vater Arno zwinkerte ihm zu.
„n'Abend, mein Sohn. Schön, dass du wieder da bist.“
Seinen Stuhl zurechtrückend, erwiderte Waldo zaghaft lächelnd dessen Blick. Sein Vater hatte es nicht leicht mit seiner dominanten Frau. Er war so ganz anders als sie. Es blieb Waldo unerklärlich, wie diese zwei Menschen jemals zueinander gefunden hatten. Sie, die verwöhnte Tochter eines Amtsgerichtsbeamten, die kleine Prinzessin ihres Vaters. Er, der weltoffene, erfolgreiche Geschäftsmann.
Arno hatte in seiner Jugendzeit eine kaufmännische Lehre abgeschlossen und war anschließend Uhrmachermeister geworden. Sein Geschäft lief prima bis – ja, bis die Zeit kam, als sich jeder seinen Arierausweis erstellen lassen musste. Ab diesem Zeitpunkt brach für die Familie Schwarz eine Welt zusammen, denn es kam heraus, was Arno bis dahin verschwiegen hatte. „Namen des Vaters unbekannt“ stand in seiner Geburtsurkunde. Ein Gespräch kam Waldo in den Sinn, das er kurz danach mit seinem Vater geführt hatte. Er wollte Arno unbedingt das Geheimnis um dessen Vergangenheit entlocken, denn dass sein Vater Bescheid wusste, stand für ihn fest. Warum sonst machte sein Vater, wenn die Sprache darauf kam und er besonders gut aufgelegt war, so komische Andeutungen? Dass er so ein gerissener Geschäftsmann sei, sei ja kein Wunder bei seinen Ahnen. In jenem Gespräch, das im Gartenhaus stattfand, gab Arno unter Auferlegen äußerster Verschwiegenheit einige Bruchstücke seiner Herkunft preis. Seine Mutter war mit einem Apotheker verheiratet gewesen, hatte eine Tochter geboren und wurde vier Jahre nach dem frühen Tod ihres Mannes, als sie schon über vierzig war, noch einmal schwanger. Sie gab nie bekannt, wer der Vater dieses Kindes war. Aber Gerüchte gingen, es sei ein Fahrender eines Zirkus gewesen, ein Zigeuner. Arnos Mutter genoss allem Getuschel der Leute zum Trotz ihr spätes Mutterglück. Ihr Nachzügler entwickelte sich zu einem fröhlichen Jungen. Er verbrachte eine glückliche Kindheit, denn seine Mutter besaß als Apothekerwitwe noch genügend Geld und Ansehen um ihn zu schützen. Erst als Hitler mit seinen Rassengesetzen von jedem Bürger den Nachweis der arischen Abstammung verlangte und Arno diesen nicht erbringen konnte, traf ihn der Bannstrahl. Er musste seinen Uhrenladen schließen und verlor als Nichtarier seine Arbeitserlaubnis. Aber Waldos Vater ließ sich nicht unterkriegen. Er baute Kontakte zur Leipziger Kleinkunstbühne auf und bekam ab und zu die eine oder andere Rolle angeboten.

Theaterspielen machte ihm einen Heidenspaß und er war fröhlicher denn je und zu jedem Schabernack aufgelegt.
Waldo musste unwillkürlich lächeln. Das Zigeunerblut ließ sich eben doch nicht verleugnen. Seine Mutter Elisabeth hingegen wurde mit der neuen Situation kaum fertig. Seit jeher an das feine Leben gewöhnt, tat sie alles, um den Abstieg nur ja nicht offenkundig werden zu lassen. Wenn die Geldnot allzu hartnäckig wurde, veräußerte sie mit größter Diskretion ein Bild, einen Teil des Silberbestecks oder eines ihrer Schmuckstücke. Seit drei Jahren lebten die Schwarzens nun schon von der Wohlfahrt und von Waldos Einkommen. Er hatte es sich zur Aufgabe gestellt, seiner Familie den bestmöglichen Lebensstandard zu erhalten, und er tat es mit allen ihm zur Verfügung stehenden Mitteln. Die beschleunigte Entwicklung der Industrie hatte dazu geführt, dass man auf dem Bau sogar in Nachtschicht arbeitete. Überall wurden Heizungen benötigt und Waldos Heizungsbüro, welches er im Erdgeschoss des elterlichen Hauses eingerichtet hatte, lief phantastisch.
Seine Familie hatte keine finanziellen Einbußen zu befürchten, wenn er das Grundstück in Bad Kösen kaufen würde. Außerdem war ja noch ein Jahr Zeit um das Geld dafür anzusparen. Insgeheim hoffte er, seine Mutter würde weniger aufbrausen, wenn er ihr von der getroffenen Regelung mit der Wartefrist berichtete.
„Was ist los, hast du keinen Hunger?“
„Mir ist heute nicht wohl“, erwiderte Waldo und versuchte den schalen Geschmack im Mund mit einem Schluck Wasser hinunterzuspülen.
„Oh la la“, schmunzelte sein Vater, „die Liebe, die Liebe.“
„Papa, bitte!“ Demonstrativ zerteilte er eine Wurstschnitte auf seinem Teller und führte ein großes Stück mit der Gabel zum Mund. Während er kaute, sann er nach, wie er die Botschaft am schonendsten formulieren könnte. Er nahm all seinen Mut zusammen und sagte betont beiläufig: „Übrigens, ihr wisst doch, dass ich ein Wochenendgrundstück suche.“
Seine Mutter, die am oberen Tischende thronte, richtete sich steif auf und sah ihn versteinert an.
„Ich habe heute ein Grundstück angeschaut und einen Vorvertrag für den Kauf unterschrieben.“
So, jetzt war es heraus.
Eisige Stille schlug ihm entgegen. Arno stocherte auf seinem Teller herum und hielt die Augen gesenkt. Waldo wusste, dass sein Vater der Idee absolut nicht ablehnend gegenüber stand. Jetzt am Tisch zog Arno es aber vor zu schweigen. Waltraud hatte zu diesem Thema keine Meinung. Das leise Ti-

cken ihres Bestecks war das einzig hörbare Geräusch. Alle fürchteten Elisabeths Reaktion.
„Hat sie dich endlich so weit!“, polterte Waldos Mutter wie erwartet mit ihrer tiefen Stimme los. „Wahrscheinlich wird man dich bald überhaupt nicht mehr zu Hause sehen und du steckst nur noch bei dieser Frau.“
„Aber Mama“, warf Waldo ein und hoffte, sie mit ruhigen Worten beruhigen zu können. Doch jetzt geriet Elisabeth erst richtig in Fahrt. Einer ihrer berüchtigten Wutausbrüche folgte und ein Wortschwall ergoss sich über Waldo.
„Was aus uns wird, ist dir doch völlig egal! Hättest du dir nicht wenigstens eine Frau mit Niveau suchen können? Dieses Mädchen ist absolut nicht standesgemäß. Ihr Vater, ein Buchbinder! Ein einfache Arbeiter. Das passt überhaupt nicht zu uns. Unsere Familie hat immer einen guten Namen gehabt. Du bist derjenige, der ihn weiterführen wird. Es gibt so nette Mädchen aus gutem Hause.“
Er hütete sich sie zu unterbrechen. Stattdessen hielt er seinen Blick verschwommen ins Leere gerichtet und wartete auf das Ende der Litanei. Es dauerte nicht lange und Elisabeth hatte sich in den Zustand vollkommener Erschöpfung hinein geschrieen. Ein hemmungsloser Weinkrampf beendete ihren Ausbruch. Wie sie so da hockte, tat sie ihm aufrichtig leid. Außerdem fühlte er sich an ihrer Reaktion schuldig. Vielleicht hätte er auf eine bessere Gelegenheit warten sollen um ihr von dem Grundstückskauf zu erzählen. Seine Mutter hatte schon so viel erleiden müssen. Erst die Sache mit Rudolf, dem Erstgeborenen, danach Waltrauds schreckliche Krankheit, zum Schluss der soziale Fall der Familie. Verstohlen blickte Waldo ans Tischende. Völlig erschöpft saß sie da und betupfte ihr Gesicht mit der Serviette. Vorsichtig streckte Waldo seine Hand aus und legte sie auf die ihre. Sogleich spürte er, wie sie sich beruhigte. Mit leiser Stimme beteuerte er, dass er sie niemals im Stich ließe, dass er sich immer um sie kümmern werde und dass es nur zum Kauf des Grundstücks käme, wenn alles ganz sicher sei, finanziell und auch die Sache mit Dora. Es schien ihm, als ob das zaghafte Lächeln, das sich um ihren Mund zeigte, eine Spur von Genugtuung enthielt.
Ein Klumpen stieg ihm in die Kehle und er hatte nur noch den einen Wunsch, so schnell wie möglich den Raum zu verlassen. Mit der Entschuldigung, ihm sei unwohl, erhob er sich und ging in sein Zimmer. Dort schloss er sich ein und sank mit dem Gefühl, völlig ausgebrannt zu sein, auf sein Bett. Warum machte seine Mutter es ihm nur so unsagbar schwer?

Warum ließ sie ihn nicht frei? Warum erlaubte sie ihm nicht, sich eigenständig zu entwickeln, seinen eigenen Weg zu finden?

Montag war immer ein unangenehmer Tag für Dora. Im Geschäft gab es nach dem Wochenende nie besonders viel zu tun. An diesem Vormittag war eine feine Dame mit schwingendem Rock über den Stöckelschuhen und einem Bändchen über dem Knöchel bisher die einzige Kundin gewesen. Sie brachte ihren Feinstrumpf, bei dem man eine Laufmasche aufnehmen musste. Keine Sache, die eine langwierige Kundenberatung erforderte. Der Monat Mai war keine Handschuhzeit mehr, dem Hauptverkaufsartikel der Firma Eulitz. Nur die dünnen, weißen zur Abendgarderobe wurden ab und zu verkauft. Nachmittags, kurz vor Feierabend, kam manchmal noch ein vornehmer Herr in Begleitung einer Dame oder auch allein um eine Krawatte zu erwerben. Solche Tage, an denen wenig Kundschaft zu erwarten war, bedeuteten für Dora immer, dass sie ihre Zeit mit stupiden Arbeiten herumbringen musste. Putzen, die Vitrine neu einrichten, die hauchzarten, cremefarbenen Strümpfe in den Regalen fein säuberlich aufschichten und immer den Eindruck erwecken, als ob sie ganz beschäftigt wäre. Frau Eulitz konnte immer und überall auftauchen und konnte sehr unangenehm werden, wenn sie sah, dass ihre Bediensteten nur herumstanden.
Heute allerdings schien sie zum Plaudern aufgelegt.
„Na, Fräulein Dosse, wie werden Sie den Muttertag verbringen?"
„Oh, ich weiß noch nicht. Ich werde meine Mutter wohl mit selbstgebackenem Kuchen und mit Blumen verwöhnen."
„Eine brave Tochter. Mein Sohn will mich ins Café Felsche einladen und abends gehen wir zusammen in die Oper. La Traviata von Verdi. Das wird sicher ein wunderbares Erlebnis."
„Wie schön für Sie", antwortete Dora höflich. Sie wusste nichts anderes zu sagen und beschäftigte sich mit dem Sortieren der Krawatten.
Muttertag. Das war wieder so eine neue Erfindung der Regierung. Letztes Jahr war er eingeführt worden und in diesem Jahr gab es schon ein Mutter-Ehrenkreuz, unter vorgehaltener Hand auch als Karnickelorden bespöttelt. Eigentlich hätte ihre Mutter der fünf Kinder wegen bestimmt Anspruch darauf gehabt, aber der Blechstern war ihr völlig gleichgültig. Sie hatte ihre Kinder nicht für den Führer geboren, sondern für sich. Dora grauste es vor dem Muttertag, denn das bedeutete, dass sie am Sonntag mindestens teilweise zu Hause sein musste und dazu hatte sie keine große Lust. Viel lieber wäre sie mit Waldo wieder nach Bad Kösen gebraust. Aber nachdem es den

Muttertag nun schon einmal gab, konnte sie schlecht von ihrem Elternhaus fern bleiben. Außerdem würde ja auch Waldo diesen Tag mit seiner Mutter verbringen wollen.
Der Zeiger näherte sich neunzehn Uhr. Endlich Feierabend! Nach dem Elfstundentag war Dora eigentlich völlig erschöpft, aber heute kam Waldo sie abholen, das hob ihre Stimmung. Schnell schloss sie ihren Schrank auf und zog sich um.
„Auf Wiedersehen, Frau Eulitz“, verabschiedete sie sich.
„Einen schönen Abend, Fräulein Dosse. Ich glaube, Sie werden schon erwartet.“
Doras lächelte und schlüpfte zur Tür hinaus. Draußen stand Waldo und wartete. Er breitete seine Arme aus und drückte sie fest an sich.
„Na, wie geht's denn meinem geliebten Schatz?“
„Ich bin froh, dass dieser Tag endlich vorbei ist! Die Zeit verging heute furchtbar langsam.“
„Lass uns erst mal eine Runde durch den Volkspark bummeln, die Luft wird dir gut tun“, schlug Waldo vor und nahm ihre Hand.
Dora brannte vor Neugier.
„Hast du die Neuigkeit von dem Grundstück schon zu Hause erzählt?“ Sie hatte sich heute während ihrer stupiden Arbeit mehrfach gefragt, ob Waldo wohl den Mut aufgebracht hatte zu Hause vom Kauf des Wochenendgrundstücks zu berichten. Der arme Kerl stand ja so unter der Fuchtel seiner Mutter.
„Ja.“ Waldo nickte.
Sie wusste, er würde nicht schlecht über seine Familie sprechen. Noch nie hatte sie eine negative Äußerung von ihm gehört. Seine kurze Antwort ließ vermuten, dass es gestern Abend noch Schwierigkeiten bei ihm zu Hause gegeben hatte. Dora spürte, dass er litt. Trotzdem bohrte sie weiter. „Und wie haben sie reagiert?“
„Na ja, jetzt wissen sie es. Sie fanden es in Ordnung.“
Dora atmete tief durch. Mehr war aus Waldo im Moment wohl nicht herauszubekommen. Schweigend gingen sie nebeneinander her.
„Du hast dir doch bestimmt schon Gedanken hinsichtlich des Häuschens gemacht“, begann sie nach einer Weile erneut. Sie selbst hatte sich den ganzen Sonntag Abend lang in überschwänglicher Vorfreude in ihrer Phantasie mit der Verschönerung des Hauses beschäftigt. Aufgeregt fügte sie hinzu: „Am liebsten würde ich gleich am kommenden Wochenende wieder nach

Bad Kösen fahren, aber das wird wohl nichts werden. Am Sonntag ist Muttertag, da musst du zu Hause sein, oder?"
„Auf jeden Fall. Am Muttertag kann ich nicht wegfahren."
„Was werdet ihr machen?"
„Keine Ahnung. Wahrscheinlich in den Schrebergarten gehen, wie immer."
Sie hatten inzwischen den Volkspark erreicht und schlenderten Hand in Hand, Pläne schmiedend, zu ihrer Lieblingsbank. Dort angekommen setzten sie sich und schmusten in der einsetzenden Dunkelheit. Wieder einmal verflog die Zeit viel zu schnell. Kurz vor zehn Uhr verabschiedeten sie sich an Doras Haustür und Waldo fuhr mit der Straßenbahn heim.

Am Sonntag morgen betrat Dora das Mehrfamilienhaus im Leipziger Ortsteil Probstheida. Gleich war er wieder da, der altvertraute Kohlgeruch, mit dem sie großgeworden war. Sie rümpfte die Nase. Der typische Arme-Leute-Geruch. Wie sie ihn hasste. Die Atmung auf das absolute Minimum reduziert, klingelte sie an der elterlichen Wohnungstür. Gleich darauf hörte sie die Stimme ihrer elfjährige Schwester Inge und es wurde geöffnet.
„Hallo, Dora. Da bist du ja endlich", strahlte die Kleine und fiel ihr um den Hals.
„Morgen, Ingemaus. Na, seid ihr schon alle wach?"
„Papa ist gerade erst aufgestanden und Gerhart ist noch nicht da", erzählte Inge aufgeregt. „Mama! Dora ist gekommen", rief sie laut in Richtung Küche.
Dora folgte dem Geräusch klappernden Geschirrs und fand ihre Mutter beim Geschirrspülen.
„Guten Morgen. Alles Gute zum Muttertag."
Dora drückte ihrer Mutter einen flüchtigen Kuss auf die Wange und überreichte ihr den Fliederstrauß, den sie am Abend zuvor nach der Kinovorstellung im Park gepflückt hatte.
„Danke, Dora", erwiderte Martha, ohne die Arbeit zu unterbrechen. „Durch den Muttertag denkt ihr wenigstens einmal im Jahr an mich. Inge hat mir auch schon Blumen geschenkt. Such mal eine passende Vase im Schrank."
Dora versorgte den Zweig, der schon sehr mitgenommen aussah, und stellte ihn auf den Couchtisch, neben Inges bunten Wiesenstrauß. Zurück in der Küche ergriff sie unaufgefordert das Abtrockentuch, eine routinemäßige Handlung, denn bis vor einem Jahr hatte sie noch zu Hause gewohnt, und als älteste Tochter gehörte es zu ihren selbstverständlichen Pflichten in der Küche und überall zu helfen. Martha war dabei, einen alten verbeulten Alu-

miniumtopf mit Scheuersand zu schrubben, wobei sie nur die ohnehin hellen Stellen bearbeitete. Wozu die angebackenen schwarzen Fettreste um die Griffe und in den Ritzen entfernen? Morgen würde der Topf ja sowieso wieder auf dem Herd stehen und erneut verschmutzen. Die Zeit konnte sie sich sparen.
„Wie geht es dir?“, fragte Dora um ein Gespräch zu beginnen.
„Wie immer. Ich habe so viel zu tun, dass es jeden Abend fast Mitternacht, wird bis ich ins Bett komme. Die Arbeit geht mir nicht aus. Hosen kürzen, Röcke säumen, du weißt schon, das Übliche“, stöhnte die Mutter.
Dora schwieg.
„Du fehlst hier vorne und hinten. Inge ist noch zu klein um deine Arbeit zu übernehmen.“
Und zu verwöhnt, dachte Dora. Am liebsten hätte sie ihre Mutter daran erinnert, was sie von ihr damals, als sie in Inges Alter war, schon an Mithilfe verlangt hatte und wie viel sie ihr von ihrer Jugend genommen hatte. Aber damit hätte sie der Mutter den ganzen Tag verdorben, außerdem ließ sich daran ja sowieso nichts mehr ändern.
„Waldo hat vor ein Wochenendgrundstück zu kaufen“, sagte sie um das Thema zu wechseln. „Es liegt bei Naumburg an der Saale, direkt am Weinberg.“
„Das freut mich für euch“, erwiderte Martha. Mit dem Unterarm strich sie sich einige Haare aus dem Gesicht, die nun mit ihrem Schweiß vermengt am Kopfhaar kleben blieben. Suchend schaute sie sich in der Küche nach weiterem Geschirr um und als sie keines mehr sah, kippte sie das Wasser aus der Spülschüssel weg und begann den Schüttstein zu putzen. Enttäuscht über die schwache Reaktion ihrer Mutter verstaute Dora scheppernd den Kochtopf zwischen den anderen. So war es schon immer mit ihrer Mutter gewesen. Seitdem Dora denken konnte, hatte Martha mit sich und ihrem Leben zu tun gehabt und damit, ihre vier Kinder groß zu bekommen. Für andere Themen blieben ihr weder Zeit noch Interesse. Fünf Kinder hatte sie geboren, aber die kleine Irmgard, ihr drittes Kind, war schon zwei Monate nach der Geburt gestorben.
Wie hatte sich Dora damals gefreut, nach Gerhart, ihrem Bruder, eine kleine Schwester zu bekommen. Doch Irmgard war von Anfang an kränklich gewesen. Sie trank schlecht, schrie viel, später wimmerte sie nur noch. Der Kinderarzt sprach von schlechtem Blut und innerem Leiden und bereitete die Eltern darauf vor, dass ihr Kind nicht lange leben würde. Trotzdem war es für alle ein furchtbar trauriger Tag, als die kleine Irmgard kurz nach Do-

ras fünftem Geburtstag tot in ihrem Bettchen lag. Wie eine Puppe sah sie aus. Sie schien zu schlafen, nur hatte sie nicht die rosarote Babyfarbe, sondern sah leicht bläulich aus. An die Beerdigung im kalten Januar erinnerte sich Dora nur noch schwach. Außer der Familie war niemand anwesend, und danach fuhr man heim und das Leben ging weiter. Fünf Jahre später wurde Heinz geboren. Inge folgte als Nesthäkchen. Da war Dora schon sechzehn Jahre alt.

„Spielst du mit mir Karten?"

Inge hatte sich mit dem Kartenspiel in der Hand in die Küchentür gestellt.

„Nein, ich bin hier in der Küche noch nicht ganz fertig. Außerdem will ich einen Kuchen für heute Nachmittag backen. Hilfst du mir?"

„Au ja", freute sich Inge. „Was backen wir?"

„Einen Streuselkuchen."

Was sonst hätte sie backen sollen von einem Pfund Mehl, ein bisschen Zucker und Margarine, den zugeteilten Rationen für vier Personen. In letzter Zeit wurden die Lebensmittel immer knapper. Es fehlte an Gemüse, Obst und Molkereiprodukten. Butter war bereits seit Herbst 1936 rationiert. Auf dem Land war die Situation um einiges besser, aber die Bauern tauschten ihre Waren inzwischen nur noch gegen Pelzmäntel oder Silberbesteck und damit konnte die Familie Dosse nicht aufwarten. Statt dessen fuhr Mutter Martha so oft es ging hinaus aufs Land und bot ihre Dienste als Schneiderin an. Ab und zu bekam sie Eier oder ein halbes Pfund Butter als Lohn.

„Was gibt's Neues von Heinz?", fragte Dora.

„Dem geht es blendend", strahlte Martha.

Heinz, Doras jüngerer Bruder, für den sie wie eine Mutter gewesen war, fühlte sich von Anfang an zu Hitlers Jugendgruppen hingezogen. An seinem zehnten Geburtstag trat er dem Jungvolk bei, mit vierzehn wurde er Mitglied der Hitlerjugend. Zwei Jahre später nahm er an einem Lehrgang in einem Wehrertüchtigungslager teil, wo ihm hochdekorierte Unteroffiziere das Schießen und Tarnen beibrachten. Zusammen mit anderen Jungen lernte er sich nach Sternen zu orientieren oder sich in schwierigem Gelände mit Karte und Kompass zurechtzufinden. Das Glück schien auf seiner Seite zu stehen, denn kurze Zeit später wurde er zum Ortsvorsteher bestellt. Ein dort anwesender SS-Mann teilte Heinz mit, man habe ihn für die Begabtenförderung auserkoren. Er sei durch seinen eifrigen Einsatz aufgefallen, deshalb habe sich die Führung entschieden ihn auf eine Eliteschule in Fürstenfeldbruck zu schicken. Dort würde man ihn zum Mitglied der SS, der Leibstandarte „Adolf Hitler" ausbilden. Heinz war außer sich vor Stolz und

Freude gewesen. Völlig überraschend bekam er die einmalige Chance, aus dem muffigen Hinterhofmilieu auszubrechen. Sicher hatte auch sein Äußeres die Entscheidung der SS-Leute beeinflusst. Groß gewachsen, blond und blauäugig, entsprach er ihrem Idealbild des typischen Deutschen. Früher war Dora oft von stockfremden Menschen auf den bildhübschen Bub an ihrer Hand angesprochen worden, damals, als sie noch mit ihm auf den Rummel ging oder mit ihm im Dreck des Hinterhofs Murmeln spielte. Was die Entscheidung ihres Bruders betraf, hatte sie gemischte Gefühle. Einerseits verstand sie ihn nur zu gut. Wie gerne wäre sie selbst länger zur Schule gegangen, aber ihre Eltern wollten, dass sie arbeiten ging und Geld hinzu verdiente. Folgsam, wie sie war, hatte sie sich daran gehalten und ihr Gehalt von sechzig Reichsmark pro Monat fast vollständig zu Hause abgegeben. Andererseits machte sie sich auch Sorgen wegen Heinz. Sie wollte nicht, dass er einer dieser kühlen, arroganten SS-Männer würde, die man in letzter Zeit überall traf. Ganz Leipzig war voll davon.

„So, fertig." Erschöpft trocknete sich ihre Mutter die Hände ab. „Lass uns ins Wohnzimmer gehen, ich muss mich hinsetzen. Die Beine tun mir weh."

Doch kaum hatte sich Martha auf einen Stuhl fallen lassen, da rief Inge vom Bad her: „Mama, kannst du mir jetzt endlich die Zöpfe flechten?"

Seufzend erhob sie sich wieder und ging zu ihr.

Dora wollte gerade folgen, da betrat ihr Vater das Zimmer.

„Meine Dora ist mal wieder da. Das ist aber schön", sagte er und trat auf sie zu. Dora blieb unentschlossen stehen. Widerwillig ließ sie sich von ihm umarmen. Stocksteif wie ein verängstigtes Tier ertrug sie sein Drücken und Streicheln und atmete erst wieder auf, als er sie aus der Umklammerung entließ. Bevor sie jedoch Abstand von ihm gewinnen konnte, fasste er sie bei der Hand und zog sie mit sich auf die Couch. Durch seine Arbeit als Buchbinder war er sehr kräftig, und wenn ihn nicht gerade einer seiner Leistenbrüche außer Kraft setzte, die er sich durch das Schleppen der schweren Bücher zuzog, strotzte er nur so vor Energie.

„Nun setz dich doch mal zu mir und erzähle, wie es dir geht", forderte er sie auf.

Dora hatte nicht die geringste Lust, mit ihrem Vater über ihr Privatleben zu sprechen. Zum anderen verursachte seine Nähe eine starke körperliche Abneigung in ihr und sie wäre gar zu gerne zu den anderen ins Bad gegangen. Doch Max genoss es, seine Älteste – wenn auch nur kurz – hier neben sich gefangen zu halten.

„Mit dem Waldo bist du noch zusammen? Wie eng ist es denn inzwischen, hm?“ Er lächelte zweideutig.
„Er ist ein anständiger junger Mann und ich weiß, was ich zu tun habe. Und jetzt lass mich bitte“, erwiderte Dora abwehrend. Sie fühlte sich zunehmend unwohl und wünschte, ihre Mutter käme bald ins Zimmer.
„Na, na, mein Dorchen. Sei doch nicht so empfindlich“, entgegnete ihr Vater und tätschelte ihre Hand. „Ich war doch auch mal jung.“
Gott sei dank wurde ihr Gespräch durch Inge unterbrochen, die frisch gekämmt ins Wohnzimmer gelaufen kam und rief: „So, jetzt kann es losgehen, Dora. Fangen wir mit dem Kuchen an, ja?“
Erleichtert sprang Dora auf und folgte ihrer Schwester in die Küche.
Sie erinnerte sich noch genau daran, wie ihr Vater sie das erste Mal betatscht hatte. Angefangen hatte alles, als sich bei ihr erste Anzeichen von Brüsten zeigten. Sie war gerade erst vierzehn Jahre alt gewesen. Unauffällig war es geschehen, im Vorbeistreifen, als unverbindliche Liebkosung verbrämt. Dora waren die Berührungen des Vaters von Beginn an unangenehm, doch sie wusste nicht, wie sie sich ihm entziehen sollte. Mit den Jahren wurde aus dem braven kleinen Mädchen eine stille, verschlossene Jugendliche. Stets achtete sie darauf, so wenig wie möglich mit ihrem Vater alleine zu sein. Sie machte Heinz zu ihrem ständigen Begleiter, der sich über die vermehrte Zuwendung seiner Schwester freute. Sie war als Älteste für alle Folgegeschwister stets der Muttersatz gewesen. Seitdem sie denken konnte, musste sie die Kleinen wickeln, füttern oder spazieren fahren, während ihre Mutter ununterbrochen an der Nähmaschine saß, riesige Wäscheberge zu waschen hatte oder für die vielen hungrigen Mäuler kochte.
Als Dora älter wurde und gerne mit Freundinnen ausgegangen wäre, verbot es der Vater. Er untersagte ihr abends wegzugehen, und selbst wenn sie nur Sonnabend nachmittags unterwegs war, wollte er genauestens wissen, wohin sie ging und mit wem. Es kam sogar vor, dass er vor dem Lokal wartete und kontrollierte, ob sie die Wahrheit gesagt hatte. Er wurde rasend eifersüchtig, wenn er auch nur einen Mann in ihrem Leben vermutete. Das Ganze führte so weit, dass Dora kaum noch Kontakte zu Gleichaltrigen hatte. Um des lieben Friedens willen gab sie nach, denn sie fürchtete seine cholerischen Wutanfälle. In ihrer Mutter hatte sie keine Hilfe. Martha war froh, wenn sie nicht selbst den Zorn dieses Mannes abbekam. Auch schien sie von all den Annäherungsversuchen ihres Mannes an seine Tochter nichts zu bemerken.
Als Dora vor gut einem Jahr Waldo kennen lernte, steigerte sich Max' besitzergreifendes Verhalten ins Unerträgliche. Seine dauernden Sticheleien und

sein Nachspionieren führten letztendlich dazu, dass sich Dora entschied auszuziehen, obwohl sie es sich finanziell kaum leisten konnte. Mehrere nervenaufreibende Wochen vergingen, bis sie das möblierte Zimmer in Sellerhausen fand. Sie war überglücklich gewesen, als sie endlich die Zusage bekam und hatte nur dank ihrer Vorfreude das Gezerfe der letzten Tage zu Hause durchstehen können. Zu allem Übel warf ihr auch noch ihre Mutter vor, sie mit all der Arbeit allein zu lassen und ihr Vater beschimpfte sie, sie wolle ja nur wegen der „Herumhurerei" mit Waldo ausziehen. Es war schrecklich gewesen.

„Dora, träumst du? Ich frag dich jetzt schon zum zweiten Mal, wie ich den Backofen einstellen soll."

Erschreckt legte Dora ihrer kleinen Schwester die Hand auf die Schulter, dann entzündete sie das Gas mit einem Streichholz und drehte den Knopf auf eine mittlere Stellung.

„So, und bis der Kuchen fertig ist, spielen wir jetzt noch eine Runde Karten."

Die Kleine jubelte. Wie durch ein Wunder verliefen die restlichen Stunden doch ganz friedlich.

Auf der Heimfahrt ließ Dora den Tag noch einmal an sich vorüberziehen. Leider hatten ihre beiden Brüder heute gefehlt. Heinz kam, seitdem er die Eliteschule besuchte, fast nie mehr nach Hause. Und auch Gerhart, der zwei Jahre jünger war als sie, hatte schon lange nichts mehr von sich hören lassen. Aber das überraschte niemanden. Zwischen ihm und dem Vater war es ständig zu Reibereien gekommen, so dass es Gerhart schon bald aus dem Haus getrieben hatte. Er fand zunächst Arbeit bei einem Bauern und schlief dort im zugigen, kalten Stall. Einmal brachte er Martha ein Kaninchen, welches er in einer Falle gefunden hatte, ein anderes Mal schleppte er mehrere Kilo Kartoffeln an. Gerhart liebte die Mutter, aber er kam nur, wenn er herausgefunden hatte, dass der Vater nicht zu Hause war. Später arbeitete er bei einem Fleischer, wo er schwere körperliche Arbeit verrichtete. Vor fünf Jahren, als Gerhart heiratete, war Dora als einziges Familienmitglied bei der Hochzeit anwesend gewesen, denn Max hatte seiner Frau die Teilnahme daran verboten. Er führte sich zu Hause in zunehmendem Maße wie ein Despot auf. Aus unerklärlichen Gründen hatte er beschlossen, dass sein Sohn Gerhart für ihn nicht mehr existierte und daran mussten sich alle halten.

Gedankenverloren schaute Dora aus dem Fenster der Straßenbahn. Draußen gingen die Familien nach dem Sonntagskaffee spazieren, die Mütter und

Väter im Kreise ihrer Kinder. Warum nur gab es in ihrer Familie keinen solchen Zusammenhalt? Grübelnd und sinnierend verlor sich ihr Blick ins Leere, bis es Zeit war zum Aussteigen.

Waldo lag am Sonntag Nachmittag im Schrebergarten in einem Liegestuhl und gab vor ein Mittagsschläfchen zu halten. Auf diese Weise konnte er sich wenigstens für eine Weile vom Familienleben zurückziehen. Er musste noch drei Stunden bis zum Abend verbringen, bis er sich endlich verabschieden konnte um Dora zu treffen. Noch vor wenigen Minuten hatte er mit seiner Familie in trauter Gemeinsamkeit am festlich gedeckten Kaffeetisch im Garten gesessen und sie hatten Elisabeths frisch gebackenen Mohnkuchen mit Streuseln verspeist. Auf dem Tisch stand jetzt der Blumenstrauß, den Waltraud ihrer Mutter geschenkt hatte, das Ergebnis beharrlichen Suchens in der nahegelegenen Gärtnerei. Inzwischen war das Geschirr abgeräumt und Elisabeth saß am Tisch, damit beschäftigt ein Taschentuch mit feinstem Garn zu umhäkeln. Waltraud, der der sommerlich heiße Frühlingstag zu schaffen machte, hatte sich mit ihrem Stickring in den Schatten verzogen. Seit Wochen mühte sie sich ab eine Tischdecke mit Stickerei zu verzieren, doch sie kam kaum voran, ließ sie sich doch allzu gerne ablenken. Eine Amsel, die erschöpft mit offenem Schnabel auf dem Boden hockte, zog ihre Aufmerksamkeit auf sich.
„Schau mal", rief sie ihrer Mutter zu und deutete auf den Vogel. Waldo versuchte blinzelnd den Grund ihrer Aufregung zu erspähen. Seine Mutter nickte und ließ ihre Augen über den Himmel schweifen. Für den Abend waren Gewitter angesagt, die endlich den von allen Kleingärtnern so dringlich erwarteten Regen bringen sollten. Tatsächlich war fern am Horizont eine dunkle Wolkenbank zu entdecken. Waldo drehte den Kopf schläfrig zur Seite. Arno schien dem Wetter nicht ganz zu trauen, denn Waldo sah ihn mit der Gießkanne in der Hand durch den Garten schreiten. Die frisch gesäten Erbsen, Möhren und Bohnen bekamen je einen Schwall Wasser, welches aus der fast leeren Regentonne neben dem Schuppen geholt wurde. Anschließend begutachtete sein Vater die Blumenrabatte und stellte sichtlich erfreut fest, dass die Gladiolen schon aus der Erde schauten und die Maiglöckchen ihre weißen Blüten der Sonne entgegen streckten. Eine Bewegung zu seiner Linken zog Waldos Aufmerksamkeit auf sich. Eine Amsel – war es die gleiche wie vorhin? – hatte sich im Schatten des belaubten Kirschbaums niedergelassen. Sie saß dort auf dem dicken Reststumpf eines abgesägten Astes und schien von der Anstrengung des kurzen Fluges völlig erschöpft.

Seltsam, dachte Waldo, dass sein Vater diesen toten, nutzlosen Stumpf, der an einen amputierten Arm erinnerte, nie sauber abgesägt hatte. Früher, als es den Ast noch gegeben hatte, war eine Schaukel daran befestigt gewesen, jahrelang der Ort stundenlangen Schwebens, ja beinahe Entschwebens. Einmal hatten sie zu zweit geschaukelt, wild, bis beinahe zum Überschlagen. Rudolf war auf der Schaukel gestanden, während Waldo zwischen seinen Füßen gesessen hatte. Mit einem krachenden Geräusch war der Ast abgebrochen. Es gab Tränen, weil Arno sich weigerte die Schaukel an einer anderen Stelle zu befestigen. Er sägte den Ast vor der Bruchstelle ab, in der Hoffnung, er würde noch einmal treiben. Aber nichts geschah und mit der Zeit vergaß man den abgestorbenen Stumpf.

Rudolf. Wie lange hatte er nicht mehr an seinen großen Bruder gedacht. Seit seinem Tod sprach in der Familie niemand mehr über ihn, fast schien es, als hätte es ihn nie gegeben. Aber Waldo wusste, wie sehr jeder von ihnen unter diesem Tod litt. Warum nur glaubten alle, die anderen schonen zu müssen, indem sie nicht darüber redeten? Warum musste das damals mit Rudolf geschehen?

Waldo hatte Rudolf geliebt, so wie man seinen vier Jahre älteren Bruder liebt und bewundert.

Als Waldo eingeschult wurde, kam Rudolf auf die Oberschule. Seine Eltern waren stolz auf ihn. Damals besaß Vater noch seinen Uhrmacherladen, Mutter hatte ihre Bediensteten und es ging ihnen gut. Aber während Waldo alles in der Schule zuflog – er konnte schon vor der Einschulung rechnen und lesen –, tat sich Rudolf schwer. Die Schulfächer interessierten ihn wenig, statt dessen lieh er sich in der Bibliothek philosophische Werke aus. Mit zwölf Jahren las er Nietzsche. Die Lehrer bescheinigten ihm höchste Intelligenz, aber die Leistungen entsprachen nicht seinen Fähigkeiten. Als er vierzehn war, stellten die Eltern einen Privatlehrer an, der Rudolf Zusatzstunden geben sollte. Nach wenigen Unterrichtsstunden wurde der Versuch wieder abgebrochen, denn der Lehrer erklärte den Eltern, Rudolf verstehe alles vollständig, könne es auch anwenden. Er sei schlichtweg desinteressiert und unterfordert.

Nie würde Waldo das Gespräch mit Rudolf kurz nach dessen fünfzehntem Geburtstag vergessen. Sie lagen abends im gemeinsamen Kinderzimmer in ihren Betten und Rudolf war wieder in eines seiner Bücher vertieft.

Waldo hatte tagsüber darin herumgeblättert und fragte ihn unvermittelt: „Rudolf, was ist Nihilismus?“

„Das verstehst du nicht."
„Wie soll ich es verstehen, wenn es mir niemand erklärt. Du kannst es doch wenigstens mal versuchen. Bitte, Rudolf!"
Rudolf stöhnte.
„Nihilismus ist nichts."
„Wie meinst du das?"
„Glaubst du an Gott?"
„Nein. Papa hat gesagt, das sei alles Quatsch."
„Na siehst du."
Mit dieser Information schien Rudolf genug gesagt zu haben, denn er wandte sich wieder seinem Buch zu. Aber Waldo war unzufrieden.
„Was hat Gott mit Nihilismus zu tun?"
„Nichts. – Schau, Waldemar, du weißt doch, was eine Amöbe ist, dieser kleine Einzeller, der im Wasser lebt. Er lebt. Aber hat sein Leben einen Sinn?"
Waldo dachte nach. Er wollte Rudolf nicht enttäuschen, jetzt, nachdem dieser sich endlich einmal Zeit für ein Gespräch genommen hatte. Aber wie sollte er die Frage beantworten?
„Ich glaube es ist prinzipiell egal, ob dieses Tierchen nun im Wasser lebt oder nicht", antwortete er grüblerisch und bemühte sich ein nachdenkliches Gesicht zu machen.
„Genauso ist es", triumphierte Rudolf, und Waldo lächelte stolz, weil er die richtige Antwort gegeben hatte. Anscheinend hochinteressiert betrachtete sein Bruder eine Fliege an der Zimmerdecke. Waldo wagte nicht ihn anzusprechen, statt dessen schaute er ihn wortlos und erwartungsvoll an. Als ob die Fliege Rudolf auf eine glänzende Idee gebracht hätte, nahm dieser seinen Faden wieder auf. „Im Laufe der Evolution kam es per Zufall zu Wesen, die aus mehr als einer Zelle bestanden, die mehr Zellen als die Amöbe besaßen. Die Stubenfliege zum Beispiel, ein Zusammenschluss von Zellen, der in der Gegend herumfliegen kann. Aber was ist der Sinn davon?"
Waldo schwieg und starrte das schwarze Insekt an. Krampfhaft versuchte er Rudolfs Gedankengang nachzuvollziehen. Er verstand nicht ganz, was sein Bruder ihm sagen wollte. Er spähte zu ihm hinüber, aber dem Gesicht des Älteren war nicht abzulesen, was er dachte. Es blieb unbeweglich.
„Der homo sapiens ist nichts anderes als ein Zufallsprodukt. Wir bestehen aus einer Unmenge von Zellen, die sich perfektioniert haben. Wir funktionieren. Doch nicht einmal unsere Intelligenz hat einen Sinn. Sie ist ebenfalls nur ein Zufallsprodukt der Evolution."

Rudolf klappte das Buch auf seinem Schoß zu. Er blickte noch immer zur Zimmerdecke und schien nun zu sich selbst zu sprechen.
„Wir Menschen haben keinen Sinn. Wir sind einfach nur da. Niemand ist dafür verantwortlich, dass wir existieren. Auf keinen Fall irgendein Gott. Es wäre absurd, einen Zweck im Leben des Menschen suchen zu wollen."
Rudolf verstummte. Eine Weile lang herrschte absolute Ruhe im Zimmer. Waldo schien es, als würde die Uhr neben dem Bett heute viel lauter ticken als sonst. Betroffen schwieg er, denn ihm war mit einem Mal klar geworden, dass der Mensch, Rudolfs Ansicht nach, genauso wenig wert war wie eine Amöbe oder eine Fliege. Wie viele Fliegen hatte er schon totgeschlagen, wie viele Amöben mit kochendem Wasser getötet? Er schauderte und zog seine Bettdecke höher. Gerade wollte er etwas erwidern, da fuhr Rudolf fort:
„Auch unsere Welt hier ist ganz einfach nur Materie. Steine, Erde, Dreck. Das Ganze ist aus einer Explosion im All entstanden. Als ob eine Bombe explodiert, verstehst du?"
Waldo nickte, aber er war sich nicht sicher, ob Rudolf ihn überhaupt sah.
„Diese Materie ist jetzt da und wir nennen sie Erde. Ein paar zigtausend Jahre ist hier Leben drauf, aber das wird vergehen. Alles Leben vergeht. Und irgendwann ist wieder nichts mehr. Nichts, gar nichts. Es bleibt einfach nur Stein übrig. Vielleicht wird die Erde ja auch von einem Meteoriten getroffen und zerfällt in Staub."
Rudolf schwieg wieder.
Waldo versuchte sich die Erde als riesigen Steinhaufen vorzustellen. Aber wo sollten all die Menschen sein? Hatten sie sich etwa gegenseitig totgeschlagen? Hatte eine Pest sie alle hinweggerafft? Und selbst, wenn sie alle tot wären, so gäbe es ja noch die Fische im Meer und die Vögel am Himmel. Das wollte er Rudolf sagen und blickte zu ihm hinüber. Da sah er, wie seinem Bruder Tränen die Wangen herunterliefen, einfach so, ohne dass er richtig weinte.
Waldo schaute ihn bestürzt an.
„Rudolf?", flüsterte er leise, und als er keine Antwort bekam, fügte er hinzu: „Jetzt hab ich verstanden, was du mir sagen wolltest."
Geduldig wartete er auf eine Reaktion, aber Rudolf lag nur regungslos da. Er wird wohl müde sein, dachte Waldo und löschte nach einer Weile das Licht neben dem Bett. Leise, aber doch in der Hoffnung sein Bruder würde seine Worte hören, versicherte er ihm: „Ich bin für immer dein Freund, das weißt du doch. Solange wir zusammen sind, kann uns nichts geschehen. Bis das

alles passiert, was du erzählt hast, vergehen bestimmt noch tausend Jahre. Bis dahin sind wir beide schon alte Opas."
Bei der Vorstellung: sie beide mit langen, weißen Bärten glitt ein Lächeln über sein Gesicht. „Gute Nacht, Rudolf", murmelte er noch und schlief ein.

Waldo spürte, wie ihm Säure in den Magen einschoss. Immer, wenn er aufgewühlt war, bekam er diese Magenschmerzen. Schnell etwas essen, dachte er. Er stand taumelnd auf und ging zum Proviantkorb.
„Hast du noch Hunger, Waldemar?", fragte seine Mutter ohne von ihrem Häkelzeug aufzublicken. „Iss nur, der Mohnkuchen schmeckt am besten, wenn er frisch ist."
Waldo nahm sich ein Stück und biss hinein. Der Druck im Magen ließ nicht sofort nach, das dauerte. Er kannte das zur Genüge. Wenn es doch schon Abend wäre. Dora und er hatten noch ein kurzes Treffen vereinbart, einen Bummel durch ihren Volkspark, ein bisschen plaudern. Eigentlich hatte er überhaupt keine Lust mehr sich weiter mit der Leere dieses Familiennachmittags herumzuquälen, aber er musste noch eine Weile ausharren. Zielstrebig ging er zu seinem Liegestuhl zurück und legte sich hin. In Gedanken versuchte er sich auf den Abend einzustellen, aber jetzt hatte er die bösen Geister geweckt. Die Erinnerung ließ ihn nicht mehr los.
Ein halbes Jahr nach dem Gespräch mit Rudolf war Waldo an einem Sonntag Morgen allein im Kinderzimmer aufgewacht. Rudolf lag nicht mehr in seinem Bett. Waldo lauschte, ob er die Klospülung hören würde oder Schritte im Flur. Er schaute auf die Uhr, sieben Uhr. Zu früh für das Sonntagsfrühstück.
Wo Rudolf nur blieb?
Waldo würde versuchen ihn in ein Gespräch zu verwickeln.
Vielleicht sollte er auch erst einmal auf die Toilette gehen. Benommen stand er auf, schlüpfte in seine Pantoffeln und betrat den Flur. Zu seiner Überraschung fand er das Klo frei vor.
Rudolf wird doch nicht etwa in der Küche sein und naschen? grübelte Waldo, während er seine Notdurft verrichtete.
Leise, um ihn auf frischer Tat zu ertappen, öffnete er die Küchentür und linste hinein. Doch der Raum war leer. Waldo durchstreifte die Wohnung. Nirgends eine Spur von seinem Bruder. Zum Schluss blieben nur noch das elterliche Schlafzimmer und Waltrauds Zimmer.
Rudolf bei Waltraud? Das konnte er sich nicht vorstellen. Trotzdem drückte er langsam die Klinke herunter und spähte hinein.

Nichts.
Also musste er im Schlafzimmer der Eltern sein, vielleicht war er ja krank. Waldo öffnete die Türe. Elisabeth hob den Kopf und fragte schlaftrunken: „Waldo, was ist los?“
„Ich suche Rudolf“, erwiderte er.
Mühsam richtete Elisabeth sich im Bett auf und sah ihn verwirrt an.
„Wieso Rudolf? Was heißt, du suchst ihn?“
„Er ist nicht in seinem Bett“, entgegnete Waldo.
Arno war wach geworden. Eine seltsame Unruhe erfüllte den Raum. Die Eltern blickten sich an und Arno sprang aus dem Bett.
„So ein Unsinn. Er muss doch hier sein. Vielleicht hat er sich versteckt, der Lümmel“, meinte er, aber Waldo spürte ein Zittern in seiner Stimme.
Elisabeth knipste alle Lampen an und ging seinen Namen rufend von Zimmer zu Zimmer. Waltraud war damals gerade sieben Jahre alt. Sie weinte, weil sie so abrupt geweckt worden war und stand mit ihrer Puppe im Arm verloren im Flur herum. Niemand hatte Zeit für sie.
Nachdem Rudolf nirgends auffindbar war, übernahm Arno das Kommando. „Elisabeth, zieh dich bitte an und du, Waldo, kümmere dich um die Kleine. Ich gehe mal draußen schauen. Bin gleich zurück.“ Damit zog er die Wohnungstür von außen zu und sie hörten ihn die Treppe hinunter gehen.
Aber Rudolf war auch nicht im Garten zu finden.
Arno fand ihn eine halbe Stunde später oben auf dem Dachboden. Er hing dort schon seit Stunden. Wahrscheinlich hatte er sich in der Nacht, als alle schon schliefen, nach oben geschlichen.
Totenblass kam Arno herunter und verschwand mit Elisabeth im Schlafzimmer. Waldo hörte seine Mutter nur einmal kurz und schrill aufschreien, Minuten später fiel sie in völlige Apathie. Er ahnte, dass mit Rudolf etwas Schreckliches geschehen sein musste. Verzweifelt, in entsetzlicher Vorahnung, lief er in sein Zimmer und warf sich schluchzend auf sein Bett. Dort lag er stundenlang. Er hörte den herbeigerufenen Hausarzt, die Stimmen der Totenträger, die den Sarg auf den Dachboden und wieder herunter trugen, einen erneuten schrillen Schrei seiner Mutter, als sie sich an den Sarg klammerte, Arnos mühsam hervorgebrachte beruhigende Worte, Waltrauds Jammern.
Stunden danach kam sein Vater ins Zimmer, aber er war selbst hilflos und unfähig Waldo Trost zu geben. Später durchsuchten seine Eltern das Kinderzimmer, fanden aber keinen Abschiedsbrief.
Rudolf hatte sich einfach so ausgelöscht.

III

Dora hatte Glück. Sie bekam im Juni zwei Wochen Urlaub. Waldo seinerseits beauftragte einen Mitarbeiter, die Geschäfte in dieser Zeit weiterzuführen und so starteten sie mit viel Energie nach Bad Kösen.

Dort stürzten sie sich mit Feuereifer in die Arbeit. Als erstes galt es das Haus zu entrümpeln. Mit Frau Popperoth hatten sie ausgemacht, dass sie die Dinge, die ihr wichtig waren, holen würde, aber außer ein paar Kleinigkeiten fehlte nichts. Alles war noch so wie bei der ersten Besichtigung. In der kleinen dunklen Küche strich Dora stolz mit der Hand über den wunderschönen alten Herd. Den würde sie als erstes blitzblank putzen. Voller Energie machte sie sich an die Arbeit. In den nächsten Stunden wienerte und schrubbte sie, was noch verwendbar war. Die unbrauchbaren Teile würde Waldo später zu Brennmaterial klein hacken. Der fehlende Wasseranschluss entpuppte sich nun als ein großes Problem, aber sie machten sich einen Spaß daraus, gemeinsam mit Eimern zur Saale hinunter zu gehen und das wichtige Nass zum Haus hinaufzuschleppen. Schon am nächsten Tag besorgte Waldo im Ort eine alte Zinkbadewanne, die er für einen Spottpreis bekam. Darin wuschen sie zunächst sich selbst, anschließend die Wäsche, zum Schluss die Putzutensilien.

Die Tage vergingen im Flug und aus dem verwahrlosten Weinberghäuschen wurde ein richtiges Schmuckkästchen. Die wichtigste Erneuerung war der Schlafplatz unter der Dachschräge. Dafür zog Waldo einen Zwischenboden ein und baute eine Holztreppe, die nach oben führte. Im Ort hatten sie Matratzen gekauft, die der Händler mit einem alten Fuhrwerk bis unten an die Straße brachte. Schwitzend schleppten sie die schweren Matratzen den Berg hoch und stemmten sie unters Dach ins Kuschelnest. Das Holz knackte und krachte, als sie sich zum ersten Mal auf ihrer neuen Lagerstatt liebten. Sie lachten, tobten, glucksten vor Glück und unbeschwerter Liebseligkeit. Erschöpft lagen sie wenig später eng umschlungen nebeneinander und blinzelten durch das kleine Dachfenster hinaus in den Garten.

„Komm, lass uns noch einmal nach draußen gehen", bat Dora und zog Waldo hoch, dessen Glieder von der Tagesarbeit schmerzten.

Es war ein lauer Sommerabend. Sie setzten sich auf den Lössboden des steilen Weinberghangs, der die Tageshitze gespeichert hatte und betrachteten den Abendhimmel. Der Horizont erschien rot und bernsteinfarben getönt von den letzten Strahlen der Sonne. Unten im Tal war friedliche Stille

eingekehrt, nur das leise Rauschen der nahen Pappelblätter war zu hören. Nach und nach veränderte sich ihre Farbe zu einem dunklen Nussbraun, nur die Äste lugten schwarz zwischen dem Laub hervor. Im Licht der untergehenden Sonne schwebte eine Wolke von Insekten, die wie an einem unsichtbaren Gummiband auf und ab schnellten und einen rätselhaften Balztanz aufführten. Die Luft war erfüllt vom Geruch nach Erde und Gras, gemischt mit dem Duft der Blumen. Dora schwelgte im Glück. Sie lehnte ihren Kopf an Waldos Brust, schloss die Augen, spürte das Pochen seines Herzens. Endlich durfte auch sie die Liebe so erleben, wie sie es in unzähligen Büchern bisher gelesen hatte, so romantisch und schön. Waldo hatte den Arm um sie gelegt und hielt sie fest. Lange Zeit saßen sie in der warmen, reglosen, noch von den Gerüchen nach verdorrendem Gras und gebackener Erde durchzogenen Luft, bis die Sonne an Kraft verlor und unterging. Etwas später sahen sie zum Sternenhimmel hinauf und warteten auf eine Sternschnuppe. Ein milchiger Mond beleuchtete schwach die Umgebung und schärfte ihre Sinne für die Geräusche der Nacht. Ein Knistern im Unterholz ließ Dora zusammenzucken. In ihrer wild wuchernden Einbildungskraft stellte sie sich Wilderer oder Einbrecher vor, aber Waldo bedeutete ihr flüsternd, dass es nur Rehe seien, die dieses Geräusch verursachten.
Zwei Wochen lang genossen sie das Alleinsein in vollen Zügen, liebten sich im Haus und im Garten, bei Tag und bei Nacht. Als die Urlaubstage vorbei waren, machten sie sich zufrieden und glückselig auf die Heimfahrt. Welch herrliches Gefühl hier dieses kleine Paradies zu besitzen! Ein Paradies, das sie natürlich nun auch voller Stolz ihren Freunden und Angehörigen vorführen wollten. Insofern war es wirklich praktisch, dass der Ort direkt an der Bahnlinie Leipzig-Erfurt lag. Bis zum Spätherbst verbrachten sie beinahe jedes Wochenende auf ihrem Grundstück, mal mit, mal ohne Freunde und es gab so manches fröhliche Fest.

Einmal besuchte sie Waldos Motorradfreund Werner, in den sich Dora damals so spontan verliebt hatte. Aber es wurde ein kurzer Aufenthalt. Werner erschien mit seiner momentanen Freundin, einer aufgetakelten Großstädterin. Den beiden war deutlich anzumerken, dass sie sich in der schlichten Umgebung des Berghäuschens nicht sonderlich wohl fühlten. Sie passten eher in die Welt, in der man strahlendes Weiß trug, die Welt der Tennisplätze, dorthin, wo Waldo und Werner sich kennen gelernt hatten. Waldo spürte im Verlauf des Nachmittags deutlich, dass er sich durch die Bekanntschaft mit Dora und ihre gemeinsame Naturliebe mehr und mehr von die-

sem Leben entfernt hatte und so verlief der Tag in oberflächlicher, nichtssagender Unterhaltung.
Einige Tage später kam Doras Mutter mit Inge per Bahn angereist. Ihr Vater Max hatte es vorgezogen, in Leipzig zu bleiben. Der Hauptgrund dafür war wohl, dass Dora ihn bei einem ihrer letzten Besuche zu Hause sehr bestimmt in seine Schranken verwiesen hatte.
„Hör endlich auf mich dauernd zu betatschen", fuhr sie ihn an und schob seine Hand angeekelt weg, als sie wieder über ihren Po glitt, kaum dass Martha kurz die Wohnung verlassen hatte. Nachdem sie das wütende Funkeln in seinen Augen aufblitzen sah, begab sie sich instinktiv in Richtung Flur, die Wohnungstür in Reichweite. Sie hatte nicht vorgehabt ihn an jenem Tag oder später einmal zur Rede zu stellen, doch sie hielt es einfach nicht mehr länger aus. Erschreckt über den eigenen Mut stand sie mit rasendem Pulsschlag im Gang, taxierte ihren Vater, der sie unbeweglich anstarrte, mit den Augen, zögerte nur einen ganz kleinen Moment lang und schleuderte ihm dann unter Aufbietung all ihrer Kräfte entgegen: „Es ist widerlich, wie du mich immer anmachst."
Wie schmerzte es, den Vater, den sie früher so geliebt hatte, von sich zu stoßen. Aber sie musste es tun, für sich, für ihre Ehre, für ihre Zukunft mit Waldo. Erst nachdem sie ihn kennen gelernt hatte, war ihr Selbstbewusstsein so weit gestiegen, dass sie nun ihrem Vater die Stirn bieten konnte.
„Du spinnst ja! Was reimst du dir denn zusammen?", polterte er in zornwütigem Ton los und raste wie ein Berserker an ihr vorbei in die Küche.
Dora, die ihren Platz nicht verließ und den Schlüssel als eventuelle Waffe fest in ihrer Hand umklammert hielt, nahm noch einmal all ihren Mut zusammen und konterte mit bebender Stimme: „Jahrelang hast du mich eingesperrt, mich behandelt wie deine Zweitfrau, mich mit deiner krankhaften Eifersucht verfolgt. Meine Jugend hast du mir genommen. Ich habe so genug von alledem!"
Sie rannte zur Tür hinaus, die Treppe hinunter. Erst unten auf der Straße ließ sie ihren Tränen freien Lauf. Ein ungeheurer Schmerz bohrte sich in ihre Brust. Nun hatte sie ihren Vater endgültig verloren. Ihn, der sie immer bevorzugt behandelt hatte, der ihr das Gefühl vermittelt hatte, etwas Besonderes für ihn zu sein. Aber für welchen Preis und mit welchem Hintergedanken? Sie war froh, dass mit dem heutigen Tag ein Schlussstrich gezogen war. Ihr erlittenes Leid konnte niemand mehr rückgängig machen. Aber er sollte wenigstens wissen, wie sehr er sie in all den Jahren verletzt hatte. Nun war es an ihm zu leiden.

Tief durchatmend gab sich einen Ruck und ging zielstrebig weiter.

Waldo lud seine Eltern nie ernsthaft auf das Grundstück ein. Bestimmt wäre Arno gerne gekommen, aber ohne Elisabeth war das unmöglich. Zwischen ihr und Dora knisterte es seit dem ersten Treffen. Dora erinnerte sich noch gut an die kurze Begegnung vor Waldos Haus. Elisabeth musste sie und Waldo abgepasst haben, denn sie stand auf einmal vor ihnen in der Tür des Jugendstilportals und musterte Dora mit einem derart distanziert abschätzenden, ja feindseligen Blick aus ihren tiefschwarzen Augen, dass diese sich am liebsten in Luft aufgelöst hätte. Aber es half nichts, sie musste die Frau begrüßen. Wie gebannt starrte sie auf Elisabeths diabolische Augenbrauen, während Waldo sie seiner Mutter vorstellte. Linkisch reichte sie der blasierten Frau die Hand, die auf der untersten Stufe vorm Eingang stehen blieb und Dora von oben herab inspizierte, so wie man eine Kuh beschaut, die zum Verkauf angeboten wird. Wie hypnotisiert stand Dora vor ihr, nicht in der Lage sich zu regen. Ihre Starre löste sich erst, als Waldo aufs Gehen drängte. Seither vermied er jede unnötige Begegnung der zwei Frauen. Seine Mutter machte aus ihrer Ablehnung Dora gegenüber kein Hehl und auch Dora zeigte nicht das geringste Interesse, diese strenge, herrische Frau mit ihrem Klassendünkel näher kennen zu lernen.
So verging der Sommer und es wurde Herbst.
Eines Morgens kam Dora zu spät zur Arbeit. Es war der Morgen des 10. November 1938. Sie hatte das Haus wie immer kurz nach sechs verlassen und war mit der Straßenbahn in Richtung Innenstadt gefahren. Die Menschen in den Wagen standen dicht gedrängt, fast niemand sprach. Die meisten Leute befanden sich wie sie auf dem Weg zur Arbeit und dösten vor sich hin. Je näher sie dem inneren Ring kamen, um so dichter wurde der Verkehr. Auffallend viele Lastwagen mit SA-Leuten rumpelten über das Kopfsteinpflaster vorbei. Die Braunhemden, Hitlers primitive Schlägertruppe, wurden von allen gefürchtet, denn wo immer sie auftauchten, fielen sie durch ihr rüpelhaftes Benehmen auf. Sicherheitshalber verbarg sich bei ihrem Erscheinen jeder, der konnte, in seiner Wohnung. Die Mitreisenden im Wagen beugten sich zum Fenster um die Fahrtrichtung der Wagen mit den Augen zu verfolgen. Krampfhaft hielt sich Dora an einer Stange fest um in dem Gedränge nicht umgestoßen zu werden. Kurz nach Reudnitz, am alten Johannisfriedhof, blieb die Straßenbahn stehen. Gemurmel im Waggon. Niemand wusste so recht, was los war. Der Verkehr kam völlig zum Erliegen.

Kurzentschlossen beschloss Dora auszusteigen. Sie hatte es jetzt nicht mehr weit bis zu ihrem Geschäft und sie war auf jeden Fall zu Fuß schneller als wenn sie in der Bahn warten würde. Die anderen Fahrgäste schienen das Gleiche zu denken, denn fast alle verließen die Trambahn. Kaum standen sie im Freien, sahen sie im Dunkel des anbrechenden Morgens einen Feuerschein. Dicke Rauchschwaden stiegen zum Himmel auf. Irgendwo weiter vorne musste ein gewaltiger Brandherd sein. Die Menschen reckten sich um die Quelle des Rauchs zu entdecken. Sie drängten vorwärts und während Dora mitgeschoben wurde, nahm sie Satzfetzen auf.
„... in der Innenstadt brennt es..."
„...Feuer an verschiedenen Stellen..."
Je weiter sie vorankam, desto intensiver wurden der beißende Geruch und die Hitze. Es stank beinahe unerträglich. Dora war froh, dass sie ihren Muff bei sich hatte und presste ihn vor die Nase.
Plötzlich sah sie das brennende Gebäude. Um Gotteswillen, das brannte ja bei Bamberger & Hertz, dem großen Konfektionshaus am Augustusplatz!
Die Menschenmenge stockte und starrte entsetzt auf das große fünfstöckige Haus. Das ganze Gebäude stand lichterloh in Flammen. Fenster zerbarsten, Splitter flogen durch die Gegend und Qualm quoll aus allen Öffnungen. Gierig züngelten die Flammen an den Fensterkreuzen. In den Geschäftsräumen herrschte ein einziges Flammenmeer. Schlagartig wurde Dora der Grund des Gestanks bewusst. Bamberger & Hertz war das beste Geschäft ganz Leipzigs für Herrenbekleidung. Pelzbesetzte Mäntel, Anzüge der gehobenen Preisklasse, die edelsten, besten Stücke, Werte für tausende Mark gingen dort gerade in Flammen auf. Wie hatte dies nur geschehen können? Unvorstellbar. Dora schüttelte den Kopf. Sprachlos stand sie inmitten der gelähmten Menge und blickte fassungslos auf das Gebäude. Ihre Augen begannen wegen der Hitze zu tränen. Sie kniff sie fest zusammen, nestelte umständlich ein Taschentuch hervor und tupfte sie trocken. Dabei fiel ihr Blick auf die Feuerlöschpolizei, die unweit des brennenden Kaufhauses mit ihren Löschfahrzeugen stand und ihren Wasserstrahl auf die umliegenden Häuser richtete.
Wahrscheinlich sollten diese Gebäude nicht auch noch vom Funkenflug getroffen werden. Furchtbar, wenn das beliebte Kaffeehaus Corso Feuer fangen würde.
„Aber warum löschen die denn bei Bamberger & Hertz nicht?", fragte sie verwirrt den älteren Herrn, der zufälligerweise neben ihr stand.

„Ich verstehe das auch nicht. Vielleicht ist da nichts mehr retten“, antwortete er durch seinen Schal hindurch, den er sich vor Mund und Nase hielt.
„Das wäre schrecklich!“ Dora schaute irritiert und ratlos auf das Gebäude. Schade um dieses prächtige Warenhaus.
Langsam schienen die Feuerwehrleute Herr des Feuers zu werden. Mit langen Schiebeleitern, die sie am Augustusplatz ansetzten, bekämpften sie nun den Brand vom Dachstuhl aus. Nach einer Weile loderten nur noch einzelne Brandherde auf, das Feuer schien allmählich zu ersticken. Ein Aufschrei ging durch die Menge, als große Bündel verkohlter Kleidungsstücke durch die Fenster auf die Straße geworfen wurden. Unwillkürlich wich die Menge zurück. All das waren einmal wertvolle Stücke gewesen! Gleich darauf flogen einzelne, halbverbrannte Möbelstücke hinterher.
Das Spektakel näherte sich seinem Ende. Bewegung kam in die Menge. Erschreckt besann sich Dora, dass sie ja auf dem Weg zur Arbeit war. Ein Blick auf die Uhr zeigte, dass sie schon viel zu viel Zeit verloren hatte. Wie sollte sie nur in die Grimmaische Straße kommen, in der ihre Arbeitsstätte lag? Der direkte Weg war von der Feuerwehr versperrt. Sie musste eine andere Möglichkeit finden. Verzweifelt sah sie sich um. Es würde ewig dauern sich hier durchzukämpfen. Aber es half alles nichts. Mühsam begann sie sich durch den Menschenauflauf zu drängen. Die meisten schwiegen, nur wenige unterhielten sich flüsternd. Auf einmal hörte sie eine laute Stimme vor sich: „Das geschieht den verfluchten Judenschweinen recht! Jetzt ist es mit denen vorbei.“
Abrupt blieb Dora stehen. Um einen Trupp von acht bis zwölf Männern hatte sich ein Kreis von Menschen gebildet. Einige der Männer hielten Eisenstangen in der Hand. Einer schlug die Stange wieder und wieder in seine linke Handfläche und blickte furchteinflößend in die Runde.
„Jetzt wird endlich Ordnung geschaffen in diesem Land“, schrie er.
„Judensau verrecke“, grölte ein anderer. „Warenhäuser sind verboten! Schon lang.“
Die Menschen wichen vorsichtig zurück. Dora duckte sich unwillkürlich. Nur nicht auffallen, nichts sagen, die Kerle würden womöglich auf jeden losgehen, der sich ihnen in den Weg stellte. Sie spürte, dass sich ihre Nackenhärchen wie elektrisiert aufstellten. So schnell es ging wollte sie fort von dort. Eine panische Angst und das Gefühl eingeschlossen zu sein überfielen sie. Wo konnte sie nur schnell und unbehelligt durchkommen? Noch einmal schaute sie zu der Gruppe, in die stumpfen Gesichter, sah das aggressive Aufblitzen in ihren Augen und selbst aus der Entfernung noch spürte sie,

dass etwas in der Luft lag, dass es um mehr ging, als um ein brennendes Warenhaus. Schon seit Monaten konnte sie sich dieser vagen Unruhe nicht entziehen, dem Vorgefühl eines drohenden Unheils, hervorgerufen durch die politische Entwicklung in jüngster Zeit. Unauffällig mischte sie sich unter die Menschenscharen, huschte eiligst weiter.
Endlich hatte sie die Peters Straße erreicht und glaubte sich in Sicherheit, da hörte sie Lärm vor sich. Männer brüllten, Glas splitterte, Frauen schrieen. Es hörte sich an, als ob die Hölle los sei.
Der ganze Bürgersteig war mit Scherben und Splittern übersät, Schaufensterpuppen waren bis an die Bordsteinkante gerollt, dazwischen lagen Hüte, Stoffe und Kleiderfetzen. Überall standen Menschen herum und schauten neugierig, die meisten waren buchstäblich stumm. Sie schienen völlig verunsichert zu sein.
Da begriff Dora: Die Braunhemden hatten die jüdischen Geschäfte zertrümmert! Wie Schuppen fiel es ihr von den Augen. Schon seit einiger Zeit existierte die Verordnung, dass die Aufschrift „Jüdisches Geschäft" mit weißer Farbe auf die entsprechenden Schaufensterscheiben geschrieben sein musste. Manchmal war zusätzlich noch ein Schild am Laden angebracht:
„Wer hier kauft wird photographiert." Oder:
„Deutsche, kauft nicht bei Juden!"
Ihr war diese Hetze am Anfang ziemlich egal gewesen. Ihre geliebten Leipziger Lerchen, zum Beispiel, kaufte sie, wo sie am besten schmeckten. Und das war nun einmal in der jüdischen Konditorei unweit des Alten Theaters gewesen. Doch schon bald traute sie sich nicht mehr, das Geschäft zu betreten, denn oft stand jemand von der Gestapo davor. Viel zu groß war die Angst denunziert zu werden, die Arbeit zu verlieren oder ins Gefängnis zu kommen. In diesem Staat war alles möglich.
Plötzlich raste ein Lastwagen in hohem Tempo heran und kam mit quietschenden Bremsen zum Halt. Aufgeschreckt blieb Dora stehen. SS-Leute in strengem, kaltem Schwarz, mit Totenkopfabzeichen an den Mützen, stürzten aus dem Wagen, an ihr vorbei in ein Haus. Ein fürchterliches Geschrei aus dem Inneren des Hauses ließ sie erschaudern und bevor sie noch weitergehen konnte, wurden drei Männer herausgezerrt und auf die Ladefläche gestoßen. Genauso überraschend, wie er erschienen war, verschwand der Wagen wieder. Bestürzt versuchte Dora von den umstehenden Leuten zu erfahren, was eigentlich vor sich ging, aber keiner wusste etwas Genaues. Eine Judenverschwörung sei im Gange, bekam sie als einzige Erklärung zu hören. Ein Mann begann sich laut über das unverschämte Verhalten der SS-

Leute aufzuregen, aber gleich stürzten Freunde und Nachbarn auf ihn zu und beschwichtigten ihn, bis er verstummte.
Dora schaute auf die Uhr, es war schon kurz vor acht Uhr. Sie musste sich wirklich sputen, Eulitz hatte längst geöffnet.
Hastig eilte sie weiter an Speck's Hof vorbei. Überall das gleiche Bild. Bei jedem jüdischen Geschäft waren die Schaufenster eingeschlagen, das Trottoir voller Scherben, die Auslagen zum Teil geplündert. Vor einigen Läden lagen zerbrochene Möbel und Bilder auf der Straße.
Kurz bevor sie in die Universitätsstraße einbog, kamen ihr SA-Leute entgegen, die zwei jüdische Männer abführten. Dora wechselte schnell die Straßenseite. Die Braunhemden starrten grimmig, fast schienen sie zu grinsen. Den beiden Juden stand die Angst ins Gesicht geschrieben, der eine blutete an der Stirn.
Ein Gefühl der Scham überfiel Dora, obwohl sie mit alledem nichts zu tun hatte. Sie hatte einfach Mitleid mit den beiden Männern. Das waren doch ganz normale Menschen, wenn sie zugegebenermaßen etwas seltsam aussahen mit ihren langen, schwarzen Bärten und ihren Kräuselzieher-Koteletts. Aber musste man sie deshalb so grob behandeln?
Erleichtert drückte Dora die Eingangstür zum Hause Eulitz auf. Endlich hatte sie den sicheren Hort erreicht. Im Laden befanden sich schon zwei Kundinnen, das war ziemlich ungewöhnlich für diese frühe Stunde. Frau Eulitz warf Dora einen fragenden Blick zu, doch als diese sich gerade rechtfertigen wollte, winkte die Chefin ab.
„Ist schon gut, Fräulein Dosse. Heute ist viel los in der Stadt."
Schnell ging Dora in den Nebenraum und begann sich umzuziehen. Dabei lauschte sie angestrengt den Gesprächen im Kundenraum. Man musste in letzter Zeit gewaltig aufpassen, was man sagte. Niemandem war mehr zu trauen. Selbst bei Frau Eulitz tat Dora sich mit der richtigen Einschätzung schwer. Einerseits glaubte sie herauszuhören, dass ihre Chefin nicht ganz hinter den politischen Veranstaltungen stand, die sie durchführen musste. Andererseits aber pochte Frau Eulitz auf die Anwesenheitspflicht für alle Beschäftigen bei den unsinnigen Betriebsappellen, die zwei Mal pro Jahr stattfanden und bei denen Redner von der Partei politische Vorträge hielten. Eindeutiger war das Verhalten von Frau Strauß, der Ausbilderin. Bei ihr war größte Vorsicht angesagt, sie war eine ganz Scharfe, eine, die voll und ganz hinter dem Nationalsozialismus stand. Jeden Morgen musste Dora die gleiche alberne Prozedur hinter sich bringen. Kaum dass sie Frau Strauß begegnete, erwartete diese mit einem zackigen „Heil Hitler" gegrüßt zu werden.

Und wehe, Dora würde es einmal vergessen! Dieser Frau war alles zuzutrauen. Ein Glück, dass sie heute noch nicht im Geschäft war!
„Letzte Woche hat man ein paar Tausend polnische Juden nach Polen gebracht.“ Das war die Stimme einer Kundin. „Diese zunehmende Verjudung kann man wirklich nicht mehr länger hinzunehmen.“
„Ja, das stimmt. Die Juden machen sich im Geschäftsleben außerordentlich breit. Die jüdische Konkurrenz ist ziemlich groß.“ Das musste die Chefin sein.
„Aber bei den Juden bekommt man gute Qualität für sein Geld.“ Gertruds Stimme. Sie war ein paar Jahre jünger als Dora und arbeitete ebenfalls als Verkäuferin. Die beiden kicherten viel miteinander und verbrachten, seitdem Dora nicht mehr nach Hause zum Essen ging, jede Mittagspause miteinander.
Inzwischen hatte Dora ihre adrette Arbeitskleidung angelegt. Die Haare waren zurückgekämmt und mit einem kecken weißen Häubchen gekrönt, zum schwarzen Rock trug sie eine helle Bluse, dazu Schuhe mit Absatz. Nun betrat sie mit angestrengt ausdruckslosem Gesicht den Kundenraum.
„Wie sind Sie denn heute morgen durchgekommen?“, wandte sich Frau Eulitz direkt an sie. „Sie mussten doch sicher bei Bamberger & Hertz vorbei?“
Dora nickte. Sie berichtete knapp von ihren morgendlichen Erlebnissen, bemüht, dabei wertneutral zu formulieren. Die Begegnung mit der Schlägergruppe verschwieg sie ebenso, wie die mit den SS-Leuten und den Juden. Sie hätte es einfach nicht fertiggebracht, ohne Wertung darüber zu sprechen. Die Frauen im Laden hörten kurz zu, da aber Dora nichts Neues zu berichten wusste, riss Frau Eulitz die Gesprächsführung wieder an sich.
„Haben Sie schon gehört, dass die jüdische Synagoge brennt?“, fragte sie.
Dora schluckte. Nein, brachte sie hervor, das sei ihr neu.
So erfuhr sie von den nächtlichen Aktionen. Gegen drei Uhr nachts hatte alles begonnen. Frau Eulitz, die im ersten Stock über ihrem Laden wohnte, erzählte noch sichtlich mitgenommen, wie sie von dem Geräusch splitternden Glases aufgeschreckt war. Ihr erster Gedanken: Jemand hat in meinem Laden die Scheibe eingeworfen! ließ sie bestürzt ans Fenster eilen. Von dort aus sah sie in der schwachen Beleuchtung der Gaslaternen dunkle Gestalten durch die Straßen ziehen.
„Mit meinen eigenen Augen“, betonte die Chefin wichtigtuerisch „habe ich gesehen, wie sie mit Pflastersteinen die Schaufenster der jüdischen Geschäfte eingeworfen haben.“

Zitternd sei sie am Fenster gestanden, habe aber sofort im Anschluss die Nachtdienstbereitschaft angerufen. Dort sagte man ihr, es sei alles unter Kontrolle, sie solle sich wieder schlafen legen.
„Wie kann man denn bei so einem Lärm schlafen?“, stöhnte sie noch nachträglich über die Unvernunft des Polizisten.
Am Morgen, so gegen halb sieben, seien Trupps von etwa zehn Männern in Zivil mit Eisenstangen durch die Stadt gezogen und hätten alles in den Läden kurz und klein geschlagen. Fröstelnd zog Frau Eulitz ihre Stola fester um sich. Sie sah völlig übernächtigt aus.
„Inzwischen steht sogar die Synagoge in der Gottschedstraße in Flammen, und auch die in der Färberstraße.“
Alle schwiegen. Im Laden herrschte eine bedrückende Atmosphäre. Was sollte man sagen? Was durfte man sagen? Nach einer Weile begannen die beiden Kundinnen Frau Eulitz wegen ihrer schlechten Nacht zu bedauern. Dora nutzte die Gelegenheit Gertrud zu signalisieren, sie solle unbedingt schweigen. Die nickte und begann die ausliegenden Handschuhe neu anzuordnen. Bestürzt über die Nachrichten machte sich auch Dora an die Arbeit. In ihrem Kopf überschlugen sich die Gedanken. Was hatte das alles nur zu bedeuten? Sie musste dringend mit Waldo sprechen.

Waldo hörte die Nachrichten im Reichsender. Es hätte einen Ausbruch der Volkswut gegeben, das Volk würde sich an den Juden rächen, weil ein Jude namens Grynszpan einen deutschen Diplomaten in Paris erschossen hatte.
Beunruhigt machte Waldo früher Schluss als sonst und fuhr mit der Straßenbahn von Connewitz ins Zentrum.
In der Stadt brodelte es. Es wimmelte nur so von SS- und SA-Leuten. Auch die HJ war unterwegs, sie hatte wohl schulfrei bekommen. Daneben gab es viele Neugierige, die wie Waldo mit eigenen Augen sehen wollten, was sie von Nachbarn oder aus dem Radio gehört hatten. Sein Weg führte ihn als erstes bei Bamberger & Hertz vorbei, wo Aufräumkommandos damit beschäftigt waren, lose Mauerteile sowie nicht mehr standhaltende Giebel und Pfeiler abzubrechen oder abzustützen. Nachdenklich und traurig zugleich schaute er auf das rußgeschwärzte Gebäude. Er hatte gerne hier eingekauft, dieses Geschäft war auf gute Herrengarderobe spezialisiert gewesen. Ein Lautsprecherwagen näherte sich, von dem aus die Bevölkerung aufgefordert wurde, strenge Disziplin zu bewahren und von weiteren Aktionen abzusehen. Weitere Aktionen? Wo war der Mob, der angeblich in den frühen Morgenstunden aus Empörung und Erregung Vergeltung geübt hatte? Dora

würde sicher mehr wissen, sie war ja frühmorgens schon in der Stadt gewesen. Waldo war gespannt auf ihre Eindrücke. Aber noch blieb Zeit, bis er sie abholen konnte. Er ging weiter in Richtung jüdischem Viertel, westlich des Hauptbahnhofs. Dort erschrak er über das Ausmaß der Zerstörung. Die Synagoge in der Färberstraße war komplett herunter gebrannt. Davor standen viele Schaulustige, die die Verwüstung mit einer Mischung aus Grauen und Neugier betrachteten. Auch Waldo starrte fassungslos auf die verkohlte Ruine. Inmitten des gedämpften Stimmengewirrs hörte er hinter sich die Stimmen zweier Frauen. Leise flüsternd entsetzten sie sich darüber, dass SA-Leute am Vormittag die Thora-Rollen, das Allerheiligste, zum brennenden Fenster hinausgeworfen hätten. Er schaute sich verstohlen um und sah das erhitzte Gesicht zweier Jüdinnen, die unter seinem Blick zusammenzuckten und, als ob er sie bei etwas Verbotenem ertappt hätte, eiligst im dahinterliegenden Hauseingang verschwanden. Sie hatten sich sehr unvorsichtig verhalten. Doch nun war Waldos Neugier geweckt. Zu gerne hätte er nachgefragt, aber er konnte ihnen unmöglich folgen. Eine Weile noch blieb er stehen und wartete, obwohl er wusste, dass es sinnlos war. Sie würden nicht wieder kommen. Gedankenverloren ging er weiter. Nach ein paar Metern erreichte er die Carlebachschule. Dort hatten Eindringlinge die Toreinfahrt mit Äxten aufgeschlagen. Was für eine Brutalität! Welcher Teufel ritt diese barbarische Horde? Erschaudernd betrachtete Waldo das beschädigte Gebäude. Es war eine Sünde, so ein altes ehrwürdiges Gebäude derart rabiat zu zerstören. Die Äußerungen der jüdischen Frauen kamen ihm wieder in den Sinn. War es möglich, dass SA-Leute das Feuer gelegt hatten? Es war ihnen zuzutrauen.
Seine Gedanken wurden durch das Geräusch heranbrausender Lastwagen unterbrochen. Auf den Ladeflächen standen junge Kerle mit Hakenkreuz-Armbinden, die mit ihren Gewehren protzten und grölten. Sie schienen wie in einem Rausch zu sein. Die Wagen verschwanden und Waldo machte sich auf den Weg zu Doras Arbeitsstelle. Unterwegs kam er an unzähligen jüdischen Geschäften vorbei. Sie waren alle demoliert. Vor manchen Läden waren die Menschen noch mit dem Aufräumen beschäftigt. Dabei fiel Waldo auf, dass er nur putzende Juden sah. Keiner hob den Kopf, als er vorbeiging. Waldo spürte, wie ihnen die Angst den Hals zuschnürte. Gerne hätte er etwas gesagt, aber er wusste nicht was. Für ein freundliches Wort erschien ihm die Stimmung zu aufgeladen. Er fürchtete, sie könnten ihn wütend anschreien oder auch nur mit verächtlichen Blicken strafen. Im schlimmsten Fall würde er beobachtet werden, von einem seiner Kunden womöglich. Er

durfte kein Risiko eingehen. In letzter Zeit war die veränderte Einstellung der Bevölkerung gegenüber den Juden in allen Lebensbereichen deutlich bemerkbar. Hatte man diese Minderheit noch vor einiger Zeit kaum wahrgenommen, so genierten sich die Leute inzwischen nicht mehr über sie zu tuscheln, ihre Andersartigkeit und ihre Geschäftstüchtigkeit offen zu kritisieren und sie anzufeinden.

Es war ziemlich spät, als Waldo ins Zentrum zurückkehrte. Schon von der Ferne sah er Dora vor dem Laden warten. Der Schock des Erlebten stand ihr ins Gesicht geschrieben. Sonst strahlte sie immer, wenn sie ihn sah, heute konnte sie sich nur zu einem verkrampften Lächeln aufraffen. Er nahm sie wortlos in die Arme. So blieben sie eine kleine Weile stehen, bis er sie auf Armeslänge entfernt hielt und sie prüfend anschaute.

„Wie geht es dir?"

„Schlecht. Mir ist die Lust zum Kinobesuch vergangen." Dora bekam nasse Augen.

Eigentlich hatten sie vorgehabt, den neuen Film „Die 13 Stühle" mit Heinz Rühmann anzuschauen. Aber weder Dora noch Waldo stand der Sinn nach Unterhaltung.

„Ich möchte einfach nur möglichst schnell weg von hier", bat sie und hakte sich bei Waldo unter. Er spürte ihre Angst, ihre Verletzlichkeit und drückte ihren Arm fest an sich. Sie kamen an dem ausgebrannten Warenhaus vorbei, wo die Aufräumarbeiten immer noch in vollem Gange waren. Menschen standen am Rande der Absperrung und schauten zu. Mit Ausnahme der obersten Geschosse, die andere Geschäftsleute belegt hatten, waren nur noch die Betonpfeiler und die Decken übriggeblieben. Als Dora und Waldo gerade vorbeigehen wollten, hörten sie die Stimmen von zwei SA-Leuten, die sich unter die Neugierigen gemengt hatten. Sie sprachen so laut, dass ihre Äußerungen nicht zu überhören waren. Die Geschäftsinhaber selbst hätten das Feuer gelegt um an die Versicherungsprämie zu kommen, berichteten sie allen, die es hören wollten. Dora drückte Waldos Hand, der ihren Druck in stillem Einverständnis erwiderte. Nur weg von hier.

In den Straßen der Innenstadt herrschte ein reger Fußgängerverkehr, wie man ihn sonst kaum kannte. Schweigend gingen sie stadtauswärts, vorbei an kaputten Läden und Spuren der Verwüstung. Erst als sie das Zentrum verlassen hatten und sich weniger Menschen auf den Straßen befanden, getraute sich Dora endlich zu sprechen.

„Glaubst du das, was die beiden vorhin gesagt haben, von wegen Versicherungsbetrug?"

„Ich kann mir das absolut nicht vorstellen, nicht bei dieser Firma. Welcher Geschäftsmann würde denn seine eigene Ware anzünden? Da blutet einem ja das Herz. Außerdem ist die Gefahr, dass es herauskommt, viel zu groß."
Dora nickte. Sie gab Frau Eulitz' Bericht von den Geschehnissen der Nacht wider und erzählte von ihren eigenen Erlebnissen am frühen Morgen mit den Schlägertypen.
„Das klingt nicht gerade nach spontanen Aktionen der Bevölkerung", urteilte Waldo. „Hast du denn keine Demonstrationen gesehen?"
„Nein, nur Neugierige. Menschen, die so wie ich zur Arbeit gingen. Wer, glaubst du, steckt hinter all den Anschlägen?", fragte Dora in ihrer vertrauensseligen Art und blickte ihn erwartungsvoll an. Sie interessierte sich sonst eigentlich nie für politische Geschehnisse. Sie war zwar zur Reichstagswahl im April gegangen, doch nur, weil sie das als ihre Bürgerpflicht ansah. Was die Politiker sonst so beschlossen war ihr egal, solange sie in Ruhe leben konnte. Die heutigen Vorfälle jedoch beeinträchtigten ihre persönliche Freiheit in einem Maß, das sie beunruhigte.
Waldo ließ sich Zeit mit seiner Antwort. Sie kannten sich jetzt zwar schon eineinhalb Jahre und vertrauten sich gegenseitig, aber der gesunde Menschenverstand ließ noch eine letzte Misstrauensschwelle vorhanden sein. Er schaute sich kurz um und als er sich vergewissert hatte, dass niemand in Hörweite war, erwiderte er: „Im Radio sprachen sie von Volkswut, von Vergeltungsaktionen der Bevölkerung, aber ehrlich gesagt, ich glaube nicht daran."
„Ich auch nicht, Waldo." Doras Stimme klang erregt. „Hör mal, was mir Gertrud in der Mittagspause erzählt hat. Sie hat jüdische Bekannte in der Innenstadt und war über Mittag kurz bei ihnen. In der Wohnung muss es ganz schrecklich ausgesehen haben. Die ganze Einrichtung ist kaputt. Am Vormittag seien SS-Leute gekommen und hätten alle jüdischen Männer, die über sechzehn Jahre alt waren, verhaftet. Den Vater, den Opa, die Söhne. Gertrud kennt die Familie. Sie sagt, das seien ganz zurückhaltende, ruhige Bürger, die keiner Seele etwas zuleide getan hätten."
Ein Paar kam ihnen entgegen und Dora verstummte. Schweigend gingen sie aneinander vorbei. Waldo wartete noch eine Weile und erst als er sich wieder sicher fühlte, fragte er nach: „Und es war wirklich die SS, die alles demoliert hat?"
„Ja, klar. Gertruds Freunde haben das ja selbst erlebt."
„Das würde zu dem passen, was ich heute Nachmittag gehört habe. Vor der Synagoge behaupteten zwei jüdische Frauen SA-Leute hätten die Thora-

Rollen aus dem Fenster der Synagoge geworfen, anstatt sie in Sicherheit zu bringen. So etwas Gotteslästerliches ist eigentlich unvorstellbar, aber so wie Hitlers Handlanger in letzter Zeit auftreten, könnte ich mir vorstellen, dass es stimmt."

Waldo schwieg. Er hatte sich weit vorgewagt, hatte Dora seine innersten Gedanken anvertraut. Aber er liebte sie, und zu seiner idealistischen Vorstellung von Liebe gehörte nun einmal absolutes Vertrauen. Außerdem glaubte er zu wissen, dass sie ähnlich dachte wie er. Sie war vielleicht ein bisschen weltfremd, verträumt, aber gerade das liebte er an ihr, ebenso wie der Hauch von Naivität, den er ab und zu bei ihr bemerkte. Sie kam ihm so verletzlich vor, so mädchenhaft und unbedarft. Er würde sie schützen, so gut er eben konnte. Zärtlich drückte er ihr einen Kuss auf die Stirn. Es war kalt und sie fröstelte ein wenig in seinem Arm. Gut, dass es nicht mehr weit war bis zu ihrem Zimmer.

Sie hatten inzwischen Sellerhausen erreicht und Dora schlug vor, die Abkürzung über den Friedhof zu gehen. Sie liebte es, die Namen auf den Grabsteinen anzuschauen und aus den Lebensdaten etwas über die Geschichte dieser Toten herauszulesen.

Nach einer Weile nahm Waldo das Gespräch wieder auf. „Von Seiten des Staates gab es in den letzten drei Jahren sehr viele Verordnungen gegen Juden. Da wäre es gut möglich, dass diese Aktion heute von oben her geplant war." Stockend fügte er hinzu: „Aber ich sollte so etwas nicht sagen. Wenn das jetzt jemand hört, bin ich für Jahre im Zuchthaus."

Dora atmete tief durch und eine helle Dunstwolke entstand in der klaren Luft. Sie blieb stehen und nahm Waldos Kopf liebevoll in ihre Hände.

„Es ist besser, wir sprechen nicht mehr darüber. Heute ist Furchtbares in der Stadt passiert. Aber die wenige Zeit, die wir miteinander haben, ist für politische Gespräche viel zu kostbar. Meinst du nicht auch?"

Waldo nickte. „Ja. Wir müssen vor allen Dingen sehr mit unseren Äußerungen aufpassen, denn ehe wir es begreifen geraten wir sonst ins Visier dieses Spitzelnetzes."

Schweigend und eng aneinander geschmiegt standen sie auf dem Friedhof, einer Insel der Ruhe gleich. Um sie herum wurde es langsam dunkel, Feuchtigkeit kroch aus der Erde. Ein Zittern durchfuhr Doras Körper.

„Lass uns gehen, bevor du dich erkältest", murmelte er und rieb ihr den Rücken zum Aufwärmen. In dem Gefühl, eine verschworene Einheit zu sein, die Gedanken noch bei den Erlebnissen dieses Tages, machten sie sich ohne weiteren Aufschub auf den Heimweg.

IV

In der Vorweihnachtszeit verhielt sich Waldo sehr geheimnisvoll. Dora spürte, dass ihn etwas beschäftigte, aber er rückte mit der Sprache nicht heraus.
Unerwartet stand er eines Abends vor ihrem Geschäft und begrüßte sie ganz aufgeregt.
„Dorle, ich habe eine Riesenüberraschung für dich! Etwas ganz Besonderes."
Sie sah ihn erstaunt an. Seine Augen strahlten, wie sie es nur von Kinderaugen am Weihnachtsabend her kannte.
„Was ist es denn? Du machst mich ja ganz neugierig."
„Schau dich mal um. Du kannst es von hier aus sehen."
Dora ließ ihre Augen über die Häuser, die Straße, über die Geschäfte mit ihren Auslagen gleiten.
„Meinst du etwas im Schaufenster? Mach es doch nicht so spannend. In welche Richtung soll ich denn schauen?"
Sie wurde ungeduldig.
„Na, dann komm, ich zeige dir meine Überraschung."
Mit diesen Worten hielt er ihr den Arm hin. Erwartungsvoll hakte Dora sich unter und ließ sich von ihm führen. Was er sich jetzt wohl wieder ausgedacht hatte? Bevor sie jedoch weiterrätseln konnte, blieb Waldo am Bürgersteig stehen und deutete auf ein parkendes Fahrzeug.
„Das ist jetzt unseres. Ist es nicht wunderschön?"
Fassungslos blickte sie auf das glänzend polierte Automobil und rang nach Worten. „Waldo! Das ist ja..."
„...ein nicht ganz neuer Ford, der aber noch traumhaft fährt. Komm, steig ein. Wir drehen eine Runde."
Galant öffnete er die Beifahrertür und wartete, bis sie eingestiegen war. Sprachlos schaute Dora ihn an, doch als sie sein schelmisches Lausbubengesicht sah, musste sie lachen. Schnell stieg auch er ein und begann aufgeregt zu erzählen, wie er zu dem Auto gekommen war. Er verriet ihr, dass er schon seit einiger Zeit jede Woche die Verkaufsannoncen in der Zeitung studiert hatte. Der Preis dieses Fahrzeugs schien ihm akzeptabel, und so rief er den Verkäufer an. Schnell war man sich einig geworden. Allerdings musste das Motorrad noch verkauft werden. Aber auch das war inzwischen schon

in aller Heimlichkeit geschehen. Seit wenigen Stunden war er stolzer Besitzer des neuen Gefährts.
„Jetzt können uns Regen und Kälte nichts mehr anhaben", strahlte er.
Dora war von der noblen Karosse wie geblendet. Bewundernd strich sie über das Armaturenbrett und wunderte sich dabei über die Anzahl der Knöpfe und Schalter. Sie wandte sich um und staunte über die Geräumigkeit des Innenraums. Da würde Gertrud Augen machen! Und die Eltern und Geschwister erst.
Begeistert drückte sie Waldo einen Kuss auf die Wange. Stolz erklärte er ihr allerhand technische Daten, die sie ehrfürchtig aufnahm, bevor er endlich den Wagen startete. Langsam und ruckelnd wie ein Gefährt in der Geisterbahn fuhr das Fahrzeug los.
„Das ist ganz normal, das macht er immer", erklärte Waldo.
„Ein lustiges Auto", lachte Dora. „Jetzt braucht es nur noch einen Namen."
Glücklich sah sie zum Fenster hinaus. Was für ein herrliches Gefühl! Sie kam sich ganz vornehm vor. Draußen glitt der monumentale Hauptbahnhof vorbei, kurz darauf das Opernhaus. Waldo konzentrierte sich auf den Verkehr und strahlte vor Glück und Besitzerstolz. Er klappte den rechten Blinker hinaus und bog von der Ringstraße ab, die um das Zentrum verlief. Weiter ging es in Richtung Sellerhausen, wo Dora wohnte. Nach jedem Halten ruckelte der Wagen erneut los.
„Ich hab's!", rief Dora. „Wuppdich könnte er heißen, weil er immer so kleine Hüpfer beim Anfahren macht."
Waldo war einverstanden und so stießen sie noch am selben Abend mit einem Gläschen Sekt auf ihr neues Gefährt und viele schöne Fahrten damit an.

Ihre erste große Reise unternahmen sie im Frühjahr 1939 über neu gebaute, breite Autobahnen in Richtung Zugspitze. Dort angekommen fuhren sie mit der Bahn hoch zum Zugspitzplateau, wo sie in der Hütte auf einem Matratzenlager übernachteten. Am nächsten Morgen ging es wieder heim. Es sollte ihre einzige Urlaubsfahrt mit dem Auto bleiben.
In Deutschland brodelte es. Im März waren die deutschen Truppen in die Tschechoslowakei einmarschiert und hatten das Land als „Protektorat Böhmen und Mähren" dem Deutschen Reich angegliedert. Es folgte der Einmarsch ins Memelgebiet.
Von Heinz kam einer seiner seltenen Briefe. Er schrieb, dass in seiner Eliteschule nur Adelige und Leute der Oberschicht seien und man ihn immer

wieder spüren lasse, dass er keine Matura habe. Aber er lasse sich nicht klein kriegen, denn er wolle weiter kommen.
Als Dora den Brief ihres Bruders bei einem ihrer Besuche zu Hause zu lesen bekam, spürte sie in ihrem Körper lauter spitze Nadelstiche. Ihr war klar, dass er mit allen Mitteln darum kämpfen würde, dem kleinbürgerlichen Milieu, dem er entstammte, den Rücken zu kehren. Mit seinen gerade mal neunzehn Jahren war Heinz auf dem besten Weg, ein vollwertiges SS-Mitglied zu werden. Ob er wohl dort in Fürstenfeldbruck letztes Jahr während der „Kristallnacht“ auch an Verhaftungen und Zerstörungen beteiligt gewesen war?
Dora schauderte bei dem Gedanken.
Sie hätte ihn gerne nach seinem Tätigkeitsbereich gefragt, doch seitdem er bei München lebte, war er nicht mehr nach Hause gekommen. Sie war sich ziemlich sicher, er wäre nicht um die Wahrheit herumgekommen. Dazu glaubte sie ihn zu gut zu kennen. Sie hatte ihn viele Jahre großgezogen, in all der Zeit waren sie sich immer sehr nahe gewesen. Nachdenklich faltete Dora den Brief wieder zusammen und reichte ihn ihrer Mutter.
„Na? Ist es nicht wunderbar, was für ein Glück der Junge hat?“, fragte Martha und strahlte vor Stolz. Dora hütete sich, der Mutter ihre Gedanken mitzuteilen. Es hätte keinen Sinn gehabt. Martha war völlig desinteressiert an Politik, für sie zählte nur das Wohl ihres Lieblingssohnes.
Sie hatte seinen Brief sogar Inges Lehrer gezeigt, als dieser in der Woche zuvor zu einem Gespräch zu ihnen nach Hause gekommen war. Er wollte die Eltern persönlich davon überzeugen, dass Inge doch endlich den „Jungmädels“ beitreten sollte, einer Gruppe, die vom neuen Regime speziell für die Zehn- bis Vierzehnjährigen eingerichtet worden war. Die Mädchen veranstalteten sportliche Wettkämpfe und es gab Festveranstaltungen, bei denen viel gesungen wurde. Bis auf Inge waren alle Klassenkameradinnen schon längst eingetreten, so dass sie sich auch selbst inzwischen als Außenseiterin vorkam. All ihr Bitten und Betteln bei den Eltern hatte nichts geholfen. Ihr Vater lehnte als eingefleischter Sozialdemokrat viele der nationalsozialistischen Neuerungen ab, zum Beispiel die Prozessionen zu Hitlers Geburtstag, bei denen seine Tochter – wäre sie Jungmädel – zukünftig mit Fahne und in orange-weißer Kluft mitmarschieren müsste. An jenem Tag, als der Lehrer bei Dosses für den Beitritt warb, hockte Max im Sessel und schwieg. Entscheidungen, die die Kindererziehung betrafen, überließ er seiner Frau, zumindest seit dem Bruch mit Gerhart, seinem Ältesten. Martha jammerte dem Lehrer vor, wie wichtig Inges Hilfe zu Hause sei, da sie selbst

von morgens bis abends mit Nähen unendlich viel zu tun habe. Erst als der Lehrer sie verwarnte, der Ortsgruppenleiter würde der Familie Minuspunkte aufschreiben, wenn er von der Nichtmitgliedschaft erführe, stimmten die Eltern zu. Zum Schluss kramte Martha noch Heinz' Brief hervor um die nationalsozialistische Gesinnung ihrer Familie zu beweisen. Tief beeindruckt zog der Lehrer von dannen.

Inge freute sich ungemein, dass sie nun endlich dazugehörte und dass ihre Mutter nichts mehr dagegen einwenden konnte, wenn sie zusammen mit den Freundinnen länger von zu Hause fort blieb. Nun konnte sie endlich auch bei der Sammlung für das „Winterhilfswerk" mithelfen, einer Aufgabe, auf die sie besonders stolz war. Bei Doras Besuch war sie gerade auf dem Sprung. Zusammen mit einer Klassenkameradin wollte sie mit einer Geldbüchse durch die Straßen ziehen um Spenden zu erbitten. Wer zwanzig Pfennig oder mehr gab, bekam ein Abzeichen ans Revers geheftet, auf dem stand: Der Führer dankt. Eifrig packte sie die Büchse und das Kästchen mit den Abzeichen ein und verabschiedete sich.

Kaum dass sie alleine waren, wandte sich Martha an Dora.

„Hast du Nachrichten von Gerhart?" Sie sorgte sich um ihren Sohn, getraute sich aber aus Angst vor Max noch immer nicht, Kontakt mit ihrem Ältesten aufzunehmen. Vor ein paar Wochen hatte Gerhart bei der Arbeit einen Blutsturz gehabt und der Arzt war zu dem Ergebnis gekommen, dass er an Tbc litt. Dora hielt als einzige der Familie den Kontakt zu ihm, wenn auch nur sporadisch. Sie erzählte ihrer Mutter, dass er inzwischen in einer Klinik zur Genesung sei.

„Gott sei Dank", atmete Martha erleichtert auf. „Die kalte Erdgeschosswohnung im Hinterhof, in der er wohnt, ist absolut nichts für ihn. Wie geht es seinen beiden Buben?" Sie blickte Dora erwartungsvoll an und ihre Augen füllten sich mit Tränen, als diese ihr von den Enkeln erzählte, die Martha noch nie gesehen hatte und in nächster Zukunft wohl auch nicht sehen würde.

Doras Mutter litt unter der familiären Situation. Sie litt im Stillen, denn sie sah keinen Ausweg. Seitdem die Großen das Haus verlassen hatten, lebten sie und ihr Mann nebeneinander her. Sie war froh, wenn er sie in Ruhe ließ und stürzte sich bis tief in die Nacht in die Arbeit. Nebenbei bot ihr die Näherei auch einen geeigneten Vorwand, um sich von der übrigen Hausgemeinschaft fern halten zu können. Früher hatte sie noch ab und zu einen Plausch mit der Nachbarin gehalten oder gemeinsam mit ihr ein Tässchen Kaffee getrunken. Aber inzwischen hatte sich in der Hausgemeinschaft

Misstrauen eingeschlichen. Niemand wusste mehr, welchem Nachbarn er noch trauen konnte oder wer wen beim Blockwart anschwärzen würde. Bisher hatte es niemand interessiert, wes Geistes Kind die Leute nebenan waren. Nun beobachtete jeder, ob er vom Verhalten des Anderen auf dessen Einstellung schließen konnte. Außer einem flüchtigen Gruß im Treppenhaus gab es keine engen Kontakte mehr.

Der Blockwart war ein älterer, scheinbar gutmütiger Mann, da hatten sie in ihrem Wohnblock noch Glück. Eine seiner Aufgaben bestand darin zu kontrollieren, dass an den vorgeschriebenen Tagen bei jeder Familie die Fahne mit dem Hakenkreuz zum Fenster hinaus gehisst wurde. Er drohte jeden anzuzeigen, der sich nicht einreihte und so hing auch bei Dosses, wenn es verlangt war, wohl oder übel eine Fahne. Auch bei der seit 1933 geltenden Verordnung am ersten Sonntag im Monat Eintopf zu kochen, machten Dosses mit. Martha kochte sowieso häufig Eintopf, denn er war schnell und billig zubereitet. Der auf diese Weise ersparte Betrag sollte dem Winterhilfswerk zur Verfügung gestellt werden. Wenn der Blockwart an der Tür klingelte um die Spenden einzusammeln und in Listen festzuhalten, spürte Martha immer Ärger in sich aufsteigen. Sie besaß selbst so wenig, nun sollte sie von dem Wenigen auch noch abgeben. Sie traute sich aber nicht, die Spende zu verweigern und so gab sie zehn Pfennig, um nicht aufzufallen. Außerdem hoffte sie damit den noch Ärmeren zu helfen, die von diesem Geld ein Gemeinschaftsessen auf einem öffentlichen Platz erhielten.

Inzwischen verhielten sich die Leute in allen Bereichen des menschlichen Zusammenlebens angepasst. Nur nicht auffallen, war die Devise. Es gab kaum Widerstand oder Kritik in der Bevölkerung, Duckmäusertum herrschte vor. Jeder denunzierte den anderen und sei es nur, um sich selbst ein bisschen sicherer zu fühlen.

An den ehemals jüdischen Geschäften stand in den ersten Wochen nach den Verwüstungen manchmal ein Schild:

„Geschäft wegen Preiswuchers geschlossen. Geschäftsinhaber in Schutzhaft in Dachau."

Nach und nach wurden alle jüdischen Geschäfte arisiert. Wo aber waren all die Juden? Was bedeutete Schutzhaft in Dachau?

Dora hörte die Leute sagen, dass viele verreist, verzogen, verschwunden waren. Dreitausend hatte man in der großen Polenaktion im Oktober in ihr Land zurückgeschickt. Was aber geschah mit den Verhafteten? Warum kam von denen nie einer zurück? Eigentlich hätte sie das ganze Thema herzlich wenig interessiert, wäre da nicht Gertrud gewesen. Dora selbst kannte keine

Juden persönlich, aber Gertrud machte immer noch ab und zu während der Mittagspause bei ihrer befreundeten jüdischen Familie eine Stippvisite. Dadurch nahm das Thema, über das sonst höchstens geflüstert wurde, für Dora Gestalt an. Gertrud sprach wenig über ihre Besuche, nur dass die Männer noch immer nicht zurückgekehrt seien und die Frauen in Angst um sie lebten.

Einmal, als sie beide mittags auf einer Bank vor der Thomaskirche saßen, erzählte Gertrud wutentbrannt den neuesten Judenwitz, der gerade kursierte: Fragt der eine: Warum löschen sie nicht bei Bamberger & Hertz ? Antwortet der andere: Da könnte ja das Feuer ausgehen.

Während Dora sich noch überlegte, was daran so lustig sein sollte, wetterte Gertrud los: „Das ist doch kein Witz, sondern die reine Wahrheit. Das trifft doch den Nagel auf den Kopf."

Dora wurde totenblass und sah sich erschrocken um, ob auch niemand in der Nähe zugehört hatte.

„Du bist verrückt! Du weißt doch, dass du für so eine Äußerung ins Zuchthaus kommen kannst!", ermahnte sie Gertrud. Aber die lachte nur.

Mit ihren Eltern konnte Dora nicht über das Thema Juden sprechen. Sie hätten nur die Schultern gezuckt. Ihre Mutter zeigte keinerlei Interesse und die Beziehung zu ihrem Vater war auf Eis gelegt. Blieb also nur Waldo.

Bei einem ihrer nächsten Spaziergänge nahm sie die Gelegenheit wahr und fragte einfach drauf los.

„Weißt du eigentlich, was mit den verhafteten Juden geschieht und was Schutzhaft in Dachau bedeutet?"

Erschreckt schaute er sie an. „Dora, bitte. Wir wollten doch nicht mehr über dieses Thema sprechen."

Er blickte sich nervös um. Bloß kein Aufsehen erregen.

„Es ist doch nur wegen Gertrud. Sie macht sich Sorgen", erwiderte Dora unsicher.

„Komm", sagte er und schlug einen einsamen Seitenweg ein. Nachdem er sich vergewissert hatte, dass sie alleine waren, begann er leise: „Ich kann dir nur sagen, was ich gehört habe. Die meisten Juden sind nach Buchenwald, Sachsenhausen oder Dachau gekommen. Das sind Arbeitslager, auch Konzentrationslager genannt. Wer eine Einwanderungsgenehmigung eines anderen Landes vorweisen kann, darf auswandern."

Dora hörte aufmerksam zu. Genauso hatte sie es auch schon von anderen gehört. Die Juden kamen einfach woanders hin um dort zu leben und um dort zu arbeiten. Obwohl sie Waldos Abwehr spürte hakte sie noch einmal

nach: „Und warum dürfen die Juden, die noch hier sind, nicht mehr ins Theater, ins Kino oder Konzert gehen?"
„Das weiß ich nicht." Waldo wollte nicht mehr darüber reden. Es war ihm einfach zu gefährlich. Zum anderen hatte er selbst noch nicht verarbeitet, was ihm seine Eltern erst vor kurzem erzählt hatten. Ihr guter, alter HNO Arzt, Dr. Felix Cohn aus der Frankfurter Straße, war in der „Kristallnacht" während der Zertrümmerung in seiner Praxis erschlagen worden, wie so viele andere Juden auch. Dr. Cohn war ein wunderbarer Arzt gewesen, er hatte sein Leben seinen Patienten gewidmet. Warum war er nur so brutal ermordet worden? Waldo erschauderte, als er sich den armen, alten Mann in seinem Todeskampf vorstellte. Schweigend ging er neben Dora her und hoffte, sie würde nicht weiter nachhaken. Deren Neugier war durch Waldos Antwort zunächst hinreichend gestillt worden. Sie konnte sowieso an alledem nichts ändern.
Nach einer Weile sagte sie unvermittelt: „Zur Zeit ist Kleinmesse auf dem Markt. Wollen wir morgen mal hingehen?"
Waldo atmete erleichtert auf.
„Oh ja", erwiderte er begeistert, „Eis essen bei Stock oder Aale kaufen beim Augustusplatz."
„Vielleicht erst das eine, danach das andere", lachte Dora und strahlte ihn glücklich an.
Bald würden sie wieder nach Bad Kösen fahren können. Jetzt, Ende März, war es dort einfach noch zu kalt und zu ungemütlich. So oft wie möglich gingen sie statt dessen sonntags zum Lunapark am Auensee. Dort gab es vier oder fünf Tanzhäuser mit wunderbaren Orchestern und man konnte nach Herzenslust tanzen. Schon am Nachmittag begannen die Musiker zu spielen. Meistens saßen Waldo und Dora vorher noch im Wiener Café oder beim Hauptrestaurant auf der Terrasse. Essen und Trinken war durchaus bezahlbar, ein Riesenschnitzel kostete eine Reichsmark und ein Bier zehn Pfennig. So wie sie genossen viele andere Leute das unbeschwerte Leben dort draußen im Park. Kinos, Theater oder Tanzveranstaltungen waren stets gut besucht. Für ein paar Stunden konnte man sorgenlos leben und die angespannte Situation in der Stadt vergessen.
Im Mai war das Jahr Pacht für das Häuschen in Bad Kösen abgelaufen und Waldo kaufte das Grundstück wie vorgesehen. Für ihn und Dora bestanden überhaupt keine Zweifel, „Küllebill" war ihr ein und alles. Während das Leben in Leipzig immer problematischer wurde, vermittelte dieses Fleckchen Erde in Bad Kösen weiterhin eine heile Welt.

Kaum wurde es wärmer, verbrachten sie wieder jedes Wochenende dort. Obwohl es immer noch allerhand zu tun gab, gönnten sie sich ab und zu Pausen und begannen damit den Ort und die Umgebung kennenzulernen. Sie fanden heraus, dass Bad Kösen schon seit dem 19. Jahrhundert ein Badekurort war. Seine ganz besondere Attraktion war das Gradierwerk, das sie bei ihrer ersten Fahrt durch den Ort schon von der Ferne gesehen hatten, eine etwa zwanzig Meter hohe Anlage, bei der das von der Borlachquelle hochgepumpte Solewasser über Reisigzweige herabtropfte. Dabei verdunstete ein Teil des Wasser. Der feine Nebel, der beim Herabtropfen der Sole versprüht wurde, brachte den vielen Asthmakranken, die zur Kur kamen, Linderung. Auch Dora und Waldo liebten den Spaziergang zum Gradierwerk. Oft gingen sie die Saalstraße entlang, an den Villen vorbei, bis vor in den Ort. Danach führte sie ihr Weg über den Bahnübergang, vorbei an dem kleinen Lebensmittelladen, der direkt an der Hauptstraße lag. Bei Frau Weinert gab es beinahe alles zu kaufen, Lebensmittel, Papier und Kurzwaren. Zu ihrer großen Freude stellte Dora fest, dass die Versorgung hier auf dem Land um einiges besser war, als in Leipzig. Dort haperte es in letzter Zeit häufig mit der Lieferung von Butter. Die von Hitler gepriesene Erzeugerschlacht der Landwirtschaft funktionierte einfach nicht so wie sie sollte.
Links neben Frau Weinerts Laden befand sich die alte steinerne Brücke über die Saale. Auf ihren Spaziergängen bogen sie jedoch meistens nach rechts ab und wählten den Weg, der sie durch den Kurpark am Saaleufer führte. Ein kleiner See mit Schwänen bildete das Zentrum des Parks. Daneben im Halbkreis angeordnet standen das Kurmittelhaus und die medizinische Badeabteilung, die durch ihre imposante Architektur beeindruckten. Bei jedem Besuch bewunderte Dora die Blumenrabatten aufs Neue und wiegte sich ein Wochenende lang in dem Gefühl, auch einer der vielen Kurgäste zu sein.
Am meisten aber freuten sich beide auf die Fahrt mit der Fähre über die Saale. Die Fähre war ein alter Holzkahn mit zwei Holzpfosten an beiden Enden, durch die ein dickes Stahlseil verlief, das an den Ufern befestigt war. Wenn nun alle Fahrgäste eingestiegen waren, nahm der alte Mann, der die Fähre Tag für Tag bediente, eine Art Holzkelle in die Hand, und zog das Boot gemächlich an dem Stahlseil entlang auf die andere Seite. Dafür bekam er von jedem Fahrgast fünf Pfennig. Nicht nur für Dora und Waldo, auch für die Kurgäste war diese Art der Saaleüberquerung eine ganz besondere Attraktion.
Auf der anderen Seite angekommen, der Loreley-Promenade, galt es einen kurzen steilen Anstieg zum Rechenberg auf schmalem Pfad zu bewältigen.

Dort oben thronte das Gradierwerk. Meistens machten sie hier eine kurze Pause, genossen den Ausblick oder lauschten dem sonntäglichen Kurkonzert. Bei schönem Wetter tranken sie Kaffee oder aßen ein Eis.
Der Heimweg führte bergabwärts zum alten Borlachschacht. Schon von weitem hörten sie das Knarren und Ächzen des alten Kunstgestänges, mit dem die Sole durch die Wasserkraft des Flusses nach oben befördert wurde. Selbst nachdem sie den Weg schon oft gegangen waren, blieben sie jedes Mal beeindruckt stehen, betrachteten das ewige Hin- und Her der langen Holzkolbens und bestaunten die geniale Lösung der Menschen des 18. Jahrhunderts.
Schließlich führte sie ihr Weg zurück auf die Landstraße, vorbei am Café Schoppe, in dem sie ab und zu für zwei Groschen ein Stück frischen Kuchen holten. Zurück ging es über die Brücke in Richtung Berghäuschen. Auf dem Heimweg, in der Saalstraße, stimmte Dora manchmal ein kleines Lied an: „In einer kleinen Konditorei, da saßen wir zwei...", oder: „Wochenend und Sonnenschein und dann mit dir im Wald allein..." Beide fühlten sich glücklich wie nie zuvor und schmiedeten Pläne für die Zukunft.
Sie lernten in diesem Sommer auch viele Bad Kösener Bürger kennen. Waldo war sehr kommunikativ und liebte es, bei Festen auf der Brunnenfestwiese oder bei der Sonnwendfeier im Juni mitzufeiern. Die Menschen in Bad Kösen waren offen und auch ein wenig neugierig auf die neuen Mitbürger aus Leipzig, die sich hier dieses Grundstück erworben hatten. Bald kannten die beiden die wichtigsten Leute von der Gemeindeverwaltung, die Ladenbesitzer und viele andere mehr.
Doch auch hier im Ort veränderte sich das Leben. Bei der Sonnwendfeier grölten viele HJ Anhänger den „Heil Hitler" Ruf. Wie in Leipzig sammelten die Schulkinder die letzten Reserven an Altpapier, Alteisen, Kupfer, Stanniol und Blech ein. Alle schmiedeeisernen Gitter im Ort waren schon längst entfernt und eingeschmolzen. Metall galt als wichtiges Rohmaterial. Dass daraus vielleicht schon Waffen für den zu erwartenden Krieg entstanden, diesen Gedanken versuchten Dora und Waldo, so gut es ging, zu verdrängen. Sie wollten, wenn sie mit ihrem „Wuppdich" über die Landstraße fuhren, jede Minute genießen.
In diesem Jahr stand eine besonders ertragreiche Ernte bevor. Auf den Feldern rund um Bad Kösen waren viele jugendliche Erntehelfer dabei, Spargel zu stechen, die Rüben zu hacken, Hopfen zu zupfen oder aber sie stolperten in aller Herrgottsfrühe schlaftrunken und frierend in die Weinberge hinauf zur Lese. Sie ersetzten Tausende von Arbeitskräften, die in der Landwirt-

schaft fehlten. Da der NS-Staat die jugendlichen Helfer zur Feldarbeit schickte und die Bauern mit Subventionen unterstützte, ging es denen vergleichsweise gut.
Gegen Ende des Sommers wurde die Bezugsscheinpflicht für den lebenswichtigen Bedarf an Lebensmitteln, Textilien und Kohle eingeführt. Dora bekam eine magere Ration zugeteilt, die gerade so zu Überleben langte. So wie sie waren sich ihre meisten Mitmenschen inzwischen sicher, dass ein Krieg bevorstand und ein jeder fürchtete sich davor. Anderen erschien der baldige Kriegsbeginn jedoch nur allzu verständlich. Seit Hitlers Machtübernahme waren sie systematisch durch Presse- und Rundfunkberichte darauf vorbereitet worden. Für Doras Ausbilderin, Frau Strauß, war es nur logisch, dass Hitler nach dem erfolgreichen Schlag im März des Jahres gegen die Tschechoslowakei und das Memelgebiet nun noch mehr „Lebensraum für das Deutsche Volk" erobern wollte.
„Seit dem Versailler Vertrag existiert eine unmögliche Grenzführung zum Osten", belehrte sie jeden, der es wissen wollte. „Danzig ist doch eine rein deutsche Stadt. Sie gehört ins Deutsche Reich heimgeholt."
Die Kriegsvorbereitungen waren in vollem Gange. Mit Volldampf wurde überall in Leipzig und im ganzen Land am Ausbau von Luftschutzbunkern gearbeitet. Verdunklungsmaßnahmen wurden getroffen, die Rüstungsindustrie lief auf Hochtouren.
Am 1. September war es so weit. Hitlers Armee griff Polen an, zwei Tage später erklärten Großbritannien und Frankreich Deutschland den Krieg. Noch am gleichen Tag fanden Massenverhaftungen in Deutschland statt. „Volksschädlinge" wurden von der Gestapo festgenommen und kamen für Jahre ins Zuchthaus oder in KZs. Auf das Abhören ausländischer Sender stand ab sofort Zuchthaus. Zur Abschreckung schickte man ganze Familien für zwei Jahre hinter Schloss und Riegel, weil sie dem „zersetzenden Lügengift" der Auslandsender gelauscht hatten.
Dora zitterte vor allem um Gertrud. Ihre Freundin setzte sich immer noch ungeniert für ihre Juden ein, obwohl der Umgang mit ihnen für Deutsche inzwischen verpönt war. Ja, oft verfuhr man mit deutschen Judenfreunden sogar noch schlimmer als mit den Juden selbst.
Schon nach vier Wochen war der Polenfeldzug mit der Kapitulation Warschaus beendet. Das deutsche Volk jubelte, es herrschte absolute Zuversicht und Siegestaumel. Jetzt standen viel mehr Menschen begeistert hinter Hitler, dem wunderbaren Führer, dem Sieger.

Anfang Oktober fuhren Waldo und Dora noch einmal nach Bad Kösen. Die Äpfel waren reif und sie mussten das kleine Stückchen Acker umgraben, den Kompost unterheben, das Haus winterfest machen. Aus heiterem Himmel zog gegen Nachmittag ein Gewitter auf. Ein Volk schwarzgrauer Krähen zog schimpfend von den Feldern in die nahe gelegenen Baumwipfel. Die erste kalte Bö fegte durch die Bäume, Fenster und Türen knallten zu, der Himmel verdunkelte sich. Gerade noch rechtzeitig konnten sich Dora und Waldo ins Haus retten. Plötzlich krachte es. Grelles Blitzlicht erleuchtete das Tal. Die ersten Tropfen eines Wolkenbruchs trommelten gegen die Scheiben, kurz darauf klatschte das Wasser wie aus Kübeln gegossen gegen das Glas. Dora kuschelte sich an Waldo. Sie hatte Angst bei Gewitter, aber mit Waldo fühlte sie sich geborgen.

Am nächsten Morgen war der Regen abgezogen, die Sonne schien, als ob nichts gewesen wäre und die Erde trocknete im Nu. Die Luft war frisch und klar. Als Dora die Fenster öffnete, sah sie, wie die Sonnenstrahlen ins Zimmer tanzten. Fasziniert blieb sie stehen und beobachtete die Wirkung des Lichts. Ein weicher Schimmer legte sich über den Raum. Sie trat ans offene Fenster und lehnte sich hinaus. Wie Edelsteine reflektierten die verbliebenen Tautropfen die Sonnenstrahlen. Das Gras, das Weinlaub, die Bäume glitzerten, als ob die Landschaft mit Silberstaub überzogen worden wäre.

Unerwartet trat Waldo in ihr Blickfeld. Er schleppte eine Leiter unter dem Arm und ging zielstrebig auf einen der Obstbäume zu. Schnell trat sie vom Fenster zurück und beeilte sich ihm bei der Ernte zu helfen.

Gegen Abend, als die Äpfel in den Kisten lagen, eine Unmenge Obst in Einmachgläsern eingekocht und alles schon ins Auto hinuntergetragen war, setzten sie sich noch einen Moment auf die Holzbank vorm Haus, die Waldo gezimmert hatte und genossen die letzten wärmenden Sonnenstrahlen. Eng aneinander geschmiegt saßen sie, bis Dora die Stille unterbrach.

„Was machen wir nur, wenn sie dich einziehen?“

Waldo drückte sie fester an sich. Was konnte er ihr sagen? Ihn plagte die gleiche Sorge.

„Ich weiß nicht“, erwiderte er zögernd und rieb sich das Kinn. „Wir können nur hoffen, dass alles schnell vorbeigeht.“

„Gibt es denn keine Chance, dass du um die Einberufung herum kommst?“

„Doch, vielleicht“, versuchte Waldo sie zu trösten. Er legte seinen Arm um sie und schwieg. Sie ließen ihren Blick über die idyllische Landschaft gleiten. Unten zwischen den abgeernteten Feldern fuhr ein Zug vorbei, zwei Mäuse-

bussarde zogen ihre eleganten Kreise am Himmel. Die Sonne stand schon tief und schimmerte hinter den hohen Bäumen der Schlucht durch.
Sie konnten nicht ahnen, dass dies die letzten Tage und Wochen sein würden, die sie miteinander hatten, Tage, die auf besondere Weise in ihrer Erinnerung bleiben würden, Wochen ehe eine neue Zeitrechnung begann.
„Wir sollten aufbrechen", sagte Waldo und stand auf. „Ich möchte noch im Hellen nach Hause kommen."
Betrübt, weil die gute Stimmung des Wochenendes auf einmal so gedrückt war, gingen sie den Pfad zur Straße hinunter und fuhren nach Leipzig zurück.

Zwei Wochen später saß Waldo in seinem Auto, welches er unweit von Doras Geschäft geparkt hatte und beobachtete die Regentropfen, die auf die Windschutzscheibe fielen. Wie sie sich zusammenschlossen, immer breitere Rinnsale bildeten, die dem Boden entgegen rannen. Seltsam, dachte er, dass sie nicht geradlinig flossen, sondern stets neue Wege suchten, während die vorherigen, alten kurzfristig trockneten. Fasziniert betrachtete Waldo die Bewegung auf der Scheibe. Stundenlang hätte er weiter zuschauen mögen, wurden dadurch doch vorrübergehend die Gedanken zurück gehalten, die ihn seit Stunden fest im Griff hatten, ihn lähmten, so dass er sein Büro vorzeitig verlassen hatte um sich in die Eremitage des Autos zu flüchten. Hier konnte keine Familie auf ihn eindringen, ihn zusätzlich verwirren. Die wenigen Menschen draußen auf der Straße huschten vorbei, den Schirm dicht vor dem Gesicht, die Augen auf den Boden geheftet, damit sie nicht in Pfützen traten. Ein starker Wind war aufgekommen. Waldo sah, wie es den Leuten die Hüte vom Kopf riss. Der Wind peitschte den Frauen um die Waden und hob ihre Röcke. Einem Passanten knickte der Regenschirm ab, als ob es ein Papierschirmchen wäre. Sie alle beachteten den Mann nicht, der in seinem Fahrzeug saß und zu warten schien. Jetzt haben sie mich, waren seine ersten Gedanken gewesen, nachdem er den Brief geöffnet hatte. Jetzt bin ich dran. Lapidar hatte man ihm mitgeteilt, er solle sich am 9. November beim Wehrbezirkskommando zur Musterung melden. Fertig. Sie hatten ihn nicht gefragt, ob er bereit war in diesen Krieg zu ziehen, ob er ihn unterstützte oder gut hieß. Hätten sie ihn gefragt, so hätte er wenigstens erklären können, dass er Krieg in jeder Form, gleichgültig aus welchem Grund ablehnte. Krieg war unmenschlich, Kampf war seiner Meinung nach ein mittelalterliches Relikt, gehörte ins Reich der Unzivilisierten. Wie Vieh sollte er im Dreck herumrobben, sich anschleichen, zuschlagen, töten, zerfetzen. Mit jeder Faser seines Herzens lehnte er Kriege ab. Für Menschen, die über Intellekt verfügten, verhandeln konnten, Diplomatie kannten, gab es immer einen anderen Weg. Nie hätte er gedacht, dass nach dem Ersten Weltkrieg und dessen entsetzlichen Gräueln jemals wieder ein Krieg entstehen würde, nicht von deutscher Seite aus. Solange er sich hier in diesem Land aufhielt, würden sie ihn immer kriegen. Jeder wurde hier benannt, gezählt, nummeriert. Man müsste Deutschland verlassen können, einfach abhauen, dachte er. Wo aber sollte er hin? Wovon sollte er leben, seine zukünftige Frau ernähren? Nein, das war keine Lösung. Tennisspielen, Tanzen, Reisen, gute Arbeit leisten, mit Dorle im Weinberghäuschen, das war seine bisherige Welt gewesen. Nun spürte er, dass er an einem Wendepunkt in seinem Leben stand. Er fühlte sich elend und hatte das Gefühl selbst genau so zu zerrinnen, wie die Tropfen auf der Scheibe. Es war sinnlos sich gegen das Schicksal aufzubäumen. Vielleicht war es tatsächlich vorbestimmt, so wie es gottgläubige Menschen behaupteten. Der Glaube hätte ihm helfen können, doch er glaubte nicht an Gott. Die Vorstellung, eingezogen zu werden wollte einfach nicht in seinen Kopf hinein. Wahrscheinlich würde ihn der erstbeste Gegner abknallen, weil er viel zu feige war selbst zu schießen. Allein der Gedanke, eine Waffe in die Hand zu nehmen, dieses stahlkalte Gerät, das Menschen auslöschen konnte. Nein, er würde nie ein Kämpfer in diesem Krieg werden.

Müde schloss er die Augen und versuchte sich zu entspannen. Dora würde bald Feierabend haben und sie sollte ihn nicht so aufgewühlt antreffen. Er wollte nicht als Memme vor ihr stehen. Viele Männer traf das gleiche Schicksal, sie liefen ja auch nicht davon.

Der Regen prasselte jetzt stärker aufs Autodach. Eigentlich hätte ihn das Geräusch beruhigen können. Früher hatte er es geliebt, wenn er im Schrebergartenhaus saß und ein Platzregen sich über sie ergoss. Statt dessen trommelten die Tropfen jetzt auf seine angespannten Nerven wie Murmeln, die man auf die Saiten eines Instruments fallen ließ.

Eine Melodie riss ihn aus seinen Grübeleien. Ihr Pfiff. Er klang so als ob jemand fragte: Ist denn niemand da? Erwartungsvoll spähte er zwischen den Seenplatten auf der Windschutzscheibe hindurch und tatsächlich, da stand Dora schon im Hauseingang der Firma Eulitz und winkte ihm zu. Schnell griff er auf den Rücksitz, nahm den großen schwarzen Schirm, trat in den strömenden Regen hinaus und ging ihr entgegen. Er setzte ein Lächeln auf und hoffte, sie würde seine schlechte Verfassung nicht sogleich bemerken, doch sie erkannte in seinem Gesicht, dass etwas geschehen war und fragte

sofort nach. Seine dünnen Lippen zitterten, die dunklen Augen schienen ins Leere zu blicken.
„Komm, setzen wir uns erst einmal ins Auto. Da werden wir wenigstens nicht so nass", schob er die Antwort hinaus und nahm ihre Hand. Schweigend gingen sie die paar Schritte und stiegen ein.
„Ich habe meine Einberufung erhalten", brach es, kaum dass er saß, aus ihm hervor, mit einer Stimme, die ihm seltsam fremd erschien.
„Oh Gott." Dora schloss für einen Moment ihre Augen. Betrübt legte sie ihren Kopf auf seine Schulter. Minutenlang verharrten sie so, jeder mit seinem Schmerz beschäftigt. Was sollte sie ihm sagen? Wie ihn trösten, wo die Nachricht ihr doch selbst den Boden unter den Füßen wegzog. Sie konnte sich ein Leben ohne Waldo überhaupt nicht mehr vorstellen. Ihr Leben hatte erst durch ihn einen Sinn bekommen. Durch ihn war sie frei geworden, hatte die Fesseln, die der Vater ihr angelegt hatte, abstreifen können. Die Reisen mit Waldo öffneten ihr die Augen für die Schönheit der Natur, seine Liebe machte sie stark und ließ sie über sich selbst hinauswachsen. Gerade erst hatte sie das Naive, Klein-Mädchenhafte abgelegt. Dank Waldo war sie ihrem Milieu entkommen. Seither bemühte sie sich ständig, seine exquisiten Umgangsformen zu übernehmen, von seinem weltmännischen Gebaren zu lernen. Wie sollte ein Mann aus dieser Schicht in einem Krieg überleben?
Ihr Kopf schmerzte und sie bewegte sich ein wenig zur Seite. Auch Waldo löste sich aus seiner Starre.
„Lass uns aus raus ins Grüne fahren", sagte er und ließ den Wagen an. Als Wuppdich los ruckelte wischte Waldo sich mit dem Handrücken über die Augen. Der Verkehr war heute sehr stark. Das hatte gewisse Vorteile, denn so musste er sich aufs Fahren konzentrieren. Während er das Steuer fest mit beiden Händen umklammerte, spürte er, wie Dora ihn ab und zu von der Seite anschaute. Wahrscheinlich versuchte sie, seinen Gemütszustand zu ergründen. Er war froh, dass sie nicht fragte, denn er hätte seine Gefühle nicht beschreiben können. In seinem Inneren tobten die Emotionen und er hätte am liebsten laut heraus geschrieen. Auf der Höhe des Völkerschlachtdenkmals waren die Straßen wie ausgestorben. Er bog von der Straße ab und parkte das Auto. Wie ein Marionette, die man ablegte, ließ er seine Hände auf das Lenkrad sinken und bettete seinen Kopf darauf. Konnte nicht ein Wunder geschehen?
Dora schaute ihn erschreckt und hilflos an. Noch nie hatte sie ihren Waldo so niedergeschlagen erlebt. Er versuchte sich hinter einer starken Maske zu

verschanzen. Aber in Wirklichkeit war er genauso verzweifelt wie sie. Zum ersten Mal brauchte er ihre Hilfe. Schweigend begann sie ihm die dichten, schwarzen Haare zu kraulen.
„Waldo, wir schaffen das schon", flüsterte sie.
Sie sprach von Liebe und Treue, von Verbundenheit und Nähe, und machte sich dabei selbst Mut. Langsam begannen sich die Scheiben von innen zu beschlagen. Bald wusste sie nichts mehr zu sagen und streichelte ihm einfach nur über den Rücken. Völlig unerwartet hob er den Kopf und zog sie in seine Arme. Sein Drängen kam so unerwartet, dass Dora davon völlig überrascht war. In der Enge des alten Fords liebten sie sich, verzweifelt und Trost suchend, und beide hofften nur, dass kein später Spaziergänger auf sie aufmerksam wurde.
Auf der Heimfahrt meinte Waldo: „Ich werde das Auto wohl verkaufen müssen. Der Staat wird Privatfahrzeuge bald beschlagnahmen und wenn ich jetzt verkaufe, bekomme ich noch ein bisschen Geld dafür."
Dora verschlug es die Sprache. Ihr wunderschöner Wuppdich! Fast hätte sie losgeheult, aber Waldo zuliebe beherrschte sie sich. Er hatte heute schon sehr viel durchstehen müssen und sie war froh, dass es ihm gerade wieder besser ging. Mit erstickter Stimme erwiderte sie: „Aber nach dem Krieg, da kaufen wir uns doch wieder ein schönes, neues Auto?"
„Natürlich, mein Schatz", entgegnete er leise, „einen neuen Volkswagen vielleicht."
Noch am selben Abend baute Waldo die Uhr aus dem Armaturenbrett aus. Wenigstens eine Erinnerung wollte er an sein geliebtes erstes Auto behalten. Danach putzte er es und gab ein Inserat in die Zeitung. Wenige Tage später war der Ford verkauft.
Die Musterung ergab, dass Waldo generell kriegsverwendungsfähig war, aber man hatte ihn zunächst nur zur Ersatzreserve I eingeteilt. Der Grund hierfür war für Waldo nicht ganz einsichtig. Vielleicht lag es an seiner beruflichen Tätigkeit, vielleicht hatten sie ihn als unabkömmlich eingestuft. Mag sein, dass der untersuchende Leutnant die genannten Magenprobleme ernster genommen hatte als sie in Wirklichkeit waren. Waldo würde es nie erfahren, es war ihm auch egal. Das Wichtigste war, dass er zunächst noch nicht eingezogen wurde. Er war über diesen Bescheid so glücklich, dass er Dora zum ersten Mal während ihrer Arbeitszeit im Geschäft anrief. Zitternd vor Freude stand sie mit dem Hörer in der Hand und hätte beinahe einen Jubelschrei von sich gegeben. Doch damit hätte sie sich und Waldo in eine unangenehme Situation bringen können. Andere Männer meldeten sich freiwillig zum

Krieg für ihren geliebten Führer, einem Krieg, in dem es um die Ehre des deutschen Volkes ging, wie Hitler in flammenden Reden verkündete. Von jedem erwartete er vollste Unterstützung. Sollten die anderen ihn doch unterstützen, dachte Dora. Hauptsache ihr Waldo blieb daheim.
Innerlich aufgewühlt hängte sie den Hörer ein. Vom Kontor aus spürte sie Frau Eulitz' neugierige Blicke auf sich gerichtet. Sie ahnte, dass die Chefin erwartete, über den Inhalt des Anrufs unterrichtet zu werden. Blitzschnell erfand sie eine Notlüge, erzählte irgendetwas über Waldos Gesundheitszustand und einem positiven Arztbericht, woraufhin die Chefin verständnisvoll nickte.
An diesem Tag sehnte Dora den Feierabend noch dringender als sonst herbei. Immer wieder schaute sie zur Uhr. Gertrud, die von der Musterung wusste, verstand Doras Zeichen auf Anhieb und blinzelte ihr verschwörerisch zu. Kaum war der Zeiger auf neunzehn Uhr vorgerückt, zog sich Dora um und verabschiedete sich. Waldo stand schon vor der Tür. Glücklich fiel sie ihm um den Hals.
„Jetzt wird erst mal gefeiert", grinste Waldo übermütig.
Zu ihrer Verblüffung zog er zwei Karten für das Wunschkonzert am Abend aus der Tasche.
„Wo hast du die denn her?", staunte Dora, wohl wissend, dass man ohne Beziehungen kaum an solche Karten kam.
„Vom Autogeld abgezwackt", lachte er und flüsterte ihr zu: „Schwarzmarktpreis."
Dora schaute ihn kritisch an, doch als sie seine glänzenden Augen sah, sprang der Funke auf sie über und sie freute sich auf den Abend. Erst am Konzerthaus erfuhr Dora, welch hochkarätige Unterhaltungskünstler auf dem Programm standen. Als erstes trat Ilse Werner auf, die so wunderschön pfeifen konnte. Den Zuschauern konnte man richtig anmerken, wie gerne sie die Gassenhauer mitgepfiffen hätten. Als aber nach der Pause Marikka Rökk die Bühne betrat und ihren bekannten Schlager „In der Nacht ist der Mensch nicht gern alleine..." sang, summte der ganze Saal mit. Nicht enden wollender Applaus dankte den Solistinnen nach zwei Stunden für ihr Programm.
Noch beeindruckt von dem unvergesslichen Konzert zogen Waldo und Dora durch die nächtlichen Straßen bis zur nächsten Haltestelle. In den Laternen flackerten bläuliche und gelbe Gasflämmchen. Nieselregen hatte eingesetzt und es war so kalt, dass der Atem Dunstwolken bildete. Als die Straßenbahn endlich kam, hatte Dora schon eiskalte Füße. Fast hätte sie

etwas über den Verlust des Autos gesagt, doch sie verkniff sich die Bemerkung gerade noch rechtzeitig.
Später, vor ihrer Haustüre, seufzte Dora: „Du weißt, ich darf dich nicht mit hinein nehmen. Meine Vermieterin ist eine alte Hexe." Sie warf ihm einen traurigen Blick zu und fuhr fort: „Schade, dass wir jetzt nicht mehr so oft nach Bad Kösen fahren können." Pause. Nun hatte sie ihren Mund doch nicht halten können.
„Eigentlich wäre es am besten, wir könnten heiraten", platzte es unvermittelt aus ihr heraus. Kaum hatte sie die Worte gesprochen, biss sie sich auf die Lippen. Nicht eine Minute lang hatte sie vorgehabt dieses Thema anzusprechen, obwohl sie schon ab und zu darüber nachgedacht hatte. Aber nun war es gesagt, jetzt gab es kein Zurück mehr. Verlegen blinzelte sie Waldo an. Ihm schien es die Sprache verschlagen zu haben. Sekundenlang schaute er sie verblüfft an, dann erwiderte er: „Na, du bist mir eine! Ganz schön forsch."
Dora zuckte die Schultern, machte eine hilflose Bewegung und überlegte, wie sie das Gesagte zurücknehmen oder zumindest abschwächen könnte.
Waldo, der allmählich seine Fassung zurückbekam, grinste. „Ich werde über Ihren Antrag nachdenken, mein Fräulein. Aber ich bitte um ein bisschen Bedenkzeit."
Zärtlich küsste er sie und Dora war froh, dass es dunkel war und er ihr hochrotes Gesicht nicht sehen konnte. Schnell verabschiedete sie sich, schob die Kälte als Grund ihres schnellen Gehens vor und verschwand im Haus. Drinnen erst wurde ihr die ganze Tragweite ihrer Äußerung bewusst. Sie hatte ihm soeben einen Heiratsantrag gemacht, nicht er ihr, wie es sich eigentlich gehörte.
Na gut, dachte sie. Was soll's? Es war Krieg und im Krieg galten eben andere Regeln.

V

Der Winter war vergangen. Schon kündigten die ersten Krokusse das Frühjahr an. Eines Abends, als Waldo von einem auswärtigen Kundenbesuch heimkehrte, empfing ihn seine Mutter mit verheulten Augen an der Tür.
„Heute ist ein Einschreibebrief vom Wehrbezirkskommando für dich gekommen. Ich habe solche Angst, dass es deine Einberufung ist."
Sie hielt ihm den Brief entgegen und blieb stehen. Wie gewohnt zog Waldo sich zunächst die Schuhe aus, bevor er den Brief ergriff und ihn öffnete. Während er las, erschien auch Waltraud im Türrahmen. Still und gespannt schaute sie ihn mit großen Augen an. Er überflog die Zeilen:
„...werden Sie aufgefordert, ihren Dienst am 15. März 1940 um 7.30 Uhr anzutreten..."
Mit unbeweglichem Gesichtsausdruck starrte er auf das Blatt. Nur seine Kaumuskeln zuckten. Noch einmal schaute er auf das Datum. Das war schon in einer Woche! Etwas in ihm krampfte sich zusammen, wortlos reichte er den Brief seiner Mutter zum Lesen. Als er sich bückte um die Schuhe ins Regal zu stellen, spürte er, wie Magensäure in seinen Magen einschoss. Einen Moment lang war es absolut still. Dann schluchzte Elisabeth laut auf: „Waldemar! Das ist ja schrecklich!"
Arno kam aus dem Wohnzimmer gelaufen und legte seinen Arm um sie.
„Setz dich erst mal hin. Ich hole dir etwas zu trinken." Behutsam führte er sie ins Wohnzimmer und drückte sie in einen Sessel.
Elisabeth weinte lautlos weiter, während Waltraud sich an Waldo klammerte und rief: „Du darfst nicht in den Krieg gehen!"
Sie besaß in solchen Situationen ungeahnte Kräfte, und Waldo musste sich mit Gewalt aus ihrer Umklammerung zu lösen. Es galt schnell zu reagieren, bevor sie einen hysterischen Anfall bekam und ihr Schreien die ganze Nachbarschaft aufschreckte. Schnell nahm er zwei Beruhigungstabletten aus dem Badezimmerschränkchen und ließ Wasser in den Zahnputzbecher fließen.
„Mach den Mund auf", sagte er, schob ihr die Tabletten in den Mund und gab ihr das Wasser zum Nachtrinken. Wie immer befolgte sie ergeben seine Anweisungen ohne zu widersprechen, wie sie es bei ihrer Mutter vielleicht getan hätte.
„Lass uns in dein Zimmer gehen." Waldo drängte seine Schwester zum Bad hinaus und öffnete ihre Zimmertür. Während er sie vorsichtig aber bestimmt auf ihr Bett drückte, jammerte sie in einem fort: „Bitte bleib bei uns. Ich will nicht, dass du Soldat wirst!"

„Es wird schon alles gut werden." Waldo setzte sich an den Rand ihres Bettes und hielt ihre Hand. Eine Weile noch sprach er auf sie ein, bis er feststellte, dass sie ruhiger wurde.
Es gab Zeiten, da verhielt sich seine Schwester ganz normal. Darauf folgten wiederum Phasen, in denen sie völlig seltsam reagierte. Einmal hatte sie ein nagelneues Kleid zerschnitten, ein anderes Mal alle Blumen in den Müll geworfen. Elisabeth war entsetzt gewesen und hatte wieder und wieder nach dem Warum? gefragt, bis Waltraud flüsternd erklärte, fremde Stimmen hätten ihr gesagt, dass die Blumen giftige Dämpfe ausstrahlten.
In ihrer Verzweiflung wandten sich die Eltern an den Hausarzt, der ein besorgtes Gesicht machte. Er führte verschiedene Tests mit Waltraud durch, stellte sie einem Kollegen vor und musste ihnen schließlich die schreckliche Wahrheit mitteilen:
Paranoide Schizophrenie.
Für die Familie war eine Welt zusammengebrochen. Erst Rudolf, jetzt Waltraud. Die vergangenen Monate waren sehr anstrengend gewesen. Waldos Mutter musste starke Beruhigungsmittel nehmen, während Waltraud sich in letzter Zeit wieder beinahe normal verhielt. Die ganze Last der Betreuung beider ruhte auf seinem Vater und ihm. Arno ließ sich die Belastung nicht anmerken, er wirkte fröhlich und humorvoll wie immer. Aber Waldo bedrückte die Situation ungemein, zumal er monatlich damit rechnen musste eingezogen zu werden und der Familie nicht mehr helfen zu können.
Und nun war es so weit! Er hatte die Einberufung schriftlich.
Sein Blick fiel auf seine mittlerweile eingeschlafene Schwester. Er machte sich große Sorgen um sie. Der Arzt hatte ihnen erklärt, dass zu dieser Psychose häufig auch die Idealisierung einer bestimmten Person gehörte. In Waltrauds Fall war das ihr geliebter Bruder, der für sie die Welt bedeutete und sogar zum Ersatz des Geliebten wurde.
Wie würde es ohne ihn zu Hause weitergehen? Wie würde Waltraud reagieren, wenn er als ihre Bezugsperson nicht mehr für sie da war? Er versuchte sich einzuhämmern, dass er nicht schuld an ihrem Schicksal sei. In Panik versetzten ihn die Gerüchte um eine so genannte Euthanasie. Erst neulich hatte er ein Plakat gesehen, auf dem ein Behinderter abgebildet war.
Jeder Erbkranke kostet die Volksgemeinschaft 60 000,- Reichsmark. Das ist Ihr Geld!, hatte darunter gestanden. Auch starben in jüngster Zeit auffällig viele Patienten in psychiatrischen Kliniken. Waldo und seine Familie hätten wahrscheinlich nie etwas davon erfahren, hätte nicht ihr Hausarzt, den sie seit Jahren kannten, seltsame Andeutungen gemacht. Er, der geholfen hatte,

beide Kinder auf die Welt zu bringen, riet ihnen dringend, mit niemandem über Waltrauds Krankheit zu sprechen. Und obwohl Waldo Dora vertraute, hatte er beschlossen, sie nicht zu informieren. Sicher hätte sie niemandem etwas verraten. Allein, er scheute sich davor, ihr den Namen von Waltrauds Krankheit zu nennen. Wie würde Dora reagieren? Was würde sie sagen? Immerhin wollten sie später einmal zusammen Kinder haben und sie sollte sich wegen einer vermeintlichen Familienveranlagung nicht beunruhigen.
Leise verließ er das Zimmer. Arno hatte sich in der Zwischenzeit um Elisabeth gekümmert. Mit Hilfe des Hausarztes und der Medikamente würde seine Familie es schon schaffen. Und wenn Waldo Glück hätte, wäre er nach Kriegsende, in wenigen Monaten hoffentlich, wieder bei ihnen.

In der riesigen Bahnhofshalle des Leipziger Hauptbahnhofs zog es schrecklich. Einfahrende Züge zischten heran, Lautsprecheransagen dröhnten dazwischen, Mütter riefen nach ihren Kindern, Menschen drängelten eilig an Wartenden vorbei.
Mitten darin standen Waldo und Dora eng umschlungen. Die Geräusche um sie herum drangen nur ganz entfernt an ihr Ohr. Sie hatten sich von der Welt abgekapselt und fühlten nur sich, ewig dauernde fünf Minuten lang. Es war alles gesagt, alles gesprochen, alle Liebesschwüre geflüstert.
„Ich muss gehen", sagte Waldo leise. „Denk an mich und schreib mir was Schönes."
Dora versagte die Stimme, der Schmerz schnürte ihr die Kehle zu.
„Ich liebe dich, Waldo", stammelte sie und die bisher zurückgehaltenen Tränen ergossen sich über ihre Wangen.
„Ich dich auch", flüsterte Waldo. Dann riss er sich von ihr los, griff nach seinem kleinen Pappkoffer, der neben ihm am Boden stand, und ging mit schnellen Schritten auf das abgesperrte Gleis 9 zu. Dort zog er seinen Einberufungsbefehl aus der Innentasche und reichte ihn dem Stabsfeldwebel. Der warf nur einen kurzen Blick darauf und ließ Waldo durch die Absperrung passieren.
Gerade wurde der einlaufende Zug, der die „Neuen" aufnehmen sollte, per Lautsprecher angekündigt. Eigentlich war die Durchsage inmitten der Menschenmenge kaum zu verstehen, aber die Frauen und Mütter um Dora herum hatten sie doch vernommen. Alle riefen noch ein letztes Mal nach dem Liebsten, schickten ihm gute Wünsche mit auf den Weg. Doch die Männer auf dem Bahnsteig standen dicht gedrängt und hörten vor lauter Lärm nichts mehr.

Dora stellte sich auf die Zehenspitzen um Waldo noch einmal zu sehen, aber ihre geröteten Augen konnten ihn nicht erkennen. Sie hatte dazu noch das Pech, ganz hinten zu stehen und die Leute vor ihr versuchten, noch eine letzte Kusshand zu werfen oder mit dem Taschentuch auf sich aufmerksam zu machen.
„Am Gleis 9 zurücktreten, bitte", schallte die Stimme aus dem Lautsprecher.
Polternd rollte der Zug ein und kam zum Stehen.
„Einsteigen, Marsch!", gab der Stabsfeldwebel den Befehl. Gefreite zählten die einsteigenden jungen Männer. Ein letztes Mal glaubte Dora Waldo ausmachen zu können, doch er konnte sie in der Menge nicht erblicken und hatte auch keine Zeit, weil die Soldaten hinter ihm drängten und der Stabsfeldwebel schnauzte: „Los, ein bisschen schneller!"
In kürzester Zeit war die Plattform geleert und der Feldwebel schritt festen Schrittes vor den Trittbrettern hin und her. Überall aus den Fenstern quollen die Köpfe der Soldaten.
Schon hob der Schaffner die weiße Kelle mit dem grünen Rand.
Zwei Pfiffe. Langsam setzte sich der Zug in Bewegung und als letzter sprang der Stabsfeldwebel auf.

Ein Gefühl entsetzlicher Leere erfasste Dora. Noch nie im Leben hatte sie sich so einsam und verlassen gefühlt. Nie vorher war sie tatsächlich so alleine gewesen. Seit sie denken konnte, hatte sie immer die Familie mit all den Geschwistern um sich gehabt, später füllte Waldo diesen Platz aus. Und nun stand sie hier, zusammen mit Hunderten anderer Frauen und Müttern, allein und verlassen.
Heute würde sie nicht zur Arbeit gehen. Nein, sie fühlte sich nicht in der Lage, die Kundschaft lächelnd zu bedienen und so zu tun als ob nichts gewesen wäre. Sie würde sich heute krank melden. Mit ihrem inzwischen nassen Taschentuch wischte sie die Tränen ab. Langsam schob sie sich zum Ausgang des Hauptbahnhofs vor. Am Portal blieb sie stehen und schaute nach draußen. Die strahlende Sonne passte nicht zu ihrer Stimmung. Wenn es nach ihr ginge, müsste es in Strömen regnen.
Bloß weg von den Menschen, dachte sie. Sie wollte alleine sein, in Gedanken bei Waldo weilen, und so begann sie schnellen Schrittes loszugehen. Automatisch, ohne viel zu denken, weiter und weiter.
Eine halbe Stunde später fand sie sich auf dem Südfriedhof wieder. Dieser Fleck inmitten der Großstadt zog sie wie eine Oase immer wieder magisch an. Wie oft war sie schon hier mit Waldo gewesen, hatte Sommer wie Win-

ter mit ihm die Ruhe des Parks genossen. Sie schlug die bekannten Wege ein und meinte auf einmal sie seine Nähe zu spüren.
Oh Waldo, du fehlst mir so, klagte sie innerlich. Wie soll das nur ohne dich werden?
Doch sie wollte sich nicht hängen lassen, er brauchte ihre positiven Gedanken. Schon immer war sie von übersinnlichen Ideen fasziniert gewesen. Warum sollte es keine Telepathie geben? Hatte nicht ihre Oma den Tod der besten Freundin im Traum vorhergesehen? Wenn dem so war, durfte sie jetzt keine Angst um ihn haben. Ihre Kraft würde seinen Überlebenswillen zusätzlich stärken. Sie würde ihm schreiben, so oft es ging, vielleicht täglich, um ihm ganz nahe zu sein.
Wenn ich zurückkomme, heiraten wir, hatte er am Abend zuvor gesagt. Wie glücklich war sie trotz all ihres Schmerzes gewesen! Jetzt galt es nur noch auszuharren.
Tief durchatmend sog sie den erdigen Geruch ein. Die Gräber um sie herum dünsteten eine kühle Feuchtigkeit aus, die in den Strahlen der Morgensonne langsam himmelwärts stieg. Ihr Blick glitt über die Gräberreihen, nahm die bunte Frühjahrsbepflanzung auf, Stiefmütterchen meistens, die im hellen Licht leuchteten. Für einen Moment schloss sie die Augen und wandte ihr Gesicht der Sonne entgegen, genau so wie die Blumen es taten. Herrlich, wie sie schon wärmte! Der sonore Klang der nahen Friedhofsglocke ließ sie zusammenzucken. Schon neun Uhr! Eilig lenkte sie ihre Schritte Richtung Ausgang. Von der Post rief sie Frau Eulitz an und meldete sich krank. Anschließend fuhr sie nach Hause, holte ihr Rad und radelte aufs Land hinaus.

Waldos erster Brief kam aus Polen. Er sei der dortigen Besatzungstruppe zugeteilt worden, schrieb er, und müsse zunächst einen einmonatigen Lehrgang bei den Feldrekruten in Lublin absolvieren. Die Ausbildung sei hart und er sinke abends todmüde auf die Pritsche. Beim Einschlafen spüre er ihre Nähe und sehne sich unendlich nach ihr. Er schrieb: Wenn ich die Augen schließe, sehe ich uns beide auf dem Berggrundstück, wie wir in der warmen Sommerwiese liegen, nur du und ich. Diese Gedanken geben mir die Kraft, das hier alles durchzustehen.
Nach dem ersten, harten Monat hatte er Glück, denn er wurde als Funker ausgebildet und kam zu der motorisierten Infanterie. Ab sofort konnte er im PKW fahren und es ging ihm vergleichsweise recht gut. Da er von nun an alle Arten von Informationen weiter vermitteln würde, hatte er einen Eid ablegen müssen, absolute Verschwiegenheit gegenüber jedermann zu be-

wahren. Im Falle eines Missbrauchs wurden ihm härteste Strafmaßnahmen angedroht. Deshalb, so schrieb er, könne er ihr von nun an nur noch sehr wenig über den Kriegsverlauf berichten. Sie kannte Waldo und wusste, dass er sich gewissenhaft an seine Vorschriften halten würde. Aber vom Krieg wollte sie sowieso nicht viel hören. Hauptsache, er ginge so schnell wie möglich zu Ende, und Waldo käme endlich wieder heim.

Einmal berichtete er davon, dass zu Hitlers Geburtstag in Krakau ein Konzert mit dem Wiener Philharmonischen Orchester stattgefunden hätte. Er war durch Zufall darauf aufmerksam geworden, bekam aber keine Karten mehr. Nach dem Konzert sei ein großes Feuerwerk zu Ehren Hitlers gezündet worden. Krakau solle die neue Hauptstadt werden, da Warschau völlig zerstört und ausgebrannt sei.

In seinem nächsten Brief beantwortete er ihre Frage, ob er denn genug zu essen bekäme. Die Lebensmittelversorgung der Deutschen in Polen sei gesichert, ihnen fehle es an nichts. Weitaus schlimmer sei die Situation bei den Polen, sie müssten sich selbst versorgen und da gäbe es doch allerhand Engpässe. Wie es ihr denn in Leipzig erginge, fragte er weiter und berichtete noch, dass er endlich eine wundervolle Möglichkeit gefunden habe sich ein bisschen vom Krieg abzulenken. Zu seiner großen Überraschung hatte er in der Kaserne eine Frontbücherei entdeckt und war seither jede frei Minute mit Lesen beschäftigt.

Dora war jedes Mal überglücklich, wenn sie Feldpost von Waldo erhielt. Sie las seine Briefe immer wieder, bis sie den Text fast auswendig kannte. Das Wichtigste war vor allem, dass ihr Liebster gesund und unverletzt blieb.

Wie gut, dass es in dieser Zeit Gertrud gab! Die junge Frau spürte sofort, dass Dora unter dem Alleinsein litt und reagierte prompt. Gleich am ersten Abend, als sie nach Feierabend den Laden gemeinsam verließen, hakte sie sich bei ihrer Freundin ein und fragte: „Was machen wir nun?"

Dora schaute sie überrascht an. Sie waren abends noch nie gemeinsam weggegangen, entweder hatte Waldo vor der Tür gewartet oder jede von ihnen war mit Besorgungen beschäftigt.

„Wie wär's mit einem Besuch im Café Felsche?", schlug Gertrud vor. Ihre Fröhlichkeit war einfach ansteckend. Sie hatte so eine Art frei herauszulachen, die Dora unwiderstehlich in den Bann zog. Wie gut, dass sie am ersten Tag ihres Alleinseins nicht gleich in die Einsamkeit ihres kleinen, möblierten Zimmers gehen musste. Dort würde sie doch nur mit ihren Gedanken herumhängen. Ohne zu zögern stimmte sie Gertruds Vorschlag zu. Sollten die Einkäufe doch warten. Seitdem die Lebensmittelkarten eingeführt worden waren und es viele Dinge nur noch rationiert gab, nahm der Einkauf einen immer größer werdenden Zeitraum ein. Sicher gab es immer noch keine Butter und kein Ersatzfett.

Willig ließ sie sich von Gertrud durch die Straßen leiten. Sie bummelten durch die Mädler Passage, schauten ausgiebig die Auslagen in den Schaufenstern an, lauschten dem Glockenspiel und unterhielten sich blendend. Dank der in diesem Jahr zum ersten Mal eingeführten Sommerzeit blieb es eine Stunde länger hell. Verrückt, auf welche Ideen die Hitlerregierung kam um Energie zu sparen.

Allmählich wurde es aber zusehends kälter und sie beeilten sich ins Café zu kommen.

„Die Frau Strauß ist furchtbar borniert, findest du nicht auch?“, fragte die Jüngere, nachdem sie ein paar Schluck ihrer heißen Schokolade getrunken hatten.

Dora nickte zustimmend. „Ja, mir graust jeden Morgen vor der albernen Begrüßung. Bei der musst du wegen ihrer politischen Einstellung sehr aufpassen.“

„Mach dir keine Sorgen um mich, ich bin schon auf der Hut.“

Aber Dora sorgte sich doch, denn Gertrud tat ihre Meinung oft ungefiltert kund und das konnte gefährlich werden. Wie schön, dass sie beide auf der gleichen Wellenlinie lagen. Dora kannte Gertrud nun schon ein paar Jahre, seit dem Tag, an dem sie gemeinsam ihre Lehre bei der Firma Eulitz begonnen hatten. Doch erst an diesem Abend wurde ihr bewusst, dass sie in ihr ein echte Freundin gefunden hatte.

Es war beinahe zehn Uhr, als sie wenig später das Café verließen um gemeinsam zur Haltestelle zu gehen, wo sie sich verabschiedeten und getrennt heim fuhren. Vor dem Zubettgehen blieb Dora gerade noch Zeit einen langen Brief an Waldo zu schreiben, in dem sie ihren ersten Abend ohne ihn ausführlich schilderte.

Gertrud hatte immer wieder neue Einfälle. Einmal gingen sie ins Kino und sahen die Operette „Wiener Blut“ an. Im Vorprogramm wurde erstmals die „Deutsche Wochenschau“ gezeigt, die von da an zu einem Hauptanziehungspunkt wurde. Dort konnten die Kinobesucher mit eigenen Augen sehen, wie siegreich die Soldaten auf ihrem Feldzug waren. Die Bilder überzeugten beinahe jeden von der klaren Übermacht der deutschen Wehrmacht und schürten den Mythos ihrer Unbezwingbarkeit. Auch Dora fühlte sich beruhigt, nachdem sie die Aufnahmen gesehen hatte. Nun konnte es nicht mehr lange dauern und der Krieg war vorbei.

Ein anderes Mal verabredeten sich Dora und Gertrud zu einem Konzertabend. So lernten sie sich im Laufe der Zeit immer besser kennen. Jeden zweiten Abend schrieb Dora einen ausführlichen Brief an Waldo und zweimal pro Woche erhielt sie Post von ihm.

Ein paar Wochen später fragte Dora ihre Freundin, ob sie vielleicht einmal ein Wochenende mit ihr in Bad Kösen verbringen wolle. Sie hatte dort seit dem letzten Herbst nicht mehr nach dem Rechten geschaut und fürchtete sich alleine in dem abgelegenen Haus. Gertrud war sofort einverstanden. Ja, sie freute sich sogar riesig, die Großstadt für eine Weile verlassen zu können und endlich Doras vielgerühmte Idylle kennen lernen zu dürfen.

Die Fahrt sollte am darauf folgenden Sonnabend stattfinden. Gemeinsam wollten sie mit dem frühesten Zug nach Bad Kösen reisen. Das erste Mal seit Waldos Verabschiedung betrat Dora den Hauptbahnhof und sie spürte einen Stich im Herzen, als sie sich dem Portal näherte. Der Schmerz um Waldo, das Gefühl der Verlassenheit drohte sie wieder einzuholen. Nur gut, dass Gertrud schon auf sie wartete und mit der einen Hand wild gestikulierend, mit der anderen ihr Köfferchen schwenkend auf sie zugelaufen kam. Der Anflug einer Depression verschwand sofort, als Dora ihre Freundin mit roten Wangen und leuchtenden Augen vor sich stehen sah. Wie zwei kichernde Schulmädchen machten sie sich in dem riesigen Sackbahnhof auf die Suche nach dem richtigen Gleis, fanden es bald und ließen sich erschöpft im Waggon auf eine Sitzbank fallen.

„Na, das wird ja was werden mit uns zweien", mokierte sich Gertrud. „Wir keuchen jetzt schon wie zwei alte Frauen. Dabei sollen wir heute noch deinen Berg hinauf klettern!"

Pünktlich verließ der Zug den Bahnhof. Bald ratterte er durch die Leipziger Vororte, überquerte die Weiße Elster, rumpelte durch den Stadtforst in Richtung Weißenfels. Es war Ende April, Frühlingszeit, und die Natur erwachte aus dem Winterschlaf. Draußen auf den Feldern keimte schon das Getreide und als die beiden im warmen Saaletal in Bad Kösen ausstiegen, schien es, als sei die Natur dort nochmals zwei Wochen weiter.

Der erste Eindruck des kleinen Kurortes löste bei Gertrud wahre Begeisterungsstürme aus. Der Bahnhof lag unweit des Kurparks, den sie als erstes durchqueren mussten und als Gertrud die neugepflanzten Primeln in verschiedenen Farben sah, die Osterglocken, die dazwischen schon blühten, war sie kaum von der Stelle zu bringen. Wie anders war die Welt doch hier, im Vergleich mit dem schmutzigen grauen Leipzig.

Auf ihrem Weg die Saale entlang, vorbei an den prachtvollen Villen verging die Zeit wie im Flug. Schließlich erreichten sie das Berggrundstück und Dora führte stolz ihr kleines Paradies vor. Zunächst hatten sie alle Mühe sich einen Weg durch das Pappelwäldchen zu kämpfen, denn der Weg war völlig mit Gestrüpp überwuchert. Doch als sie auf die Wiese hinaustraten, erfasste Dora das gleiche unglaubliche Erstaunen wie beim ersten Mal. Die vergangenen warmen Tage hatten die Knospen der Bäume zu einem hellen Grün explodieren lassen, feucht glänzten sie im Sonnenlicht. Oben am Berghang erwartete sie das Häuschen und sie lief mit wild klopfendem Herzen darauf los. Für den Bruchteil einer Minute hoffte sie Waldo wartend im Haus anzutreffen, besann sich aber sofort und schalt sich töricht.
„Gott, ist das idyllisch!“, rief Gertrud noch vom Garten aus und ließ sich Zeit die neuen Eindrücke zu verarbeiten. Als sie kurze Zeit später das Haus betrat und Doras gedrückte Stimmung bemerkte, stellte sie ihr Köfferchen spontan in die Ecke und entschied: „So, jetzt werden wir hier erst mal die Spinnen vertreiben. Wo hast du denn Eimer und Besen?“
Ihre unglaubliche Energie spornte Dora an und zusammen befreiten sie das Häuschen vom Staub und den Spinnenweben, die sich während des Winters angesammelt hatten. Gegen Nachmittag, als alles zu beider Zufriedenheit glänzte, begannen sie den Waldrand oberhalb des Gebäudes nach Reisig zu durchkämmen. Dabei entdeckten sie am Hang hinter dem Haus wunderschöne wilde Orchideen.
„Das sieht aus wie Knabenkraut“, vermutete Gertrud und bückte sich fasziniert um eine der großen Rispen zu betrachten. „Dass die hier überhaupt gedeihen können!“
„Warum hab ich diese Pflanzen letztes Jahr nicht gesehen?“, wunderte sich Dora. War sie um diese Jahreszeit nicht schon einmal hier im Haus gewesen? Mit einem Mal fiel ihr ein, wie sie ein Jahr zuvor mit Waldo die Matratzen den Berg hinauf geschleppt hatte und wie sie später ihr Lager im Kuckucksnest unter der Dachschräge eingeweiht hatten. Kein Wunder, dass damals keine Zeit für wilde Orchideen am Hang gewesen war.
„Schau dir mal diese wunderschönen Blüten an. Wie lauter kleine Mäulchen, die einen anlachen.“ Gertrud, die Doras Stimmungswechsel bemerkt hatte, deutete auf eine Rispe. Augenblicklich entspannten sich Doras verkrampfte Gesichtszüge. Ihre Freundin hatte ja recht. Alles Grübeln half nichts. Sie musste in der Gegenwart leben, dieses Wochenende genießen. Waldo würde staunen, wenn sie ihm von ihrer Entdeckung schrieb. Vorsichtig brach sie

ein kleines Mäulchen heraus. Gepresst würde sie es im nächsten Brief mitschicken.

Am Abend entfachte sie ein Feuer im Kamin, den Waldo noch im letzten Herbst aus roten Klinkersteinen gebaut hatte. Bald loderten die Flammen, das Holz knisterte und erwärmte die niedrigen Räume im Nu. Sie zündeten Kerzen an, weil das Petroleum knapp war, und machten es sich auf der Couch vor dem Kamin mit Tee bequem.

„Dora, du bist ein Glückspilz", freute sich Gertrud. „Du hast einen lieben Mann gefunden. Dazu habt ihr dieses herrliche Fleckchen Erde hier! Ihr seid wirklich zu beneiden."

Sie nippte an ihrem heißen Tee und lachte Dora dabei mit ihrem ansteckenden Lachen an. Es ist das Lachen einer zufriedenen Frau, dachte Dora. Im Gesicht ihres Gegenübers war keine Spur von Neid zu entdecken, viel eher Mitfreude. Gertrud war ein Schatz! Wäre sie ein Mann, Dora hätte sich bestimmt in sie verliebt. Seltsam, dass Gertrud noch keinen Freund besaß.

„Wieso bist du eigentlich noch nicht in festen Händen?", fragte Dora ohne Umschweife.

„Ach weißt du, ich hatte schon ein paar Bekanntschaften, aber der Richtige war noch nicht dabei. Alle wollen immer nur das eine, und ich will mir damit noch Zeit lassen", fügte sie etwas verlegen hinzu.

Dora nickte. Ihr waren die Reaktionen der männlichen Kunden im Geschäft nicht entgangen, die Blicke, mit denen sie Gertrud abtasteten, ihr manchmal eindeutige Angebote machten, die ihre Freundin jedoch immer lächelnd ablehnte. Dora konnte Gertrud bestens verstehen. Die Männer waren doch alle gleich. Nur gut, dass ihr Waldo so geduldig gewesen war. Er hatte ihr Zeit gelassen, bis sie selbst vor lauter Sehnsucht nach ihm bereit gewesen war, ihre vom Vater auferlegte keusche Zurückhaltung mit Wonne abzulegen.

„Wie kommst du mit deinen Eltern aus, du wohnst doch noch zu Hause?", fragte Dora.

„Oh, das ist gar kein Problem. Sie lassen mir alle Freiheiten und sind sehr großzügig." Gertrud schob ein glühendes Holzstück vorsichtig weiter ins Feuer hinein. „Ich habe mein eigenes Reich und sie reden mir nicht rein, das ist das Wichtigste."

Doras Gedanken schweiften zurück zu der Zeit, als sie noch zu siebt in der kleinen Dreizimmerwohnung leben mussten. Keines der Kinder hatte sein eigenes Zimmer, das jeweils Kleinste schlief bei den Eltern. Sie selbst musste jahrelang einen winzigen Raum mit Gerhart teilen. Nach dessen Weggehen zog Heinz bei ihr ein. Das Wohnzimmer lud nie zum geselligen Zusammensitzen ein, denn es war stets auch das Arbeitszimmer der Mutter gewesen, vollgestopft mit Nähmaschine, Bügelbrett und kistenweise Kleidung. Gertrud hingegen war Einzelkind, der Stolz ihrer Eltern, geliebt und umhegt. Nachdenklich goss Dora sich etwas Tee nach, nahm einen Löffel Zucker aus dem Schälchen und rührte lange um. Sie schwiegen beide und hingen ihren Gedanken nach, während das Feuer im Kamin knisterte. Noch etwas anderes ging Dora schon lange im Kopf herum. Nun ergab sich endlich eine Gelegenheit unbelauscht darüber zu sprechen.

„Gehst du immer noch oft die jüdische Familie in der Schlegelstraße besuchen?"

Erstaunt schaute Gertrud sie an. Der abrupte Themawechsel schien ihr nicht nachvollziehbar. Doch auf Doras Gesicht sah sie nur kindliche Unschuld, eine naive Neugier, die sie sogleich von der Ehrlichkeit der Frage überzeugte. Es dauerte eine Weile, in der nur das Knacken der Holzscheite zu hören war, bevor sie antwortete: „Die wohnen jetzt in der Jacobstraße. Fast alle Juden sind inzwischen in sogenannten „Judenhäusern" zusammengefasst. Am Nordplatz, in der Löhrstraße, in der Jacobstraße. Sie leben dort auf engstem Raum."

Gertrud zog die Wolldecke enger um sich, als wollte sie sich vor kalter Zugluft schützen.

„In letzter Zeit habe ich immer wieder Juden in der Innenstadt gesehen, die Schnee schippen", erwiderte Dora. „Die arbeiten wohl bei der Stadtreinigung."

„Ja, und bei der Müllabfuhr und auch als Totengräber müssen sie arbeiten", ergänzte Gertrud. „Zwangsarbeit ist das, verstehst du?" Ihre Augen blitzten wütend.

Dora blickte sie verwundert an. Gertruds heftige Reaktion überraschte sie, so aggressiv hatte sie die Freundin noch nie erlebt. Anscheinend litt sie weit mehr mit diesen jüdischen Menschen als Dora sich vorstellen konnte. Ein wenig ratlos legte sie ihre Hand auf deren Schulter.

„Es tut mir leid, ich wollte dich nicht verletzen. Du hast recht. Diese Menschen müssen wirklich sehr viel ertragen."

Gertrud antwortete nicht. Sie lehnte ihren Kopf an Doras Arm und blieb regungslos sitzen. Diese Juden waren ihr offensichtlich wichtig. Dora nahm sich vor, das Thema nur noch mit Fingerspitzengefühl anzusprechen. Schweigend, das Gefühl des gegenseitigen Vertrauens genießend, verharrten

sie eine Weile, bis Gertrud sich als erste löste, sich streckte und gähnend sagte: „Ich bin todmüde. Was meinst du, gehen wir schlafen?“
Es war schon fast Mitternacht, wie Dora beim Blick auf die Uhr erstaunt feststellte. Bereitwillig stimmte sie zu und bald schliefen beide tief und fest unter dem Giebel auf dem Matratzenlager.

Zurück in Leipzig ging das Leben seinen Gang weiter.
Eines Tages nutzte Dora die Mittagspause um ihrer Mutter einen kurzen Besuch abzustatten. Sie wollte ihre Familie unbedingt einmal wieder sehen und wusste, dass ihr Vater zu dieser Zeit nicht zu Hause war. Wie erwartet öffnete Inge auf ihr Klingeln und fiel ihr vor Freude noch im Treppenhaus um den Hals.
„Du bist ja schon wieder gewachsen“, staunte Dora. Ihre kleine Schwester kam mit ihren dreizehn Jahren langsam in die Pubertät. Die Arme und Beine waren spindeldürr und viel zu lang und unter dem Pulli zeigten sich zwei kleine Höcker. Inge freute sich unbändig über den überraschenden Besuch. Sie drückte sich an Dora und führte sie unverzüglich in die Küche, wo Martha gerade dabei war Pellkartoffeln abzugießen.
„Wenn ich gewusst hätte, dass du kommst, hätte ich etwas anderes gekocht“, entschuldigte sich Martha und hielt ihrer Tochter die Wange zum Begrüßungskuss hin. Dora küsste sie flüchtig und nickte. Der Satz war nur eine Floskel, denn Martha würde ihretwegen niemals besondere Umstände machen. Sie setzte sich an den Küchentisch, der wie immer mit dem gleichen abgeschabten Wachstuch bedeckt war. Ein Schälchen mit Quark stand darauf, daneben die gläserne Schütte mit Salz aus dem Küchenschrank, das geblümte Geschirr, die Nickelkanne mit Gerstenkaffee. Marthas schnelle Küche. Dora piekste eine heiße, dampfende Kartoffel auf und begann sie zu schälen. Unterdessen plapperte Inge fröhlich drauf los. Sie hatte viel Neues zu berichten. Die Schulturnhalle war für militärische Zwecke beschlagnahmt worden und der Unterricht zur Leibesertüchtigung, den sie so hasste, fiel bis auf weiteres aus.
„Leider sollen wir nun auf dem Sportplatz turnen“, stöhnte sie. „Und dabei ist es ist doch so kalt.“
„Du Arme“, warf Dora mit spöttischem Lächeln ein, aber Inge ließ sich nicht bremsen.
„Unser Deutschlehrer, Herr Holzmann, und der Biolehrer, Herr Wolf, sind beide im letzten Monat eingezogen worden. Deshalb fällt jetzt ganz viel Unterricht aus.“

Bevor Dora antworten konnte, fuhr Inge fort: „Als es im Februar minus zwölf Grad war, da hatten wir wegen Brennstoffmangel frei. Kannst du dir vorstellen, wie ich in den Tagen davor gefroren habe?"

„Nun iss erst mal, sonst werden die Kartoffeln auch noch ganz kalt", brummte Martha kauend. Inge, die wie immer zu bequem war die Kartoffeln zu schälen, stippte geistesabwesend eine halbierte Knolle in das Salzhäufchen auf ihrem Teller und schob sie in den Mund.

„Was lernst du überhaupt in der Schule, wenn andauernd so viel ausfällt?", fragte Dora und nahm sich einen weiteren Löffel Quark.

„Schönheitspflege", kicherte Inge, „und Kenntnisse in Hauswirtschaft. Aber das weiß ich ja schon alles. Am blödesten ist das dauernde Gequatsche von wegen ‚Sich reinhalten'. Wen interessiert das schon."

Sie schüttelte entrüstet den Kopf und tippte sich mit dem Finger an die Stirn. Dora warf ihrer Mutter einen kurzen Blick zu und sah sie schmunzeln. Die halbe Stunde war um wie nichts und Dora sprang erschreckt auf. „Es ist höchste Zeit. Ich muss gehen."

Kaum war sie aufgestanden, hängte sich Inge an ihren Arm und bettelte: „Bitte, bleib doch noch ein bisschen da. Allein ist es immer soo langweilig."

„Ich komme bald wieder, das verspreche ich dir. Oder noch besser, wir unternehmen etwas zusammen, nur du und ich."

„Au ja, versprochen ist versprochen. Wann treffen wir uns?"

„Bald. Ich melde mich. Tschüss Mama." Ein flüchtiger Kuss.

„Tschüss Ingemaus." Eine innige Umarmung, aus der sie sich schnell befreite um eiligst die Treppe hinunter, zur Straßenbahn zu laufen. Zu blöd, diese Kurzbesuche, dachte sie, als sie in der ratternden Bahn saß. Aber es war die einzige Möglichkeit, wenn sie ihrem Vater nicht begegnen wollte. Gut, dass sie Inge demnächst einmal länger träfe.

Jeden Abend, wenn Dora nach der Arbeit nach Hause kam, schaltete sie als erstes ihren Volksempfänger ein. Fast jede Familie besaß einen solchen braunen Kasten, denn die Geräte waren besonders preisgünstig gewesen und brachten das Neueste vom Tage in die Wohnstube. So wie alle Familien lauschte auch Dora allabendlich dem Bericht zur Lage um sich über die Fortschritte der Deutschen Wehrmacht zu informieren und herauszuhören, wann der Krieg denn nun endlich zu Ende sei. Noch gingen die Kämpfe an allen Fronten weiter. Während mehr und mehr Fremdarbeiter aus Polen in Deutschland eintrafen, die in der Landwirtschaft zur Arbeit eingesetzt wurden, begann am 10. Mai die deutsche Offensive im Westen. Am 14. Juni wurde Paris kampflos von den deutschen Truppen eingenommen. Zwei

Wochen später unterzeichneten Frankreich und Deutschland das Waffenstillstandsabkommen. Im Anschluss an die Nachrichtensendung erklang immer wunderschöne Unterhaltungsmusik und während die Klänge ihr kleines Zimmerchen erfüllten, schrieb sie Waldo ihre Erlebnisse und den Tratsch und Knatsch aus Leipzig.
Waldo berichtete in seinen Feldpostbriefen weiterhin fast nie vom Krieg oder von seinen Kriegserlebnissen. Meistens schilderte er die Landschaft, beschrieb, wie einfach die Menschen in Polen lebten oder wie arm sie waren. Einmal deutete er an, dass er gesundheitliche Probleme mit dem Magen hätte, aber gleichzeitig bagatellisierte er das Geschriebene. Dora wusste nicht so recht, was sie davon halten sollte und machte sich Sorgen.
Mitte Juli bekam sie einen furchtbaren Schreck. Waldo schrieb, die Welt dort draußen unterscheide sich extremst von allem, was die Menschen sich vorstellen könnten. Sie sei erfüllt von einem primitiven Überlebenskampf, alles sei hohl und lächerlich, gestelzt und leer. Sein jetziges Leben als Soldat und die Situation vor Ort seien so furchtbar, er würde sich am liebsten aufhängen. Hätte sie damals schon die Todesursache von Waldos Bruder Rudolf gewusst, Dora wäre wahrscheinlich in panische Angst verfallen. Doch davon hatte sie keine Ahnung. Dennoch verfiel sie ins Grübeln. Wenige Tage später erreichte sie glücklicherweise ein Telegramm mit dem Wortlaut:
Komme am 23. Juli um 15.45 an. Ich liebe dich. Waldo.

Nun saß sie also in der Straßenbahn Linie 6 Richtung Hauptbahnhof. Die Aufregung ließ ihr Herz schneller schlagen. Sie hatte Waldo vier Monate lang nicht mehr gesehen. Ob er sich verändert hatte? Wenn sie die Augen schloss, sah sie ihn im Geiste vor sich, sein weiches, liebes Gesicht, seine dunklen Augen. Abend für Abend hatte sie ihm ihre guten Wünsche gesandt, nach draußen an die Front, tausende von Kilometern entfernt. Oft war sie mit dem Blick auf das Foto von ihm eingeschlafen, das auf ihrem Nachttischkästchen stand. Was hatte er wohl alles erlebt? Warum klang sein letzter Brief nur so deprimiert? Wie gut, dass er heimkam. Sie würde ihn schon wieder aufbauen. Hauptsache, er war endlich wieder bei ihr!
Die Tram hielt vor dem Bahnhof und Dora stieg aus. Sie atmete tief durch und betrat das Gebäude. Hier pulsierte das Leben wie immer. In den hohen Hallen überkam sie jedes Mal ein Gefühl von Reiselust und Fernweh. Wie gerne wäre sie mit Waldo verreist, nach Bad Kösen oder vielleicht auch nach Paris. Aber daran war im Moment nicht zu denken. Sie bahnte sich ihren Weg durch die vielen Menschen bis sie auf dem richtigen Bahnsteig stand

und wartete. Wieder und wieder musste sie ihre feuchten Hände am Taschentuch trocken reiben. Wo der Zug nur so lange blieb.
Endlich hörte sie die Ankündigung über den Lautsprecher und sah in der Ferne einen langen Zug, klein wie Spielzeug, sich schlängelnd nähern. Ihre Augen hefteten sich an den dunkelgrünen Lindwurm und ließen ihn nicht mehr los, bis er sich weit draußen vor dem Sackbahnhof auf das Gleis, an dem sie stand, einfädelte. Bremsen quietschten, die Waggons waren noch nicht zum Stehen gekommen, als viele erschöpfte, müde Soldaten heraus quollen.
Doras Augen glitten suchend über die unzähligen Gesichter.
Da erblickte sie ihn und erschrak, denn er sah blass und krank aus.
„Waldo!“ Mit einem Freudenschrei lief sie auf ihn zu.
Ein Lächeln erhellte sein Gesicht. Er ließ sein Gepäck fallen, breitete die Arme aus und drückte sie ganz fest an sich. Freudentränen schossen ihr in die Augen, als sie ihr Gesicht an seine kratzige Wange presste. Erst jetzt spürte sie, wie unsäglich er ihr gefehlt hatte.
„Waldo, mein Lieber“, flüsterte sie und ihre Hände in seinem Haar gaben ihr das beglückende Gefühl, etwas Vertrautes wieder gefunden zu haben. Für immer festhalten, nie mehr weggehen lassen, das war ihr einziger Gedanke. So standen sie eine Weile, sich dem Gefühl des Augenblicks hingebend.
Dora löste sich als erste. Prüfend, den Kopf zur Seite geneigt, schaute sie ihn an.
„Wie geht es dir? Dein letzter Brief hat mir Sorgen gemacht.“
„Es ging mir auch nicht gut“, meinte er verlegend lächelnd. „Diesen Heimaturlaub habe ich nur einem Magengeschwür zu verdanken.“
„Ach, du lieber Himmel!“ Dora erschrak. Sie wusste zwar von seinem empfindlichen Magen, aber ein Geschwür! Das war schrecklich!
„Lass uns eine ruhige Bank suchen, wo du ein bisschen erzählen kannst“, sagte sie und ergriff seine Hand.
Waldo fühlte sich nach der anstrengenden Zugfahrt eigentlich viel zu erschöpft um zu reden. Im Abteil war es stickig und voll gewesen, an Schlaf nicht zu denken. Er hatte das Pech gehabt, in einem Abteil voller Soldaten der einfachsten Art zu sitzen, alles Schützen, die wie er auf Heimaturlaub fuhren. Stunde um Stunde hatte er in dem engen Abteil hocken müssen, zusammengepfercht mit einem bunten Haufen, ohne Möglichkeit, deren stupidem Gerede entgehen zu können. Ab und zu war er aufgestanden um sich die Beine zu vertreten, doch auch auf dem Gang lagen Soldaten, die

ihre Knochen wenigstens für ein paar Stunden ausstrecken wollten. Er war zu keinem Gedanken mehr fähig. Der Dienst als Schreiber und Funker verblödete, obwohl er immer noch angenehmer war, als der eines einfachen Soldaten. Immer öfter fühlte Waldo sich völlig fertig, nicht nur mit den Kräften, auch mit den Nerven, immer seltener fand er die Kraft zum Lesen. Stumpf und träge hockte er in seiner wenigen Freizeit herum, während die anderen soffen um der inneren Leere zu entgehen. Dabei wurde ihm quälend bewusst, wie die Zeit verstrich. Der Krieg verschlang Monate, vielleicht Jahre seiner Jugend, die ihm niemand mehr zurückgeben konnte. Mit der Zeit war er immer empfindlicher und innerlich einsamer geworden. Ohnmächtiger Zorn überfiel ihn und er sank in ein Stimmungstief. Zum Glück wurde sein Vorgesetzter auf seine Verfassung aufmerksam und schickte ihn kurzerhand auf Heimaturlaub. Waldos Lebensgeister waren erst wieder erwacht, als der Zug durch die Vororte Leipzigs rumpelte und sich in den Waggons eine allgemeine Unruhe bemerkbar machte.
Nun saß er mit Dora auf einer Parkbank in den Anlagen unweit des Hauptbahnhofs und merkte, dass ihm alles zu viel war. Das Gedränge in der Stadt, der überall sichtbare Reichtum und Wohlstand, der Protz und Prunk, die Menschen, die lebten, als gäbe es keinen Krieg. Die Haut über seiner Seele war einfach zu dünn. Einerseits sehnte er sich nach Doras Nähe, wollte mit ihr wieder so eng sein wie früher, andererseits spürte er, dass die Distanz zwischen ihnen einzig und allein an ihm lag. Es kam einfach kein richtiges Gespräch in Gang.
„Gib mir ein bisschen Zeit“, sagte er nach einer Weile mit rauer Stimme. „Ich muss erst wieder zu mir finden.“ Und als er ihre traurigen Augen sah, fügte er lächelnd hinzu: „Vor allem aber sollte ich ausgiebig baden und ein bisschen schlafen.“
Doras Augen glänzten feucht. Sie zwang sich den Kloß im Hals hinunterzuschlucken und entgegnete leise: „Ist schon gut, Waldo. Hauptsache, du bist wieder da. Morgen sieht schon alles anders aus.“
Ein Sonntag stand bevor. Es war Hochsommer und der Wetterdienst hatte strahlend schönes Wetter angekündigt.
„Wann treffen wir uns?“ Dora strich ihm über die unrasierten hageren Wangen. Seine Augen blickten leer und müde. Er dachte kurz nach und meinte, mehr als Feststellung denn als Frage: „Wie wär’s nach dem Mittagessen, so gegen fünfzehn Uhr.“
Sie schwieg betroffen. Eine Weile verging, bevor er ihre Enttäuschung bemerkte.

„Hab Geduld mit mir", bat er und drückte ihre Hand. „Ich muss erst einmal wieder zu mir finden. Es war einfach zu viel los in den letzten Monaten. Ich brauche ein bisschen Abstand."

Dora nickte tapfer und versuchte ihre Tränen zu unterdrücken. Waldo stand auf und, obwohl er es vermeiden wollte, weil er sich so schmuddelig, so ungepflegt vorkam, zog er sie an sich und küsste sie lange. Danach nahm er stillschweigend ihren Arm und ging mit ihr zurück zur Straßenbahnhaltestelle am Hauptbahnhof. Dort standen sie Arm in Arm und warteten, bis seine Bahn einfuhr.

Schon klingelte der Schaffner zur Weiterfahrt. Waldo schaffte es gerade noch sein Köfferchen zu schnappen und einzusteigen. Durch die Scheibe warf er ihr eine letzte Kusshand zu, dann ratterte die Bahn davon.

Verwirrt blieb Dora an der Haltestelle stehen.

Sie hatte sich so wahnsinnig auf Waldo gefreut und nun diese seltsame Begrüßung! Was war nur los mit ihm? Konnte sich ein Mensch in vier Monaten so verändern? Er wirkte so extrem sensibel und verletzlich. Wie er ihr über die Wange gestreichelt hatte! So fern und fremd hatte er gewirkt. Wahrscheinlich schmerzte sein Magen. Vielleicht musste er auch einfach einmal richtig ausschlafen. Durch die Reise war er bestimmt völlig übernächtigt.

Eine Bahn in ihre Richtung fuhr kreischend heran, aber Dora blieb gedankenverloren stehen. Waldo hatte früher immer auf sein gepflegtes Äußeres geachtet. Er war stets glatt rasiert gewesen, hatte nach teurem Rasierwasser gerochen. Vermutlich fühlte er sich ganz einfach unwohl in seiner Haut, genierte sich, weil er sich seit Tagen nicht mehr hatte waschen können.

Wieder eine Straßenbahn.

Es war bestimmt die beste Entscheidung gewesen, dass er gleich heimgefahren war. Morgen würde er frisch und ausgeruht sein, und sie würde ihn sicher auf andere Gedanken bringen.

Als die dritte Bahn kam, stieg sie ein und fuhr nach Hause.

Tags darauf trafen sie sich wie abgesprochen und fuhren hinaus zum Auensee. Dora hatte eine Decke und Proviant mitgebracht und eine hübsche neue Bluse angezogen. Seit Kriegsbeginn gab es für jeden Bürger eine Reichskleiderkarte mit einhundert Punkten pro Jahr. Wollte sich Dora einen neuen BH zulegen, musste sie vier Punkte bezahlen, für ein Wollkleid vierzig. Die Bluse hatte sie extra für das Wiedersehen gekauft und dafür fünfunddreißig Punkte hergeben müssen. Nun bemerkte Waldo das neue Stück

nicht einmal. Erst als sie ihn regelrecht mit der Nase darauf stieß, bewunderte er es gebührend.
Am See suchten sie ein ruhiges Plätzchen, breiteten ihre Decke aus, und legten sich nebeneinander in die Sonne. Waldo wirkte immer noch erschöpft, obwohl er wieder frisch und sauber strahlte. Erst jetzt sah Dora, wie dürr er geworden war. Bestimmt hatte er mehrere Kilo abgenommen. Sie stützte ihren Kopf auf die Hand und sah ihn an.
„Du bist ganz schön mager geworden", meinte sie betrübt.
„Ich konnte in den letzten Wochen einfach nichts mehr zu mir nehmen. Diese schrecklichen Magenschmerzen haben mir so zugesetzt." Er presste die Lippen zusammen. Dora streichelte zärtlich seinen Körper. Sie hatte so Sehnsucht nach ihm, aber leider waren sie ja nicht alleine am See.
„Erzähl mir ein bisschen von deinen Erlebnissen", fuhr sie fort. „Wie sieht es in Polen aus, was hast du gemacht? Ich weiß so wenig von dir."
Waldo lag da und blickte in den Himmel. Er war immer noch anders als sonst, fand Dora. Verschlossen und still.
„Ich kann nicht viel erzählen", begann er. „Ich darf es nicht, und ich..." , er stockte, legte seine Hand über die Augen, als ob er sie vor der gleißenden Sonne schützen wollte, und fuhr leise fort: „...ich will auch nicht."
Sie schwieg. Gib mir Zeit, hatte er gestern gesagt. Aber wie viel Zeit stand ihnen zur Verfügung? Am Montag fing schon die neue Woche an und sie musste wieder arbeiten gehen.
„Wie lange darfst du denn voraussichtlich zu Hause bleiben?"
„Ich weiß es nicht. Morgen muss ich mich zur ärztlichen Untersuchung melden. Erst im Anschluss daran erfahre ich wie es weitergehen wird."
Dora kuschelte sich an ihn und er legte schützend den Arm um sie.
Was sollte er ihr sagen?
Sollte er von dem riesigen Unterschied zwischen dem deutschen Herrenvolk und den Polen sprechen? Dass die Zahl der Hungertoten in der polnischen Bevölkerung von Tag zu Tag in erschreckenden Maß zugenommen hatte? Oder ihr davon erzählen, wie in einer „Befriedungsaktion" die gesamte polnische Führungsschicht – Lehrer, Geistlichkeit, Adel, Legionäre – abgeschoben worden war, wer weiß wohin?
Einmal hatte er mitbekommen, wie eine jüdische Familie aus einem größeren Haus getrieben wurde. Im gleichen Haus war ein deutscher Offizier einquartiert worden und es bestand angeblich die Gefahr, dass er „beim Betreten oder Verlassen des Hauses von Seuchen befallen werden könnte". Seuchen wie zum Beispiel dem Flecktyphus, der, wie behauptet wurde, fast

ausschließlich von Juden verbreitet wurde. Er hatte sich die Anweisung, die schriftlich von der Heeresleitung bei ihm eingetroffen war, wörtlich eingeprägt, so obstrus erschien sie ihm. Wegen dieses Unsinns wurde die jüdische Familie umgesiedelt, eine achtköpfige Großfamilie mit mehreren kleinen Kindern. Es hatte ihm den Magen zugeschnürt. Jeden Tag erfuhr er schlimmere Dinge, Scheußlichkeiten von Straflagern, in denen Menschen verhungerten. Er bekam jetzt noch eine Gänsehaut, wenn er nur daran dachte. Zum Schluss war es so weit gekommen, dass er glaubte, das alles nicht mehr ertragen zu können und sich mit Selbstmordgedanken trug. Gott sei dank hatten sie ihn vom Feldlazarett weg gleich nach Hause geschickt. Niemals würde er Dora von den Zuständen in Polen erzählen. Sie sollte mit diesen Dingen nicht belastet werden, wozu auch? Damit musste er alleine fertig werden, wenn auch sein Magen zur Zeit rebellierte. Alles, was er brauchte, war Zeit. Zeit um zu vergessen.
Zu allem Übel hatte ihm auch noch sein Vater am gestrigen Abend, als der Rest der Familie schon schlief, das Herz ausgeschüttet.
„Ich muss dir etwas sagen", fing er an und Waldo ahnte sofort, dass es ein ernstes Gespräch werden würde. Sein Vater klammerte sich an einer Zigarre fest, zog häufig und unruhig das Nikotin ein, wie es sonst gar nicht seine Art war, und seine Hand zitterte leicht.
„Es geht um Waltraud."
Waldo war todmüde. Musste er sich zu so fortgeschrittener Stunde noch den Bericht über den Krankheitszustand seiner Schwester anhören? Selbst wenn eine bedenkliche Verschlimmerung eingetreten sein sollte, hatte das nicht Zeit bis morgen früh? Aber klar, da wäre sie ja anwesend und was sein Vater sagen wollte, war nicht für ihre Ohren gedacht.
Mit einem leisen Seufzer richtete Waldo sich auf. Die sich anschließenden Worte seines Vaters ließ ihm das Blut in den Adern gerinnen. Versteinert lauschte er und glaubte sich in einem bösen Traum zu befinden.
Der treue Freund und Hausarzt der Familie, Herr Dr. Bentheim, hatte Arno in einer stillen Stunde beiseite genommen und ihn gewarnt.
„Was ich Ihnen jetzt sage, muss unter uns bleiben, Herr Schwarz. Ich kann mich doch auf Sie verlassen?" Er durchbohrte Arno mit seinen stahlblauen Augen und dieser nickte gespannt. „Sie müssen in Zukunft gut auf Ihre Tochter aufpassen. Nach einer neuen Verordnung sollen alle Menschen mit psychischen und anderen Erbkrankheiten eingeschläfert oder sonst wie getötet werden. Siebzig tausend Kranke, Bewohner von Pflege- und Heilanstalten sind dieses Jahr allein im Monat Juli getötet worden! Die Regierung

spricht von ‚lebensunwertem Leben' und erlaubt sich tatsächlich, über Leben und Tod zu entscheiden. Die da oben setzen fest, wer wert ist zu leben und wer nicht. Sie wollen diesen armen Menschen den ‚Gnadentod' geben. Um Ihre Tochter zu schützen gibt es nur einen Weg: Halten Sie sie im Haus versteckt, lassen Sie sie nicht mehr unter Menschen. Je weniger Leute von der Krankheit ihrer Tochter wissen, desto besser. Sie werden das auch Ihrer Frau klar machen müssen, sie wird es schon akzeptieren."
Waldo starrte seinen Vater erschüttert an und sah, wie der alte Mann um Fassung rang.
„Oh, Papa! Das ist entsetzlich!", stieß er hervor und legte seine Hand auf die seines Vaters.
Erbittert fuhr Arno fort: „Du hast doch bestimmt schon die Plakate gesehen, die den horrenden Betrag von sechzig tausend Reichsmark nennen. So viel kostet ein Behinderter angeblich die Allgemeinbevölkerung. Damit will der Staat Stimmung machen und die Leute für seine Pläne einstimmen."
Arno schwieg erschöpft. Waldo spürte Hass in sich aufsteigen. Ohne es zu merken begann er mit den Zähnen zu knirschen. Diese so genannten Herrenmenschen! Was bildeten die sich ein! Wie konnten sie sich nur anmaßen über Leben und Tod zu entscheiden? Was wussten sie von den Gefühlsregungen, von der Lebensfreude, zu denen ein kranker Mensch fähig war. Und überhaupt: krank. Wer stellte die Norm auf, wer krank war und wer nicht. War dieser Hitler mit seinem unersättlichen Größenwahn nicht ebenso krank? Die Stirne zerfurcht starrte Waldo grimmig vor sich hin.
Stiche in der Magengegend riefen ihn zur Besinnung. Der Lazarettarzt hatte gesagt, er müsse sehr auf sich aufpassen und jegliche Aufregung vermeiden, sonst könne sein Geschwür in einem Magendurchbruch enden. Waldo begann tief ein- und auszuatmen, so wie der Arzt es ihm empfohlen hatte. Der hatte ihn sicher nicht umsonst heimgeschickt. Er hatte Waldo den dringenden Rat gegeben sich nicht in Sachen hereinzusteigern, die er doch nicht ändern konnte. Wie hatte Waldo sich auf sein Zuhause gefreut, auf Dora, seine Familie. Sich endlich fallen lassen dürfen. Nicht mehr in dauernder Spannung leben müssen. Sich nicht mehr darum kümmern zu müssen, wann es wohin weiter gehen würde, vor, vor, immer weiter nach Osten, näher an den Feind heran. Aber konnte er seinem Vater einen Vorwurf machen, weil der ihn gleich am ersten Abend mit seinen Problemen belastet hatte? Mit wem konnte sich der alte Mann denn austauschen?
Waldo hätte Arno so gerne seine Liebe gezeigt, aber er wusste, dass er seinen Vater dadurch irritieren würde. Der wollte nicht in den Arm genommen

werden, er wollte sich nur seine Last von der Seele reden, die große Verantwortung, die er trug, durch das Gespräch etwas leichter machen.
Vorsichtig, um das Tischtuch nicht zu beschmutzen, hatte Arno seinen Stumpen ausgedrückt. Ein untrügliches Zeichen dafür, dass er das Gespräch als beendet ansah. Beide hatten sich erhoben und der Ältere hatte seinem Sohn sanft auf den Rücken geklopft.
„Ja, so ist das. Jeder hat sein Päckchen zu tragen. Aber irgendwie wird das Leben weiter gehen", hatte er zaghaft gelächelt und Waldo eine gute Nacht gewünscht.
Für heute, am Auensee hatte Waldo sich vorgenommen ganz auf Dora einzugehen und den herrlichen Sommertag zu genießen. Er schlug die Augen auf und sah, dass Dora ihn beobachtete.
„Na, wieder aufgewacht?", neckte sie ihn. Er lachte und zog sie an sich. Sollte sie glauben, dass er geschlafen hatte. Es gab Dinge, die brauchte sie nicht zu wissen, denn helfen konnte sie sowieso nicht.

Am nächsten Abend konnte Dora den Feierabend kaum erwarten. Immer wieder spähte sie nach draußen, ob Waldo nicht schon da wäre. Endlich sah sie ihn und winkte ihm verstohlen zu. Frau Eulitz, die natürlich über dessen Heimaturlaub Bescheid wusste, bemerkte lächelnd Doras Tun und ließ sie, völlig unüblich, vorzeitig gehen. Wie schön war es, endlich einmal wieder von Waldo abgeholt zu werden.
„Was hat der Arzt gesagt?", erkundigte sie sich gleich nach der zärtlichen Begrüßung.
„Haferschleim, Zwieback und Tee, dazu viel Ruhe und jede Menge Schmusen", erwiderte er und lachte sie gutgelaunt an.
Gott sei Dank! Das klang endlich wieder nach Waldo, so wie sie ihn von früher kannte, voller Humor und Schalk.
„Und wie lange bist du krank geschrieben?", wollte sie wissen während sie den Weg in Richtung Sellerhausen einschlugen.
„Vorerst bleibe ich zur Rekonvaleszenz hier", erklärte Waldo leicht zur Seite gewandt. „Hier, das heißt im ‚Heimatkriegsgebiet zur Auffrischung'."
Dora blieb stehen und schaute ihn fragend an.
„Was soll das nun heißen?"
„Das bedeutet, dass ich nicht an die Front zurück muss. Ich komme in eine Kaserne irgendwo hier in Deutschland und werde dort weiter ausgebildet. Das ist im Moment das Beste, das mir geschehen konnte."

Doras Gedanken überschlugen sich. Sie hatte erwartet, dass Waldo sich zu Hause hätte auskurieren dürfen. Damit, dass er schon bald wieder in eine Kaserne musste, hatte sie nicht gerechnet.. Er selbst schien mit der Situation ganz zufrieden zu sein. Nun ja, Hauptsache man schickte ihn nicht gleich wieder in den entsetzlichen Krieg hinaus an die Front.
„Hoffentlich kommst du wenigstens nicht zu weit weg, damit ich dich besuchen kann", entgegnete Dora, nachdem sie sich gefangen hatte. „Aber zunächst bleibst du doch noch eine Weile hier, oder?"
„Leider nein." Waldo strich ihr zärtlich übers Haar. „Ich muss mich schon morgen früh beim hiesigen Wehrbezirkskommando melden. Wahrscheinlich werde ich sofort weiter geschickt."
„Aber du bist doch krank!", brach es aus Dora heraus.
Leute, die vorbeigingen, schauten interessiert zu den beiden herüber. Waldo war sichtlich peinlich berührt und lenkte Dora in eine ruhigere Seitenstraße.
„Ich habe ein Riesenglück, glaub mir. Der Arzt hätte auch anders reagieren können."
Unvermittelt stürzte die Erkenntnis über Dora herein, drang keulenschwer in ihr Bewusstsein: Ihnen blieb nur noch der heutige Abend! Das bedeutete, dass jede Minute kostbar war. Waldo zuliebe musste sie ihre Enttäuschung verbergen. Nur nicht daran denken, dass sie ihn schon bald wieder ziehen lassen musste.
„Komm, wir gehen noch ein bisschen in unseren Volkspark", schlug Waldo vor. „Dort haben wir Ruhe, außerdem muss ich unbedingt noch etwas Wichtiges mit dir besprechen."
Er zwinkerte ihr vielsagend zu. Mühsam gequält erwiderte sie sein Lächeln. In ihrem Kopf kreisten die Gedanken. Wie konnten sie die kurze Zeit am besten nutzen? Was hatte sie ihm alles noch erzählen wollen? Wie in Trance ließ sie sich von Waldo führen, vorbei am Grassimuseum, das sie kaum wahrnahm, hinaus aus der Innenstadt. Von einem Spielplatz erschallte fröhliches Kinderlachen, die Mütter saßen auf den Bänken am Rand, unterhielten sich und beobachteten ihre Kinder beim Spielen. Aber Dora schaute nicht einmal hinüber. Sie war traurig und ihrem Gefühl hilflos ausgeliefert.
Im Volkspark steuerte Waldo zielsicher eine etwas abseits gelegene Bank an. „So, mein Schatz", begann er, kaum dass sie saßen. „Jetzt ist es allerhöchste Zeit auf deinen Antrag von neulich einzugehen. Ich brauchte wohl so einen Anstoß." Er nahm feierlich ihre Hände. „Also, Dorle, willst du meine Frau werden?"

Seine Augen blitzten vor Freude, als er ihrem verblüfften Gesichtsausdruck ansah, dass seine Überraschung bestens geglückt war.
„Oh Waldo!", brachte Dora heraus und schwamm in einem Meer unsagbarer Glückseligkeit. All ihre Traurigkeit löste sich in Nichts auf, die Luft flirrte, die Zeit stand still und es schien ihr, als würden alle Menschen, die vorüber gingen, freudig Anteil an ihrem soeben gegebenen Eheversprechen nehmen. Immer wieder sahen sie sich tief in die Augen, küssten und herzten sich, ohne weiter auf die Menschen zu achten, die an dem lauen Sommerabend im Park spazieren gingen.
„Als nächstes sollten wir uns nach einer Wohnung umschauen", sagte Waldo etwas später. „Dieses Herumhängen im Park muss endlich aufhören."
„Wenn du willst, kümmere mich darum", erwiderte Dora noch immer vor Glück schwebend.
„Natürlich möchte ich das", antwortete Waldo und fuhr mit der Hand zärtlich durch ihre wilde Haarpracht. „Vielleicht findest du eine Wohnung in der Nähe des Zentrums. Alles andere ist nicht so wichtig."
Sie schmiedeten Pläne bis spät in die Nacht, bis der Park sich leerte und sie endlich, nach schier unendlichem Warten, ganz eng zusammen sein konnten.

Der Abschied war wieder eine kleine Tragödie. Und wieder war sie allein! Aber dieses Mal litt Dora nicht so sehr wie bei der ersten Trennung. Es beruhigte sie ungemein, Waldo in ihrer Nähe zu wissen, wenn sie ihn auch nicht besuchen durfte. Er war nach Plauen im Vogtland verlegt worden, wo er weiter ausgebildet wurde und unter anderem den LKW-Führerschein machte. Gesundheitlich ginge es ihm wieder besser, schrieb er; seine Briefe klangen lebensfroh und steckten voller Zukunftspläne. Dora freute sich unsagbar darauf, bald seine Frau zu werden. Bis es allerdings so weit war, gab es noch allerhand zu tun. Zunächst einmal musste beim Standesamt für beide der sogenannte „Ariernachweis" erbracht werden, der Beleg, dass beider Eltern und Großeltern rein deutsch waren. Nur dann würde die Heirat genehmigt werden. Waldo hatte seine Mutter gebeten die Besorgungen von seiner Seite aus beim Amt zu übernehmen. Es war ja denkbar, dass Probleme wegen Arnos unklarer Herkunft auftraten und falls dem so wäre, so sollte Dora auf keine Fall damit belastet werden.
Elisabeth hatte ziemlich aufbrausend reagiert, als Waldo ihr seine geplante Heirat mitteilte. Aber ihr wurde sofort klar, dass sie dagegen nichts unternehmen konnte. Waldo war ihr einziges gesundes Kind und sie wollte ihn

nicht verlieren, schon gar nicht wegen dieser Frau. Also musste sie wohl oder übel gute Miene zum bösen Spiel machen. Da sie ihn über alles liebte, hatte sie versprochen sich um die Papiere zu kümmern.

Dora bemühte sich ihrerseits um den wichtigen Nachweis für ihre Familie. Mehrmals musste sie zu diversen Ämtern gehen, bis aller Papierkram zur Zufriedenheit des Standesbeamten erledigt war. Nun blieb nur noch die schwierige Aufgabe eine Wohnung für sich und Waldo zu finden. Angebote auf dem Wohnungsmarkt gab es kaum, freie Wohnungen waren Mangelware und fast nur durch Beziehungen zu bekommen. Wie durch ein Wunder schaffte Dora das beinahe Unmögliche. Das Glück stand ihr in Gestalt von Gertrud zur Seite. Gleich am Dienstag früh hatte Dora ihr im Geschäft zugeflüstert: „Gestern hat mir Waldo einen Heiratsantrag gemacht! Stell dir vor, wir heiraten noch in diesem Jahr!"

„Das ist ja wunderbar. Ich gratuliere!", jubelte Gertrud überschwänglich ohne sich um Doras beschwichtigende Geste zu kümmern. Sofort wussten natürlich alle im Geschäft Bescheid, einschließlich der Chefin. Die allgemeine Freude war groß und jeder wollte Genaueres wissen. Dora genoss das Gefühl im Mittelpunkt zu stehen und erzählte mit leuchtenden Augen, dass sie nun intensiv auf Wohnungssuche sei. Frau Eulitz versprach sich umzuhören, Gertrud wurde nachdenklich und besann sich, ob sie nicht etwas gehört hätte, ja sogar Frau Strauß zeigte offene Freude.

„Du, ich weiß da vielleicht etwas", meinte Gertrud wenig später. „Meine Mutter kennt eine Vermieterin in Thonberg, eine alte Schulfreundin. Bei der haben die Mieter gerade gekündigt, weil ein drittes Kind erwartet wird."

„Das wäre herrlich! Thonberg liegt günstig, nicht weit von Zentrum entfernt." Doras Stimme überschlug sich beinahe vor Freude. „Könntest du deswegen mal nachfragen?" Allein die Vorstellung, dass es vielleicht ganz schnell mit einer Wohnung klappen könnte, ließ ihr Herz vor Aufregung wild schlagen. Gleich in der Mittagspause rief Gertrud zu Hause an und ihre Mutter versprach, sich nach der Wohnung zu erkundigen.

Am nächsten Morgen drückte Gertrud Dora bei der Begrüßung einen Zettel in die Hand.

Familie Ludwig, Reitzenhainer Straße 81, Leipzig-Thonberg.

Ihre Augen blitzten siegessicher, als sie Dora zuraunte: „Du hast Glück, die Wohnung ist noch nicht vergeben. Ruf doch gleich nachher mal an."

„Gertrud, du bist ein Schatz. Wenn das klappt..."

„...feiern wir ganz doll", unterbrach Gertrud sie lachend und streckte ihr die gedrückten Daumen entgegen.

Dora hatte ihr bestes Kostüm angezogen und sich adrett frisiert, als sie zum Vorstellungsgespräch bei Familie Ludwig fuhr. Das Haus Nummer einundachtzig war ein großer Wohnblock, der vermutlich zur Jugendstilzeit gebaut worden war. Plastiken in Form schöner Jungfrauen verzierten die Fassade, die Fenster hatten gerundete Formen und im ersten Stock ragten drei Erker hervor. Es war ein sehr gepflegtes Gebäude und ähnelte Waldos Elternhaus. Das würde ihm bestimmt gefallen. In Gedanken stellte Dora sich vor, wie sie hier wohnen würden und ihr Kreislauf pulsierte schneller. Behutsam öffnete sie die verzierte Haustüre, betrat das Treppenhaus und lauschte. Sie hätte gerne gewusst, welche Wohnung frei wurde. Gertrud hatte nur gesagt, dass es eine der drei Erdgeschosswohnungen war, aber als Dora für einen Moment im Eingangsbereich verharrte, vernahm sie keinen Laut, keinen Kinderlärm, der verriet in welcher Wohnung die Leute, die auszogen, wohnen könnten. Schließlich nahm sie all ihren Mut zusammen und stieg die Treppe zum ersten Stock hinauf. Dabei glitt ihre Hand bewundernd über das Kupfer des Treppengeländers, welches in frisch poliertem Glanz erstrahlte.
Familie Ludwig wohnte in der linken oberen Wohnung. Dora klingelte und wartete. Nach einer Weile hörte sie innen Schritte und sah, wie jemand durch den Türspion blickte. Für einen Moment, der ihr ewig vorkam, geschah gar nichts, dann ging die Türe auf und eine kleine rundliche Frau stand vor ihr.
„Guten Tag“, sagte Dora, „ich bin Fräulein Dosse. Heute morgen habe ich bei Ihnen angerufen und gefragt, ob ich die frei werdende Wohnung anschauen könnte.“
Die Frau ließ ihren Blick blitzschnell über Dora gleiten, streckte ihr sodann freundlich die Hand entgegen und bat sie einzutreten. Erst jetzt bemerkte Dora hinten im Wohnungsflur einen gut angezogenen, großen Mann, der neugierig in ihre Richtung schaute.
„Darf ich vorstellen. Mein Mann. Fräulein Dosse.“
Herr Ludwig nickte Dora aufmunternd zu und bat sie im Esszimmer Platz zu nehmen. Wie sich bald herausstellte, waren die Ludwigs freundliche Leute. Gertrud hatte sie über Dora vorinformiert und nun wollten sie diese nur noch persönlich kennen lernen. Nach etwa einer halben Stunde, in der sie sich über deren Arbeit, ihren zukünftigen Mann und die geplante Hochzeit, sowie auch über den Mietpreis von fünfunddreißig Reichsmark unterhalten

hatten, begleitete Herr Ludwig Dora ein Stockwerk tiefer, damit sie sich die Wohnung ansehen konnte.
Er klingelte an der linken Wohnung mit dem Namensschild Beck woraufhin eine hochschwangere Frau öffnete. Herr Ludwig begrüßte sie und stellte die eventuelle Nachmieterin vor. Mit einer einladenden Geste bat die Mieterin sie beide einzutreten und bot Herrn Ludwig an, im Wohnzimmer Platz zu nehmen. Dieser jedoch zog es vor, im Flur zu warten, während Dora sich durch die Räume führen ließ. Im Wohnzimmer hockten zwei kleine Kinder spielend am Boden und schauten Dora neugierig an. Der Raum hatte ein Fenster in Richtung Hauptstraße und es dauerte nicht lange, da rumpelte eine quietschende Straßenbahn vorbei. Daran würde sie sich wohl erst gewöhnen müssen. Ihre Augen blieben an einem dunkelbraun gefliesten Kachelofen hängen, an dem Waldo sicher seine helle Freude haben würde. Für ihn stand berufsbedingt die Frage nach der Wärmeversorgung immer an allererster Stelle. Frau Beck hatte inzwischen die Tür zum Schlafzimmer geöffnet, die links vom Wohnzimmer abging und bat sie hineinzugehen. Doch als Dora in den Raum spähte, zog sie es vor, an der Türlaibung stehen zu bleiben. Alles war mit Möbeln vollgestopft: zwei Kinderbettchen keilten die Ehebetten ein, in der Ecke standen eine Wiege für das neue Baby sowie jede Menge Kisten. Auch hier lag das Fenster in Richtung Straße. Dass kein Ofen vorhanden war, störte Dora nicht weiter. Sie kannte es aus der elterlichen Wohnung nicht anders, dort gab es auch keine Heizung im Schlafzimmer. Bemüht, nicht auf Spielsachen oder Kinderhände zu treten folgte sie Frau Beck zurück durch das Wohnzimmer in die kleine Küche. Ein einfaches, weißes Spülbecken mit Schwenkarm befand sich an der rechten Wandseite. Gegenüber war eine Holzplatte angebracht, auf der sich allerlei Schüsseln und Töpfe stapelten. Herr Ludwig hatte seinen Platz im Flur nicht verlassen und drückte sich an die Seite, als Dora den langen, schmalen Schlauch betrat, damit sie einen Blick ins Bad werfen konnte. Dort beanspruchte eine königliche Badewanne, die auf vier stilisierten Löwenbeinen ruhte, beinahe die Hälfte des ganzen Raumes. Dora wurde vor lauter Wonne ganz kribbelig.
„Na, wie gefällt Ihnen die Wohnung?“, fragte Herr Ludwig, den es merklich drängte die Enge zu verlassen.
„Sie wäre für meinen zukünftigen Mann und mich ideal“, versicherte Dora. „Ich würde mich riesig freuen, wenn wir die Wohnung bekämen.“
Sie erinnerte sich an eine Äußerung ihrer Mutter, wonach Männer es genossen, wenn man ihnen Honig ums Maul schmiert. Doch sie wollte die Woh-

nung nicht über die Maßen loben, und so strahlte sie Herrn Ludwig nur mit ihrem schönsten Lächeln an. Vielleicht ließ er sich ja damit erweichen.
„Wir werden sehen“, erwiderte er durchaus nicht unfreundlich und öffnete die Wohnungstüre. Schon war er ins Treppenhaus getreten und Dora hörte ihn tief Luft holen.
„Rufen Sie mich am Wochenende an“, sagte er zu Dora gewandt. „Ich möchte mit meiner Frau noch Rücksprache nehmen.“ Er reichte ihr die Hand und Dora war klar, dass er es eilig hatte in seine eigene Wohnung zu kommen. Artig bedankte sie sich und wünschte ihm noch einen schönen Abend.
Wenige Tage später gab es allen Grund zum Feiern. Dora hatte bei der Wohnung tatsächlich den Zuschlag bekommen. Zwar zogen die Mieter erst Mitte November aus, aber Hauptsache, der Vertrag war unterschrieben.
Überglücklich lud sie Gertrud ins Café Reichskanzler ein. Ein Glas Sekt und ein paar leckere Häppchen war ihr die Sache schon wert.
In ihren Briefen hatte sie Waldo gleich zu Beginn von der Wohnung berichtet, allerdings nur andeutungsweise um ihn bei einer eventuellen Absage nicht all zu sehr enttäuschen zu müssen. Nachdem Herr Ludwig ihr nun endgültig zugesagt hatte, sprudelte es nur so aus ihr heraus und sie vergaß auch nicht das kleinste Detail in ihrer schriftlichen Schilderung.
Nun begann die lange Zeit des Wartens. Waldo hatte den Antrag auf Heiratsurlaub eingereicht, aber er kam und kam nicht frei.
Eines Abends, Anfang September, als Dora wieder einmal dem Wehrmachtsbericht zur Lage der Nation in ihrem Volksempfänger lauschte, erschrak sie furchtbar, denn nachdem die üblichen Fanfarenklänge aus dem Lautsprecher verklungen waren, verkündete der Sprecher: „Starke Bomberverbände der Luftwaffe haben in der vergangenen Nacht erstmalig das Stadtzentrum Londons angegriffen. Die Hauptstadt des britischen Imperiums steht in Flammen.“
Großer Gott, auch das noch, dachte sie. Nimmt denn das kein Ende? Was wäre, wenn Waldo jetzt überhaupt keinen Urlaub bekäme? Wenn er sogar nach England geschickt werden würde? Sie hatten nun endlich alle Papiere zusammen und sogar eine Wohnung in Aussicht! Ein Angstschauer durchrann ihren Körper. Lass alles gut werden, lieber Gott, flehte sie. Lass ihn Urlaub bekommen, so dass wir heiraten können. Zutiefst verzweifelt warf sie sich auf ihr Bett. Erst nach Stunden fiel sie in einen unruhigen Schlaf, aus dem sie immer wieder durch grässliche Alpträume aufgeschreckt wurde. Sie sah sich an Waldos Grab stehen, ganz in Schwarz, mit einem Schleier vor

dem Gesicht. Nachdem der Pfarrer seine Rede gehalten hatte, trat sie ans offene Grab hin. Statt wie üblich eine Hand voll Erde hinabzuwerfen, zog sie den Ehering vom Finger ab und ließ ihn auf den Sarg fallen. Sie waren nur einen Tag verheiratet als er fiel, tuschelten die Leute hinter ihrem Rücken. Nur einen Tag, nur einen Tag! schrie es in ihrem Kopf und sie wachte schweißgebadet auf.

Am nächsten Morgen betrat sie den Laden mit dunklen Augenringen. Gertrud und auch Frau Eulitz, die beide ebenfalls über den Angriff auf London zutiefst schockiert waren, versuchten ihr die Trauer von der Seele zu nehmen. Sie machten ihr Mut, redeten ihr gut zu, während Frau Strauß sich über die Unvernunft der Belegschaft furchtbar aufregte.

„Ich weiß gar nicht, was Sie wollen", meinte sie vorwurfsvoll. „Frankreich haben wir in zwei Wochen eingenommen, warum sollte es bei den Engländern länger dauern?" Letztendlich musste Dora erkennen, dass ihr gar nichts anderes übrig blieb als abzuwarten.

Nach ein paar Wochen brachte ihr Hitlers erster großer Rückschlag Glück. Der Krieg gegen England gestaltete sich weit schwieriger als erwartet. An eine baldige Landung der Marine an der englischen Küste war nicht zu denken. Ungeachtet dessen ließ Hitler die Luftangriffe auf London in ungebremster Härte fortsetzen.

Mitte November bekam Waldo endlich zwei Wochen Heiratsurlaub. Freudestrahlend holte Dora ihn vom Bahnhof ab und sie fuhren direkt zur Reitzenhainer Straße in die neue Wohnung.

„Das Haus ist wirklich so schön, wie du es beschrieben hast", nickte Waldo anerkennend, als sie vor dem Gebäude standen und er seine Augen über die Fassade gleiten ließ. Stolz schloss Dora die Wohnungstüre auf und sie traten ein.

„Na, was meinst du?", fragte sie erwartungsvoll, nachdem sie ihn durch die leeren Räume geführt hatte.

„Wunderschön! Die Wohnung ist günstig gelegen und groß genug. Was wollen wir mehr." Zärtlich zog er sie in seine Arme und küsste sie. Dora streichelte ihn über den Rücken und stellte zufrieden fest, dass er wieder sein normales Gewicht zu haben schien. Gleich bei der Begrüßung hatte sie bemerkt, dass seine Wangen nicht mehr so eingefallen und hohl wirkten und er insgesamt sichtlich erholt aussah.

„Ich kann in der kurzen Zeit, die mir zur Verfügung steht, hier nur das Wichtigste machen", meinte er bedächtig, nachdem sie sich voneinander gelöst hatten. „Dieses Zimmer und das nebenan könnte ich tapezieren, die

anderen Räume müssen wir so lassen wie sie sind. Aber das Hauptproblem sind die Möbel. Wo sollen wir die nur so schnell herbekommen?"
Darauf hatte Dora nur gewartet. Stolz zog sie eine Zeitungsannonce aus der Tasche.
„Schau mal, es gibt da eine Stelle, wo man gut erhaltene Möbel kaufen kann. Ware aus zweiter Hand. Wie fändest du das?"
Waldo wusste keine bessere Lösung und die Zeit drängte. Notgedrungen mussten sie in dieser Nacht noch ein letztes Mal jeder bei sich schlafen. Gleich am nächsten Morgen trafen sie sich in der genannten, großen Halle um die wichtigsten Möbel auszusuchen. Erstaunlich, dass es Menschen gab, die solche Qualitätsmöbel in dieser schwierigen Zeit loswerden wollten. Sie kauften nur das Nötigste, denn das Geld langte trotz des Zuschusses vom Staat kaum.
Die Hochzeit selbst fand ohne Sang und Klang statt. Waldos Eltern erschienen nicht. Nur ein Soldatenfreund von Waldo und Doras Mutter Martha waren als Trauzeugen anwesend. Dora hatte nach wie vor zu ihrem Vater keine Verbindung und so wurde auch kein Familienfest gefeiert. Nach der Trauung lud Martha die kleine Gruppe in eine Konditorei in den Grimmaischen Steinweg ein. Anschließend gingen alle wieder nach Hause.
Es war ein kalter Novemberabend, an dem sie die erste Nacht in ihrer gemeinsamen Wohnung verbrachten. Was für ein unbeschreibliches Gefühl, endlich ungestört zusammen sein zu können, ohne Angst vor einem verspäteten Nachtschwärmer, ohne auf eine keifende Vermieterin Rücksicht nehmen zu müssen.
Sieben „Flittertage" verblieben dem jungen Paar, die sie fast ausschließlich in ihrer neuen Wohnung verbrachten. Dann musste Waldo wieder einrücken.

VI

In jenem Winter gab es große Probleme bei der Versorgung der Bevölkerung mit Fleisch und Gemüse. Die an sich schon geringen Fleisch- und Brotrationen wurden vorübergehend sogar noch herabgesetzt. Das Brot schmeckte seltsam und man munkelte, es enthielte undefinierbare Beimengungen, unter anderem Sägemehl. Beim Pferdemetzger standen die Menschen oft schon abends ab zwanzig Uhr an, um am nächsten Morgen etwas von dem markenfreien Pferdefleisch zu erlangen. Auch für reguläre Lebensmittel musste man stundenlang anstehen, vor allem aber, wenn es Son-

derrationen gab, wie zu Weihnachten, als jeder Bürger die Zuteilung für ein halbes Pfund Bohnenkaffee erhielt.
Dora war im Gegensatz zu ihrer Mutter keine starke Kaffeetrinkerin. Martha hatte sie öfters vor der schädigenden Wirkung des Kaffees gewarnt, ausgerechnet sie, bei der selbst stets eine Tasse des belebenden Getränks neben dem Nähtisch stand. Dora hatte im Laufe der Zeit die Warnung ihrer Mutter so sehr verinnerlicht, dass sie jetzt im Krieg den Bohnenkaffee im Gegensatz zu den meisten ihrer Mitmenschen nicht im geringsten vermisste. Ihr genügte der fade Blümchenkaffee, der Muckefuck, wie ihn die Leute auch nannten. Ihre Weihnachtsration Bohnenkaffee hatte sie deshalb festlich eingepackt und ihrer Mutter zum Fest geschenkt.
Bald schon hielten die deutschen Truppen viele Hauptstädte Europas besetzt, London wurde seit dem Herbst fast ununterbrochen bombardiert. In Doras Ohr gellte noch immer der Satz aus Hitlers letzter Rede: „Wir werden ihre Städte ausradieren..." Wie entsetzlich das klang! Lebten doch in all den Städten Tausende von Zivilisten, Frauen, Kinder, Alte. Unschuldige Menschen, die den Krieg genauso wenig wollten wie Dora. Einen Hauch dessen, was dieser Satz bedeuten konnte, erlebten die Leipziger im Herbst, als erste feindliche Angriffe von englischen Bombengeschwadern geflogen wurden. Glücklicherweise hinterließen sie keine nennenswerten Schäden.
In der Zeitung las Dora, dass sich inzwischen viele Kriegsgefangene in Deutschland befanden. Sie selbst hatte im Herbst einige französische Zwangsarbeiter auf dem Markt gesehen. Woche für Woche mussten sie dort säckeweise Kartoffeln von den Lastwagen zu den einzelnen Ständen schleppen. Im Lauf des Winters waren es tausende Tonnen, die mit Hilfe dieser Männer von Torgau nach Leipzig transportiert wurden. Arme Teufel. Das waren also die Feinde, die sich in ihrem Aussehen, abgesehen von ihrer zerlumpten Kleidung, doch kaum von dem der Einheimischen unterschieden. In der gleichen Zeitung war auch zu lesen, dass Tanzverlustbarkeiten ab sofort untersagt wurden. Warum, das ging aus dem Artikel nicht hervor. Am ehesten konnte Dora sich das Verbot damit erklären, dass die Menschen im Reich sich nicht vergnügen sollten, solange die Männer und Freunde draußen an der Front kämpften. Das leuchtete ihr ein. Sie wäre ohne ihren Waldo ohnehin nicht zum Tanz gegangen.
Die meiste Zeit verbrachte sie damit, die kleine Zweizimmerwohnung gemütlich einzurichten. Im Winterhalbjahr wurde es schon früh dunkel und man konnte der Kälte wegen nicht viel im Freien unternehmen. Ab sech-

zehn Uhr bestand Verdunklungspflicht, und so saß sie oft bei Kerzenlicht und schrieb lange Briefe an Waldo oder sie las bis spät abends.
Anfang März erreichte sie ein Brief von Waldo, der sie sehr traurig stimmte. Seine Schonzeit in Plauen ging zu Ende. Er schrieb, dass er in Kürze zur deutschen Heeresmission nach Rumänien geschickt werden würde. Dort hätten Einheiten der deutschen Wehrmacht seit Anfang März auf ihrem Weg nach Osten die bulgarische Grenze überschritten.
Nun war Waldo also wieder im Krieg
Nimmt das denn kein Ende? dachte Dora verzweifelt. Jetzt war sie seit gut drei Monaten verheiratet und lebte trotzdem ständig allein, ohne Mann. Tröstlich nur, dass es den meisten anderen Frauen genauso erging. Die zwanzig- bis vierzigjährigen Männer fehlten überall im Alltagsleben.
Zwei Wochen vergingen, ohne dass Waldo etwas von sich hören ließ. Lange Tage, in denen Dora in höchster Angst um ihn lebte. Endlich erreichte sie ein Brief, in dem er ihr den Einmarsch nach Bulgarien schilderte.
Wir fahren Tag und Nacht in endlosen Kolonnen. Während ich am Steuer sitze, schlafen die anderen. In Sofia haben wir Pause gemacht und uns ein bisschen umgeschaut. Es ist eine herrliche Stadt. Später einmal, wenn wir Zeit haben, werden wir hier unbedingt zusammen einen Urlaub verbringen.
Dora lachte traurig. Ja, wenn wir einmal Zeit haben.
Im nächsten Brief beschrieb er seine Fahrt durch Jugoslawien, das vom Krieg völlig überrumpelt worden war: Agram (Anm. Heute: Zagreb) ist traumhaft schön, eine Universitätsstadt mit besonderem Flair. Leider blieb uns kaum Zeit die Stadt kennenzulernen, denn der Kompaniechef drängte zur Weiterfahrt. Kurz darauf wurden wir tatsächlich von schrecklichem Wetter überrascht. Die Passstraßen waren verschneit und wir kamen nur langsam voran. Zu allem Übel herrscht eine entsetzliche Kälte.
Dora verfolgte seine Fahrt auf der Landkarte. Mein Gott, wie weit weg er von zu Hause war! Wenn ihm nur nichts zustieße! Sie, die nie gläubig gewesen war, fing manchmal an zu beten. Tagsüber gelang es ihr noch, sich einigermaßen abzulenken, doch nachts wurde sie oft von Alpträumen geplagt. Die Bilder aus den Wochenschauen verfolgten sie und sie sah ihren Waldo verblutend im Graben liegen. Am schlimmsten waren für sie die langen Pausen, die bis zum Eintreffen eines weiteren Briefes vergingen.
Endlich kam wieder Feldpost von ihm. Dieses Mal berichtete er von verbissenen Kämpfen zwischen Deutschen und Griechen an der Metaxas-Linie. Der größte Teil des Briefes bestand aber aus Schilderungen der griechischen

Stadt Saloniki. Erneut breitete Dora ihren grauen Volksschulatlas vor sich aus und maß mit den Augen erstaunt die Entfernung.
Nun wehte die Hakenkreuzflagge auch schon auf der Akropolis! Dieser Hitler war größenwahnsinnig. Nach dem Heiligen Römischen Reich und dem Kaiserreich wollte er ein Drittes Reich schaffen. Das Verrückte war, es schien ihm sogar zu gelingen.
Seltsamerweise stand Dora mit ihrer Ablehnung fast alleine da. Diesen Eindruck hatte sie jedenfalls, denn sowohl im Radio als auch im Kinovorprogramm hörte und sah sie nur jubelnde Menschen. Und es ließ sich ja auch nicht leugnen: Hitler errang Sieg um Sieg. Die Menschen auf der Straße, die Leute, denen sie bei der Firma Eulitz Tag für Tag begegnete, nie hätte sich jemand getraut eine Kritik am Führer zu äußern. Längst hatte sich herumgesprochen, dass für Systemkritiker speziell eingerichtete Konzentrationslager existierten.
„Wer nicht spurt, kommt nach Dachau", sagten die Leute. Dort und anderswo verschwanden jene, die es gewagt hatten aufzumucken. Manchmal kehrten sie nie zurück. Die Parole, „Feind hört mit", bestimmte das Leben der Menschen und auch Dora hielt sich ängstlich daran.

Im März wurde Martha fünfzig Jahre alt. Zu diesem Anlass musste Dora zum ersten Mal seit langer Zeit damit rechnen ihrem Vater Max zu begegnen, mit dem sie fast drei Jahre zuvor gebrochen hatte. Unruhig horchte sie in sich hinein, doch sie vernahm dort nur das Gefühl von Zufriedenheit mit der jetzigen Situation, vielleicht auch eine kleine Spur von Wehmut, hatte es doch einmal eine Zeit gegeben, in der sie ihren Vater vergötterte. Aber damals war sie noch ein Kind gewesen und er der verehrte Vater, der sie im erlaubten Rahmen liebte. Sie spürte, dass sie für eine Versöhnung noch nicht reif war. Bisher hatte Doras Mutter bei deren gelegentlichen Besuchen zu Hause immer dafür gesorgt, dass Max außer Hauses war. Natürlich wusste Martha vom Bruch zwischen Vater und Tochter, aber sie sprach mit Dora nie über die Gründe. Wahrscheinlich ahnte sie im tiefsten Inneren die Ursache.
Nun stand Dora vor der elterlichen Wohnung, mit Geschenken in der Hand, und ihr Herz klopfte zum Zerspringen. Hoffentlich konnte sie einen Krach mit dem Alten, wie sie ihn in Gedanken verächtlich nannte, verhindern. Ihre Mutter verdiente, dass sie an ihrem Ehrentag wenigstens einmal ungeschmälert im Mittelpunkt stand. Angespannt drückte Dora auf den Klingelknopf und wartete. An den schlürfenden Schritten hinter der Tür

erkannte sie, dass ihre Mutter selbst öffnen würde und ihre Miene entspannte sich.
„Herzlichen Glückwunsch, Mutter, und alles Gute zum Geburtstag."
Noch in Treppenhaus nahm sie ihre Mutter in die Arme. Trotz des billigen Parfums, das Martha aufgelegt hatte, roch sie noch genauso wie früher, eine Mischung aus Stoff, dem Dunst, der beim feuchten Bügeln entstand, und Gemüse. Bei Dora blitzten Kindheitserinnerungen auf. Martha schien die lange Umarmung zu genießen, denn sie hielt ganz still. Erst nach einer Weile stammelte sie gerührt: „Nun komm doch erst mal rein."
Im Flur überreichte Dora die Geschenke. Sie hatte ein paar warme Pantoffeln auftreiben können, die der Mutter mit ihrer schlechten Durchblutung guten Dienst leisten würden. Dazu ein Eimerchen Honig, den sie im letzten Herbst von einem Imker in Bad Kösen gekauft hatte. Martha nahm die Päckchen mit gerötetem Gesicht entgegen und versprach sie gleich auszupacken. Dora folgte ihr ins Wohnzimmer und atmete erleichtert auf. Es war leer. Sie war um jede Minute froh, die die Begegnung mit ihrem Vater hinausschob. Mit wippendem Schritt kam Inge aus dem Bad.
„Mein Gott, du wirst ja langsam ein junges Fräulein", staunte Dora. Aufmerksam betrachtete sie ihre jüngere Schwester. Im Gegensatz zu ihr hatte diese weder das rundliche Gesicht noch die dicke Knollennase des Vaters geerbt.
„Wie gefällte dir meine neue Frisur?", fragte Inge und drehte sich.
„Hübsch", entgegnete Dora und nickte anerkennend. „Du trägst ja sogar meinen Haarreif. Steht dir gut."
„Ja, das war ein schönes Geschenk", meinte Inge und setzte sich zu Dora an den Tisch.
Ihr vierzehnter Geburtstag lag erst zwei Wochen zurück. Dora hatte sie damals kurz in der Mittagspause besucht um ihr zu gratulieren und den Haarreif zu bringen. Am selben Tag noch war Inge feierlich in den Bund Deutscher Mädels aufgenommen worden. Sie bekam bei der Feier Halstuch und Knoten verliehen und wurde fortan zu verschiedenen Veranstaltungen eingeladen, worauf sie ungemein stolz war. Durch diese Mitgliedschaft konnte sie den Anforderungen zu Hause ab und zu entkommen und mit Gleichaltrigen zusammen sein. Martha kümmerte sich in der verbleibenden Zeit besorgt darum, dass Inge mit den Nazi-Parolen nicht auch noch allzu sehr „vergiftet" wurde.
Die Stimme ihrer Mutter lenkte Doras Gedanken zum heutigen Geburtstag zurück. Martha hatte sich zu ihren Töchtern an den Tisch gesetzt und be-

richtete stolz, was sie alles hintenherum gekauft und verkauft hatte. Das Tauschgeschäft blühte bei der Bevölkerung. Fleisch wurde gegen Eier getauscht, Kaffee gegen Butter, Butter gegen Zucker oder umgekehrt.
Nur gut, dachte Dora, dass ihr als Berufstätiger Vorteile vergönnt waren. Gab es neue Ware, so durfte sie während der Arbeitszeit kurz das Geschäft verlassen und brauchte meistens auch nicht so lange anzustehen wie die anderen Leute.
„Ich muss noch mal nach dem Essen sehen“, entschuldigte sich Martha und stand auf.
„Was gibt es denn?“, wollte Dora wissen und folgte ihr in die Küche.
Sie staunte nicht schlecht, als sie sah, dass Martha eine Ente aufgetrieben hatte, die im Backofen vor sich hin schmorte.
„Tja, Beziehungen muss man haben“, lächelte Martha verschmitzt und hob den Deckel von einem Topf um nach den Kartoffel zu sehen. „Schau doch mal, was im Wohnzimmer auf dem Büffet liegt. Inge hat gestern Konfekt für heute Nachmittag gebacken.“ Dora ging zurück ins Zimmer und hob das Geschirrtuch, womit die süßen Stückchen abgedeckt waren.
„Wie hast du denn das gezaubert?“, lobte sie ihre Schwester.
Inges Augen leuchteten stolz. „Wir haben dafür wochenlang Marken gesammelt. Und mit „Milei“ und anderen Zutaten gelang es ganz gut.“
Dora sah ihre kleine Schwester staunend an. Sie war wirklich kein Kind mehr. Innerhalb kürzester Zeit hatte sie sich zu einem Backfisch entwickelt. Genau genommen war sie jetzt in dem Alter, in dem Doras eigenes Leiden mit ihrem Vater Max begonnen hatte. Sie wusste nicht, wie viel ihre Schwester von alledem mitbekommen hatte, aber auf einmal machte sie sich Sorgen um sie.
„Ich muss dich mal was fragen“, begann Dora spontan und gab ihr ein Zeichen mit ins Bad zu kommen. Dort schloss sie die Türe von innen ab und erkundigte sich mit leiser Stimme: „Sag mal, Inge, hat sich Max schon jemals an dir vergriffen?“
Inge lachte und ihr Lachen zeigte Dora, dass ihre Schwester Bescheid wusste. „Mach dir keine Sorgen um mich. Wenn der das nur einmal wagen würde, wäre die Hölle los.“
Ein Stein fiel Dora vom Herzen und sie legte erleichtert ihre Hand auf Inges Schulter. Ihre Schwester besaß viel mehr Selbstbewusstsein als sie damals im gleichen Alter. Sie wusste sich zu wehren.
In diesem Augenblick klingelte es.
„Ich geh aufmachen“, rief Martha und öffnete die Tür.

„Heinz!" Ein glücklicher Aufschrei. „Mein Junge! Ist das aber eine Überraschung! Wie gut du aussiehst! Komm doch herein." Martha war völlig aus dem Häuschen. Im Bad drückte Dora ihrer Schwester verschwörerisch die Hand, bevor sie gemeinsam den Raum verließen. Heinz stand im Wohnzimmer und unterhielt sich mit seiner Mutter. Was für ein gutaussehender junger Mann, dachte Dora, als sie ihn von der Tür her betrachtete. Er war in Uniform gekommen, das blonde Haar glänzte und die blauen Augen strahlten.

„Heil Hitler", grüßte er, als er seine Schwestern sah.

„Heil Hitler", erwiderte Inge.

„Ihr könnt das hier bei mir ruhig lassen", meinte Martha, während Dora schweigend auf ihren jüngeren Bruder zuging und ihn umarmte. „Wir können uns doch ganz normal begrüßen", schob sie nach, doch Heinz entgegnete kühl: „Das ist eine normale Begrüßung, Mutter."

Max, der die Stimme erkannt hatte, kam aus dem Schlafzimmer und reichte seinem Sohn die Hand.

„Tag, mein Junge. Endlich sieht man dich mal wieder."

Er nickte in Doras Richtung. „Tag Dora."

Sie erwiderte seinen Gruß kaum hörbar und schien ganz auf Heinz fixiert. Der stellte eine schön verpackte Kiste auf den Tisch. „Schau mal, was ich dir mitgebracht habe, Mutter."

„Aber Heinz, so viel?" Martha wischte sich verstohlen eine Träne aus dem Auge. „Na, da bin ich aber neugierig", meinte sie und begann ihr Geschenk auszupacken.

Sie kam aus dem Staunen nicht mehr heraus.

„Eine Flasche Kognak! Wo kommt der denn her?" Neugierig betrachtete sie das Etikett.

„Das ist ein echter französischer Kognak."

„Und eine große Schwarte Speck. Junge, das ist ja herrlich!"

Sie musste sich schnäuzen und alle waren ganz still vor Rührung. Echter Bohnenkaffee, Wurst, Apfelsinen, Mehl – es war einfach zuviel für Martha. Weinend fiel sie ihrem Sohn um den Hals.

„Wo hast du das nur alles aufgetrieben!", stieß sie unter Tränen hervor.

„Kein Problem", erwiderte Heinz, der die Umarmung verlegen über sich ergehen ließ.

Bemüht, ihren Sohn bei seinem seltenen Besuch nicht zu vergraulen, nahm Martha sich sogleich wieder zusammen, putzte noch einmal fest die Nase

und sagte: „Danke, Heinz. Tausend Dank. Das allergrößte Geschenk hast du mir damit gemacht, dass du heute gekommen bist."
Dora begann nachzurechnen. Heinz hatte das Haus mit siebzehn verlassen und war seither nie mehr zu Besuch gekommen. Wie lange war das jetzt her? Schon vier Jahre. Er würde demnächst einundzwanzig Jahre alt werden.
„Mama, die Kartoffeln!", rief Inge und lief in die Küche. Plötzlich rochen es alle. Das Wasser war verdunstet, ein leicht angebrannter Geruch zog ins Wohnzimmer. Martha rettete, was noch verwendbar war, und bald saßen alle am festlich gedeckten Wohnzimmertisch und aßen. Während Heinz die Kochkünste seiner Mutter lobte, studierte Dora unauffällig die Embleme an seiner Jacke und die Zeichen auf den Schulterklappen. Pech nur, dass sie sich damit viel zu wenig auskannte.
„Was bedeuten die Abzeichen an deiner Uniform?", fragte sie ihn geradeheraus. „Welcher Dienstgrad ist das?"
Heinz tat zunächst, als hätte er die Frage nicht gehört, als aber alle am Tisch verstummten und auf seine Antwort warteten, brummte er unfreundlich: „Was soll die Frage? Wem ist das denn wichtig?"
Mir, hätte Dora gerne geantwortet, doch sein unwirsches Verhalten ließ sie verstummen. Warum wollte er seinen Dienstgrad verschweigen? War er nicht stolz auf seine Ehrungen und auf seinen Aufstieg? Welchen Grund gab es, dass er seine Familie im Unklaren ließ? Während Dora noch grübelte, wechselte Martha das Thema. Sie wollte ihren Lieblingssohn auf keinen Fall vergrämt wissen. Nach dem Essen schwärmte Heinz von den wunderschönen, edlen Pferden, die er in Polen anscheinend öfters ritt. Doch vom Krieg und dem, was er tat, erzählte er so gut wie nichts. Etwas später holte er aus dem Auto, mit dem er gekommen war, ein weiteres Mitbringsel herauf, eine NS Zeitschrift, auf deren Titelblatt er prangte.
„Sie waren der Ansicht, ich sehe arisch aus und wollten ein Foto von mir", meinte er lässig und warf das Blatt auf den Tisch. Trotz seiner vorgegebenen Gleichgültigkeit spürte jeder im Zimmer den Stolz in seiner Stimme. Martha nahm das Heft ehrfürchtig in die Hand und betrachtete die Aufnahme ihres Sohnes, als ob er ein berühmter Filmschauspieler war. Sie wird das Titelblatt bestimmt einrahmen lassen, dachte Dora. Mutters ganzer Stolz!
Max verließ für einen Moment das Zimmer und Heinz nutzte die Gelegenheit um sich nach seinem Bruder Gerhart zu erkundigen. Dora berichtete, dass er von seiner Tbc genesen sei und nun als Berufskraftfahrer bei der Reichspost arbeitete. Während Heinz nur beiläufig nickte, sah Dora, dass ihre Mutter gebannt lauschte. Wie gerne hätte diese wenigstens ab und zu

ihren Ältesten und seine zwei Buben, ihre Enkel, gesehen! Aber Max hatte ihr auch das untersagt und aus Angst vor seinen Wutausbrüchen hielt sie sich daran. Sie war einfach nicht stark genug um sich gegen den unberechenbaren Choleriker zu wehren.
Langsam wurde es dunkel. Als Max ins Zimmer zurückkehrte, entzündete er das Deckenlicht.
„Ich brauche noch ein Quartier“, sagte Heinz mit Blick auf seine Armbanduhr. „Vielleicht gehe ich ins Hotel am Hauptbahnhof.“
Dora zögerte kurz, dann schlug sie ihm vor, er könne ja auch bei ihr übernachten. Platz hatte sie genug.
„Danke, nein“, entgegnete Heinz freundlich. „Aber wenn du mich nach Bad Kösen einlädst – das würde ich mir gerne einmal anschauen.“
Sie reagierte erstaunt. Sollte ihn tatsächlich ihr kleines Grundstück dort interessieren? Doch sogleich freute sie sich, mit seiner Hilfe wieder einmal auf ihren Berg zu kommen und sagte schnell zu. Es war auf jeden Fall um einiges bequemer mit seinem Auto zu reisen als mit dem Zug. Sie verabredeten sich für das kommende Wochenende. Dora schrieb ihm ihre neue Anschrift auf und ihr Bruder versprach sie Sonnabend früh abzuholen.

Wartend stand sie an der Straße, als Heinz mit seinem Auto auf sie zugerollt kam. Es war luxuriöser als Waldos Ford, ein Cabriolet, bei dem man das Dach wie eine Ziehharmonika zurückklappen konnte.
„Fahren wir offen?“, bat Dora.
„Wenn du willst“, erwiderte Heinz und öffnete das Dach. Er verstaute ihr Gepäck im Kofferraum und die Fahrt begann. Schon ein paar Straßen weiter bat Dora ihren Bruder rechts heranzufahren und das Faltdach zu schließen. Der Fahrtwind blies doch kühler, als sie dachte.
„Ich hätte meine Motorradmütze mitbringen sollen“, lachte sie und rieb sich die kalten Ohren.
Auf der Fahrt sprachen sie über alles Mögliche. Dora erzählte von Waldos Briefen und Heinz lauschte interessiert. Er fragte nach ihrer Arbeit und wie die Hochzeit gewesen sei und so verging die Zeit wie im Flug. Kurz hinter Naumburg durchquerten sie das liebliche Saaletal, das Dora schon beim ersten Mal begeistert hatte. Sie konnte kaum glauben, dass der Kauf des Grundstücks in Bad Kösen erst drei Jahre zurück lag. Ihrem Gefühl nach waren seither Jahrzehnte vergangen. Wann würde sich das Häuschen dort wieder mit Leben füllen, so wie im ersten Jahr nach ihrer Inbesitznahme? Könnte doch Waldo an Stelle von Heinz jetzt neben ihr sitzen!

Sie schaute zum Fenster hinaus. Die Kirschbäume entlang der Straße hatten ihre Knospen noch nicht geöffnet, aber lange würde es nicht mehr dauern. Ein Schild kündigte das Kloster Schulpforta an. Heinz hatte es auch gesehen und fuhr langsamer.
„Hier ist das also!“, murmelte er.
„Kennst du die Anlage?“, fragte Dora verwundert.
Ohne ein Wort zu sagen bremste Heinz ab und parkte das Fahrzeug auf dem Parkplatz vor dem Haupteingang.
„Ich muss hier kurz etwas erledigen. Wartest du oder soll ich dich zuerst zu deinem Grundstück fahren?“
Dora schaute ihn verständnislos an.
„Was hast du hier zu tun?“
Heinz antwortete nicht, sondern sortierte Papiere in seiner Aktentasche. Wenn er in diesem Gebäude etwas erledigen wollte, dann hatte er auf jeden Fall schon vorher gewusst, dass Schulpforta in unmittelbarer Nähe von Bad Kösen lag. Warum diese Geheimnistuerei?
Stimmen schreckten sie auf. Ein Trupp junger Männer, alle in Uniformen, kam aus dem Portal. Sie marschierten im Gleichschritt vorbei und sangen ein Lied.
„Was wollen die denn hier?“ Dora schüttelte den Kopf. „Ich dachte, das sei eine Heimoberschule.“ Sie verstand überhaupt nichts mehr.
„Diese Schule, meine liebe unwissende Schwester, ist eine sogenannte NPEA, eine Nationalpolitische Erziehungsanstalt. Sie ist eine von 22 reichsweiten NS-Eliteschulen“, erklärte Heinz.
Er hatte die Gruppe vom Auto aus mit dem Hitler Gruß gegrüßt, sie alle hatten gleichzeitig ehrfurchtsvoll salutiert. Nun schob er die Aktentasche unter den Arm, schaute auf seine Uhr und sagte: „Es tut mir leid, aber ich muss kurz hineingehen. Wenn du willst, kann ich dir nachher mehr über die Schule erzählen. Bitte warte hier draußen.“
Sein letzter Satz war eher ein Befehl als eine Bitte. Dora verschlug es die Sprache. Sie starrte Heinz an, der sich sportlich aus dem Wagen schwang. Jetzt begriff sie auch, warum er wieder Uniform trug. Seltsamerweise trug die heutige Jacke andere Abzeichen als gestern. Was hatte das alles nur zu bedeuten? Verwirrt blickte sie ihm nach bis er, ohne sich nochmals umzudrehen, im Tor verschwand. Das Portal fixierend versuchte sie ihre Gedanken zu ordnen. Bei ihrem letzten Halt hier mit Waldo vor drei Jahren, hatten sie auf dem Schild neben dem Eingang gelesen, dass diese Anlage eine Heimoberschule war. Und nun hatte man sie in eine von Hitlers Eliteschu-

len umfunktioniert? Wie konnten sie nur hier, in diesem idyllischen Tal weit weg von jeder Stadt, eine Nazi Schule einrichten! Und was hatte Heinz mit der Schule zu tun? Er war auf eine ähnliche Schule in Fürstenfeldbruck gegangen. Doch das war lange her. Welche Funktion besaß er inzwischen? Das Gespräch an Marthas Geburtstag fiel ihr wieder ein. Immer wieder hatte sie versucht Genaueres von ihrem Bruder zu erfahren und auch Max hatte ständig gebohrt, aber aus Heinz war nichts herauszubringen. Vielleicht lag sein Schweigen daran, dass Inge anwesend war. Die Dinge, die er hätte erzählen können, waren vielleicht nicht unbedingt für die Ohren einer Vierzehnjährigen gedacht. Aber genau das stimmte Dora nachdenklich. Was war es denn, das Inge nicht hören durfte, sie, die ja inzwischen auch im nationalsozialistischen Bund Deutscher Mädels war? Hatte Heinz etwas zu verbergen?

Nun gut. Sie war ja die nächsten Tage mit ihm allein auf dem Berg. Vielleicht wurde er dort gesprächiger.

Dora wusste nicht, wie lange sie gewartet hatte. Auf einmal trat Heinz aus dem Tor und kam mit schnellen Schritten auf das Auto zu.

„So, erledigt. Nun bin ich ganz privat“, freute er sich.

„Was soll das heißen? Bist du etwa nur wegen Schulpforta hierher gefahren?“ Dora war wirklich verärgert.

„Wo denkst du hin.“ Er warf ihr einen besänftigenden Blick zu und startete. „Ich bin wirklich neugierig auf euer Grundstück. Es liegt auf jeden Fall wunderschön.“

Wie sollte man aus diesem Menschen schlau werden!

„Jetzt sag mir wenigstens, was das für eine Nazi Schule ist“, forderte sie ihn auf.

„Eine NPEA“, verbesserte Heinz und fuhr fort: „Unser Reichsjugendführer Axmann hat diese Schulen für die 10- bis 18jährigen Jungen der HJ eingerichtet. Hier werden auserwählte Schüler im nationalsozialistischen und soldatischen Geist erzogen. Die Schulen folgen ansonsten dem ganz normalen Lehrplan der deutschen Oberschulen, wobei diese Anstalt eine ganz besondere ist. Kaum eine andere Internatsschule besitzt ein so intensiv bewirtschaftetes Gut mit weiten Feldern und vollen Viehställen.“

Er hatte sich richtig in Fahrt geredet und Dora musste ihn unterbrechen, als sie Bad Kösen erreichten. Sie beschrieb ihm den Weg durch den Ort und erst als sie in der Saalstraße angekommen waren, hakte sie nach: „Und diese Jüngelchen gehen danach zur SS so wie du?“

Heinz schluckte. Nach kurzem Zögern sagte er: „Dora, du bist zwar meine Schwester. Halte aber trotzdem deine Zunge im Zaum.“ Er machte eine Pause, um kurz darauf fortzufahren: „Diese Jungmannen sind Führungsnachwuchs. Sie sind das beste, das wir haben. Gerade die Pfortenser Schüler besitzen ein unwahrscheinlich hohes Niveau.“

„Hier ist es“, unterbrach Dora ein zweites Mal, denn sonst wäre er am Grundstück vorbeigefahren. Heinz bremste das Fahrzeug scharf ab und parkte es am Straßenrand.

„Nun lass uns mal deine Wildnis beäugen“, lachte er, als er das Gestrüpp in der Schlucht sah. Er nahm das Gepäck aus dem Wagen, verschloss ihn und folgte Dora auf dem schmalen Pfad, der sich durch das untere Pappelwäldchen wand. Kaum hatten sie die halbe Höhe des Hanges erreicht und der Blick öffnete sich auf die Wiese und das Häuschen, blieb Dora überrascht stehen. Ziegen und Schafe grasten auf ihrem Berg! Sie starrte die Tiere an, etwa zehn an der Zahl und schaute sich suchend um. Kein Mensch war zu sehen, nur die Glöckchen der Ziegen bimmelten.

„Na so etwas!“, rief sie erstaunt. „Wo kommen die denn her?“

Langsam gingen sie weiter. Sie wollten die Tiere nicht erschrecken, wollten verhindern, dass sie in die Schlucht liefen und sich verirrten Doch die kleine Herde graste unbeeindruckt weiter, so als ob sie dort zu Hause wäre.

„Schön ist es hier“, sagte Heinz mit echter Bewunderung und holte seine Kamera aus dem Gepäck, das er vor dem Haus auf der Bank abgestellt hatte.

„Wollen wir heute Abend Zicklein essen?“, fragte er, als er eine kleine Ziege, die neugierig näher kam, auf die Mattscheibe bannte.

„Du spinnst“, erwiderte Dora. „Irgendjemandem müssen die Tiere doch gehören.“

Sie schloss das Häuschen auf und trat ein. Nachdem sie ihm stolz ihr kleines Reich von innen gezeigt hatte, machte sie sich gleich in der Küche am Ofen zu schaffen. Währenddessen zog sich Heinz im Wohnzimmer um und als er kurz darauf zu ihr stieß, hatte er die Uniform mit einer Trainingshose und einem kurzärmeligen Hemd vertauscht. Richtig zünftig sah er aus, fand Dora, nicht mehr so fremd wie der SS-Mann zuvor. In der Hand hielt er eine exquisite, lange Pfeife, die er dabei war zu entzünden.

„Seit wann rauchst du denn Pfeife?“, wollte Dora wissen, das edle Stück bewundernd.

„Ach, schon eine Weile.“ Heinz paffte eine Wolke vor sich hin. „Wie wär’s jetzt mit einem Kaffee?“

Er ging zu seinem Reisegepäck und stellte ihr eine Packung Kaffee sowie einige andere gute Sachen auf den Tisch. Am liebsten hätte sie nachgefragt, wie er zu all den Sachen kam, aber auch bei Marthas Geburtstag hatte er darauf keine befriedigende Antwort gegeben. Wahrscheinlich lag es ganz einfach daran, dass er als Mitglied der Führungsebene Zugang dazu hatte.
„Hast du nach dem Kaffee nicht zufälligerweise Lust ein bisschen Holz zu hacken?", fragte sie neckisch. „Ich hab nicht mehr viel."
Heinz lachte. „Genauso wie früher! Da hast du mich auch immer herumkommandiert. Aber Spaß beiseite", fügte er hinzu, als er ihr entrüstetes Gesicht sah, „ich helfe dir natürlich, das ist doch klar."
In den nächsten zwei Stunden waren sie damit beschäftigt Holz zu sägen, zu spalten und aufzuschichten. Einmal hörten sie während der Arbeit einen Pfiff und kurz darauf sahen sie einen Schäfer, ein Hund im Gefolge. Er winkte ihnen freundlich zu und sie winkten zurück.
„Der holt jetzt unser Abendessen weg", lachte Heinz.
Dora fand es eigentlich gar nicht so dumm, dass der Schäfer seine Schafe hier weiden ließ. Dadurch musste sie schon weniger mähen. Sie würde ihm beim nächsten Zusammentreffen die offizielle Erlaubnis für die Nutzung der Wiese geben.
Als es dunkel wurde, zündete Heinz das Holz im Kamin an und sie aßen Speck, Wurst und Brot, dazu gab es einen guten französischen Wein.
Jetzt, dachte Dora, ist die Gelegenheit, die Frage zu stellen, die ihr schon lange auf dem Herzen lag. Niemand lauschte hier, kein Spitzel weit und breit.
„Hör mal, Heinz. Damals vor vier Jahren, im November 1938, da habe ich in Leipzig die ‚Reichskristallnacht' miterlebt. Was ich an jenem Tag sehen musste, das ging mir ganz schön nahe. Warst du in jener Nacht in München eigentlich auch im Einsatz?"
Heinz schaute sie an und kaute dabei auf einem Stück Schinken herum.
„Ich verstehe deine Frage nicht. Du weißt doch wohl, was zuvor geschehen war, oder?"
Er wartete ihre Antwort nicht ab, sondern fuhr fort: „Die Juden haben unseren Staat jahrelang bestohlen, sie haben einen führenden Diplomaten in Paris ermordet und weitere Angriffe auf unser Volk geplant. Hätten wir das alles zulassen sollen?"
„Ja, aber nicht alle Juden sind Verbrecher. Ich kenne in Leipzig eine Familie, da sind alle Männer weggebracht worden. Es gibt Gerüchte, wonach die Juden in KZs umgebracht würden. Stimmt das?" Sie schaute ihn gebannt an.

Jetzt würde sie die Wahrheit erfahren. Jemand in einer solchen Position wie ihr Bruder würde ganz sicher Bescheid wissen.
Heinz schien verärgert. „Davon weiß ich nichts“, erwiderte er barsch. „Und selbst wenn es so wäre, davon weiß auch unser Führer nichts. Richtig ist, dass wir Recht und Ordnung in unserem Staat aufrecht erhalten wollen und darüber solltest auch du froh sein!“
Er stand auf und ging im Zimmer auf und ab. Dora überlegte, wie sie reagieren sollte. Sie wollte eigentlich nichts weiter als die Wahrheit wissen, die er doch wohl kennen musste.
Plötzlich stellte er sich vor sie hin und fuhr sie an: „Dora, ich bin nicht hergekommen um mich von dir ausfragen zu lassen. Ich wollte ganz einfach mal zwei Tage abschalten. Wenn das nicht geht, lass uns noch heute Abend zurückfahren.“
„Tut mir leid“, entgegnete Dora schnell und ergriff seine Hand. „Ich will dich nicht ausfragen. Aber es geschehen so viele Dinge...“ Sie sah ihn um Verständnis heischend an aber er starrte verärgert über ihren Kopf hinweg ins Leere. Zu dumm. Sie hatte geglaubt, dass durch die jahrelange Verbundenheit in der Kinderzeit immer noch ein Vertrauensverhältnis zwischen ihnen bestand. Aber vielleicht hatte man ihm, ebenso wie Waldo, strengstes Redeverbot auferlegt.
„Komm, setz dich wieder. Ich verspreche dir dich in Ruhe zu lassen“, bot sie versöhnlich an.
Widerwillig ließ Heinz sich auf einen Stuhl sinken und Dora versuchte ihn abzulenken. Sie erzählte von Gertrud und dem Wochenende mit ihr hier im Häuschen, doch Heinz blieb einsilbig. Bald wusste sie nicht mehr, worüber sie sprechen sollte und war beinahe froh, als er vorgab todmüde zu sein. Noch einmal legte sie Holz nach, löschte das Licht und bereitete ihr Bett in eine Ecke des Matratzenlagers vor.
Am nächsten Morgen drängte Heinz früh zur Heimfahrt. Dora wäre gerne noch ein bisschen geblieben, aber die Stimmung war getrübt und sie versuchte erst gar nicht ihn umzustimmen.
Den Großteil der Rückfahrt schwiegen sie. Erst als sie wieder vor ihrer Haustür angekommen waren, sagte Heinz mit warnendem Unterton: „Dora, belaste dich nicht mit Dingen, die dich nichts angehen. Je weniger du weißt, um so besser.“
Er deutete einen leichten Kuss auf die Wange an. Etwas benommen stieg sie aus und winkte, bis das Auto verschwunden war. Schade, dass ihr kleiner

Bruder ihr so fremd geworden war! Sie musste sich wohl oder übel eingestehen, dass sie sich nach all den Jahren nichts mehr zu sagen hatten.

Anfang Mai erreichte sie endlich wieder ein Brief von Waldo. Seine Kompanie sei auf dem Rückmarsch ins Heimatgebiet und sie solle sich Anfang Juni frei nehmen, er hätte zwei Wochen Urlaub. Dora jubelte, als sie den Brief las und freute sich unbändig. Ihr weit gereister Waldo kam nach Hause und vor allen Dingen, er kehrte gesund und unverletzt heim! Ihre Hochzeit lag nun schon ein halbes Jahr zurück, so lange hatte sie ihn nicht mehr gesehen. Hoffentlich war es dieses Mal um seine Gesundheit besser bestellt als im Jahr zuvor.

Gleich am nächsten Tag bat Dora ihre Chefin zwei Wochen frei zu bekommen. Frau Eulitz war einsichtig und willigte ein. Anhand von Waldos Briefen konnte Dora seine Rückkehr verfolgen. Achtzehn lange Tage brauchte seine Kompanie, bis sie die Heimat erreicht hatte. Er blieb noch einige Zeit in Plauen stationiert und endlich, endlich traf er am Bahnhof ein.

Welche unsagbare Freude! Braun gebrannt von der südlichen Sonne kam er ihr entgegen und wenn die Erschöpfung in seinem Gesicht nicht gewesen wäre, hätte man ihn beinahe für einen Urlauber halten können. Eng umschlungen verließen sie den Bahnhof und fuhren nach Hause. Was für ein Unterschied, nun die Zweisamkeit in den eigenen vier Wänden ungestört genießen zu können. In der Wohnung rissen sie sich die Kleider vom Leibe und fielen ungezügelt übereinander her, so als ob sie die verlorenen letzten Monate nachholen müssten. Als Waldo ein neues Präservativ überstreifen wollte, wehrte Dora ab: „Ach komm, lass uns ohne zusammen sein."

Für einen Moment sah es so aus, als wolle er argumentieren, doch er fügte sich. Es war ihm einfach nicht nach diskutieren zumute. Vielleicht bestand ja zur Zeit keine Gefahr, Dora würde schon wissen, was sie tat.

Später, als sie nebeneinander lagen, mussten sie über sich selber lachen, darüber, wie ausgehungert nach Liebe sie gewesen waren.

Aber war das ein Wunder? Immer wieder küsste Waldo Doras Körper und konnte sich nicht an ihr satt sehen. So lagen sie erschöpft aber glücklich und begannen zu erzählen.

Waldo berichtete von den letzten anstrengenden Wochen, stundenlangen Autofahrten und vom Verladen der Fahrzeuge auf die Züge. Dort, in den stickigen Abteilen schliefen und dösten sie bis es wieder weiterging. Erst die letzten Tage in Plauen hatte er wieder zu einem geregelten Rhythmus und zu einem vernünftigen Leben finden können.

„Jetzt möchte ich die nächsten vierzehn Tage mit dir genießen, so gut es nur geht."
„Ich auch, Waldo. Die Wochen und Monate ohne dich waren entsetzlich lang. Und immer die Angst, es könnte dir etwas geschehen." Dora küsste ihn in die Halsbeuge. „Dieser Balkankrieg hat doch bestimmt vielen Menschen das Leben gekostet. In der Zeitung standen immer wieder Todesanzeigen."
„Ja, es gab mehrere Tausend Verletzte und Tote." Waldo schwieg bedrückt. „Ich habe ein Riesenglück, dass ich als Funker nicht ganz vorn im Kampfgeschehen stehe. Ich bin sozusagen in zweiter Reihe. Aber das ist trotzdem keine Garantie."
„Wenn doch der Krieg endlich vorbei wäre!" Dora drückte sich ganz eng an ihn und sie schwiegen eine Weile, bis Waldo unvermittelt sagte: „Das mit dem Präservativ vorhin. Hast du dir etwas dabei gedacht?"
Dora lächelte ihn an. „Ganz einfach. Ich bin in diesem Jahr dreißig geworden und glaube, es wäre langsam Zeit für ein Kind."
„Ja schon, aber jetzt – mitten im Krieg?"
„Waldo, ich will nicht noch länger warten. Ewig kann dieser Krieg ja nicht mehr dauern und außerdem...", fügte sie schmeichelnd hinzu, „... wäre ich nicht immer allein, wenn du so lange weg bist. Ein Teil von dir wäre sozusagen immer bei mir."
„Hm. Ich weiß nicht so recht."
Waldo schien nicht allzu beglückt, aber er konnte jetzt sowieso nichts mehr daran ändern. Außerdem war ja nicht gesagt, dass Dora gleich beim ersten Mal schwanger werden würde.
Zwei Tage später fuhren beide mit dem Zug nach Bad Kösen. Sie sehnten sich nach der Geborgenheit des Weinberghäuschens und nach dem Leben im Freien. Während der Fahrt erzählte Dora von Heinz' Besuch und der erschreckenden Neuigkeit von Schulpforta.
„Stell dir vor, die marschieren dort in der Gegend herum, womöglich bis zu unserem Berggrundstück", meinte sie.
„Das glaube ich kaum. Für deren Schieß- und Tarnübungen gibt es genügend Gelände auf der anderen Seite des Tales", beruhigte Waldo sie.
Im Häuschen öffneten sie alle Fenster und Türen und ließen die warme Sommerluft durch das Haus fluten. Auf der Wiese blühten Margariten und Gänseblümchen, das Gras stand hoch. Jede Menge Schmetterlinge und Bienen waren unterwegs und es duftete nach warmer Erde. Bei einer ersten

Runde ums Haus entdeckte Dora reife Himbeeren in der Schlucht und sie nahm sich vor, später welche zu pflücken.
In einer mondhellen Nacht lagen sie draußen im Gras. Die Erde hatte so viel Hitze gespeichert, dass der Boden noch immer ganz warm war. Grillen zirpten und nicht weit entfernt hörten sie eine Nachtigall ihren melodiösen Gesang singen. Gebannt lauschten sie dem kleinen Vogel, sein Repertoire schien unendlich zu sein. Dora kuschelte sich in Waldos Arm. Sie fühlte sich rundherum glücklich und geborgen. Oh, könnte es doch immer so bleiben! Ein warmes Gefühl rann durch ihren Körper. Sie liebte seinen männlichen, herben Geruch. Zärtlich begann sie ihre Füße um seine zu winden. Lange Zeit rührte er sich nicht, er war wohl noch vom intensiven Liebesspiel davor erschöpft. Doch bald nahm er ihre Bewegungen auf und streifte mit seinem bloßen Fuß an ihren Bein aufwärts. Dabei küsste er sie auf die Stirn, auf die Wange, auf die Grübchen in der Halsbeuge. Dora schauderte vor Lust. Sie hatte befürchtet, sie wären sich durch die lange Entwöhnung fremd geworden. Am ersten Tag hatte es auch allen Anschein gehabt. Nun aber, nachdem sie sich wieder aneinander gewöhnt hatten, schien es ihr, als ob sie schon immer eins gewesen wären.
„Ich liebe dich", flüsterte sie.
„Ich dich auch", erwiderte Waldo und küsste sie stürmisch auf den Mund. Einen Augenblick staunte er über sein erneutes Verlangen, aber gleich darauf fügte er sich und wie zwei schamlose, verspielte Kinder liebten sie sich im warmen Gras.
Die Tage verging wie im Flug. Schon war der vorletzte Morgen angebrochen. Sie hatten lange geschlafen und waren noch beim Vorbereiten des Frühstücks. Waldo stellte das Radio an und Operettenmusik plätscherte aus dem Volksempfänger. Dora kannte das Stück: Fred Raymonds „Maske in Blau", und sie sang leise mit. Kaum war der letzte Ton verklungen, unterbrach die Stimme des Nachrichtensprechers die Sendung mit einer furchtbaren Nachricht: „Seit den frühen Morgenstunden greifen deutsche Wehrmachtsverbände auf breiter Front die Sowjetunion an."
Dora schaute Waldo entsetzt an. Sie beide hatten die Gerüchte, die schon lange kursierten, nicht wahrhaben wollen, alle Vorahnungen verdrängt. Doch nun stürzte die Wahrheit wie ein kalter Wasserfall über sie herein. Deutschland hatte das riesige Russland angegriffen. Dora schlug die Hände vors Gesicht und stöhnte: „Das darf nicht wahr sein!"
Waldo ließ sich auf einen Stuhl sinken und starrte mit leeren Augen ins Ungewisse. In einer Geste der Hilflosigkeit drückte Dora seinen Kopf an

ihren Bauch. Schweigend legte er seine Arme um sie. Der Sprecher im Radio pries die Stärke der Deutschen in höchsten Tönen bis Waldo es nicht mehr aushielt, aufstand und den Volksempfänger abdrehte.
Was gab es jetzt noch zu sagen? Statt des erhofften baldigen Friedens ging es weiter, immer weiter. Mechanisch, um sich abzulenken fuhren sie damit fort den Tisch zu decken.
„Lass uns nach Leipzig zurück fahren“, bat Dora während des anschließenden Frühstücks, bei dem sie beide fast keinen Bissen herunter bekamen. „Ich befürchte, dass jetzt Hamsterkäufe getätigt werden und ich brauche auch noch diverses.“
In gedrückter Stimmung machten sie alles fertig, schlossen das Haus ab und gingen den Berg hinunter.
Auf dem Weg in den Ort überlegte jeder, wie er dem anderen Mut zusprechen könnte, aber es fiel ihnen schwer. Überall im Städtchen bemerkten sie die veränderte Stimmung in der Bevölkerung. Manche Menschen schienen gelähmt, wieder andere verfielen in hektische Aktivität.
Der kommende Tag in Leipzig war für Dora damit ausgefüllt, nach Lebensmitteln anzustehen. In den Läden gab es so gut wie nichts mehr zu kaufen. Viel ging unter dem Tisch weg und es war gut, wenn man mehrere Stammläden hatte. Ohne Beziehungen lief fast nichts mehr. Sogar Bier war schwer zu bekommen und nur mit viel Glück erstand Dora doch noch zwei Flaschen für Waldo.
Er hatte den Tag bei seinen Eltern verbracht. Der Besuch war dringend notwendig gewesen, das schlechte Gewissen hatte ihn die ganzen zwei Wochen über geplagt. Gleich bei seinem Eintreffen konnte Elisabeth es sich nicht verkneifen ihm Vorwürfe zu machen.
„Genauso habe ich mir das vorgestellt. Seitdem du mit dieser Frau zusammen bist, sind wir dir völlig gleichgültig“, jammerte sie, besann sich dann aber schnell und verwöhnte ihn den restlichen Tag ausgiebig mit den besten Leckereien, die sie wochenlang für ihn zusammengespart hatte. Auch Arno ließ spüren, dass er ihn schmerzlich vermisste. Ganz zu schweigen von Waltraud, deren Zustand unverändert war.
„Versteht doch“, bat Waldo. „Von meinen vierzehn Tagen Urlaub möchte ich jede freie Minute mit meiner Frau verbringen, wir sehen uns so selten! Das heißt doch nicht, dass ich weniger häufig an euch denke. Außerdem habe ich jede Woche einmal geschrieben, ist das etwa nichts?“, fragte Waldo seine Mutter herausfordernd. Widerwillig stimmte sie ihm zu. Bei der Verabschiedung weinte sie, denn sie hatte am Morgen ebenfalls die schreckliche

Nachricht vom neuen Blitzkrieg gehört. Arno drückte ihn lange und fest an sich.

Als sie schon auf dem Flur standen meinte Waldos Vater bedächtig: „Die Sache mit Russland war mir von Anfang an nicht geheuer. Nachdem von allen Seiten so lange falsch gespielt worden ist, sind die Karten nun aufgedeckt. Dieser Krieg nimmt immer größere Ausmaße an. Hoffentlich musst du nicht nach Osten ziehen. Die Schlacht um Russland ist nicht leicht zu gewinnen. Die Front ist ungeheuer lang, der Raum unendlich weit. Selbst Napoleon..."

„Vater, entschuldige bitte, aber ich muss gehen", unterbrach ihn Waldo, der schon ganz nervös war, denn er hatte Dora versprochen, den letzten Abend mit ihr verbringen.

„Ja, natürlich. Leb wohl, mein Sohn, und komme gesund zurück", flüsterte Arno und presste Waldos Hand, so dass dieser glaubte, er wolle sie ihm zerdrücken.

Den Abschiedsabend verbrachten Waldo und Dora in gedrückter Stimmung. Zwar versuchte jeder den anderen über seinen wahren Seelenzustand zu täuschen, aber die Angst lastete über ihnen. Mit Plänen für die Zukunft versuchten sie sich gegenseitig Mut zu machen.

„Dieses Jahr werden wir Weihnachten zum ersten Mal in unserer eigenen Wohnung feiern", sagte Dora und hoffte wie ein kleines Kind, dass sie mit ihren Worten die Zukunft beeinflussen konnte.

Waldos rechter Mundwinkel zuckte, wie immer wenn er unter hoher Anspannung stand. Er griff nach der zweiten Flasche Bier, schenkte sich ein und trank einen großen Schluck. Erleichtert spürte er, wie die entspannende Wirkung des Hopfens sich in seinem Körper ausbreitete. Bald darauf gingen sie zu Bett, aber die Gedanken quälten sie und ließen sie keinen erholsamen Schlaf finden. Der Abschied am nächsten Morgen fiel beiden unsagbar schwer. Niemand wusste, was die Zukunft bringen würde. Zwar hatte Waldo noch bis Anfang Juli Einsatz im Heimatkriegsgebiet, das hieß, er war wieder in Plauen stationiert, aber keiner von beiden glaubte, dass der Russland-Spuk bis in fünf Wochen vorbei wäre.

Einige Wochen später, Waldo war noch im Heimatgebiet, schrieb Dora ihm einen langen, glücklichen Brief. Zunächst hatte sie nur gemerkt, dass ihre Brüste spannten. Der Blick auf den Kalender zeigte, dass ihre Periode schon längst überfällig war. Nachdem auch noch eine morgendliche Übelkeit dazu kam, stand es fest: sie war schwanger!

Hin- und hergerissen vor Freude und Zweifel schrieb sie Waldo die Neuigkeit. Eigentlich freute sie sich sehr, aber der Krieg im Osten nahm besorgniserregende Formen an, und leichte Zweifel überkamen sie, ob ihre Entscheidung so ganz richtig gewesen war.

Gespannt wartete sie auf seine Reaktion.

Waldos Antwort war ernüchternd. Er musste in großer Eile geschrieben haben, denn seine Sätze klangen wie im Telegramm.

> Liebste Dora,
> ich bin ziemlich in Eile. Morgen früh fahren wir los nach Lemberg, in die Ukraine. Was ich zu einem Kind jetzt mitten im Krieg sagen soll, weiß ich nicht. Verzeih bitte, wenn ich mich im Moment nicht richtig freuen kann, aber ich muss mich erst an den Gedanken gewöhnen.
> Soviel in Kürze. Lass deine guten Wünsche bei mir sein.
> Ich liebe dich,
> dein Waldo.

Dora war enttäuscht. Sie hatte Freude erwartet, Begeisterung. Aber wahrscheinlich brauchte er Zeit um sich mit der Neuigkeit vertraut zu machen. Er musste sich ja mit ganz anderen Dingen beschäftigen. Ausgerechnet jetzt, da er in den Krieg an die Ostfront zog, erwartete sie ihr erstes Kind. Etwas mulmig war ihr bei dem Gedanken nun doch zumute. Aber vielleicht lief es ja so, wie Hitler in seinen Reden versprach: Russland sollte in einem Blitzkrieg besiegt werden, genauso wie Frankreich. Da hatte es ja auch geklappt. Dann wäre die Sache bald ausgestanden und Waldo bis zur Geburt des Kindes wieder bei ihr.

So machte sie sich selber Mut. Dem Baby zuliebe galt es nach vorn zu schauen. Sie hatte es sich gewünscht und nun würde sie sich intensiv darauf vorbereiten. Ganz aufgeregt malte sie sich aus, was ihre Freundin und ihre Familie zu der Neuigkeit sagen würden.

Gertrud reagierte genauso, wie Dora es sich vorgestellt hatte. Sie war vor Freude völlig aus dem Häuschen und benahm sich, als ob sie selber Mutter werden würde. Sie liebte Kinder sehr, das wusste Dora, denn sie hatte öfters von ihrer Stelle als Kindermädchen geschwärmt, welche sie vor Antritt der jetzigen Ausbildung lange Zeit innegehabt hatte. Es gab kaum einen Kinderwagen, an dem sie vorbeikam ohne hineinzuschauen.

Am gleichen Tag machte sich Dora in der Mittagspause mit einem flauen Gefühl im Magen auf den Weg zu ihrer Mutter. Martha verhielt sich nicht anders als erwartet.

„Hast du dir denn überlegt, in welch schreckliche Zeit das arme Würmchen geboren wird? Hättest du nicht noch warten können?“, tadelte sie vorwurfsvoll.
„Nein“, erwiderte Dora trotzig. „Wenn ich noch länger gewartet hätte, wäre ich eine alte Schachtel. Mit dreißig ist es sowieso schon höchste Eisenbahn. Du warst gerade mal zwanzig, als du mich bekommen hast!“
Martha zuckte unter Doras Groll unwillkürlich zusammen und meinte beschwichtigend: „Du hast ja recht. Wir werden das schon hinbekommen.“ Dabei tätschelte sie Doras Hand. „Ich frage Fanny, sobald ich sie sehe, ob sie noch Babywäsche hat.“
Fanny war Marthas jüngere Schwester, besser gesagt Halbschwester. Sie war Mutter zweier kleiner Mädchen. Sicher lag bei ihr noch etwas auf dem Dachboden herum.
Die nächsten Wochen war Dora damit beschäftigt, nach und nach die Grundausstattung für ihr Baby zu sammeln.
Alle paar Tage erreichte sie ein Brief von Waldo. Er fragte wenig nach dem werdenden Leben, schrieb vor allem aber von der unendlich weiten Fahrt durch halb Europa. Von Lemberg aus hatte man ihn für einen Monat zur Besatzungstruppe nach Südfrankreich geschickt, danach wieder an die Ostfront zurück. Dora verstand die Welt nicht mehr. Eine riesige Maschinerie der Großdeutschen Wehrmacht verlagerte sich unaufhörlich von Westen nach Osten. Kettenrasselnde Panzer, schwerbestückte Ungetüme dröhnten Tag und Nacht über die Straßen, durch Städte und Dörfer. Auf endlosen, langsam fahrenden Güterzügen wurden weitere Tausende von Fahrzeugen transportiert. So sehr Dora sich auch mühte Waldos Weg zu verfolgen, es gelang ihr nicht. Die Ortsnamen, die er nannte, klangen für sie unaussprechlich und waren auf keiner Karte zu finden.
Im Oktober stand er vor Moskau. Er schrieb von starken Regenfällen, die ihren Vormarsch erschwerten. Die Fahrzeuge blieben auf den teilweise nicht befestigten Straßen im Schlamm stecken. Auch der Nachschub für dringend benötigte Ersatzteile funktionierte schlecht.
Jetzt lauschte Dora wieder der Nachrichtensendung, aber die Heeresleitung gab kaum noch Informationen heraus. Es war immer das gleiche: im Osten nichts Neues.
Inzwischen nahm die Hetze gegen die Juden im Reich massiv zu. Das Neueste war ein Plakat mit einem ausgestreckten Finger, der auf einen Juden zeigte. Darunter stand: „*Der* ist Schuld am Kriege!“ Obwohl Dora diese Behauptung unsinnig und dumm fand, konnte sie sich kaum dagegen weh-

ren, dass ein kleiner Rest dieser Propaganda sich in ihr Bewusstsein drängte. Gertrud gegenüber hätte sie das allerdings nie zugeben dürfen, die wäre rasend vor Wut geworden.
Bald schon wurde der Judenstern eingeführt. Die Juden mussten ihn gut sichtbar an der Kleidung tragen. Nach der jahrelangen Propaganda empfanden viele Deutsche nur noch wenig Mitleid für diese „Untermenschen". Wenn Dora in der Innenstadt Juden traf, wirkten sie bedrückt. Nur ihre Augen klagten an. So weit es ging versuchte sie, diese Leute zu ignorieren, indem sie einfach wegschaute. Sie hatte genug mit sich selber zu tun, große Sorgen bedrückten sie. Im Kino hatte sie Aufnahmen der Wochenschau gesehen, die deutsche Soldaten zeigten, in Erwartung des Winters, in Erdlöchern vor Moskau und Leningrad liegend. Vermummte russische Gefangene, die in langen Reihen gehend Reisig für ein Feuer herbeischleppten. An diesem Abend weinte Dora bitterlich und flehte Gott an, er möge doch ein Einsehen haben. Angst schlich sich ein, vor allem wenn sie an die Todesanzeigen in den Zeitungen dachte, die einen immer breiteren Raum einnahmen.
Wie froh war sie, als der nächste heißersehnte Feldpostbrief ihr ein Lebenszeichen von Waldo brachte. Er berichtete über die Menschen in Russland und darüber, wie entsetzlich sie lebten. Er schrieb, es herrschten trostlose Zustände, die Menschen hätten kaum Nahrung, Kleidung oder Brennstoffe und sie litten Hunger und Not. Zum Schluss fragte er nach dem Baby, ob es ihr gut ginge und ob sie schon zugenommen habe. Dora war glücklich. Langsam schien er sich gedanklich mit seiner Vaterschaft zu beschäftigen. Sie war jetzt im sechsten Monat und ihr Bauch wuchs zusehends, und das, obwohl es wenig zu essen gab. Aber Martha steckte ihr hin und wieder etwas zu und Gertrud passte auf, dass Dora nichts Schweres hob und dass sie sich, so oft es ging, hinsetzte.
In der Vorweihnachtszeit bummelten Dora und Gertrud zusammen über den Weihnachtsmarkt, der in diesem Jahr noch ein letztes Mal stattfand. Eine gleißende Wintersonne lag über der Stadt. Im Park fuhren die Kinder auf dem gefrorenen See Schlittschuh. Es war sehr kalt und beide froren tüchtig. Dora grauste es bei dem Gedanken an Waldo. Wenn ihr schon kalt war, wie sehr würde er dort im fernen Russland frieren müssen. In den Zeitungen las sie, dass vor Moskau die Schlacht tobte. Sie hörte davon, dass ein nicht enden wollender Strom Verwundeter aus dem Osten ins Reich heimkehrte. Von Inge erfuhr sie, dass die Soldaten zum Teil in unvorstellbarem

Zustand ankamen, manche total verlaust und verschmutzt waren, andere erfrorene Gliedmaßen hatten.
Ihre Schwester hatte kürzlich als Mitglied des BDM zusammen mit einer Gruppe Mädchen in einem Lazarett vor verwundeten Soldaten singen müssen. In ihren jungen Jahren sah sie dort Dinge, die sie nur schwer bewältigen konnte. Sie war totenblass heimgekehrt und hatte sich übergeben müssen. Anschließend zitterte sie am ganzen Körper. Sie war zu gelähmt um über ihre Erlebnisse zu sprechen, und da Martha dachte, sie hätte eine Grippe gefangen, steckte sie ihre Tochter ins Bett. Erst als Inge von Weinkrämpfen geschüttelt wurde, nahm die Mutter sich Zeit und ließ nicht locker, bis Inge stockend von dem Gesehenen berichtete. Martha war wütend. „Nie wieder gehst du dorthin“, schimpfte sie und entschuldigte Inge von da an regelmäßig mit Krankheiten, sobald eine entsprechende Aktion auf dem Programm der Mädchenorganisation stand.

Weihnachten stand vor der Tür. Dora hatte ein Paket für Waldo gepackt, welches unter anderem warme, selbstgestrickte Socken enthielt. Da es schon lange keine neue Wolle mehr zu kaufen gab, hatte sie dafür extra einen alten Pullover aufgeribbelt, und, bevor sie ihn neu verstrickte, den Faden nass gemacht und zum Glattspannen über ein Frühstücksbrett gewickelt. Im Geschäft konnte sie ein Paar warme Handschuhe ergattern und lange Unterhosen, welche Eulitz infolge der großen Nachfrage führte. Seitdem sie von Doras Schwangerschaft wusste, verhielt sich die Chefin ihr gegenüber besonders freundlich und schonte sie, soweit es ging. Trotzdem musste Dora die vielen Stunden bis abends durchhalten und ihre Beine waren oft dick geschwollen.
Kurz vor Weihnachten traf in Leipzig die erste Ladung Christbäume ein, aber es waren nicht genug und die Leute standen Schlange danach. Dora hätte gar zu gerne ein kleines Bäumchen für ihre Wohnung gehabt, aber die Strapaze des Anstehens konnte sie nicht mehr auf sich nehmen. So entschied sie sich dafür, ein paar Zweige zu kaufen. Je näher der Heilige Abend rückte, desto depressiver wurde sie. Während sie hier in ihrer kleinen, gemütlichen Wohnung saß und mit dem Ungeborenen Zwiegespräche führte, hockte ihr armer Waldo Tausende von Kilometern entfernt in einem Erdloch oder in einer zugigen Bretterbude und holte sich Erfrierungen oder noch schlimmer, den Tod. Nacht um Nacht quälten Dora furchtbare Gedanken und sie fand nur mühsam Schlaf. Es waren die Tritte des Kleinen in ihrem Bauch, die ihr immer wieder Lebensmut gaben, ihm zuliebe riss sie

sich zusammen. Sie war davon überzeugt, dass sie ein kleines Mädchen zur Welt bringen würde, das sie „Evchen" nennen würde. Liebevoll streichelte sie das Ungeborene und flüsterte ihm zu: „Bis du im Frühling geboren wirst, ist der Krieg sicher aus und dein Vati kommt heim. Du wirst schon sehen, mein Kleines."

VII

Das Jahr 1942 begann mit grimmiger Kälte. In Leipzig zeigte das Thermometer minus zwanzig Grad. Man hörte, im Osten seien es vierzig Grad unter Null. Dora dachte mit Schaudern an Waldo. Hoffentlich befand er sich in einem einigermaßen warmen Unterschlupf. Im Radio hatte sie vor Wochen in einem Bericht gehört, dass die russische Wirtschaft und Kraft so gut wie zerfallen sei, doch diese Behauptung war voreilig und falsch gewesen. Nun zog sich dieser Krieg schon ein halbes Jahr hin!

Gut, dass sie das neue Leben in sich spürte, denn es gab ihr Lebensmut. Das Kleine trat und stupste oft ganz gewaltig, als wollte es ihr sagen: Schau her, ich bin doch da. Ich bin der Teil von Waldo, den du bei dir haben wolltest! Wie hätte sie sich gewünscht, diese ersten Kontakte zu dem Baby mit Waldo teilen zu können. Wie herrlich wäre es für ihn als werdenden Vater, wenn er seine Hand auf ihren Bauch hätte legen und die zarten Bewegungen des Babys wahrnehmen können.

Statt seiner war es Inge, die bei jedem Treffen aufgeregt fragte: „Strampelt es wieder? Sag mir, wenn du es spürst."

Dank Fannys Weitsicht, die alle Babysachen aufgehoben hatte, war Dora inzwischen recht gut ausgestattet und konnte der Geburt in dieser Hinsicht ruhig entgegensehen. Der Termin war Mitte März. Wie schön, wenn Waldo dann zu Hause wäre! Doch daran war, so wie es aussah, nicht zu denken. Nach der langen Winterpause würde der Krieg im Frühjahr bestimmt neu aufflammen.

Gertrud bemühte sich Dora bei Laune zu halten. Wo immer etwas Interessantes aufgeführt wurde, versuchte sie Dora mitzunehmen. Häufig gingen sie zusammen ins Kino, der billigsten Art des Vergnügens. Einmal bekamen sie günstige Karten für ein Konzert mit der berühmten Pianistin Elly Ney. Der Abend war ein ganz besonderes Erlebnis für beide und sie schwärmten noch lange von deren hervorragendem Können.

Im Januar gab es erneute Kartoffelzuteilungen und da sie nicht wollte, dass Dora so schwer zu schleppen hatte, half Gertrud ihr die schweren Einkäufe heimzubringen.
„Wo hast du denn deine Babysachen?", fragte Gertrud, kaum dass sie Doras kleine Wohnung betreten hatten.
„Das liegt alles nebenan, dort steht auch der Korb und der Wagen. Geh ruhig hinein", forderte Dora ihre Freundin auf. „Ich mach uns inzwischen einen schönen heißen Tee zum Aufwärmen."
„Oh, da sag ich nicht nein", erwiderte Gertrud und rieb sich fröstelnd die Glieder. Dora zündete den Gasherd an und setzte Wasser auf.
„Was für ein hübscher Babykorb!" rief Gertrud aus dem Schlafzimmer. „Und die Decke! Hast du sie selber gemacht?"
Dora war neben sie getreten und nickte. „Ja, das ist die Arbeit der letzen Abende." Sie hatte weiße Wolle auftreiben können und eine dicke Decke daraus gehäkelt. „Schau mal, hier sind die Jüpchen und Strampelanzüge." Sie öffnete eine Schranktür. Gertrud nahm das oberste Jäckchen heraus und hielt es bewundernd in der Hand.
„Wie winzig", rief sie und lachte. „Das passt ja einer Puppe."
Der Teekessel pfiff und Dora ging in die Küche um den Tee aufzugießen. Für eine Weile hielt sie ihre Hände, die immer noch ganz klamm waren, um die heiße Teekanne gelegt und wartete. Es stach in den Fingern, die Wärme tat weh, aber das war allemal besser, als das unbewegliche, steife Gefühl zuvor. Sie hatte Feuer im Ofen gemacht, aber es würde lange dauern, bis die ausgekühlte Wohnung einigermaßen warm wäre.
Ein Schaudern durchfuhr sie und sie goss eilig den Tee in zwei Tassen.
„Das ist eine Zumutung mit der Kohlezuteilung dieses Jahr", schimpfte sie und drückte Gertrud eine der Tassen in die Hand. „Es ist so knapp bemessen, damit kriegst du die Bude nicht warm. Sonst hab ich immer morgens so viel Kohle aufgelegt, dass die Wohnung am Abend noch überschlagen war. Aber in diesem Jahr werde ich froh sein, wenn es bis zum Frühjahr langt."
Ohne die Mäntel abzulegen setzten sie sich ins Wohnzimmer.
„Klag nicht, Dora", mahnte Gertrud nachdenklich und blies in den Dampf, der aus der Tasse aufstieg. „Andere haben es noch viel schlimmer als du."
Dora schaute ihre Freundin an und schüttelte den Kopf.
„Wohl eher das Gegenteil", widersprach sie. „Je nachdem, wie angepasst du dich verhältst, bekommst du das Doppelte und Dreifache von meiner Zuteilung. Ich sehe das doch, wenn die Nazi-Bonzen ihre Lieferung bekommen!" Sie hatte sich in Rage geredet.

„Ich dachte eher an das andere Extrem“, entgegnete Gertrud leise und blickte sie für einen Augenblick durchdringend an. „Du kannst dir gar nicht vorstellen, unter welch entsetzlichen Bedingungen die Juden in den Judenhäusern leben müssen.“
Eine kleine Stille entstand, die fast ungemütlich wurde. Dora wusste von den Besuchen in der Jacobstraße. Selbst jetzt noch, als beinahe niemand mehr von den Deutschen etwas mit Juden zu tun haben wollte, ließ Gertrud sich ihre Kontakte nicht nehmen. Sie hing aus für Dora unerklärlichen Gründen an diesen Menschen und fühlte sich mitverantwortlich für das, was geschah.
„Wie geht es denn der Familie, die du ab und zu besuchen gehst?“, unterbrach Dora die Stille. Gertrud schien auf diese Frage gewartet zu haben. Sie stieß einen Laut der Entrüstung aus.
„Es ist furchtbar. Du kannst es dir kaum vorstellen! Sie hausen zu zehnt in einer solchen Wohnung wie deiner, haben nur ein Klo, teilen sich die Betten. Sie bekommen weit weniger Zuteilungen als du, nicht nur weniger Kohle, sondern auch viel weniger Lebensmittel.“
Sie war verbittert. Als Dora merkte, wie sich ihre Freundin echauffierte, hätte sie am liebsten das Thema gewechselt, aber nun war Gertrud nicht mehr zu bremsen.
„Es ist schrecklich für mich, dass ich nicht mehr so oft hingehen kann, wie ich möchte. Ich hänge an den Leuten, aber es ist inzwischen einfach zu gefährlich.“ Ihre Stirn lag in Falten wie immer, wenn sie sich ärgerte.
„Zu Beginn dieses Jahres hat die Gestapo Tausende Juden von dort abgeholt. Das Wohngebiet in der Nordstraße ist schon ziemlich leer. Man sagt, sie seien nach Riga gebracht worden, manche nach Theresienstadt. Ihre Wohnungen wurden wegen angeblich staatsfeindlichem Verhalten versiegelt. Aber das ist schlichtweg gelogen. Ich weiß, dass es sich um unbescholtene Bürger handelt. Die Wohnungseinrichtungen dieser Familien kann man inzwischen sogar bei Versteigerungen erwerben. Möbel, Gemälde, Teppiche, Bücher.“
Dora zuckte unmerklich zusammen. Saßen sie womöglich gerade auf Stühlen, die ehedem einer jüdischen Familie gehört hatten? Unbehagen überfiel sie und sie begann zu frösteln. Um sich abzulenken erhob sie sich und gab vor, das Feuer im Ofen kontrollieren zu müssen. Die Hitze tat gut und sie begann sich zu entspannen. Auf was für dumme Gedanken sie doch kam! Sicher waren ihre Möbel ganz normale Verkäufe gewesen. Da sie aber nun

schon einmal bei dem Thema waren, hakte sie nach: „Ich habe gehört, in Riga sei ein Arbeitslager.“
„Die Nazis nennen es so. Sie schreiben den Menschen genau vor, was sie an Arbeitskleidung mitnehmen müssen. Aber wenn einer der Juden gehen muss, nehmen die anderen für immer von ihm Abschied. Es ist ganz furchtbar. Bisher ist keiner von ihnen zurückgekommen, keiner hat geschrieben, niemand weiß, wo sie stecken oder ob sie noch leben.“ Auf Gertruds Gesicht war alle Fröhlichkeit gewichen, blass saß sie da, mit zuckender Unterlippe. Ihre Nasenflügel bebten und Dora wusste nicht, was sie sagen sollte. Mit stockender Zunge fuhr Gertrud fort: „Sie nehmen ihnen alles, selbst die letzte persönliche Habe müssen sie da lassen. Mit Viehwagen werden sie gen Osten gekarrt, als ob sie Tiere wären.“
Dora schwieg. Gertrud hatte gesagt, tausende Juden seien verhaftet worden. Sie sah in Gedanken die gesichtslose Menge in langen Reihen durch die Straßen zum Bahnhof ziehen, gesäumt von Bürgern, die sie teilnahmslos anstarrten. Und sie sah vor sich das Gesicht von Heinz. Je weniger du weißt, um so besser, hatte er sich beim letzten Treffen verabschiedet. Was hatte er ihr damit sagen wollen?
Mit einem Mal wollte sie nichts mehr davon wissen. Wozu sich belasten? Ihr Herz pulsierte bis zum Hals, die Träume würden sie im Schlaf verfolgen. Schweigend nahm sie Gertruds Hand. Ihre Freundin bekam das Leid der Juden unmittelbar mit. Aber sie wollte es ja nicht anders. Was konnte ein einzelner Mensch schon ändern? Wie konnte er den Lauf der Geschichte aufhalten?
Ein Knurren im Magen erinnerte sie daran, dass sie beide an diesem Abend noch nichts gegessen hatten. Sie stand auf, schnitt ein paar Scheiben Brot ab und stellte ein Glas mit Salzheringen auf den Tisch. Es war immer noch empfindlich kalt in der Wohnung, kaum mehr als sechzehn Grad und sie hätte gerne noch einmal Kohle im Ofen nachgelegt, aber sie musste sparen. Sie brauchte unbedingt noch Heizungsmaterial für die Zeit, wenn das Baby da wäre. Zum Aufwärmen goss sie Gertrud und sich heißen Tee nach.
„Dort, wo ich wohne, sind im letzten Monat eine Rentnerin und ihr Untermieter verhaftet worden“, nahm Gertrud das Gespräch wieder auf. „Sie haben zusammen die BBC-Nachrichten gehört. Ein Nachbar hat sie angezeigt. Daraufhin sind sie für mindestens zwei Jahre ins Zuchthaus Waldheim gekommen.“
Fassungslos schüttelte Dora den Kopf.

„Wir hören zu Hause auch ab und zu die BBC, aber nur unter allergrößten Vorsichtsmaßnahmen“, gestand Gertrud vertrauensvoll. „Mein Vater hängt immer eine Wolldecke über das Radio und seinen Kopf und meine Mutter rattert mit der Nähmaschine.“ Sie lachte, als sie Doras verblüfftes Gesicht sah und meinte beschwichtigend: „Hier ist es natürlich viel zu gefährlich. Aber in deinem Berghäuschen, da kannst du es mal probieren.“
„Na, du bist mir eine.“ Dora schaute sie entgeistert an.
Doch Gertrud zuckte nur die Schultern. „Es ist die einzige Möglichkeit an Informationen von außen zu kommen. Wenn du wissen willst, wie es wirklich an den Kriegsschauplätzen aussieht, solltest du unbedingt einmal diesen Sender hören. Da fällt es dir wie Schuppen von den Augen!“
Inzwischen war es schon spät und Gertrud wurde unruhig.
„Es wird langsam Zeit für mich. Aber bevor ich gehe, muss ich dir noch unbedingt den neuesten Flüsterwitz erzählen. Er passt bestens zum heutigen Abendessen.

Komm, Adolf, sei du unser Gast,
und gib uns die Hälfte von dem, was du zu essen hast.
Gib uns aber nicht bloß Pellkartoffeln und Hering,
sondern lass uns leben wie Goebbels und Göring.“

Dora konnte nicht anders, sie prustete laut heraus. „Wo hast du nur dauernd diese Sprüche her?“
„So etwas kursiert im engsten Freundeskreis meiner Eltern.“
Sie schaute Dora vielsagend an und beide verabschiedeten sich mit einer herzlichen Umarmung.

Mitte März kam Doras Tochter Evelyn zur Welt. Das Baby hatte rabenschwarze Haare und war ein kleiner Schreihals. Es lag wie alle Neugeborenen in einem gesonderten Zimmer, damit die Wöchnerinnen sich erholen konnten und wurde nur zum Stillen gebracht. Dora blieb neun Tage in der Klinik und genoss die dortige Fürsorge und die Besuche der Freunde und Verwandten. Gertrud kam beinahe jeden Tag nach der Arbeit zu ihr. Sie war zu Tränen gerührt, als sie das Kleine das erste Mal durch die Glasscheibe sah und konnte sich kaum über seine Winzigkeit beruhigen. Zur Geburt schenkte sie Dora eine wunderschöne, mit Rüschen verzierte Ausfahrgarnitur. Von Frau Eulitz brachte sie ein paar Babyhandschuhe und einen lieben Gruß. Die Chefin ließ ausrichten, Dora solle, sobald es möglich wäre, ihr Töchterchen doch einmal vorstellen. Natürlich kamen auch Martha und Inge zu Besuch. Auch sie durften das schlafende Baby nur durch die Scheibe

betrachten, worüber Inge ziemlich enttäuscht war, denn sie hätte es gar zu gerne auf den Arm genommen.
Noch während sie im Krankenhaus lag, schickte Dora einen Eilbrief an Waldo. Sie beschrieb ihm seine kleine Tochter, so gut es ging.
Sie sieht dir sehr ähnlich, schrieb sie. Komm nur bald, damit du dieses kleine, vor Kraft strotzende Persönchen selbst bewundern kannst.
Waldo befand sich noch in der Winterstellung bei Moskau und es dauerte mehrere Tage, bis seine Rückantwort eintraf. Er sei glücklich und neugierig auf sein Kind. Er hoffe auf einen baldigen Heimaturlaub, aber im Moment sehe es damit sehr schlecht aus. Die körperlichen Strapazen seien immens. Ihm gehe es ganz gut, nur der schreckliche Dreck belaste ihn zunehmend. Tagelang könne er sich nicht waschen, geschweige denn die Wäsche wechseln, weil das Wasser gefroren sei. Es gebe nur noch Kartoffeln und in seiner Kompanie seien viele Soldaten von Durchfall geplagt. Er schrieb: Ich denke viel an Euch. Das gibt mir Kraft zum Durchhalten.
Nach einer guten Woche holte Gertrud Dora und das Baby ab und brachte die beiden nach Hause. Vorausschauend hatte sie eingeheizt, dadurch war die Wohnung mollig warm. In den kommenden Wochen genoss es Dora, nicht mehr zur Arbeit gehen zu müssen. Sie schlief, wenn das Baby schlief, und wurde auf Trab gehalten, wenn es wach war. Evchen schrie auch zu Hause viel und wurde dabei oft rot wie ein Krebs. Zu Doras Leidwesen erkrankte das Baby schon bald an einer Erkältung. Die Fenster der Wohnung waren nicht dicht und es zog furchtbar durch die Ritzen. Sie verstopfte alles, so gut es ging, mit alten Tüchern und ließ die Verdunklung noch vor der Pflichtzeit als Kälteschutz herunter.
Kaum wurde es draußen wärmer, fuhr sie jeweils nach dem Essen mit dem Kind bis zum späten Nachmittag aus. Während der Ausfahrt gab die Kleine wenigstens Ruhe und Dora kam ein bisschen unter Leute. Sie hatte Fannys großen weißen Kinderwagen geerbt, der ein Klappdach und große weiße Räder besaß. Als Verzierung war auf beiden Seiten ein chromfarbener geschwungener Steg angebracht. Wenn sie den Wagen über den Gehweg schob, wippte und schaukelte er ganz herrlich.
Der Krieg, der bisher nur auf fernen Schauplätzen getobt hatte, kam über Nacht ins eigene Land und versetzte Dora in Panik. Die Engländer bombardierten zunächst Lübeck und Rostock. Wenig später versank auch Köln in Schutt und Asche, 45 000 Menschen wurden über Nacht obdachlos. Selbst die Wochenschau, die sonst immer Normalität vorgaukelte, sprach nach diesem Angriff von einem schweren Schaden. Je mehr Schauerge-

schichten sie hörte, umso mehr wuchs Doras Nervosität. Menschen wurden lebendig in den Kellern ihrer Häuser eingeschlossen, andere verbrannten und schrumpften auf Kindergröße zusammen. Wann war Leipzig an der Reihe? Wie sicher war ihr Luftschutzraum im Haus? Könnte er ihr und ihrem Kind bei einem Angriff genügend Schutz bieten? Sie wunderte sich über die Blauäugigkeit ihrer Mitmenschen. „Uns wird es nicht treffen, Leipzig bleibt verschont“, sagten viele und glaubten fest daran. Ja, es entstand so etwas wie eine Schicksalsgemeinschaft. Die Menschen standen zu ihrem Führer, den sie als ihren großen Beschützer ansahen, statt ihm die Schuld an den Angriffen zu geben.

In der Hoffnung auf ein baldiges Ende nahm man die alltäglichen Entbehrungen hin. Die Lebensmittel wurden immer knapper. Ein halbes Brot musste von Mittwoch bis Sonntag reichen. Dora war froh, dass sie des Kindes wegen Bezugsscheine für Vollmilch bekam anstelle der sonst üblichen Magermilch. Dadurch konnte sie selber besser bei Kräften bleiben, denn die Kleine wurde ja noch gestillt. Der Mangel an Lebensmitteln forderte auch beim Kochen ihre Kreativität heraus. Wie sollte sie aus den wenigen Zutaten ein schmackhaftes Essen bereiten? Manchmal kochte sie nur eine einfache Senfsuppe mit Kartoffeln, ein anderes Mal gab es Milchsuppe mit Brot. Sie war froh, als im Frühjahr endlich Gemüsekarten ausgeteilt wurden und sie die Gerichte abwechslungsreicher gestalten konnte.

Sehnsüchtig wartete sie auf Waldos Briefe und die Nachricht, dass er Urlaub bekäme, denn die Kleine wuchs heran und es gab niemanden, dem sie all ihre Beobachtungen mitteilen konnte. Natürlich nahmen Gertrud und Inge rege Anteil, aber das war einfach nicht das Gleiche, als wenn der eigene Vater zu Hause wäre, mit dem Baby schmusen und an den Fortschritten teilhaben könnte. So blieb Dora nichts anderes, als ihm zu schreiben, und das tat sie fast jeden Abend, sobald das Kind im Bett war.

Eines Tages war es endlich so weit.

„Dein Vati kommt“, rief Dora und drehte das Baby lachend im Kreis. Evchen quietschte vor Freude, sie konnte so herrlich lachen mit ihrem zahnlosen Mund. Dora war völlig aufgedreht. Sie sang und erzählte der Kleinen, die sich von Muttis Hochstimmung anstecken ließ.

Auf einmal war alles anders als sonst. Als Dora in Waldos ausgebreitete Arme lief, hielt sie Evchen im Arm, damit er sein Kind sogleich kennen lernen würde. Aber die Umarmung zu dritt wurde jäh unterbrochen, denn Evchen fing an zu brüllen, weil der fremde Mann sie erschreckte und der

Lärm sie beunruhigte. So musste sich Dora zunächst um das weinende Kind kümmern, bevor sich die Eheleute leidenschaftlich begrüßen konnten.
Jetzt sind wir eine richtige Familie, dachte Dora, als sie gemeinsam den Kinderwagen zum Bahnhof hinausschoben. Alle paar Schritte blieben sie stehen, versanken schaudernd in den Augen des anderen und küssten sich ungeniert inmitten des pulsierenden, vibrierenden Lebens. Ein Glücksgefühl durchfuhr Dora wie damals, beim ersten Zusammensein mit Waldo auf der Parkbank. Das entsetzlich lange Jahr, welches sie ihn nicht mehr gesehen hatte, war wie weggewischt. Draußen dann, als das grelle Sommerlicht auf sein Gesicht fiel, erschrak sie. Er sah schlecht aus. Obwohl sie es nicht anders erwartet hatte, beunruhigte sie seine gelblich fahle Gesichtsfarbe. Mehrmals fragte sie nach und ließ sich versichern, dass es ihm gut ginge, bevor sie es wirklich glaubte. Zu ihrem Kummer hatte er auch noch das Rauchen angefangen.
„Oh Waldo, muss das sein?“, klagte sie und schaute ihn kritisch an. „Hoffentlich willst du nicht in der Wohnung rauchen. Das ist gar nicht gut für das Kind.“
„Keine Angst. Das habe ich nicht vor“, quittierte er ihren Hinweis mit spöttischem Lächeln.
Die erste Nacht schlief Waldo wie erschlagen, ihn störte nicht einmal der weinende Säugling. Evchen, die inzwischen vier Monate alt war, zahnte und weinte deshalb besonders viel. Am nächsten Morgen wurde Waldo unsanft geweckt, als die Kleine gegen sieben Uhr wach wurde und lautstark ihr Frühstück verlangte. Dora legte sie schnell an die Brust, doch er war schon wach geworden. Zunächst schlaftrunken, allmählich zusehends wacher schaute er den beiden fasziniert zu. So erregt war er, dass er kaum warten konnte, bis Evchen nach ihrem Bäuerchen abgelegt wurde.
„Lass uns nach Bad Kösen fahren“, schlug Dora vor, als sie später glücklich in seinen Armen lag. „Euch beiden wird die frische Luft gut tun, außerdem sind die Kirschen reif. Es wäre eine Sünde, sie den Vögeln zu lassen.“
Er küsste sie ungestüm. „Was glaubst du, wie oft ich von unserem Häuschen geträumt habe! Aber ich muss mich dieses Mal unbedingt bei meinen Eltern sehen lassen. Ich hoffe, du verstehst das. Haben sie Evelyn denn schon mal zu Gesicht bekommen?“, fragte er unnötigerweise, denn er wusste die Antwort im Voraus.
„Das Kind war krank und außerdem wollte ich warten, bis du kommst“, erwiderte Dora.
Klar, er hätte es sich denken können. Ergeben nickte er.

„Ich schaue nachher bei meinen Eltern vorbei um mit ihnen zu besprechen, wo wir uns treffen können. Bei diesem herrlichen Wetter ist es wohl am sinnvollsten, wir besuchen sie im Schrebergarten. Was meinst du?"
„Hm, ja." Zwischen Doras Augenbrauen zeigte sich eine tiefe Falte. Sie war nicht gerade begeistert von dem Vorschlag. Aber es musste wohl sein. Waldos Eltern wollten ihr erstes Enkelkind endlich einmal sehen. Ihr grauste vor dem Zusammentreffen mit Waldos Mutter. Elisabeth würde wieder jede ihrer Handlungen argwöhnisch beäugen. Mit Grausen erinnerte sich Dora an die letzte Begegnung, einem gemeinsamen Essen bei Schwarzens zu Hause. Sie war so verunsichert gewesen, dass sie sich völlig unnatürlich und gehemmt verhalten hatte. Bei ihr zu Hause war man nicht gewohnt, mit Serviette zu essen. Woher sollte sie wissen, dass man sie auf dem Schoss ausbreitete? Und so niedliche kleine Dinger aus Bleikristall wie dort, hatte sie nie zuvor im Leben gesehen. Messerbänkchen seien das, sagte Waldo später, und erklärte deren Funktion. In welches Fettnäpfchen würde sie dieses Mal wieder treten, gegen welche Knigge Regel verstoßen? In dieser Familie kam sie sich jedes Mal minderwertig vor. Zum anderen langweilte sie Waldos Schwester Waltraud mit ihrem seltsamen Verhalten. Man konnte sich mit ihr einfach nicht normal unterhalten. Sie sprach so umständlich, wiederholte immer die gleichen stereotypen Sätze. Außerdem war sie schwer von Begriff und äußerst launisch. Das ging nun schon seit Jahren so. Dora fand, sie sei ein bisschen verrückt, aber als sie das einmal Waldo gegenüber äußerte, wurde er furchtbar wütend. Daraufhin beschloss sie, ihre Meinung in Zukunft einfach für sich zu behalten. Waldos Vater Arno war lustig, ein echter Witzbold und Possenreißer. Aber zuviel durfte sie sich mit ihm auch nicht unterhalten, denn sonst hätte Elisabeth gleich wieder einen Grund gehabt, ihr böse Blicke zuzuwerfen. Nun ja, die paar Stunden würden schon herumgehen.
Anfänglich verlief der Nachmittag bei Schwarzens im Schrebergarten genauso wie erwartet. Waldo bemühte sich redlich, das Gespräch in Gang zu halten. Mal bezog er Dora, mal seine Mutter mit ein. Diese behandelte die ungeliebte Schwiegertochter wie gewohnt von oben herab, mit kühler Arroganz und wandte sich, wenn sie über Dinge sprach, die beide betrafen, stets nur an Waldo als Adressaten. Wie gut für Dora, dass es Evchen gab. Um sich abzulenken beschäftigte sie sich ausgiebiger mit ihr, als es nötig gewesen wäre. So musste sie sich schon weniger am Gespräch beteiligen.
Später setzte Waldo Evelyn seiner Mutter auf den Schoß um ein Foto von beiden zu machen. Die harsche Frau rang sich sogar ein leichtes Lächeln ab,

aber die Kleine schien ihre Gefühlskälte zu spüren. Sie verzog das Gesicht, fing an zu weinen und ließ sich erst wieder auf Doras Arm beruhigen.
Ich versteh dich nur zu gut, unterhielt sich Dora im Stillen mit dem Kind. Je mehr Abstand man zu dieser Frau hält, desto besser.
Kurz darauf setzte sich Waltraud neben sie, schnitt eine Grimasse und brachte Evelyn wieder zum Lachen. Zwischen ihr und dem Baby bestand sofort eine spürbare Harmonie, ja die Kleine ließ sich nach einer Weile sogar von ihr auf den Schoß nehmen und herumtragen. Diese neue Erfahrung erfüllte Waltraud so mit Stolz, dass sie den Rest des Nachmittags nicht mehr von Evchens Seite wich.
„Ich möchte euch in Bad Kösen besuchen kommen“, platzte es ganz unvermittelt aus ihr heraus. „Ich kann mich um Evelyn kümmern und ihr habt Zeit für wichtige Arbeiten.“
Dora glaubte ihren Ohren nicht zu trauen. Auch Waldo war erstaunt und es entstand eine peinliche Pause, bis er sagte: „Warum eigentlich nicht?“ Und an Dora gewandt: „Was meinst du dazu?“
Sie spürte aller Augen auf sich gerichtet, vor allem Elisabeths Blick und wurde unruhig. Was sollte sie erwidern? Sie konnte den Vorschlag schlecht ablehnen, jetzt, nachdem Waldo schon so gut wie zugesagt hatte.
Da hatte sie eine Idee.
„Wir könnten ja auch noch Inge und vielleicht auch Gertrud fragen, ob sie mitkommen wollen“, schlug sie vor. Das war die Lösung! Wenn sie schon ein kostbares Wochenende mit Besuchern teilen musste, dann wenigstens mit solchen, mit denen man Spaß haben könnte!
Waldo stimmte sofort zu, froh, dass die entstandene Spannung nicht weiter eskalierte. Insgeheim musste er über Doras Einfall schmunzeln. Was für eine kluge Lösung sie doch gefunden hatte. Ihm ging es vor allem darum, dass Waltraud einmal von zu Hause wegkam. Seit jenem Gespräch vor zwei Jahren, in dem der Hausarzt die Familie zur Vorsicht gemahnt hatte, saß sie Tag für Tag nur in der Wohnung, was ihrer Krankheit ganz sicher nicht gut tat. Es wäre sicher besser für sie, wenn sie häufiger unter Leute käme, aber das war ja leider normalerweise nicht möglich. Mit Inge und Gertrud als Reisebegleiterinnen aber würde sie die Reise bewerkstelligen können.
Arno hatte die ganze Zeit in bester Stimmung mit am Tisch gesessen. Er schien von dem Ganzen nicht besonders betroffen und fragte nun, ob jemand mit ihm ein Gläschen Wein auf diese gute Idee trinken würde. Als alle dankend ablehnten, holte er für sich ein Glas und prostete, seine Zigarre paffend, der Runde zu. Waldo besprach mit seiner Mutter noch einige not-

wendige Details von Waltrauds großer Reise, und als Dora auf die Uhr schaute, wunderte sie sich, dass der Nachmittag doch so schnell und reibungslos verflogen war.

Inge war begeistert, als Dora sie anrief und sie für das Wochenende auf den Berg einlud. Als sie aber davon erfuhr, dass sie zusammen mit Waltraud anreisen sollte, stöhnte sie: „Muss das sein? Die ist so blöd."

„Gertrud kommt vielleicht auch mit", tröstete Dora und hörte Inge aufatmen Sie wusste, wie sehr ihre Schwester die lustige Arbeitskollegin mochte. Gertrud brauchte nicht lange überredet zu werden. Sie sagte sofort zu, denn sie freute sich auf das Wochenende im Grünen.

Die erste von Waldos zwei Urlaubswochen verbrachten sie als Kleinfamilie auf ihrem Wochenendgrundstück. Sie genossen diese Zeit aus vollem Herzen. Evchen gewöhnte sich bald an den fremden Mann und lachte ihn an, wenn er mit ihr Faxen machte. Waldo hatte sich in der Ferne oft gefragt, wie es denn so wäre, Vater zu sein. Er konnte es sich einfach nicht vorstellen. Nun saß er oft da und schaute das kleine Wesen an. War seine Tochter gut aufgelegt, machte es richtig Spaß mit ihr herumzutollen. Doch nachts, wenn die Kleine schrie oder die Windeln voll hatte, wurde er schnell ungeduldig und war froh, wenn Dora sie übernahm. Ein bisschen beneidete er die beiden um die Symbiose, die zwischen ihnen bestand. Manchmal kam ihm das Baby wie ein unersättlicher Moloch vor, wenn es an Doras Busen hing. Krampfhaft versuchte er in der wenigen Zeit, die ihm blieb, einen Kontakt zu seinem Kind aufzubauen.

Jetzt, nachdem das Baby da war, bemerkten sie zum ersten Mal, dass die fehlende Wasserversorgung zu einem Problem wurde. Sie konnten unmöglich die Wassermenge, die sie wegen der Babywäsche brauchten, eimerweise von der Saale hoch schleppen. Und wie sollte Dora das je bewerkstelligen, wenn sie wieder einmal alleine hierher käme?

Sie hatte sich vorgenommen ein paar Tage verstreichen zu lassen, ehe sie Waldo darauf ansprach, denn er war im Augenblick labiler und energieloser als sonst. Aber nachdem er mehrmals pro Tag den Bergweg hinunter und wieder herauf gelaufen war, fiel ihm das Problem von selbst auf. Es gab nur eine Möglichkeit: ein größeres Wasserreservoir musste angelegt werden. Schon tags darauf besorgte Waldo im Ort eine große Metalltonne mit zweihundert Liter Fassungsvermögen und stemmte sie zusammen mit dem Händler, der sie lieferte, den Berg hinauf. Anschließend grub er sie hinter dem Haus zur Hälfte in das Erdreich ein. Das Wasser des Daches würde die Tonne nach und nach füllen.

„Wenn ich dich nicht hätte", lobte Dora ihren Waldo, als er fertig war, und strahlte ihn stolz und zufrieden an. Keiner von beiden ahnte damals, wie wichtig diese Neuerung eines Tages noch werden würde.
Am Wochenende holten sie, wie besprochen Inge, Waltraud und Gertrud vom Bad Kösener Bahnhof ab. Inge sah blendend aus. Sie trug ein schneeweißes, langes Sommerkleid und ihre langen Haare fielen in Locken auf die Schultern. Man sah ihr absolut nicht an, dass sie erst fünfzehn Jahre alt war. Als die drei Frauen aus dem Zug ausstiegen, waren sie bester Stimmung und lachten ununterbrochen. Sie waren anscheinend ganz gut miteinander ausgekommen. Aufgeregt erzählten sie von der Reise und kurze Zeit später schoben sie abwechselnd Evchens Kinderwagen die Saalstraße entlang. Waldos Schwester hatte zum ersten Mal seit Monaten ihre vertraute Umgebung verlassen und war sehr aufgeregt. Die ganze Zeit über umklammerte sie ihre Handtasche, die sie mit einem Gurt über die Schulter gelegt trug. Wahrscheinlich hatte Elisabeth ihr eingebläut, dass sie die Tasche nie aus den Augen lassen sollte, weil sie ihre Papiere enthielt. Obwohl Dora und auch Waldo ihr versicherten, dass oben auf dem Berg alles sicher sei, legte sie die Tasche während der gesamten zwei Tage nicht ein einziges Mal ab. Gertrud war fröhlich wie immer und wirkte ausgleichend, wenn es nötig wurde.
Es war heiß, eigentlich schon Hochsommer, und so fand das Leben die meiste Zeit im Freien statt. Am Nachmittag breiteten sie Decken auf der Wiese aus, zogen sich leichte Sommerkleidung an und nahmen ein Sonnenbad. Waldo, der nur mit einer weißen kurzen Hose bekleidet war, beschäftigte sich mit Evchen, die bis auf ihre Windel völlig nackt strampeln durfte. Den vier Frauen ging der Erzählstoff nicht aus. Fast beiläufig erfuhr Dora von Inge, dass ihrer beiden Eltern in einer Ehekrise steckten. Ihre Schwester erzählte freimütig von den täglichen Streitereien und dem Gezerfe, das ihr ziemlich auf die Nerven ging. Aufmerksam hörte Dora zu. Ihre Mutter tat ihr schon lange leid.
„Vielleicht wäre eine Trennung gar nicht mal so schlecht", überlegte Dora laut, doch Inge zuckte nur die Schultern. Sie war noch zu jung für solche Überlegungen. Für sie war es noch eine Zeit lang wichtig, beide Eltern zu haben.
Die ungewohnte Offenheit regte Waltraud dazu an, von ihrem Vater zu erzählen, der anscheinend immer öfter ein bisschen zu viel trank.
„Du stinkst schon wieder nach Alkohol", äffte sie ihre Mutter Elisabeth verblüffend echt nach. Dora spürte förmlich, wie Waldo am liebsten in

Grund und Boden versunken wäre. Er warf seiner Schwester warnende Blicke zu, aber sie reagierte nicht. Kurz darauf nahm er Waltraud beiseite, und Dora sah wie er eindringlich auf sie einsprach, vermutlich um ihr mehr Stillschweigen aufzuerlegen. Mitten in all die Gespräche hinein fing Evchen an zu weinen.

„Nimm sie doch mal hoch, Waldo", rief Dora ihm zu, die inzwischen aufgestanden war um zusammen mit den anderen das Essen vorzubereiten.

„Na, komm mal her", sagte Waldo zu der Kleinen und hob sie vorsichtig hoch. Sofort strahlte sie ihn an und sein Herz schmolz dahin.

„Guck mal, hier hat die Mama deine Hemdchen aufgehängt", erklärte er dem Baby und trug sie zu der flatternden Wäsche. Evchen guckte neugierig und zog eine Schnute. Seltsam, dachte er. Wie entwickeln so kleine Wesen nur so ein individuelles Verhalten?

„Und schau mal, was die Tanten da alles zu essen bringen." Waldo lief das Wasser im Mund zusammen, er verspürte einen Bärenhunger. Alle hatten etwas von zu Hause mitgebracht und bereiteten daraus eine für Kriegsverhältnisse fürstliche Tafel vor. Dora fütterte die Kleine mit Karottenbrei und legte sie zum Schlafen. Die Frauen am Tisch verwöhnten Waldo so gut es nur ging, aber allmählich wurde ihm alles zu viel. Der Kontrast zwischen der Idylle hier und dem Erlebten in Russland war zu krass. So musste es sein, wenn jemand in zwei Welten lebte, eine gespaltene Wahrnehmung besaß. Wie gerne hätte er nur im Hier und Jetzt gelebt, aber die Gedanken an das Gewesene und an das Kommende hatten sich eingeschlichen und hielten ihn besetzt.

Nach dem Essen döste jeder im Schatten vor sich hin und Waldo bedauerte, dass er nicht alleine mit Dora war. Er sehnte sich nach mehr Ruhe, nach Zweisamkeit. Die Anwesenheit der drei Frauen störte ihn, ebenso wie ihre Bemühungen, ihm Gutes tun zu wollen. Als es Abend wurde und die Bettlager verteilt wurden, war er froh, dass die drei sich fürs Matratzenlager unterm Dach entschieden, und er sich neben Dora unten im Wohnzimmer auf die Couch zwängen konnte.

Der Sonntag kündigte sich genauso heiß an wie der Tag zuvor. In den Morgenstunden, so lange es noch kühl war, wollten sich alle nützlich machen. Sie ernteten die Kirschen und kochten sie ein, sammelten wilde Himbeeren, durchkämmten den Wald nach Pilzen und Heidelbeeren, kehrten aber mit leeren Körben zurück. Statt dessen schnitten sie Holunder um ihn zu trocknen und fanden auf Doras kleinem Beet sogar noch Spinat und Rübengemüse zum Einkochen. Waldo ging es wieder besser, denn er hatte sich noch

in der Nacht mit Dora ins Freie geschlichen und war in ihre Nähe und Wärme eingetaucht, wie ein Kranker, der nach einer entsetzlichen Nachricht den Entschluss fasste weiter zu leben.
Wie gut, dass die Regentonne nach einem Gewitterguss in der vorausgegangenen Woche schon halb voll war. Es langte gerade, dass sich Inge und Gertrud, die von all der Arbeit verschwitzt waren, am Nachmittag kurz abduschen konnten. Waltraud hatte keinen Badeanzug dabei und wollte auch nichts ausgeliehen bekommen. Mit einem leichten Sonnenbrand und gut erholt machten sie sich am Spätnachmittag auf den Weg zum Bahnhof. Unterwegs bekam Waltraud wieder einen ihrer seltsamen Anfälle. Sie klammerte sich an Waldos Arm fest und wollte unbedingt, dass er mit nach Hause käme. Nur durch allgemeines Zureden und Versprechungen war sie dazu zu bewegen mit den anderen heimzufahren.
Die Verabschiedung am Bahnhof verlief herzlich, etwas zu herzlich zwischen Inge und Waldo, wie Dora fand. Schon in den letzten zwei Tagen war ihr immer wieder aufgefallen, wie Inge bei Waldo mit ihren Reizen gespielt hatte und dieser darauf eingegangen war. Mehrmals hatte sie die beiden beim Herumschäkern beobachtet. Sie war richtig froh, dass der Besuch zu Ende ging und sie endlich wieder mit Waldo alleine war. Den ganzen Heimweg über hielt dieser Gedanke sie beschäftigt.
„Inge ist hübsch geworden, findest du nicht auch?"
Sie sah ihn prüfend an, doch sein Gesicht zeigte keinerlei Reaktion.
„Hm, ja, ganz nett", erwiderte er.
Dora war noch nicht beruhigt. Sie bohrte weiter.
„Ihr habt ja ganz schön miteinander herumgeflirtet", bohrte sie weiter.
Waldo blieb stehen und blickte sie an.
„Dorle, du bist ja eifersüchtig!" Lachend nahm er sie in die Arme und gab ihr einen Kuss. „So ein Unsinn", fügte er kopfschüttelnd hinzu und damit war für ihn das Thema erledigt.
Nachdem Gertrud sie kurz vor ihrer Abreise in einem ungestörten Augenblick gefragt hatte, ob sie denn nun schon einmal den englischen Nachrichtensender gehört hätte, brachte Dora am Abend das Gespräch darauf. Für einen Moment war Waldo völlig überrascht, doch nach kurzem Zögern überwog seine Neugier. Sie vergewisserten sich, dass draußen niemand zu sehen war, dann schlossen sie die Tür und die Fenster. Abends in der Dunkelheit würde sich bestimmt kein Mensch mehr hierher verirren. Mit den warm werden Röhren schwoll der Lautstärkepegel des Volksempfängers an und Waldo begann zu suchen. Glücklicherweise lief das Gerät nicht nur mit

Strom, sonst wären sie hier oben im Häuschen von der Welt abgeschnitten gewesen. Es besaß auch einen Akku, den sie gleich bei ihrer Ankunft vor einer Woche bei Frau Popperoth unten im Weingut hatten aufladen lassen. Die ehemalige Besitzerin des Grundstücks war in diesen wie in anderen Dingen gerne behilflich. Das Verhältnis zwischen Dora und ihr hatte sich inzwischen merklich verbessert.

„Sie ist von ihrem hohen Ross herabgestiegen", sagte Dora mit einem Gefühl von Genugtuung. „Wahrscheinlich liegt es daran, dass ich inzwischen deine Frau bin und nicht nur deine Verlobte."

Waldo sah das anders und er gab zu Bedenken, dass Frau Popperoth sich vielleicht einfach nur darüber freute, dass das Grundstück selbst jetzt in Kriegszeiten noch gepflegt wurde und nicht verwilderte.

Endlich hatte er zwischen all den schrillen Pfeiftönen den richtigen Sender gefunden. Noch klang alles für Doras Ohren sehr fremd. Aber Gertrud hatte ihr gesagt, dass zu bestimmten Zeiten Nachrichten in deutscher Sprache ausgestrahlt würden.

Pünktlich zur vollen Stunde erklang die Erkennungsmelodie des Senders und eine Stimme sagte auf Deutsch: „Hier ist England. Hier ist England." Dora und Waldo blickten sich vielsagend an und lauschten konzentriert dem nun folgenden Bericht zur Lage in Russland. Zunächst erläuterte der Sprecher, dass der Rückzug, den die deutsche Heeresleitung als strategische Maßnahme dargestellt hatte, in Wirklichkeit auf ein Erstarken der russischen Truppe zurück zu führen sei. Die Kraft der deutschen Divisionen sei auf weniger als die Hälfte herabgesetzt und die Kampfmoral der Deutschen sinke. Waldo warf Dora einen erstaunten Blick zu und Dora nickte, als wollte sie sagen: Siehst du! Bei den Nachrichten der Heeresleitung hatte sich das ganz anders angehört. Seit Beginn der Sommeroffensive vor wenigen Tagen jagte dort eine Erfolgsmeldung die andere: Vernichtung der Feinde am Don, Gewinnung der Ölgebiete im Kaukasischen Raum, Einnahme Leningrads. Beide lauschten gebannt. Dora fühlte ihre Hände schweißnass werden. Hoffentlich belauschte sie niemand. Als nächstes berichtete der Sprecher, dass die Deutschen unter Erwin Rommel die britische Festung Tobruk in Ägypten erstürmt hätten. Die Kapitulation der Garnison sei ein schwerer und unvorhersehbarer Schlag.

„Na, wenigstens die Meldungen von dort stimmen", sagte Waldo zu ihr gewandt.

Im Anschluss an die Nachrichten brachte der Sender einen Zusammenschnitt von Thomas Manns Rede, die er nach dem verheerenden britischen

Angriff auf Lübeck vom Exil in Amerika aus gehalten hatte. Was er sagte, ging den beiden durch Mark und Bein. Mit eindringlichen Worten mahnte er die Deutschen, versuchte sie wachzurütteln, sie indirekt zum Widerstand zu ermuntern. Noch Jahre später konnte sich Waldo an die Sätze erinnern, die er an jenem Abend von Thomas Mann hörte und die sich so furchtbar bewahrheiten sollten: „Hitler-Deutschland hat weder Tradition noch Zukunft. Es kann nur zerstören und Zerstörung wird es erleiden."
Nachdenklich stand er auf und schaltete das Radio ab.
„Was denkst du über die Situation", fragte Dora. „Wird der Krieg noch lange dauern?"
Er hatte bisher immer vermieden, über dieses zu sprechen. Jedes Mal, wenn Dora davon anfing, hatte er abgeblockt.
„Ich fürchte, ja", antwortete er nun und machte kein Hehl aus seinem Kummer. „Es ist inzwischen ein Weltkrieg geworden." Gedankenverloren rieb er sich am Kinn. „Die Russen besitzen ein riesiges Menschenpotential, wir dagegen erleiden wirklich enorme Verluste."
„Ich habe in der Wochenschau Bilder von Soldaten in Schnee und Kälte gesehen. Wie hast du das nur überleben können?" Dora ging zu ihm und schlang ihre Arme um seinen Hals.
Die Erinnerung an das Erlebte in Russland stieg wieder in ihm auf und schnürte ihm die Kehle zu.
„Ich will in diesen zwei Wochen nicht daran denken müssen, Dorle. Das verstehst du doch, oder?"
Dora drückte ihren Kopf an seinen. Er hatte ja recht. Die gemeinsame Zeit war viel zu schade und zu kostbar.
Rasend schnell verging die zweite Woche. Sie hatten sich gerade an die Dreisamkeit gewöhnt, da hieß es schon wieder Abschied nehmen. Am Bahngleis drückte und herzte Waldo sein kleines Töchterchen innig. Wann würde er sie das nächste Mal im Arm halten? Würde sie ihn wiedererkennen?
Der Zug brachte ihn sofort an die Ostfront zu seiner Division zurück, die noch immer vor Moskau lag. Dort wurde im Moment jeder Mann dringend gebraucht.

Der Juli blieb sehr heiß und schwül. In Doras kleiner Wohnung stand tagsüber die Luft, deshalb nutzte sie jede Gelegenheit um mit dem Kinderwagen durch die Grünanlagen zu bummeln. Wenn es ihr in Thonberg zu langweilig wurde, fuhr sie ein paar Stationen mit der Straßenbahn. Einmal wollte sie bei den Leipziger Messehallen spazieren gehen, dem einstigen Wahrzeichen der

Stadt. Doch nachdem sie sah, dass die Gebäude für die Rüstungsindustrie beschlagnahmt worden waren, fuhr sie gleich weiter. Später, als sie Frau Ludwig im Treppenhaus davon erzählte, erfuhr sie, dass 15 000 Kriegsgefangene dort unter schwersten Bedingungen arbeiten mussten.
Manchmal unternahm sie einen Ausflug in die Innenstadt und machte einen kurzen Besuch bei Frau Eulitz, die sich jedes Mal sehr freute. Auf den Straßen sah sie jetzt immer häufiger Kriegsblinde, die durch ihre gelben Armbinden mit den drei schwarzen Punkten zu erkennen waren. Einmal stand ein ganz junger Mann am Straßenrand und bettelte. Auch er war blind und Dora empfand großes Mitleid mit ihm. Verschämt warf sie ihm fünf Groschen in die Metallbüchse, die er mit beiden Händen umklammert hielt. Er bedankte sich artig. Das Herz krampfte sich ihr zusammen, weil sie an Waldo denken musste. Schnell schob sie Evchens Kinderwagen weiter. Wenn ihm bloß so etwas nicht passieren würde! Aber vielleicht war das alles noch besser als verkrüppelt heimzukommen. Sie ärgerte sich, dass sie überhaupt in die Innenstadt gefahren war. Draußen, wo sie wohnte, sah man solche Invaliden seltener. Vielleicht war es doch besser, in den Thonberger Anlagen zu bleiben und dort die Sonne zu genießen.
In den folgenden Monaten wurde das Radio zu ihrer wichtigsten Unterhaltungsquelle. Hier, in ihrer Leipziger Wohnung, würde sie sich niemals getrauen die BBC anzuschalten. Statt dessen hörte sie regelmäßig den Wehrmachtsbericht. Nach den Nachrichten wurde das beliebte Wunschkonzert gesendet, häufig mit den romantischen Liedern von Zarah Leander, deren erotisch-rauchige Stimme sie so liebte. Bei Schlagern wie „Der Wind hat mir ein Lied erzählt“ oder „Heimat, deine Sterne“ sang sie mit und ihre Augen wurden feucht vor Rührung und Sehnsucht nach Waldo. An den Sonntag Abenden wurden Konzerte der Berliner Philharmoniker übertragen. Durch das Radio erfuhr sie auch von einem Sprachforschungsinstitut in Dresden. Das Institut führte eine Forschung zum Spracherwerb bei Kindern durch. Mütter mit Babys wurden gesucht, die bereit waren, über eine lange Zeit hinweg sämtliche Äußerungen ihrer Kinder zu notieren. Dora war von der Idee sogleich begeistert. Sie verbrachte sowieso jede freie Minute mit ihrem Kind und war nicht, wie es unter normalen Umständen der Fall gewesen wäre, durch einen Partner abgelenkt. Erwartungsvoll ließ sie sich die Unterlagen schicken.
Evelyn entwickelte sich bestens. Sie war Doras ganzer Lebensinhalt. Sobald der Brief des Instituts eingetroffen waren, hing Dora jede Minute an Evchens Lippen um jede Silbe, jedes Wort festzuhalten. Monat für Monat, über

ein Jahr hinweg, schickte sie jeweils zum Monatsende die Ergebnisse nach Dresden.
Als der Herbst ins Land zog und jeder daran dachte, Vorräte für den Winter anzulegen, überlegte Dora, wie sie es anstellen könnte, zu ihrem Grundstück nach Bad Kösen zu kommen. Die Äpfel auf dem Berg wurden reif, außerdem gab es Unmengen Brombeeren zu ernten. Die Luft dort war viel besser als hier im schmutzigen Leipzig und würde dem Kind und ihr nur gut tun. Auf keinen Fall aber wollte sie alleine fahren. Gertrud konnte nicht mitkommen, denn ihrem Vater ging es schlecht. Inge entschuldigte sich mit Zeitmangel. In Wirklichkeit aber, das ahnte Dora, hatte sie keine Lust Obst zu ernten und einzukochen. Die Vorstellung, dort in dem Häuschen mutterseelenallein die Nacht verbringen zu müssen, den nächsten Nachbarn erst in vierhundert Meter Entfernung zu wissen, war für Dora schrecklich. Niemand würde sie hören, wenn etwas geschähe und sie um Hilfe schrie. Wen konnte sie nur mitnehmen?
Das Zusammentreffen im Treppenhaus mit Frau Braun, die im zweiten Stock wohnte, brachte sie auf eine gute Idee. Die Frau lebte mit ihren beiden Buben alleine, ihr Mann befand sich genauso wie Waldo seit Jahren im Krieg. Dora mochte die Familie sehr, die Jungen waren gut erzogen. Horst, der ältere, etwa Fünfzehnjährige, grüßte sie immer freundlich und half, wenn er sie sah, den Kinderwagen die paar Stufen bis zu ihrer Wohnung hoch zu tragen oder er bot sich an, Einkäufe für sie zu erledigen. Dietmar, der jüngere, war ein kleiner Sonnenschein von etwa acht Jahren. Er begleitete Dora manchmal zum Spielplatz und war sehr anhänglich. Vielleicht wäre die Mutter der Jungen ja einverstanden, dass ihre beiden Buben für ein bis zwei Wochen mit nach Bad Kösen fahren dürften. Sie hatten gerade Schulferien und in Leipzig war es unerträglich heiß. Sogleich setzte Dora ihre Idee in die Tat um. Mit Evchen auf dem Arm stieg sie die Treppe hinauf und klingelte. Frau Braun öffnete und bat sie herein, erstaunt über den ungewohnten Besuch. Sie bot Dora im Wohnzimmer Platz an und lauschte gespannt deren Vorschlag. Kaum hatte Dora geendet, hüpfte Dietmar begeistert durchs Zimmer. Evchen schaute seinem Tun zunächst erstaunt zu, um wenig später einen schrillen, freudigen Ton auszustoßen. Frau Braun war für einen Moment überwältigt und blickte von einem zum anderen. Angesichts der kindlichen Freude blieb ihr nicht viel anderes übrig, als dankbar zuzustimmen.
„Wissen Sie, ich kann mir dieses Jahr keine Reise leisten“, sagte sie verlegen. „Deshalb wären ein paar Tage Urlaub für die Jungs herrlich. Doch wie kann ich das nur jemals wieder gut machen?“

„Keine Sorge“, antwortete Dora und lächelte Dietmar an. „Für ihre beiden gibt’s Arbeit genug.“

Der Junge unterbrach seinen Freudentanz und baute sich vor ihr auf. Ernsthaft schaute er sie aus seinen dunklen Augen an.

„Ich kann gut arbeiten“, sagte er. „Nicht wahr, Mama, ich bin schon fast so stark wie Papa?“

Frau Braun nickte und strich ihm liebevoll über die struppigen Borstenhaare.

Die wichtigsten Dinge waren schnell besprochen und schon einen Tag später traten sie gemeinsam die Reise nach Bad Kösen an. Es wurde ein sehr abwechslungsreicher Aufenthalt. Jeden Tag gingen die beiden Buben den langen Weg bis zum Ort um Milch für Evchen zu holen. Sie genossen das Leben in der freien Natur und waren ständig beschäftigt. Horst, der ältere, baute aus Brettern eine Sandkiste für das Baby, damit es später etwas zu spielen hätte. Den Sand dafür schleppten die beiden Eimer für Eimer von der Saale hoch. Zur Erfrischung spritzten sie sich unten am Fluss bei jeder Runde patschnass, um kurz darauf prustend und schnaufend, vor Anstrengung verschwitzt, oben am Häuschen ins Gras zu sinken. Dora genoss das Zusammensein mit ihnen. Sie erntete, kochte Obst ein, sammelte Beeren und freute sich über die Pausen, in denen die Jungs sich um Evchen kümmerten und sie sich eine kurze Erholung gönnen konnte. Viel zu schnell war die Zeit abgelaufen und sie mussten nach Leipzig zurück.

Endlich würde sie auch wieder einmal Nachrichten hören können. Der Akku des Volksempfängers im Berghäuschen war bei ihrer Ankunft leer gewesen, und die Jungs hatten sie allabendlich mit Kartenspiel oder Mensch-ärgere-dich-nicht derart in Beschlag genommen, dass sie das Gerät nicht ein einziges Mal vermisst hatte. Um so erstaunter war sie nun, als sie hörte, dass deutsche Truppen in Südfrankreich einmarschiert waren. Vom Osten dagegen kamen schlechte Nachrichten. Die Deutsche Armee war bei Stalingrad eingeschlossen. Sie befand sich in einer misslichen Situation. Der Radiosprecher machte den eingekesselten Soldaten Mut und appellierte an den Durchhaltewillen der Bevölkerung.

Nur gut, dass Waldo nicht bei Stalingrad war. Sein Brief von der Front klang jedoch auch nichts Gutes verheißend. Der Winter in Russland habe in diesem Jahr früh eingesetzt, schrieb er. Heftige Schneestürme und Temperaturen von minus sechsundzwanzig Grad machten der Truppe zu schaffen. Zum Glück säße er als Funker in einer Baracke, die einigermaßen heizbar sei. Es sei ein winziger Raum, der gerade mal Platz für drei bis vier Mann böte. Seine Kameraden dagegen müssten in unbeheizten Bretterverschlägen hausen, würden furchtbar frieren und der Läuseplage kaum Herr werden. Sein Brief klang so trostlos, dass Dora ein paar Nächte lang nur schlecht schlafen konnte. Vor allem sein Schlusssatz machte ihr große Sorgen, denn er klang schrecklich verzweifelt. Es bleibt mir nur die Hoffnung, dass dieses Elend hier recht bald ein Ende nehmen wird, sonst weiß ich nicht, was wird, schrieb er.

VIII

Am 30. Januar 1943, dem zehnten Jahrestag von Hitlers Machtergreifung, meldete der Rundfunk die Niederlage der deutschen Wehrmacht bei Stalingrad. Seit Tagen hatte es in der Bevölkerung entsprechende Gerüchte gegeben, die wahrscheinlich von den besser Informierten in Umlauf gesetzt worden waren.

Angespannt hatte Dora an jenem Abend den Nachrichten gelauscht. Nach einem Trommelwirbel, der ihre Seele erschaudern ließ, sagte der Sprecher:

„Der Kampf bei Stalingrad ist zu Ende. Ihrem Fahneneid bis zum letzten Atemzug getreu, ist die 6. Armee der Übermacht des Feindes und der Ungunst der Verhältnisse erlegen."

Es folgte der 2. Satz aus Beethovens Fünfter Symphonie.

Seit Wochen schon hatte sie die Entwicklung um Stalingrad mit großer Anteilnahme verfolgt, denn Herr Braun, der Vater der Jungs vom ersten Stock gehörte zur Paulus Armee. Bis zum Schluss hatte Hitler versprochen die Zigtausend Soldaten, die dort eingekesselt waren, herauszuholen. Wieso war der Rettungsversuch fehlgeschlagen? Schrecklich, dass diese riesige Anzahl von Soldaten umgekommen sein sollte, so wie Göring behauptet hatte. Aber vielleicht bestand für Frau Braun doch noch eine Hoffnung und die Russen hatten Gefangene genommen. Könnte Dora doch nur die BBC hier zu Hause hören. Dann wüsste sie Genaueres. Aber ihre Furcht war zu groß, als dass sie es riskiert hätte, wegen Abhörens feindlicher Sender ins KZ geschickt zu werden, so wie es der alten Frau geschehen war, von der Gertrud einmal erzählt hatte. Gertrud. Sie würde mehr über die Situation in Stalingrad wissen. Kaum hatte sie sich auf ihre Freundin besonnen, machte sich Dora auf den Weg, um sie von einem öffentlichen Telefon aus anzurufen.

„Ich komme noch heute Abend zu dir", versprach Gertrud, nachdem Dora ihr andeutungsweise den Grund des Anrufs genannt hatte. „Aber es wird ein bisschen später werden."

Gegen neun Uhr, als Evchen schon längst schlief, klingelte es einmal kurz und Dora öffnete. Sie begrüßte ihre Freundin herzlich, die sich, ohne ihren Mantel auszuziehen, auf die Couch warf. Sie war völlig außer Atem.
„Es ist unvorstellbar", flüsterte sie kaum hörbar und schüttelte den Kopf. „In den BBC Nachrichten haben sie vorhin gemeldet, dass eine Viertelmillion Soldaten bei Stalingrad gefallen sei. Über 140 000 sind ganz einfach hingemetzelt worden."
Sie presste ihre Hände aneinander, so dass die Finger knackten und es Dora beinahe übel wurde.
„Ist wirklich die gesamte Kompanie tot, wie Göring gesagt hat?" Dora starrte sie fassungslos an.
„Nein, diese Nachricht stimmt nicht. Laut BBC gibt es Tausende von Gefangenen, entsetzlich ausgemergelte Gestalten. Es ist unklar, wie viele davon überleben werden."
„Mein Gott! Die arme Frau Braun. Ich habe dir ja vorhin schon am Telefon gesagt, dass der Vater der Jungs, die mit mir auf dem Berg waren, in Stalingrad gekämpft hat. Seine Frau ist mit den Nerven fix und fertig. Sie geht davon aus, dass ihr Mann gefallen ist."
Dora schwieg erschüttert. Vielleicht war Herr Braun ja nicht tot, sondern nur gefangen. Durch Gertruds Information bestand noch ein Fünkchen Hoffnung. Wie gerne hätte Dora ihre Nachbarin aufgemuntert, aber natürlich dürfte diese keinen Verdacht schöpfen. Immerhin war es denkbar, dass Frau Braun selber die BBC hörte. Möglich war alles. Dora seufzte. Nur gut, dass Waldo nicht zu dieser Division gehörte. Er befand sich immer noch in der Nähe von Moskau, irgendwo im Gebiet der Heeresgruppe Mitte. Wie es ihm wohl ging?
Neugierig auf Gertruds Einschätzung der Lage fragte Dora: „Könnte der Fall Stalingrads das baldige Ende des Krieges bedeuten?"
„Ich weiß es nicht", erwiderte ihre Freundin niedergeschlagen. „Einerseits ist es vielleicht der Anfang von Hitlers Ende. Das wäre nur zu hoffen. Andererseits..." Sie zögerte kurz. „In den Medien hört man ja schon seit Tagen, das Opfer sei nicht umsonst gewesen. Hitler hat heute in seiner Rede angedeutet, dass vom deutschen Volk nun erst recht das Äußerste für seine Freiheit und Zukunft verlangt werden wird. Wenn du mich fragst, ist noch kein Ende des Krieges in Sicht."
Sie erhob sich müde und machte Anstalten zu gehen.
„Danke, dass du noch so spät gekommen bist", beeilte sich Dora zu sagen. „Ich wusste nicht, wen ich sonst hätte fragen können. Mir tut die Frau

Braun mit ihren Buben so leid. Wenn ich mir vorstelle, Waldo wäre in Stalingrad. – Der Gedanke macht mich ganz verrückt."
Gertrud legte ihren Arm um Doras Schulter.
„Er kommt zurück", machte sie ihrer Freundin Mut. „Du musst nur ganz fest daran glauben."
Am nächsten Tag konnte man folgende Schlagzeile auf der ersten Seite des „Völkischen Beobachters" lesen:
„Sie starben, damit Deutschland lebe."
Drei Tage lang wurden alle Theater und Kinos geschlossen. Goebbels hielt eine Rede im Berliner Sportpalast, in der er Tausende so genannter Volksvertreter fragte:
„Wollt ihr den totalen Krieg?" und alle Tausend ihm ein „Ja" entgegen grölten. Dora verstand die Welt nicht mehr. Das Ganze grenzte an Hysterie. Würde die Menschheit doch nur endlich zur Besinnung kommen und dieser entsetzliche Krieg bald zu Ende gehen.

Im März feierte Evchen ihren ersten Geburtstag. Sie konnte schon laufen und flitzte wie ein Wiesel durch die Wohnung. Evi, wie ihre Mutter sie von nun an rief, genügte bald der Platz ihrer beengten Behausung nicht mehr und Dora nahm sich vor, sobald wie möglich mit ihr nach Bad Kösen zum Grundstück zu fahren. So lange es aber noch zu kalt dafür war, wollte sie, so oft es ging, ihre Mutter besuchen. Martha litt zusehends unter der Spannung in ihrer Ehe. Wie Inge schon angedeutet hatte, kriselte es bei den Eheleuten gewaltig. Sie waren in sehr jungen Jahren Eltern geworden, hatten nacheinander fünf Kinder gezeugt und Max überfiel nun anscheinend das Gefühl etwas verpasst zu haben. Er kam abends oft sehr spät nach Hause, verprasste das wenige Geld mit anderen Frauen und sprach kaum noch mit Martha. Diese saß den ganzen Tag allein zu Hause und grübelte. Drei ihrer Kinder waren inzwischen aus dem Haus und auch Inge ging ihrer eigenen Wege. Sie arbeitete jeden Tag in einem Rüstungsbetrieb, die Abende verbrachte sie mit Freunden.
Von Doras Bruder Heinz gab es nur selten Post. Er war nach wie vor in Polen tätig, niemand wusste genau, was er dort machte.
Gerhart arbeitete weiterhin als Berufskraftfahrer für die Reichspost. Seine alte Tbc machte ihm immer noch zu schaffen. Für den Krieg schien er daher – glücklicherweise – nicht geeignet.
Jedes Mal, wenn Dora zusammen mit Evchen ihre Mutter besuchte, kam diese für eine Weile auf andere Gedanken. Zum ersten Geburtstag hatte

Oma Martha für ihr Enkelkind eine hübsche, weiche Schlenkerpuppe genäht, die sich die Kleine sogleich unter den Arm klemmte.
„Puppa, Puppa“, rief sie glücklich und ließ die Puppe nicht mehr los.

Kurze Zeit später wurde eine neue Verordnung herausgegeben. Alle Männer bis zum Alter von fünfundsechzig konnten ab sofort eingezogen werden. Das bedeutete, dass auch Max mit seinen dreiundfünfzig Jahren damit rechnen musste, noch an die Front geschickt zu werden. Jetzt holen sie schon die alten Männer, dachte Dora. Wohin soll denn das noch führen?
Das Leben in der Stadt veränderte sich radikal. Viele Theater und Restaurants wurden mit der Begründung geschlossen, dadurch stünden mehr Arbeitskräfte zur Verfügung. Eine ganze Reihe von Zeitungen und Illustrierten erschien nicht mehr, weil Papier gespart werden musste. Rationierungen, Bombenangriffe und lange Gefallenenlisten bestimmten zusehends das Leben. Eines Tages klingelte der Luftschutzwart an Doras Tür. Er müsse kontrollieren, ob sie im Besitz einer Gasmaske sei, sagte er. Sie zeigte ihm das scheußliche Ding, das sie tags zuvor an einer Ausgabestelle abgeholt hatte und er war zufrieden. Hinter der angelehnten Tür lauschte sie und vernahm, wie er tatsächlich von Wohnung zu Wohnung ging. Niemand wurde ausgelassen.
In diesem Monat fanden verstärkt nächtliche Bombardements auf deutsche Großstädte statt. Stuttgart, München, Nürnberg erlitten schwere Schäden.
Leipzig blieb zunächst noch verschont, aber nachts gab es häufig Alarm. Jedes Mal musste Dora das schlafende Kind aus dem Bettchen holen und mit ihm in den Luftschutzkeller laufen. Dort saßen sie alle eng beieinander auf Holzbänken, jeder einen Koffer mit dem Wichtigsten neben sich. Hier gab es keinen Unterschied zwischen arm und reich. Familie Ludwig, die Hausbesitzer, saß neben Frau Braun und ihren Söhnen. Wenn Dora spät kam, wie meistens, rückten Horst und Dietmar auseinander und machten ihr Platz. Dora strich dem Jüngeren übers Haar und nickte Frau Braun freundlich zu. Wenige Tage nach Gertruds Besuch hatte sie ihr leise flüsternd angedeutet, dass ihrer Ansicht nach noch Hoffnung für ihren Mann bestünde. Frau Braun hatte nur genickt und Dora merkte erstaunt, dass auch diese Nachbarin anscheinend zur Gruppe der Informierten gehörte.
Nun saßen sie wieder einmal frierend im Keller und alle schwiegen. Sie lauschten und hofften, dass die Bombengeschwader über sie hinweg brausten, irgendwohin, zu einer anderen Stadt. Ein Aufatmen ging durch die

Reihen, als endlich der lang gezogene, gleichbleibende Heulton der Sirene erklang. Sie waren noch einmal verschont worden.

Zu Ostern beschloss Dora, nach Bad Kösen zu fahren. Sie wollte den Sommer dort verbringen. Gertrud, Inge, Martha, die Jungs vom Haus – alle hatten ihr versprochen, sie besuchen zu kommen. Sie würde ja sehen, wie lange sie es dort aushielte.

Es war ein herrlicher Frühlingstag, als sie am Berg ankam. Die Sonne lachte vom strahlend blauen Himmel, die Bäume blühten und das frische grüne Gras duftete nach Frühling.

Dora hatte ihr Fahrrad im Zug mitgebracht, es würde ihr hier bestimmt gute Dienste leisten. Vorne an der Lenkstange saß Evi im Kindersitz und quietschte vor Freude. Auf dem Gepäckträger transportierte Dora in einem Koffer die wichtigsten Dinge. Ein weiterer Koffer war aufgegeben, den musste sie in den nächsten Tagen abholen.

Als sie das Grundstück erreicht hatte, suchte sie als erstes im Gebüsch nach einem Versteck für das Rad. Sie konnte es unmöglich jedes Mal den Berg hinaufschleppen. Danach klemmte sie das Kind auf ihre rechte Hüfte, nahm den Koffer in die andere Hand und stieg bergan. Kaum hatte sie die Wiese erreicht, begann Evi zu strampeln, verbog ihren kleinen Körper nach hinten und gab unwillige Laute von sich.

„Du willst wohl runter“, sagte Dora, setzte das Kind im Gras ab und ließ sich erschöpft daneben hinsinken. Zunächst hörte sie nur ihr Herz, das wegen der ungewohnten Anstrengung laut pochte. Unmittelbar darauf aber vernahm sie die Vögel im Pappelwald zwitschern, sah das Sonnenlicht durch die Bäume blitzen und roch den intensiven Veilchenduft, der sie umgab. Zufrieden ließ sie ihre Augen über den Hang gleiten und stellte erfreut fest, dass das Gras nicht so hoch stand, wie sie es befürchtet hatte. Der Schäfer war wohl wieder einmal da gewesen. Sie schaute sich prüfend um und entdeckte vereinzelt einige steinharte, schwarze Kotkugeln.

„Da, da!“, rief Evi aufgeregt, deutete auf einen Schmetterling und lief auf ihren kleinen Beinchen los um ihn zu fangen.

„Na, das kann ja heiter werden“, meinte Dora und begann zu ahnen, worauf sie sich eingelassen hatte.

Tatsächlich gestaltete sich das Leben mit dem einjährigen Kind in der Wildnis des Weinberghäuschens zunächst recht beschwerlich. In den ersten Tagen ließ Dora ihre kleine Tochter keine Minute aus den Augen, vor Angst, sie könne sich in der Schlucht verlaufen oder verletzen. Doch bald fiel ihr auf, dass das Kind eine natürliche Hemmschwelle besaß und immer im Umkreis des Hauses blieb. Fasziniert erlebte Dora, mit welchem Interesse die Kleine alles aufnahm. Jede Blume, jedes Käferchen wurde bewundert, oft brachte sie um den Finger gewickelte Regenwürmer zum Anschauen. Hauptattraktion aber war die Sandkiste, die die Jungs vom Haus im letzten Herbst gebaut hatten. Hier kochte und backte Evi hingebungsvoll Sandkuchen, während Dora ihrer Arbeit in Ruhe nachgehen konnte.

Gleich am zweiten Tag entschied sich Dora zum Weingut hinunterzugehen, um den Akku des Volksempfängers aufladen zu lassen, damit sie während ihres Aufenthalts Nachrichten und vor allem Musik hören konnte. Sie hatte Evi, damit diese nicht hinfiel, in eine Art Laufgeschirr gebunden, den schweren Akku unter dem Arm geklemmt und stapfte so den Berg in Richtung des Winzergehöfts hinunter.

Der Weg dorthin war nicht weit, nur etwa vierhundert Meter, aber mit der Kleinen dauerte es eine Ewigkeit. Dora kannte das Weingut inzwischen gut von ihren früheren Besuchen. Heute wählte sie den kürzesten Weg, weil der Akku so schwer wog, ging an mehreren Nebengebäuden vorbei, direkt über den Verwaltungshof. Sie staunte nicht schlecht, als sie dort eine Gruppe von Kriegsgefangenen stehen sah. Auch die Männer waren überrascht. Zwei von ihnen kamen ihr gleich entgegen um ihr den Akku abzunehmen. Mit den wenigen deutschen Worten, die sie konnten, wollten sie sich unterhalten. Dora wusste nicht, wie sie sich verhalten sollte. Sie empfand die Situation eher als unangenehm. Der Umgang mit Kriegsgefangenen war streng verboten, außerdem hatte sie bisher noch nie mit solchen Menschen zu tun gehabt.

Scheinbar hatte der Aufseher etwas gehört, denn er kam aus dem Haus und schaute Dora überrascht an. Es war ein alter dünner Mann namens Weber aus Bad Kösen, der an Schwindsucht litt. Nachdem ein Erkennen über sein Gesicht gehuscht war, wandte er sich an die Gefangenen.

„Was ist los mit euch? Vite, vite, an die Arbeit!“ Die Männer waren damit beschäftigt Geräte zu putzen und nahmen ihre Arbeit auf seinen Anpfiff hin sofort wieder auf. Nur der eine, der den Akku hielt, stand unschlüssig hinter Dora.

„Heil Hitler, Herr Weber“, grüßte Dora, denn sie war sich nicht sicher, in wie weit der Mann ein überzeugter Nazi war. „Ich komme, meinen Akku aufladen. Ist Frau Popperoth da?“

Er erwiderte ihren Gruß lasch und gab Dora damit indirekt zu verstehen, dass er keinen großen Wert auf den Hitlergruß legte. Nachdem er sich vergewissert hatte, dass seine Leute wieder arbeiteten, bat er Dora ihm zu folgen. Sie nahm Evi auf den Arm. Mit etwas Abstand trottete der Arbeiter, der den Akku trug, hinter ihnen her. Sobald sie das alte Gemäuer betreten hatten umfing sie ein scharfer, saurer Geruch nach altem, vergorenem Wein. Sie passierten einen langen Gang bis zu einer massiven Holztüre, an die der Aufseher klopfte. Auf ein energisches Herein öffnete er die Tür. Frau Popperoth saß in Papiere vertieft im Arbeitszimmer und blickte erfreut auf, als sie Dora mit ihrer Tochter sah.

„Ja, wer kommt denn da? Bist du aber ein großes Mädchen geworden", rief sie aus, erhob sich sogleich und ging auf die beiden zu. Sie begrüße Dora herzlich, schäkerte kurz mit dem Kind herum, um gleich darauf von ihrem Schreibtisch eine Keksdose zu holen, die sie öffnete sie und Evi hin hielt.

„Schau mal, das magst du doch, oder?"

„Mm", meinte die Kleine, als sie das süße Gebäck sah. Über das Kindergesicht huschte ein glückseliges Lächeln.

„Ich werde jetzt für einige Zeit oben im Häuschen wohnen und wollte Sie fragen, ob ich den Akku des Radios bei Ihnen aufladen dürfte", kam Dora auf den Grund ihres Besuchs zu sprechen. Jetzt erst bemerkte Frau Popperoth den Arbeiter, der unentschlossen im Türrahmen stehen geblieben war und die Begrüßung interessiert mit den Augen verfolgte. Sogleich beauftragte sie den Aufseher, sich um alles Notwendige zu kümmern und bat Dora Platz zu nehmen.

Während sich die beiden unterhielten, futterte Evi genüsslich ein um den anderen Keks, bis die Dose leer war. Im Laufe des Gesprächs erfuhr Dora, dass die Gruppe im Vorhof Kriegsgefangene aus Südfrankreich seien, dreizehn sehr geschickte und fleißige Männer, wie Frau Popperoth betonte. Dora kannte Frau Popperoth inzwischen recht gut und wusste, dass diese als kultivierte Frau in den Kriegsgefangenen eine echte Hilfe sah und nicht nur untergebene, minderwertige Arbeiter.

„Wenn Sie sich in dem Berghäuschen einsam fühlen, können Sie nachts auch hier unten schlafen", schlug die Leiterin des Weinguts vor. Erstaunt und sprachlos warf Dora ihr einen dankbaren Blick zu. Wie hatte Frau Popperoth ihre Angst vor dem Alleinsein nur so schnell spüren können? Hoch erfreut und ohne jegliches Gegenargument nahm Dora das Angebot an. Sollte hier in Bad Kösen einmal Bombenalarm kommen, müsste sie sowieso vom Berg herunter in den Luftschutzraum des Weinguts laufen. Warum also nicht gleich die ganze Nacht unten schlafen?

Die „Vizepräsidentin“, wie Frau Popperoth auch ehrfürchtig genannt wurde, erteilte sogleich einer ihrer Angestellten Instruktionen, Dora das Gästezimmer zu zeigen. Mit dem Hinweis, dass sie noch viel Arbeit zu erledigen habe, deutete sie entschuldigend auf ihren Schreibtisch und Dora verabschiedete sich. Seltsam, dachte sie beim Hinausgehen, man sah immer nur Frau Popperoth arbeiten, niemals aber den eigentlichen Direktor des Weinguts, deren Bruder. In all den Jahren hatte Dora ihn nur ein einziges Mal gesehen, damals vor dem Krieg, als Waldo den Kaufvertrag unterschrieben hatte und der Direktor sie danach alle auf ein Gläschen Champagner eingeladen hatte. Er war um einiges älter als seine Schwester, hatte graumelierte Haare und benahm sich wie ein echter Vertreter des Landadels, kühl und blasiert. Nur gut, dachte Dora, dass sie sich mit Frau Popperoth inzwischen so gut verstand und mit dem Bruder nichts zu tun hatte.
Beim Rückweg zu ihrem Häuschen wählte sie wiederum die kürzere Strecke über den Hof. Die Zwangsarbeiter waren noch immer beim Geräteputzen und schauten sie neugierig an. Dora merkte, dass sie gerne Kontakt aufgenommen hätten, aber einerseits getrauten sie es sich wegen des Aufsehers nicht, andererseits hätte die sprachliche Barriere bestimmt keine große Unterhaltung zugelassen.
Zig Augenpaare musterten sie beim Überqueren des Hofes und sie fühlte sich verunsichert. Irritiert riskierte sie ein Auge. Für einen Moment trafen ihre Blicke mit denen eines gutaussehenden, jungen Mannes zusammen. Seine Augen schienen zu lachen und zogen sie für Sekunden in seinen Bann. Verlegen nahm sie Evi auf den Arm und machte sich auf den Weg zu ihrem Grundstück.
Noch war es hell und es gab allerhand zu tun. Wie erleichtert war sie, dass sie die Nacht nun doch nicht alleine verbringen musste. Am Morgen würde sie den Akku mit hoch nehmen, damit hätte sie tagsüber wenigstens ein bisschen Ablenkung und Gesellschaft.
Die nächsten Wochen vergingen ungewöhnlich schnell. Tagsüber hielt sich Dora mit Evi auf dem Berggrundstück auf. Sie legte Beete an und säte Bohnen, Erbsen und Mohrrüben. Mit dem Kind gab es vermehrt Wäsche, und auch ums Haus herum fiel ständig Arbeit an. Abends, bevor es dunkel wurde, ging sie mit der Kleinen hinunter ins Weingut. Meistens legten sie sich schon früh schlafen. Bald aber stellte Frau Popperoth Frau Weise, eine Wirtschafterin aus Heidelberg ein, mit der sich Dora anfreundete. Beide saßen häufig abends in den lauen Frühsommernächten zusammen auf der Terrasse des Weinguts mit Blick auf die Saale und unterhielten sich.

Frau Weise war sehr hübsch und belesen, sie hatte ihren gut aussehenden 16-jährigen Sohn bei sich, ein uneheliches Kind aus einer Verbindung mit einem Zahnarzt. Von ihrem Mann, einem Kunstmaler, lebte sie schon seit langem getrennt. Sie kannte sich in vielen Dingen aus und war geistig so wendig, dass Dora es genoss ihr zuzuhören.
Eines Abends bot Frau Weise Dora an, ihr Sohn Karlheinz könne doch nachts mit bei ihr oben im Berghäuschen schlafen, dadurch würde das strapaziöse Hin- und Herwandern aufhören. Dora war sofort einverstanden, und so zog Karlheinz bei ihr ein.
Das Leben wurde dadurch um einiges angenehmer und ruhiger. Karlheinz arbeitete als Flaschner im Ort und ging früh zur Arbeit. Vor siebzehn Uhr kam er nicht heim, so dass Dora ungestört ihren Tagesablauf gestalten konnte. Abends aalte sich der Junge gerne im Garten oder spielte mit Evi.
Einmal, als er gerade faul im Liegestuhl ruhte, fragte Dora:
„Karlheinz, kannst du mir mal ein bisschen Holz hacken? Ich habe fast nichts mehr."
Karlheinz zögerte. Herausfordernd schaute er sie an und meinte: „Das sehe ich eigentlich gar nicht ein. Ich habe den ganzen Tag gearbeitet."
„Also, nun hör mal", erwiderte Dora und spürte, wie der Ärger in ihr aufstieg. „Glaubst du denn, ich hätte nichts getan? Ich wasche seit Wochen deine Wäsche und du willst keinen Finger für mich rühren?"
Erbost hatte sie sich vor ihm aufgebaut. So ein frecher Bengel, das fehlte ihr gerade noch.
„Was geht mich das Haus hier an." Karlheinz sah sie trotzig an. „Es gehört mir nicht. Und das mit der Wäsche ist mir egal, die kann meine Mutter genauso gut für mich waschen."
„Na, das werden wir ja sehen."
Dora war wütend. Weil sie Evi nicht alleine lassen wollte, riss sie das Kind aus der Sandkiste und klemmte es unter den Arm. Die Kleine fing sofort an zu weinen, weil sie im Spiel gestört worden war und durch die laute Stimme ihrer Mutter erschrak. Doch Dora ließ sich nicht aufhalten. Unverzüglich lief sie schnellen Schrittes den Berg hinab in Richtung Weingut, suchte zielstrebig Frau Weise und schilderte ihr aufgeregt den Vorfall.
„So sind nun mal Jungs in diesem Alter, Frau Schwarz", versuchte ihre Bekannte sie zu beruhigen. „Sie kennen das doch! Ich werde mit ihm sprechen", fügte sie hinzu und begleitete Dora wieder nach oben.
Karlheinz lag immer noch im Liegestuhl. Er hielt die Augen geschlossen, obwohl er die drei sicher hatte kommen sehen. Verärgert und außer Puste

zitierte Frau Weise ihren Sohn zu sich. Widerwillig erhob er sich und trottete auf sie zu. Sie entfernte sich mit ihm vom Haus und Dora sah, wie sie unentwegt auf ihn einsprach. Bald darauf stapfte er mit gesenktem Kopf wieder zum Haus zurück, ging, ohne Dora eines Blickes zu würdigen, zum Holzklotz und ließ seine ganze Wut beim Holzhacken aus. Bis zum Abend hatte Dora jede Menge Kleinholz, die Wogen waren wieder geglättet und alles lief seinen normalen Gang.

Immer um die Mittagszeit, wenn Evi schlief, ging Dora zur Saalstraße hinunter, wo sie eine einfache Holzkiste als Briefkasten angebracht hatte. Seit Tagen wartete sie auf Post von Waldo. Zwar hatte sie ihn gebeten, seine Post während des Sommers nach Bad Kösen zu senden, doch die Briefe, die noch unterwegs waren, mussten von Leipzig aufs Land nachgeschickt werden und das dauerte furchtbar lang. Endlich lag einen Brief von ihm im Kasten, der, wie sie am Datum sah, schon zwei Wochen alt war. Er schrieb vom Raum um Kursk, südlich von Moskau. Ein riesiger Panzerkrieg stünde bevor, eine wichtige Entscheidungsschlacht. Deshalb bekäme er auch erst im September Urlaub. Er bedauerte, dass sie sich so lange nicht sehen würden und erkundigte sich nach der Versorgungssituation in Deutschland. Seine Verpflegung, schrieb er, sei knapp, aber sie würden sich ab und zu Hühner und Kartoffeln von den Bauern organisieren. Zum Abschluss seines Briefes bat er Dora, sie solle seinem Kind einen dicken Kuss von ihm geben. Die Kleine, die gerade dabei war, Omas Schlenkerpuppe in einem kleinen Holzschubkarren durch die Gegend zu fahren, guckte ihre Mutter nur erstaunt an, als sie „einen Kuss von Vati" bekam und dabei von Mutti geherzt wurde.

In diesem Sommer erlebte das Berghäuschen einen wahren Ansturm an Besuchern. Alle waren froh für ein paar Tage von Leipzig fortzukommen, wo die ständige Gefahr eines Angriffs drohte. Die Fahrt aufs Land bedeutete Erholung vom nächtlichen Sirenengeheul und vom Bunkerkoller, ein kurzes Auftanken, bevor sie an die Arbeit zurück mussten. Selbst wenn der Besuch nur kurz war, in Doras Garten konnten sie den Krieg für eine Weile vergessen.

Im Frühsommer reiste zunächst Gertrud mit ihrer Schwester Marlies für ein paar Tage an. Marlies war eine ebensolche Frohnatur wie Gertrud, nur war sie um etwas fülliger als diese. Als Geschenk brachten sie Kinderkleidung für Evi mit, die sie vermutlich im Bekanntenkreis aufgetrieben hatten. Wahrscheinlich hatten sie dafür sogar ein paar Lebensmittel eintauschen

müssen. Sie kamen Mitte Mai, als der Rhabarber auf dem Berg reif wurde, gemeinsam verarbeiteten sie ihn zu Kuchen, Kompott und Marmelade.
Am Abend legte Gertrud einen Zeitungsartikel auf den Tisch. „Wenn die Amerikaner kommen" hieß die Überschrift. Weiß Gott, wo sie den aufgetrieben hatte. Schnell war man sich darin einig, dass es auf jeden Fall besser wäre, bei Kriegsende von den Amerikanern übernommen zu werden als von den Russen. Die Russen seien grässliche Untermenschen, die den Frauen Gewalt antäten, meinte Marlies, da seien die Amerikaner schon zivilisierter. Kurz vor zwanzig Uhr ließ Gertrud es sich nicht nehmen die BBC einzuschalten. Nur gut, dachte Dora, dass Karlheinz vorübergehend unten bei seiner Mutter schlief. In seiner Gegenwart hätten sie das nie gewagt. Der Sprecher berichtete zunächst vom Angriff der Briten auf die Möhnetalsperre. Der Staudamm war von der Luft aus gesprengt worden und eine riesige Flutwelle hatte Menschen, Häuser und Brücken mit sich gerissen. Wie eine Sintflut war das Wasser über die überraschten und hilflosen Menschen hereingebrochen.
„Warum greifen sie die Zivilbevölkerung an?", empörte sich Dora. „Das verstehe ich nicht. Wir haben ihnen doch nichts getan."
„Wir nicht. Aber der Mann, den wir alle unterstützen und hinter dem wir stehen", erwiderte Gertrud.
„Du weißt genau, dass wir nicht hinter ihm stehen", protestierte Marlies. „Aber was sollen wir denn tun?"
Auf diese Frage gab es keine Antwort.
Ein paar Tage später verabschiedeten sich die beiden schweren Herzens. Die Arbeit in der Großstadt wartete, sie mussten zurück ins Krisengebiet.
Bald darauf trafen Martha und Inge zu einem Kurzbesuch ein. Mit im Gepäck hatten sie das heißersehnte Waschpulver, auf das Dora schon dringend wartete. In ganz Bad Kösen war es in keinem Laden mehr zu bekommen. Evi erhielt eine Schaufel für den Sand und Förmchen, mit denen bestimmt schon mehrere Generationen Sandkuchen gebacken hatten. Nachdem Martha sich ein bisschen von der Reise erholt hatte, drängte Dora darauf zu erfahren, wie es inzwischen um ihre Ehe bestellt war.
„Ach weißt du. Im Moment bin ich froh, dass überhaupt noch ein Mann im Haus ist", erwiderte Martha nachdenklich. „Es sind ja beinahe keine Männer mehr da, nur noch Alte und Jungs. Max' momentanes Schweigen ist um einiges besser zu ertragen als seine jahrzehntelangen cholerischen Wutausbrüche. Außerdem muss ich ja damit rechnen, dass er vielleicht bald eingezogen wird. Da will ich ihm doch nicht die letzten Tage vergällen."

Typisch Mama. Dora blickte ihre Mutter kopfschüttelnd an. Marthas weichherzigen Augen baten um Verständnis und so argumentierte Dora nicht weiter. Es war das Problem ihrer Eltern, sollten sie schauen, wie sie es lösten.
Sie habe nach wie vor viel zu tun, weil es fast nichts mehr auf Kleiderkarten zu kaufen gäbe, fuhr Doras Mutter fort.
„Stell dir vor. Inzwischen nähe ich sogar aus alten Männersachen Röcke und aus Vorhangsstoff Kleider. Not macht erfinderisch."
Sie unterbrachen ihr Gespräch, denn Inge, die in der Zwischenzeit am Waldrand wilde Erdbeeren gesammelt hatte, kehrte verschwitzt zurück.
„Ihr solltet im Ort noch Obst und Gemüse einkaufen, bevor ihr nach Hause fahrt", schlug Dora vor. „Hier gibt es bestimmt weit mehr zu kaufen als in Leipzig."
Sie hatte recht. Martha staunte nicht schlecht, als sie die Auslagen in Frau Weinerts kleinem Laden sah. Tütenweise kaufte sie Kartoffeln, Salat und dergleichen ein. Schwer beladen traten die beiden schließlich ihre Heimreise an.
Später, während der Schulferien, bekam Dora Besuch von Horst und Dietmar. Der Jüngere spielte hingebungsvoll mit Evi, während Horst sich mit dem fast gleichaltrigen Karlheinz anfreundete. Eine Gluthitze herrschte auf dem Berg und die Jungs hielten sich daher oft unten an der Saale auf. Sie versuchten ihr Glück beim Angeln und bauten kleine Schiffchen aus Binsengras. In den letzten Tagen ihres Aufenthalts, als die Weinlese begann, durften sie sogar mithelfen und verdienten sich ein paar Pfennige Taschengeld. Dora hatte nur ein einziges Mal gefragt, ob sie Neuigkeiten von ihrem Vater hätten, worauf Dietmar nur traurig den Kopf schüttelte.
„Mama hat gesagt, so lange keine Todesnachricht eintrifft, besteht Hoffnung", sagte er mit gesenktem Blick und Dora bemühte sich ihn in diesem Glauben zu bestärken.
Endlich, im September, bekam auch Waldo zwei Wochen Urlaub. Sie solle ihn nicht am Leipziger Bahnhof abholen kommen, hatte er geschrieben, denn er wolle ihr und dem Kind die Reise ersparen. Außerdem beabsichtigte er, gleich am ersten Tag einen Besuch bei seinen Eltern einzuschieben. Dora war der Vorschlag nur recht. Sie konnte ganz gerne auf ein Zusammentreffen mit ihren Schwiegereltern verzichten.
So holte sie ihn einen Tag später in Bad Kösen vom Bahnhof ab. Überglücklich, endlich wieder vereint zu sein, gingen sie, wie auf einer Wolke schwebend, unter dem herrlich bunt gefärbten Herbstlaub der Pappeln den

Weg am Fluss entlang zu ihrem Weinberghäuschen. Dora erzählte ununterbrochen, berichtete von den vielen Besuchern, Evis Entwicklung, von Frau Weise und Karlheinz. Waldo hörte schweigend zu. Ab und zu blieb er stehen, nahm sie in den Arm und drückte sie fest an sich, so als müsse er sich vergewissern, dass sie beide nun wirklich leibhaftig wieder zusammen waren. In den nächsten Tagen saugte Waldo das Leben begierig mit allen Sinnen auf. Er war dieses verfluchten Krieges, der ihn jetzt schon über drei Jahre seines Lebens gekostet hatte, so überdrüssig. Am liebsten wäre er nie mehr zu seiner Einheit zurückgegangen, aber er wusste, dass auf Desertion der sichere Tod stand. Sie würden ihn überall finden, selbst hier in dieser abgeschiedenen Einöde.

Erstaunt beobachtete er seinen „Bärmopsel", wie er Evi liebevoll nannte, beim Versuch Schmetterlinge zu fangen. Er strahlte, wenn sie „Papa" rief und ihn an der Hand nahm um ihm etwas zu zeigen. Wieder und wieder spielte er mit ihr „Hoppe, Hoppe Reiter" und freute sich, wenn sie noch vor Ende des Reims ihren kleinen Körper quietschend fallen ließ. Jede einzelne Minute mit Dora und seinem Kind genoss er, aber das Wissen, dass dieses Glück nur wenige Tage dauern würde, belastete ihn und ließ ihn nicht zur Ruhe kommen. Nachts träumte er oft von den schrecklichen Dingen, die er in Russland erlebt hatte, und wachte schweißgebadet auf. Die letzten Tage verbrachte er damit, einen Hasenstall zu bauen, damit Dora und Evi etwas mehr Fleisch zu essen bekämen. Die Hasen würden sie später im Tausch gegen Obst erhalten, wovon sie ja reichlich besaßen. Es war die einzige Arbeit, zu der er sich während dieses Aufenthalts aufraffen konnte. Viel zu schnell ging der Urlaub zu Ende und wieder hieß es Abschied nehmen.

Waldo wurde dieses Mal ins Gebiet des Dnjepr geschickt, mehrere hundert Kilometer hinter der früheren Ostgrenze. Die Gebietsverluste wurden dem Volk gegenüber als eine großzügige Begradigung der Reichsgrenze ausgegeben, doch Dora und Waldo wussten dank ihres Volksempfängers, dass sich die gesamte Ostfront auf dem Rückmarsch befand.

„Hoffentlich bis bald", verabschiedeten sie sich und glaubten dieses Mal fester denn je daran.

Wunderschöne goldene Herbsttage folgten. Morgens lag oft schon der Nebel im Saaletal, aber die Tage waren hell und klar. Dora erntete wie jedes Jahr die dicken, schwarzen Holunderbeeren und kochte Saft daraus. Sie sammelte Hagebutten und zupfte stundenlang die äußere Schale ab um daraus ein kleines Glas Hagebuttenmark kochen zu können.

Einige Wochen später bemerkte sie Symptome, die sie glauben ließen, sie hätte sich den Magen verdorben. Tagelang war ihr speiübel und sie musste sich übergeben. Dann aber erschrak sie, denn ihr wurde siedend heiß klar, dass sie erneut schwanger war. Dieses Mal kam die Schwangerschaft ungewollt, sie hatten wohl nicht genügend aufgepasst.
Doras erste Gefühle waren nur negativ. Jetzt, wo Evi endlich selber laufen konnte und aus dem Gröbsten heraus war, sollte sie wieder von vorne anfangen? Dazu hatte sie überhaupt keine Lust. Zudem fand sie es furchtbar schwer, ein Kind im Krieg ohne Vater groß zu ziehen, viel schwerer, als sie es je gedacht hatte. Doch nach den ersten Bedenken stellten sich schon bald positive Gedanken ein. Ein Geschwisterchen täte Evi gut, sie wäre etwa zwei Jahre alt, wenn das Baby zur Welt käme. Ein idealer Altersunterschied. Evi würde ihre kleinen Händchen auf ihren Bauch legen und zusammen würden sie das Baby strampeln spüren. Zum Glück waren ja alle Babysachen noch im Haus. Sie schrieb einen langen Brief an Waldo und wartete sehnsüchtig auf seine Antwort.
Sein Brief traf zwei Wochen später ein. Sie konnte ihn nicht zu Ende lesen, denn Tränen schossen ihr bei den ersten Sätzen in die Augen.
Es sei unverantwortlich, schrieb er, jetzt ein Kind in die Welt zu setzen und sie solle alles unternehmen, damit es nicht geboren werde.
„Mama weint“, sagte Evi voller Mitgefühl und streichelte den Arm ihrer Mutter. Dora fingerte ein Taschentuch hervor, fuhr sich über das Gesicht und schnäuzte.
„Ja, Mama ist traurig“, sagte sie. Erneut füllten sich ihre Augen mit Tränen.
„Mama daurig“, wiederholte Evi und stand auf, um ihre Schlenkerpuppe zu suchen. Als sie sie gefunden hatte, legte sie Dora die Puppe in den Schoss und schmiegte sich liebevoll an sie. Dora musste lachen. Wie gut, dass sie ihr kleines Evchen hatte. Sie drückte die Kleine und legte den Brief zu Seite.
In den folgenden Tagen durchlebte Dora ein Wechselbad der Gefühle, sie war ständig hin- und hergerissen. Einmal verstand sie Waldos Argumente, im nächsten Moment verfluchte sie seine typisch männliche Sichtweise.
Sie fühlte sich mit dem Problem völlig allein gelassen. Was war die richtige Lösung?
Die einzige Vertraute in dieser Angelegenheit war ihre Mutter. Da Dora ohnehin vorgehabt hatte, während des Winters nach Leipzig zurückzukehren, packte sie ihre Sachen einfach etwas früher als geplant. Sie nahm von Frau Weise Abschied, bis zum Frühjahr, wie sie sagte, ohne ihr den wahren Grund der Abreise zu nennen. Als sie sich von Frau Popperoth verabschie-

den ging, sah sie, wie die französischen Gefangenen sich gerade für die Arbeit fertig machten. Sie wohnten in einem Keller des Gebäudes und hatten inzwischen schon ein paar Brocken Deutsch gelernt.
„Guten Tag, Frau", riefen zwei und einer winkte Evi zu sich her. Aus einem Beutel, der wahrscheinlich seinen Tagesproviant enthielt, kramte er ein Stück Schokolade hervor, welches Evi gierig ergriff.
„Aber nein, lassen Sie doch", wollte Dora abwehren, denn sie ahnte, dass diese Schokolade eine Liebesgabe der Angehörigen in Frankreich war. Von dort erhielten die Gefangenen ab und zu Päckchen. Aber Evi hatte die Schokolade schon ausgewickelt und in den Mund geschoben.
„Sag ‚Danke' zu dem Mann", forderte Dora die Kleine auf, die sich brav bedankte. Dora warf dem Franzosen einen lieben Blick zu, nahm Evi bei der Hand und sagte Frau Popperoth auf Wiedersehen.
Es war Ende November und als Dora in ihrer kleinen Wohnung in Leipzig ankam, war es darin eiskalt. Zu dumm, sie hätte auch Gertrud oder Frau Beck anrufen und sie darum bitten können einzuheizen. Aber daran hatte sie in der ganzen Hektik nicht gedacht. Sie legte Evi angezogen ins große Bett und deckte sie mit Decken zu.
„Du musst jetzt ganz lieb im Bettchen bleiben, bis Mama schön warm gemacht hat", erklärte sie der Kleinen, zerknüllte Zeitungen, warf ein paar Holzscheite in den Ofen und zündete das Papier an. Aber es wollte in der ausgekühlten Wohnung nicht richtig warm werden, und so kroch sie zu Evi ins Bett und schlief mit ihr ein.
Tags drauf klingelte sie bei ihrer Mutter. Sie hatte sich telefonisch angemeldet, damit diese nicht allzu überrascht wäre und um sicherzugehen, dass ihr Vater Max zur Arbeit war.
Martha freute sich sehr, ihr Enkelkind nach so langer Zeit wieder einmal zu sehen und hatte zur Feier des Tages einen Kuchen gebacken. Sogar einen süßen Saft für die Kleine hatte sie organisiert. Da es für Normalbürger keinen Bohnenkaffee mehr zu kaufen gab, sie aber etwas Ähnliches dringend brauchte, kochte sie Muckefuck, die etwas bitter schmeckende schwarze Brühe aus den Wurzeln der Zichorie.
Ohne viele Umschweife kam Dora auf den Grund ihres Besuches zu sprechen.
„Mama, ich bin schwanger. Waldo meint, wir sollten das Kind nicht haben."
„Oh jemine! Warum habt ihr denn nicht aufgepasst!" Martha schaute ihre Tochter entgeistert an. Verwirrt fragte sie: „Ja und du? Willst du denn das Kind?"

„Ich weiß es nicht", Dora zuckte hilflos die Schultern. „Vielleicht, wenn nicht Krieg wäre..."
Martha seufzte tief.
„Daran ist nun mal im Moment nichts zu ändern. Du hörst doch Nachrichten, oder? Du weißt, dass Hamburg sechs Mal bombardiert worden ist und Tausende Menschen tot sind. Wer weiß, wann Leipzig dran ist."
Dora betrachtete das Muster auf dem alten, stumpfen Linoleumboden. Ihre Mutter hatte ja Recht.
„Letztendlich musst du allein entscheiden, was du willst. Es sind immer die Frauen, die entscheiden müssen. Es ist dein Körper, deine Gesundheit, deine Zeit." Lächelnd nickte sie ihrem Enkelkind zu, das sich den süßen Kuchen schmecken ließ.
„Und was könnte ich tun, wenn ich das Kind nicht will?" Doras Augen glitten unruhig vom Boden zu Marthas Gesicht.
„Oh je", meinte Martha und holte tief Luft.
Dora sah, wie ihre Mutter in Gedanken versank. Sie hätte gar zu gerne gewusst, was sie dachte, doch Marthas Gesicht blieb unbeweglich. Nach geraumer Zeit besann sie sich auf Doras Frage und sagte: „Weißt du, ich habe auch nicht jedes Kind geboren, welches ich in mir trug. Aber es ist nicht so einfach."
Erneutes Schweigen senkte sich über den Raum. Ein Schauder durchfuhr Dora. Sie hatte so etwas zwar immer geahnt, aber nie mit Sicherheit gewusst.
„Inge, zum Beispiel, hätte nicht da sein sollen", sagte ihre Mutter leise. „Es klappt nicht immer."
Dora blickte sie fassungslos an, aber Martha wich ihrem Blick aus.
Ihre Schwester Inge! Das hätte sie nie für möglich gehalten. Doch ihr Schock währte nicht lange, dann schlug ihr Gefühl in billigendes Einverständnis um. Ihre Mutter hatte fünf Kinder geboren. Mehr hätte sie niemals ernähren können. Nun steckte Dora selber in einer ähnlich auswegslosen Situation. Sie trug ein Kind in sich, das sie nicht haben konnte, im Moment wenigstens nicht. Martha nannte ihr einige Hausmittel von extrem starkem Kaffee, über Unmengen Petersilie, einer Schachtel Chinintabletten bis zu einem kochend heißen Bad.
„Das einzige, das sicher hilft, ist ein Eingriff. Aber es ist sehr gefährlich und viele Frauen verbluten dabei", schloss ihre Mutter und ihre Augen sagten: „Tu es bitte nicht."

Nein, Dora würde nie einen Eingriff vornehmen lassen, dazu war sie viel zu ängstlich. Entweder das Kind ginge mit den Hausmitteln ab, oder sie würde es zur Welt bringen.
Noch am gleichen Abend stieg sie in eine Wanne mit heißem Wasser, so heiß sie es eben aushalten konnte. Als zwei Tage später noch alles beim alten war, gab sie die Hoffnung auf.
Wie fast schon jede Nacht, so riss auch in der Nacht vom 3. zum 4. Dezember ein Sirenenalarm die Bewohner aus dem Schlaf. Schnell nahm Dora das Kind aus dem warmen Bettchen, redete beruhigend auf sie ein, während sie eine Decke um die Kleine schlug und eilte in den Keller. Bleib übrig! hatten sich Gertrud und sie beim Abschied inständig gebeten. Ein gut gemeinter Wunsch in einer Zeit, in der jeder von Angriff zu Angriff lebte. Im Keller hatten sich schon viele Hausbewohner versammelt. Dora suchte im Schummerlicht der Glühbirne nach den Brauns, aber sie waren nicht da. Eine andere Nachbarin schob ihr einen Hocker hin und Dora setzte sich. Atemlos presste sie Evis kleinen, warmen Körper an sich. Da hörten sie auch schon das bekannte Dröhnen in der Luft von Hunderten einfliegender Bombenverbänden. Es folgte das Getöse der Einschläge und das Wummern der Flugabwehrgeschütze.
Plötzlich ein unbekanntes, zischendes Geräusch, der Keller bewegte sich wie von einem furchtbar dumpfen Schlag getroffen und schwankte wie ein Schiff in den Wellen. Nicht weit weg musste es eine Explosion gegeben haben. Staub rieselte von der Decke, zum Schutz hielten sich die Menschen feuchte Tücher vor die Nase. Alle waren wie gelähmt von der Furcht zu ersticken oder bei lebendigem Leibe verschüttet zu werden.
Das ist das Ende, dachte Dora, jetzt erwischt es uns. Aber wie durch ein Wunder wurde das tiefe Brummen allmählich schwächer und verschwand. Der Angriff hatte etwa dreißig Minuten gedauert. Die Menschen im Keller warteten gar nicht erst die Entwarnung ab, sondern stürzten auf die Straße um zu sehen, was geschehen war. Kaum war sie im Freien, wollte Dora erleichtert nach Luft schnappen, aber sie hielt sich sofort wieder das Tuch vor die Nase und presste Evi fest an sich.
Der Himmel über der Innenstadt war ein einziges Flammenmeer. Gespenstisch zuckende Rauch- und Feuersäulen erhellten die Nacht. Die Friedhofskapelle gegenüber brannte und daneben, aus dem alten Gebäudekomplex des Johannishospitals, türmten sich meterhoch blauschwarze Rauchwände. Fassungslos starrte Dora auf die Verletzten und Toten, die von überall her zusammengetragen wurden.

Erst am nächsten Tag wurde das ganze Ausmaß des Angriffs sichtbar. Kein einziger von den alten Menschen im Hospital hatte sich aus dem Keller retten können. In ganz Leipzig gab es etwa 1800 Tote und 125 000 Obdachlose. Im Buchhändlerviertel, dem Zentrum des deutschen Buchwesens, verbrannten unersetzliche Druckstöcke in unzähligen Bränden. Die Universität, Oper, Hauptpost, Messehäuser – alles war nur noch ein einziger Schutt- und Trümmerhaufen. Der Strom war ausgefallen und die Feuerwehren konnten infolge der geborstenen Rohre nicht mehr löschen. Für Dora gab es nur eines: So schnell wie möglich weg von hier, weg aus der Großstadt und der unmittelbaren Lebensgefahr, zurück ins Weinberghäuschen. Erst vor einer Woche hatte sie die ganze Rennerei wegen der Ummeldung der Lebensmittelkarten auf sich genommen, heute würde sie alles wieder rückgängig machen.
Als sie bei dem Amt ankam, war der Andrang riesig. So wie sie wollten alle raus aus der Stadt. Hunderte von Frauen mit Kindern sollten aufs Land evakuiert werden. Wie gut, dass Dora ihr eigenes Quartier in Bad Kösen vorweisen konnte. Voller Wehmut verabschiedete sie sich, bevor sie Leipzig verließ, von ihrer Mutter und Gertrud. Sie hatten den Angriff wie durch ein Wunder überlebt. Die Bomben waren vor allem auf die Innenstadt gefallen, hatten dort viele historische Gebäude zerstört.
Nur zwei Wochen nachdem Dora Bad Kösen verlassen hatte, traf sie wieder an ihrem Grundstück ein. Beim Heimkommen begrüßten sie die Shetlandponys, die seit einiger Zeit auf dem Hang neben ihrem Grundstück weideten. Damit sie nicht auf die Straße liefen, war unten am Weg ein Gatter angebracht, über das Dora nun jedes Mal steigen musste, wenn sie statt der rutschigen Serpentinen den bequemeren Aufstieg wählte.
Im Haus zündete sie als erstes das Feuer im Kamin an. Die Buchenscheite knisterten und verbreiteten schnell eine angenehme Wärme.
Nachdem sie Evi ins Bett gebracht hatte, lag sie noch lange wach. Die Mäuse knabberten im alten Gebälk, der Wind pfiff ums Haus und rüttelte an den Dachziegeln. Die Geräusche irritierten die junge Frau und machten ihr Angst. In Gedanken ließ sie die vergangene Woche noch einmal an sich vorüberziehen. Um ein Haar hätte sie ihr Leben und das ihres Kindes verloren. Wie hatte sie sich darauf gefreut, den Winter wieder in der Großstadt zu verleben. Dort waren die Freunde und Verwandten, es gab gute Filme zu sehen oder Theateraufführungen. Dieses Leben jedoch, so wie sie es in Erinnerung hatte, existierte nicht mehr. Inzwischen kämpfte jeder einzelne nur noch ums nackte Überleben. Und was das betraf, da waren sie hier ganz

bestimmt besser aufgehoben. Doch es grauste ihr vor den kommenden Monaten. Womit sollte sie nur die Zeit an den langen Abenden verbringen? Im Sommer war es herrlich, da gab es genug zu tun, aber im Winter schien alles trostlos. Nie würde sie es wagen nach Einbruch der Dunkelheit das Haus zu verlassen. Wozu auch? Hier gab es niemanden, den sie besuchen konnte, kein Kino, keine Veranstaltungen und selbst wenn so etwas im Ort stattfinden sollte, konnte sie das Kind hier oben in der Einsamkeit nicht alleine lassen. Zweifel überfielen sie, ob ihre Entscheidung wirklich richtig gewesen war.
Später würde sie oft darüber nachdenken, wie dieser Schritt ihr ganzes weiteres Leben verändert hatte. An diesem Abend aber schlief sie mit dem Gefühl ein, richtig gehandelt zu haben. Ja, sie war wieder guter Dinge, denn sie würde morgen Frau Popperoth fragen, ob sie nachts, wie schon einmal, bei ihr schlafen könnte. Dann wäre sie nicht mehr ganz so allein.

IX

Im Weingut war während der kurzen Zeit, die Dora in Leipzig verbracht hatte, viel geschehen. Bei Frau Popperoth hatte man eine Frau mit kleinem Kind einquartiert, Ausgebombte aus Köln. Das Kind, ein Junge namens Jürgen, war etwa so alt wie Evi. Frau Popperoth musste das Zimmer, in welchem Dora nachts geschlafen hatte, an diese Leute vergeben, und so blieb Dora nichts anderes übrig, als die Nächte doch oben alleine im Haus zu verbringen. Leider schied auch Karlheinz als Gesellschafter aus, denn er wurde just in diesem Monat zur Wehrmacht eingezogen. Der arme Junge tat Dora furchtbar leid. Er war ja noch so jung, ein halbes Kind. Geweint habe er wie ein kleiner Bub, erzählte Frau Weise. Wie konnte man nur so junge Menschen in diesen entsetzlichen Krieg schicken?
In den nächsten Wochen gab es auch in Bad Kösen häufiger Bombenalarm. Wenn die Sirene nachts auf dem nahegelegenen Weingut zu heulen anfing, musste Dora das schlafende Kind aus dem Bett holen und mit ihm durch die kalte Nacht über verschneite Wege hinunter zum Weingut hetzen.
Im Bergkeller des Weinguts gab es elektrisches Licht und ein Radio. Obwohl der Keller tief in den Berg hinein ging, saßen die Leute zumeist im vorderen Teil. Dort war es, wenn Dora aus ihrer Einsamkeit und der dunklen Nacht ins Helle trat, richtig heimelig. Meist erreichte sie den Keller als Letzte, kurz vor der Entwarnung.

Das Schlimmste war für sie jedes Mal der Rückweg. War die Sirene nach der Entwarnung verklungen, wollten die Leute, so schnell es nur ging, in ihre Betten zurück, um noch möglichst viel Schlaf vor dem nächsten Morgen zu finden. Dora aber stand in der schwarzen Nacht alleine auf der Straße und hatte panische Angst vor dem Heimweg im Dunklen.

Das erste Mal brachte sie Herr Weber, der Aufseher der Kriegsgefangenen heim, weil er Mitleid mit ihr hatte. Beim Wildgatter schob er eine Stange heraus und beide krochen hindurch. Danach brachte er die Stange wieder korrekt an, obwohl er in wenigen Minuten den gleichen Weg wieder zurückgehen würde. Es sei sehr wichtig, das Gatter immer geschlossen zu halten, damit die Ponys nicht in Panik auf die Straße und davon liefen, erklärte er während des Aufstiegs, vielleicht um die Zeit zu überbrücken oder auch nur um sich wichtig zu machen. Er hätte ihr sonst etwas erzählen können, es wäre Dora egal gewesen. Hauptsache sie musste nicht alleine durch die Dunkelheit gehen. Oben bedankte sie sich recht herzlich und schlüpfte zurück ins Bett.

Wie freundlich Herr Weber gewesen war. Er war ein kranker Mann, dürr bis auf die Knochen und daher für den Krieg nicht verwendbar. Die Aufgabe als Aufseher führte er eher notgedrungen und ohne Überzeugung aus. Entsprechend besaßen die französischen Gefangenen alle Freiheiten. Der Keller, in dem sie wohnten, hatte nach hinten hinaus eine kleine unscheinbare Türe, die vor lauter Schmutz kaum zu erkennen war. Dort gingen die Franzosen nachts aus und ein. Der Aufseher wusste davon, eigentlich wussten alle im Weingut davon, aber niemand unternahm etwas dagegen. Einige der Franzosen gingen nachts sogar zu Fuß in das sieben Kilometer entfernte Naumburg, wo eine Freundin auf sie wartete. Solange sie ihre Arbeit gut verrichteten und das taten sie, störte sich niemand an ihrem Lotterleben.

Ein paar Tage später brachte die Post gute Nachrichten.

„Tante Inge kommt uns besuchen", erzählte Dora ihrer Tochter, nachdem sie die Zeilen überflogen hatte.

„Tanta Inne", wiederholte Evi und ein Lächeln glitt über ihr Gesicht. Sie liebte ihre lustige Tante, die, wenn sie da war, viel mit ihr herumtollte und spielte. Schnell schrieb Dora eine Rückantwort und bat Inge, verschiedene Dinge aus ihrer Wohnung mitzubringen. Sie hatte bei ihrer überstürzten Abreise nicht viel transportieren können und nun fehlte ihr allerhand. Die Ludwigs würden Inge bestimmt die Wohnung aufschließen. Überhaupt musste Dora sich überlegen, wie lange sie die Wohnung noch halten könnte,

jetzt, wo der Wohnungsmangel dermaßen groß war. Aber sie hoffte immer noch auf ein baldiges Kriegsende. So schnell es ging würde sie nach Leipzig zurückkehren.
Inge reiste für ein langes Wochenende an. Um sie vom Bahnhof abzuholen nahm Dora den Leiterwagen mit und das war gut so, denn Inge schleppte zwei schwere Kisten an. Sie war im letzten Jahr noch hübscher geworden, bald würde sie ihren siebzehnten Geburtstag feiern. Gleich auf dem Heimweg überschüttete sie Dora mit ihren Neuigkeiten. Ein junger Mann war in ihr Leben getreten und ihre Augen leuchteten, als sie ihn beschrieb. Er war bei der FLAK im Süden Leipzigs, in Probstheida stationiert. Dora konnte ein Schmunzeln kaum verbergen, denn sie wusste, dass die Jungs der FLAK bei den jungen Damen ganz hoch im Kurs standen. Der Grund war wohl, dass sie diverse Bevorzugungen im Alltagsleben erfuhren. Ganz schön berechnend, ihre kleine Schwester. Fast hätte Dora sie um ihre erste Liebe beneidet, war doch ihr eigener Liebster so weit entfernt. Nicht nur räumlich. Manchmal war es Dora, als lebten sie sich auseinander.
„Eigentlich schickt mich ja Mutter zu dir“, sagte Inge, nachdem sie es sich oben im Haus gemütlich gemacht hatten. „Sie will wissen, wie es dir geht und ob du dein zweites Kind nun bekommen wirst.“
„Was soll ich machen?“, erwiderte Dora. „Ich habe alles versucht. Zu einer Pfuscherin zum Auskratzen gehe ich auf gar keinen Fall.“
„Dann bekommt Evi eben ein Geschwisterchen“, meinte Inge und begann ihre Nichte zu kitzeln, die das vergnügt genoss.
Am nächsten Morgen war Dora gerade dabei das Frühstück vorzubereiten. Das schwere Radio, das sie am Abend zuvor vom Schrank heruntergenommen hatten um leise Musik zu hören und Evi nicht zu wecken, stand noch auf dem Tisch und störte. Ohne viel zu überlegen nahm Dora den schweren Kasten und wollte ihn mit Schwung auf den Schrank hieven. In dem Moment, als sie das Gerät hochstemmte, spürte sie in ihrem Unterleib einen stechenden Schmerz. Gott sei dank war das Radio schon oben, denn sie ließ es los und ihre Hände glitten auf ihren Bauch.
„Au!“ Mit einem Aufschrei setzte sie sich auf einen Stuhl, gerade in dem Augenblick, als Inge vom Holzholen zurück kam.
„Was ist los?“, rief diese erschrocken aus, als sie Dora in gekrümmter Haltung sitzen sah.
„Ich weiß nicht. Das Baby... Geh schnell runter zum Weingut und hol Frau Weise. Mach schnell, Inge.“

Dora war augenblicklich klar, was geschehen war. Durch das schwere Hochstemmen hatte sich die Frucht gelöst. Was aber nun?
Sie hatte Frau Weise erst kürzlich von der ungewollten Schwangerschaft erzählt, denn es würde sich ja ohnehin bald nicht mehr verheimlichen lassen. Frau Weise hatte sich alles in Ruhe angehört und Dora versichert, sie könne ihre Unentschiedenheit sehr gut verstehen. Sie selbst sei nach Karlheinz noch ein zweites Mal schwanger gewesen, damals, lang vor dem Krieg, hätte dieses Kind aber durch eine Fehlgeburt verloren. Leider, wie sie betonte. Bestimmt wusste sie, was jetzt zu tun wäre.
Dora fühlte sich sterbenselend. Sie saß ganz ruhig und bewegte sich nicht. Schweißperlen standen ihr auf der Stirn, obwohl es im Zimmer nicht heiß war. Evi, die durch den Schrei aufgeschreckt worden war und die angespannte Situation spürte, hatte sich vor Dora auf den Boden gesetzt und nuckelte am Arm ihrer Schlenkerpuppe, wobei sie ihre Mutter unverwandt anschaute. Eine Ewigkeit verging, bis Dora endlich die Stimmen der zwei Frauen hörte.
„Was ist passiert, Frau Schwarz? Wie tut es weh?“ Frau Weise kam mit roten Backen ins Zimmer gestürzt, von einer ängstlich dreinschauenden Inge gefolgt.
„Es zieht ganz furchtbar“, erwiderte Dora mit zusammengepressten Zähnen. „Ich habe richtige Krämpfe.“
„Das sind keine Krämpfe, das sind wahrscheinlich Wehen“, Frau Weise schaute sie an und ihr Blick fiel auf Evi, die noch immer stumm auf dem Boden hockte.
„Inge, bringen Sie die Kleine runter zu Frau Sieder. Sie wohnt bei Frau Popperoth im gleichen Zimmer, in dem Ihre Schwester früher gewohnt hat. Sie hat einen kleinen Sohn, der so alt ist wie Evi. Erklären Sie, was los ist und fragen Sie, ob Evi eventuell über Nacht dort bleiben kann.“
Frau Weise nahm das Kind auf den Arm und strich ihm sanft übers Haar. Sie strahlte im Augenblick eine große Ruhe aus, und Dora vertraute sich ihr voll und ganz an. Obwohl die Krämpfe oder Wehen immer intensiver wurden und sie beide Hände auf ihren Bauch gepresst hielt, begann sie dank Frau Weises Anwesenheit zu entspannen. Inge hatte inzwischen Evis Mäntelchen geholt und zog das Kind an.
„Tschüß, Evchen“, flüsterte Dora, als Inge mit der Kleinen zur Tür hinaus verschwand. Es ging ihr minütlich schlechter. Frau Weise hatte inzwischen einen großen Topf mit Wasser zum Kochen aufgesetzt und sich von Dora sagen lassen, wo alte Tücher lagen. Dann ging alles ganz schnell.

Die Wehen wurden immer schlimmer, das Fruchtwasser ging ab und unter lautem Schreien brachte Dora ein Kind zur Welt. Sie wollte es unbedingt sehen und Frau Weise zeigte es ihr. Es passte gerade in ihre beiden Hände. Ein winziges Kindchen, knapp fünf Monate alt, ein vollständiges, kleines Menschenkind. Ein Junge. Dora weinte, als sie das leblose Körperchen sah. Frau Weise hüllte das tote Kind in Tücher und legte es beiseite. Jetzt galt es, die Mutter am Leben zu erhalten und ihr zu helfen.
Als Inge nach geraumer Zeit zurückkam, war zu ihrer großen Erleichterung schon das Schlimmste vorbei. Sie zog einen Stuhl neben die Couch, auf der Dora im Wohnzimmer lag, setzte sich und hielt Doras Hand. Besorgt betrachtete sie ihre Schwester, die leise vor sich hin stöhnte. Sie kam sich absolut hilflos vor und wusste einfach nicht, was sie sagen sollte. Sollte sie Dora trösten, weil sie ihr Baby verloren hatte oder sollte sie sie beglückwünschen, dass sich dieses Problem nun von alleine erledigt hatte. Sie zog es vor zu schweigen, so konnte sie schon nichts Falsches sagen. Außerdem war ihr furchtbar übel. Sie konnte kein Blut sehen und der Geruch im Raum brachte sie beinahe zum Erbrechen. Endlich war Frau Weise damit fertig die blutigen Tücher auszukochen und aufzuhängen. Sie trat neben Inge und bedeutete ihr, sie könne sich für eine Weile zurückziehen. Erleichtert stand Inge auf und verließ den Raum um frische Luft zu schnappen.
Frau Weise nahm sich Zeit. Sie wusste, wie einschneidend so ein Erlebnis für eine Frau war. Ein Leben lang würde Dora dieses Kind nicht vergessen, würde in Gedanken mit ihm leben. Sie sprach ruhig, erinnerte ihre Bekannte an deren Zweifel, ob es richtig wäre, jetzt im Krieg ein Kind zu bekommen. Vom Schicksal sprach sie und dass es so jetzt doch vielleicht besser wäre. Dora hörte ihr zu und war unsagbar dankbar. Diese Frau konnte genau das ausdrücken, was sie jetzt empfand, Leere und Trauer einerseits, Aufatmen und ein Gefühl von Erlösung andererseits.
„Er sah aus wie mein Waldo. Ich hätte ihn Wolfgang genannt", schniefte Dora.
„Sie werden, wenn die Zeiten besser sind, wieder ein Kind bekommen. Glauben Sie mir." Frau Weise nickte ihr aufmunternd zu. „Jetzt müssen Sie sich ganz schnell erholen, denn Ihre Tochter braucht Sie. Doch bevor wir Evi nach Hause holen, sollten wir den Kleinen begraben."
Frau Weise schaute sie betrübt an und Doras Gedanken kehrten zu dem kleinen Menschlein zurück. Es hatte schon so überraschend fertig ausgesehen, mit kleinen Fingerchen und winzigen Zehen. Ein paar Monate länger und es wäre am Leben geblieben. Ein kleiner Junge. Eigentlich hätte es so

schön sein können. Evi hätte ein Brüderchen gehabt, Waldo einen Sohn. Aber alles Grübeln half ja nun nichts mehr. Es war geschehen, wie vielleicht vorherbestimmt. Frau Weise hatte recht. Nun musste sie nach vorne schauen, zu Kräften kommen. Müde nickte sie und spürte noch, wie ihre Bekannte sich erhob und wegging.

Inge meldete sich im Geschäft für ein paar Tage krank. Zusammen mit Frau Weise hackte sie am nächsten Tag den harten Boden auf und gemeinsam legten sie das in Tücher gewickelte Körperchen in die Erde. Inge hatte es nie gesehen und wollte es auch nicht sehen. Bloß das nicht, es war schon so schlimm genug.

Sie blieb ständig in Doras Nähe und holte Evi stundenweise nach Hause. Die Kleine hatte schon mit dem Buben von Frau Sieder Freundschaft geschlossen und fühlte sich unten im Weingut recht wohl. Jeden Abend, nach der Arbeit kam Frau Weise nach oben. Sie wusch Dora, versorgte sie rührend und brachte meistens etwas zu essen mit. Am Wochenende konnte Dora zum ersten Mal das Haus verlassen. In der warmen Mittagssonne lag sie in warme Decken gehüllt im Liegestuhl und genoss den zarten Hauch von Frühling. Gerne wäre Inge noch länger geblieben, aber sie musste zurück an die Arbeit.

Erst jetzt war Dora in der Verfassung, einen Brief an Waldo zu schreiben. Sie überlegte lange, wie sie es formulieren sollte. „Nun hast du bekommen, was du wolltest", oder so ähnlich. Aber zum Schluss dachte sie, er sei ja eigentlich unschuldig an der Fehlgeburt. Es sei eben alles Schicksal gewesen. „Unser zweites Kind ist zu früh zur Welt gekommen", schrieb sie. „Es ist ein Sohn gewesen, ein kleiner Wolfgang. Er hat genauso ausgesehen wie du."

Wenige Tage nach Inges Abreise traf Martha für ein paar Tage in Bad Kösen ein. Inge hatte ihr von der Fehlgeburt berichtet und Martha wollte ihrer Tochter wenigstens ein bisschen über die schwere Zeit hinweg helfen.

Dora war noch schwach und genoss die Fürsorge ihrer Mutter. Sie hatte im Moment sehr viel Zeit zum Nachdenken. Erstmals seit langem grübelte sie auch über ihr Verhältnis zum Vater nach. Seit dem Zerwürfnis im Sommer 1938 hatte sie ihn kaum gesehen und nur wenige Worte mit ihm gewechselt. Dora wusste, dass er darunter litt. Seitdem sie erfahren hatte, dass Inge eigentlich kein Wunschkind war und sie beinahe die einzige Tochter geblieben wäre, begriff sie, dass sie schon immer Max' Lieblingskind gewesen war. Zu seinen Söhnen hatte er nie einen richtigen Kontakt gefunden. Lange kreisten ihre Gedanken um das Warum? Dabei stieß sie auch darauf, dass ihr kleiner

Wolfgang an Max' dreiundfünfzigstem Geburtstag gestorben war. Sollte das nur Zufall sein? Vielleicht war es ein Wink des Schicksals. Sie hatte ihren Vater nun schon seit Jahren verstoßen und ließ ihn darben. Würde er noch in diesen Krieg eingezogen, sollte er womöglich im Krieg fallen, – sie würde Zeit ihres Lebens nie mehr glücklich werden.
Als sich Martha nach einer Woche für ihre Heimreise fertig machte, schlug Dora Evi vor ein hübsches Bild für den Opa zu malen.
„Ein kleiner Gruß von deinem Enkelkind", schrieb sie dazu und bat ihre Mutter, ihm das Geschenk mitzubringen. Martha sagte nichts. Sie nickte nur und steckte es ein. In ihrem Gesicht konnte Dora weder Zustimmung noch Ablehnung erkennen und fragen wollte sie nicht. Noch besaß sie nicht die Kraft an dieses heikle Thema zu rühren.
Martha war kaum abgereist, da brachte Frau Weise Dora einen kleinen Schäferhundwelpen. Jemand im Ort hätte ihn loshaben wollen, sagte sie, aber Dora vermutete, dass Frau Weise ganz zielstrebig nach einem Hund gesucht hatte, als kleinen Ersatz sozusagen für das Verlorene. Sie freute sich unbändig, denn der kleine Kerl würde bald Schutz bieten und war jetzt schon ein Spielkamerad für Evi. Der tollpatschige Welpe war allerliebst anzuschauen, wenn er einen Stock im Maul hatte und den Kopf knurrend hin und her warf, wobei er nichts sehnlicher wollte, als dass man versuchte, ihm den Stock wegzunehmen. „Er" war in Wirklichkeit eine „Sie" und erhielt den Namen „Dina".
Eigentlich hatte sich noch weiterer Besuch aus Leipzig angekündigt, doch kurz vor dem Wochenende, erlebte die Stadt einen zweiten, weit schlimmeren Angriff als den ersten. Es war die Nacht zum 20. Februar 1944. Briten hatten einen Großangriff geflogen und ihre Bomben vor allem im Westen und Süden der Stadt abgeworfen, genau in dem Gebiet, in dem Doras Wohnung lag. Den ganzen darauf folgenden Morgen wich Dora nicht vom Volksempfänger um Genaueres zu erfahren und zitterte vor Angst um ihre Angehörigen und Freunde. Gegen Mittag, kaum dass sie sich von ihrem ersten Schreck erholt hatte, erklangen auch die Sirenen vom Weingut und sie lief mit Evi im Arm den Berg hinunter. Im Luftschutzkeller war das Radio eingeschaltet und sie hörte, wie der Sprecher einen zweiten Angriff auf Leipzig ankündigte. Lieber Gott, lass meine Eltern und Inge überleben, betete sie im Stillen. Später, nach der Entwarnung, erfuhr sie, dass es dieses Mal ein Angriff der Amerikaner gewesen war, die vor allem die Rüstungswerke Erla und den Flughafenkomplex um Mockau bombardiert hatten. Dora atmete erleichtert auf, erschrak aber erneut, als der Nachrichtenspre-

cher gegen Abend von knapp tausend Toten und 50 000 Obdachlosen sprach.
Wie konnte sie nur herausfinden, ob ihre Angehörigen und Freunde den Angriff überlebt hatten? Hinfahren erschien sinnlos. War es doch nicht sicher, ob die Züge überhaupt noch führen. Die Telefonleitungen waren völlig überlastet und zum Teil zusammengebrochen. Sorge und Unruhe um ihre Lieben machten die junge Frau beinahe wahnsinnig. Immer wieder versuchte sie vom Weingut aus zu telefonieren, aber erst nach zwei Tagen bekam sie endlich eine Verbindung und erreichte ihre Freundin.
„Deiner Familie geht es gut", beruhigte Gertrud sie als erstes. Sie habe bei Doras Eltern vorbeigeschaut um sich nach deren Befinden und vor allem nach Doras Zustand zu erkundigen.
„Wie fühlst du dich inzwischen?"
„Das ist alles soweit in Ordnung. Sag mir lieber wie es in der Stadt aussieht", drängte sie Gertrud, denn man wusste nie, wie lange die Verbindung hielt.
In wenigen Worten schilderte Gertrud den Zustand nach dem verheerenden Angriff, bei dem vierzig Minuten lang ununterbrochen Bombe auf Bombe gefallen war. Die Zerstörungen in einigen Teilen der Stadt waren unvorstellbar. Es gab kein Gas mehr zum Backen oder Kochen, das Trinkwasser war knapp. Viele Menschen hausten in Ruinen, einige Straßenzüge glichen einer Gespensterstadt, überall lagen Trümmerhaufen. Das Haus, in dem Gertrud wohnte, und ihre Familie selbst waren verschont geblieben. Aber Dora ahnte etwas, sie hörte es zwischen den Zeilen heraus und ließ nicht locker, bis Gertrud die Hiobsbotschaft, die sie eigentlich hatte verschweigen wollen, schonend hervorbrachte.
„Bitte, reg dich nicht auf. Du hättest es ja sowieso bald erfahren. Das Haus in der Reitzenhainer Straße, in dem du gewohnt hast, steht nicht mehr. Es wurde von einer Bombe getroffen und ist bis auf die Grundmauern zerstört. Die Bewohner konnten sich Gott sei Dank alle retten. Aber deine Wohnung gibt es nicht mehr. Es tut mir so leid für dich."
Wie in Trance verabschiedete Dora sich von ihrer Freundin und legte den Hörer auf. Sekundenlang schloss sie die Augen und knetete ihre Hände. Sie konnte sich im Augenblick nicht darüber freuen, dass es allen Menschen, die ihr am Herzen lagen, gut ging. Zu sehr erschütterte sie das Gefühl, dass sie dem Tod vielleicht nur knapp entgangen war. Der Gedanke an das „Beinahe hätte es auch mich erwischt" ergriff sie zutiefst und warf sie völlig aus der Bahn. Sie mochte gar nicht daran denken, was hätte geschehen können,

wenn sie sich zwei Monate zuvor nicht entschieden hätte, die folgenden Kriegsmonate im Berghaus zu verbringen.
Evi, die neben ihr stand, begann sich zu langweilen und quengelte. Geistig abwesend nahm Dora sie bei der Hand und machte sich mit ihr auf den Heimweg. Der kleine Hengst der Shetlandponys kam sie begrüßen und knabberte an ihrer Hand, als spürte er ihr Leid, doch als keine Reaktion kam, galoppierte er wieder weg.
Oben ließ sie sich auf die Couch sinken und weinte bitterlich. In Gedanken schritt sie noch einmal durch ihre kleine Leipziger Wohnung, in der sie so viel erlebt hatte. Sie sah die Möbel, nichts Besonderes, nein, aber es waren ihre ersten eigenen Sachen gewesen: Das Bett, auf dem sie sich mit Waldo geliebt hatte, ihre kleine Küche. Alles, was ihr lieb war, existierte nicht mehr. Nun war das Weinberghäuschen hier in Bad Kösen ihr einziges Zuhause. Als ob sie den Raum zum ersten Mal sähe, blickte sie sich um. Fast war ihr, als ob man die Seile des Schiffes gekappt hätte, auf dem sie von jetzt an herrenlos und heimatlos im Wasser trieb. Sie selbst konnte nichts mehr steuern. Wohin würde diese Reise sie wohl noch führen?

Einen Monat später wurde Evi zwei Jahre alt. Wie erstaunt war Dora, als die Briefträgerin ihr ein Päckchen von Waldos Eltern überreichte adressiert an „Evelyn Schwarz". Neugierig ließ sie das Kind aufpacken. Schnell schlug ihre Überraschung in komplette Verärgerung um, denn in dem Päckchen befanden sich eine Geburtstagskarte und...Kartoffeln! Dora schüttelte die Kiste hin und her, aber es kam nichts anderes zum Vorschein. Diese Frau musste verrückt sein! Wie kam sie auf die Idee, ihrem Enkelkind Kartoffeln zum Geburtstag zu schicken? Was für eine verrückte Familie! Mutter verrückt, Tochter verrückt, nur der Vater und Waldo schienen davon unberührt zu sein.
Waldos Geburtstagsgruß an sein Töchterchen kam aus Nordfrankreich, wohin er zu Beginn des Jahres kommandiert worden war. Er hatte seinen Brief mit allerlei gezeichneten Tieren verziert, Bären, Mäusen und Hunden, die Evi ausgiebig bewunderte. Dora war unsagbar erleichtert über Waldos Versetzung. Ihre Erleichterung war irrational – und sie wusste es. Der Krieg war überall, er bedeutete täglich Lebensgefahr. Aber es gab ihr einfach ein gutes, beruhigendes Gefühl ihn kilometermäßig näher zu wissen. Außerdem musste er nun nicht mehr in diesem entsetzlich kalten Russland leben. Hitler hatte seit August 1942 in Nordfrankreich den Atlantikwall errichten lassen, ein ausgedehntes System an Befestigungsanlagen, Bunkern und Flugplätzen.

Nun wollte er diese invasionsbedrohte Küste verteidigungsbereit machen und verlagerte Menschen und Material nach Westen.
Auf die Nachricht von der Fehlgeburt hatte Waldo ihr einen lieben Brief geschrieben. Er sei sehr traurig, dass alles so gekommen sei. Sie solle aber bei all ihrem Kummer bedenken, dass der Krieg noch immer nicht zu Ende sei. Im Gegenteil, er glaube, dass weitere entsetzliche Entsagungen auf sie alle zukämen. Deshalb sei es im Augenblick auch besser, nicht noch ein zweites Kleinkind versorgen zu müssen.
Nun musste sie ihm die nächste schlechte Nachricht mitteilen, dass nämlich ihre Leipziger Wohnung nicht mehr existierte. So gut sie konnte, versuchte sie ihm Mut zu machen, denn sie wusste, wie wichtig die Briefe aus der Heimat für ihn waren. Trotzdem konnte sie es sich nicht verkneifen auch Elisabeths Päckchen in ihrem Brief zu erwähnen. Sollte er sich mit seiner Mutter auseinander setzen. Ihr, Dora, war diese Sache doch einfach zu dumm.
In den nächsten Tagen las sie per Zufall eine Annonce in einer Zeitung, in der eine Frau aus Mannheim dringend eine Zuflucht suchte. Gegen gute Bezahlung, wie sie schrieb. Dora beschloss auf die Annonce zu antworten. Mit einer Mitbewohnerin wäre sie nicht mehr so alleine und Geld konnte sie immer gebrauchen.
Bald schon zog Frau Reinhard bei ihr ein. Sie reiste im Pelzjäckchen, Seidenstrümpfen und Lederhandschuhen an und Dora fühlte sich geehrt, dass diese Frau bei ihr wohnen wollte, hatte Dora ihr doch genau beschrieben, welche Art von Unterkunft sie bieten konnte. Doch schon nach wenigen Tagen stellte sich heraus, dass diese Dame nicht ganz so fein war, wie sie wirkte. Frau Reinhard – „Nenn mich bitte Lucie" – hatte, wie sie freimütig erzählte, in Mannheim ein Freudenhaus der gehobenen Klasse geleitet. Dort war sie inzwischen ausgebombt und nun brauchte sie vorübergehend ein Quartier, bis sich ein neues Arbeitsfeld auftat. Sie war eine gewandte, herzliche Frau, und Dora bewunderte vieles an ihr. Faszinierend fand sie vor allem, wie diese Frau die Männer zu benutzen verstand und sich dadurch ein Leben in Saus und Braus ermöglichte. Neben ihr kam Dora sich wie ein kleines Dummerchen vom Lande vor, eine brave Soldatenfrau, die außer Putzen, Kochen, Waschen und Kinder großziehen nichts erlebte.
Lucie merkte recht schnell, dass das Leben auf dem Berg nicht das Richtige für sie war. Nachdem sie mehrmals nachts bei Bombenalarm in ihren feinen Schuhen durch Matsch, Hühnerkot und Pferdeäpfel zum Weingut hinuntergelaufen war, erklärte sie Dora, sie werde sie leider wieder verlassen müssen.

Die beiden Frauen hatten sich während der kurzen Zeit blendend verstanden, und da jede die Andersartigkeit der anderen respektiert hatte, war zwischen ihnen eine seltsame Art von Freundschaft entstanden, so dass sie sich beim Abschied versprachen Kontakt zu halten. Ein gutes Jahr später würde Dora Lucie in Mannheim wegen einer dringenden Angelegenheit aufsuchen, doch damals konnte sie das noch nicht ahnen.

Kurze Zeit nach Lucies Abreise deutete Frau Weise an, dass sie sich unten im Weingut aus diversen Gründen nicht mehr so wohl fühlte wie bisher. Sie fragte Dora, ob sie nicht für einige Zeit zu ihr hoch ins Haus ziehen könnte, und da Dora nach wie vor unter der Einsamkeit litt, nahm sie den Vorschlag glücklich an. So kam es, dass sie den ganzen Sommer über Gesellschaft hatte und mehr und mehr davon ausging, in Frau Weise eine neue Freundin gefunden zu haben, einen Ersatz für Gertrud, deren Nähe und Vertrauen sie sehr vermisste.

Da Dora das Berghäuschen nun ständig bewohnen würde, beschloss sie sich ein paar Tiere zuzulegen. Sie kaufte ein Hasenpaar, welches sich in Windeseile vermehrte, sowie Zwerghühner, die für frische Eier sorgten, und einen hübschen Hahn dazu. Dina, die Schäferhündin wachte über allem. Leider musste sie immer an der Kette bleiben, denn sie war nicht davon abzubringen die Hühner zu jagen. Außerdem verließ sie gar zu gerne das uneingezäunte Grundstück und ging im nahe gelegenen Wäldchen auf stundenlange Streifzüge. Dort aber hätte sie leicht in eine Falle geraten oder vergiftete Köder fressen können.

Mit der warmen Frühlingssonne wurde das Leben auf dem Berg wieder angenehmer. Dora brauchte endlich nicht mehr zu heizen und konnte sich mit dem Kind tagsüber schon längere Zeit im Garten aufhalten. Sie versorgte die Tiere, schnitt hier und da vertrocknetes Gesträuch ab und verlegte ihre große Wäsche ins Freie. Sie liebte den Frühling, wenn die Knospen der Obstbäume mit jedem Tag praller wurden, bis sie sich von einem Tag zum anderen öffneten und ihre ganze weiße Pracht entfalteten. Schon während des Tages freute Dora sich auf die Abende, wenn Frau Weise nach der Arbeit nach oben ins Häuschen kam und sie stundenlang saßen und sich über ihr Leben austauschten. Frau Weise erzählte von ihrem Vater in Oschersleben, zu dem sie vielleicht nach dem Krieg ziehen würde und von ihrer verheirateten Tochter in Berlin. Auch über Karlheinz sprachen sie viel. Nach nur wenigen Stunden militärischer Schulung hatte man dem armen Jungen eine Armbinde mit dem Aufdruck „Deutscher Volkssturm – Wehrmacht“

sowie ein Soldbuch in die Hand gedrückt und ihn zusammen mit Hunderten anderer nach Frankreich an die Westfront geschickt.
Eines Abends kam Dora auf den Hund zu sprechen.
„Die Dina hat heute Evi gezwickt, nicht schlimm, aber das dauernde An-der-Kette-Sein ist nicht gut für den Hund."
Sie wartete eine Weile auf Frau Weises Reaktion und als diese schwieg, fuhr sie fort: „Am liebsten würde ich den Hund frei laufen lassen, aber das geht nicht wegen der Hühner. Außerdem mache ich mir Sorgen um Evi."
„Sie meinen also, es wäre besser, den Hund wegzugeben." Frau Weise schaute Dora nachdenklich an. Sie schien nicht gekränkt darüber, dass Dora ihr Geschenk nicht mehr haben wollte, sondern hatte das Problem als solches erkannt.
„Ja", erwiderte Dora zögernd. „Ich hoffe nur, Sie sind mir deshalb nicht böse. Auch für den Hund wäre es sicher besser." Sie wollte Frau Weise auf keinen Fall vor den Kopf stoßen. Aber sie machte sich wirklich Sorgen, dass Dina durch ihr Dasein als Kettenhund bösartig werden könnte. Außerdem wurden ihr die täglichen Spaziergänge mit dem Hund zu anstrengend, ganz abgesehen von der Futtermenge, die das Tier benötigte.
„Sie haben recht. Ich habe mir das damals nicht genügend überlegt", entgegnete Frau Weise ruhig und sachlich. „Ich werde mich darum kümmern. Vielleicht ist jemand in der Saalstraße ganz froh einen Wachhund zu bekommen."
Dora fiel ein Stein vom Herzen.
Schon wenige Tage später hatte Frau Weise eine Familie für Dina gefunden. Erst in der Minute des Abschieds merkte Dora, wie sehr sie sich doch an das Tier gewöhnt hatte und war froh, dass Frau Weise es ihr abnahm den Hund wegzubringen.
Es war Mitte Mai, als sie beim abendlichen Nachrichtenanhören erfuhren, dass in Nordfrankreich eine gewaltige Bombardierung stattfand. Waldo befand sich wieder einmal mitten im Kriegsgeschehen. Auch Karlheinz, Frau Weises Sohn, war in diesem Gebiet stationiert. Entsetzt schlug Frau Weise die Hände vors Gesicht. Dora, die schon seit Jahren wiederholt mit ähnlichen Schreckensnachrichten zu kämpfen gehabt hatte, schüttelte nur verzweifelt den Kopf und jammerte: „Nimmt das denn niemals ein Ende!"
In ihrem gemeinsamen Leid, zu einer Schicksalsgemeinschaft verwoben, machten sie sich gegenseitig Mut. Hoffentlich würden ihre Lieben den geballten Angriff der Feinde überleben! Tag für Tag fieberten sie der abendlichen Berichterstattung entgegen und klammerten sich daran, dass die NS

Propaganda stimmte, die den Atlantikwall seit Jahren als uneinnehmbar beschworen hatte. Doch das Bollwerk fiel in kurzer Zeit und die alliierten Truppen landeten an der Küste der Normandie.
Die Post funktionierte in dieser Zeit nur noch mit großen Einschränkungen und manchmal vergingen ein bis zwei Wochen, ohne dass ein Brief von Waldo kam. In dieser Zeit litt Dora Höllenqualen. Als endlich wieder eine Nachricht von Waldo eintraf, ließen seine Berichte das Schlimmste befürchten. Er schrieb, die Truppe würde nur noch mangelhaft mit Nachschub versorgt, die Untergrundkämpfer der französischen Résistance machten ihnen sehr zu schaffen, pro Tag würden mehrere hundert Soldaten fallen.
Wie gerne hätte Dora in dieser Zeit wieder Besucher aus der Stadt bei sich gehabt um sich dadurch ein bisschen vom Kriegsgeschehen ablenken zu lassen. Aber es bestand schon seit langem ein Fahrverbot für Zivilpersonen und niemand kam. Bald erreichte sie ein lieber Brief von Max, ihrem Vater. Er hätte sich sehr über Evis Bild gefreut, schrieb er, und ganz besonders über ihren Gruß. Er würde sie und sein Enkelkind sehr gerne wiedersehen, ob sie denn nicht einmal nach Leipzig käme. Vorerst nicht, dachte Dora. Sie fühlte sich hier draußen auf dem Land sicherer und hoffte, dass ihr Vater nicht doch noch eingezogen würde. Mit seinen sechs oder sieben Leistenbrüchen war er ja wirklich nicht der gesündeste. Er konnte von Glück reden, dass er bisher ungeschoren davongekommen war. Wahrscheinlich lag es daran, dass er in einer großen Druckerei arbeitete und dort unabkömmlich war.
Eines Tages im Juli, als Dora und Frau Weise gerade beim Einkochen von Erdbeermarmelade waren, hörten sie in den Nachrichten von einem Bombenattentat auf Hitler. Wie durch ein Wunder sei der Führer unverletzt geblieben.
„Sein Tod hätte den Krieg vielleicht schneller beendet", sinnierte Frau Weise und unterbrach das Spülen der alten, leeren Marmeladegläser. Dora dachte zwar genau das Gleiche, aber sie hätte nie gewagt solche Gedanken vor Frau Weise auszusprechen. Obwohl sie ja nun zusammen wohnten, traute Dora ihr aus einem diffusen Gefühl heraus nicht hundertprozentig. So hätte sie zum Beispiel Frau Weise gegenüber auch nie erwähnt, dass sie ab und zu die BBC abhörte. Zwischen den beiden Frauen blieb letztendlich eine Distanz, Dora wusste selbst nicht, warum. Vielleicht lag es an der unterschiedlichen Bildung, vielleicht führten sie doch nur eine vorübergehende Zweckgemeinschaft. Was den Krieg jedoch betraf, herrschte zwischen ihnen das stille Einverständnis, dass er verloren war. Das Ende war nur eine Frage der

Zeit. Sie führten ein erregtes Gespräch über die eventuellen Konsequenzen des Attentats und die zu erwartende Reaktion in der Bevölkerung, in dem Dora sagte: „Jetzt werden seine Anhänger behaupten, dass Hitler so unverletzlich sei wie Siegfried in der Nibelungensage. Unser glorreicher, vom Schicksal bestimmter Führer."
Kaum hatte sie die Worte ausgesprochen, biss sie sich auf die Zunge. Zu unüberlegt hatte sie sich von Frau Weises Kritik anstecken lassen. Tür und Fenster standen weit offen und es war nie ganz auszuschließen, dass irgendjemand mithörte. Noch immer mussten diejenigen mit drakonischen Strafen rechnen, die sich öffentlich über Hitler mokierten oder Zweifel am Endsieg äußerten. Sie nahm sich eindringlich vor, wieder mehr auf ihre Äußerungen zu achten. Auch hier, in ihrem vermeintlich sicheren Berghäuschen, durfte sie kein Risiko eingehen.
In diesen Sommermonaten jagte eine Nachricht die andere. Der Leipziger Hauptbahnhof wurde in einem amerikanischen Präzisionsangriff völlig zerstört. Der Zugverkehr brach völlig zusammen und Dora gab die Hoffnung auf Besucher aus der Stadt vollends auf. Sie würde sich wohl auf unbestimmte Zeit mit ihrer Einsamkeit abfinden müssen.
Paris war von den Alliierten befreit worden und da die französische Hauptstadt stellvertretend für ganz Frankreich stand, erwarteten viele nun das baldige Ende des Krieges. Ein weiteres Anzeichen dafür war, dass Waldos Division sich wieder einmal auf einem strategischen Rückzug befand. Leider herrschte im Moment eine komplette Urlaubssperre.
Wenn Zarah Leanders Lied im Radio erklang: „Ich weiß, es wird einmal ein Wunder geschehn und dann werden wir uns wieder sehn", schossen Dora die Tränen in die Augen. Sie klammerte sich mit ihrer Hoffnung an diesen Liedtext, hoffte auf das Wunder, ihren Waldo gesund wiederzusehen. Sie hoffte und wollte es, aber „wusste" sie es? Immer wenn sie hörte, dass wieder ein Ehemann gefallen war, geriet sie Panik. Nachts lag sie wach, dachte an ihn und begann ihre Brüste zu streicheln, ihren Körper, der nach Liebe dürstete. Sie versuchte sich daran zu erinnern, wie es gewesen war, als sie sich das letzte Mal geliebt hatten, an sein stürmisches Begehren, an ihre lustvolle Hingabe. Sie verfluchte diesen Krieg, der ihr nach einer nur zwei Jahre andauernden, wunderschönen Beziehung inzwischen mehr als vier Jahre Einsamkeit gebracht hatte, der eine Zäsur in ihr Leben gesetzt, zu einer neuen Zeitrechnung geführt hatte. Und wenn er nun nicht zurückkäme? Wären diese paar Wochen Liebe dann ihr Leben gewesen? So gut es ging untersagte sie sich diese Gedanken, redete sich ein, er hätte einen

Schutzengel. Er kommt zurück, wenn du nur fest genug daran glaubst, hatte Gertrud bei einem ihrer letzten Treffen zu ihr gesagt. Wie ihr Gertrud fehlte! Wenn sie ihre Freundin doch nur einmal wieder sehen könnte. Ihr fröhliches, ansteckendes Lachen würde ihr sofort wieder Mut machen.

Der Herbst zog ins Land und Hitler schickte seine letzte Reserve in den Krieg. Im Volkssturm wurden nun alle Männer von 16 bis 60 einberufen, um den Heimatboden zu verteidigen.

„Was für ein Hohn. Jetzt sollen die Kinder und die Greise den Krieg für Deutschland gewinnen", rief Frau Weise, als sie die Nachricht hörte. So wie sie bezweifelte ein Großteil der Bevölkerung die Effektivität dieser letzten Kampftruppen. Dennoch gab es genügend junge Burschen, die nur darauf brannten, für ihren Führer kämpfen zu dürfen.

Als ein Brief aus Leipzig eintraf, befürchtete Dora das Schlimmste. Aber nicht ihren Vater hatten sie eingezogen, wie sie erwartet hatte, sondern Gerhart, ihren ältesten Bruder, den Tbc-Kranken. Der Brief erschütterte sie und machte sie zugleich rasend vor Wut. Es war ein Verbrechen, einen gesundheitlich dermaßen angeschlagenen Mann in den Krieg zu schicken. Wie konnten sie ihm das nur antun! Aber hätten sie statt seiner einen weiteren Halbwüchsigen oder einen alten Mann einziehen sollen? Schreckliche Gedanken. Dora schüttelte sich unmerklich um sie loszuwerden. Sie wäre gänzlich verzweifelt, hätte sie damals schon den furchtbaren Auftrag gekannt, den man ihrem Bruder zugedacht hatte. Doch davon und von dem Wunder seiner Rettung sollte sie erst lange nach Kriegsende erfahren.

Schon hörte man, dass die ersten US-amerikanischen Soldaten deutschen Boden bei Luxemburg betreten hatten. Kurz darauf zogen sie in das vollständig zerstörte Aachen ein. Vom Osten her setzte ein großer Flüchtlingsstrom ein, viele Ostpreußen flüchteten vor den brutalen Übergriffen der Russen, doch noch immer verbreitete die NS-Propaganda Berichte voller Zuversicht. Dora plagte vermehrt die Angst vor einer ungewissen Zukunft. Sie erinnerte sich an das Gespräch mit Gertrud und deren Schwester Marlies. Wer würde zuerst kommen, die Russen oder die Amerikaner? Was würde ihr geschehen, hier oben so allein? Sie hatte panische Angst vor den Bolschewisten, die angeblich Frauen vergewaltigten und verschleppten. Manchmal, wenn Dora bei einem Alarm den Weinberg erst sehr spät hinunter lief, flogen Formationen amerikanischer Flugzeuge schon so niedrig über sie hinweg, dass sie ihre Insignien erkennen konnte. Aus vollem Herzen schickte sie ihnen Siegeswünsche mit und hoffte, dass sie vor den Russen als Befreier kämen.

Auch in diesem Jahr waren die sonnigen Herbsttage für Dora angefüllt mit emsiger Arbeit. Zufrieden stellte sie fest, wie gut es ihr doch ging verglichen mit dem, was mancher Einheimische im Ort besaß. Sie hatte genug Obst, Eier, und ab und zu etwas Fleisch, wenn sie ein Huhn oder einen Hasen schlachtete. Sie hatte gehört, dass man aus Bucheckern Öl pressen lassen konnte und verbrachte fortan Stunde um Stunde mit Evi beim Aufsammeln der kleinen Früchte, bis der Rücken schmerzte und die Knie weh taten. Als Lohn der mühseligen Arbeit erhielt sie etwas weniger als einen Viertelliter des begehrten Öls, aber es war besser als nichts. Einmal täglich lief sie mit Evi die lange Saalstraße entlang in den Ort, um den halben Liter Magermilch zu holen, der dem Kind zustand, bei Dina vorbei, die jetzt in einer der Villen lebte.

Anfang November lag endlich wieder ein Brief von Waldo in der Holzkiste unten am Weg. Dora riss ihn ungeduldig auf und verschlang die Worte. Er lebte! Es ging ihm gut! Sie presste den Brief an ihr Herz und schloss für einen Moment die Augen. Danach las sie den Brief ein zweites Mal um den Inhalt der Zeilen zu verstehen. Waldo schrieb, es herrsche nach wie vor Urlaubssperre, aber er sei demnächst für vierzehn Tage in der Eifel stationiert, und sie solle doch unbedingt versuchen dorthin zu kommen. Überglücklich lief sie den Bergweg hinauf, malte sich das Treffen mit ihm aus und erzählte Evi unablässig, dass sie ihren Vati besuchen gingen. Am Abend überschüttete sie Frau Weise voller Freude mit den Neuigkeiten.

„Wären Sie so lieb und würden Sie in den nächsten zwei Wochen nach den Tieren schauen?“, bat sie.

„Aber ja doch.“ Frau Weise schien sich geehrt zu fühlen.

„Was mache ich nur mit den Pflaumen?“, überlegte Dora und deutete auf die Eimer mit den Früchten, die in der Küche standen. Sie hatte vorgehabt am nächsten Tag Mus daraus zu kochen. Waldos Brief nach zu urteilen, musste sie sich aber sofort auf den Weg machen, jeder Tag war kostbar.

„Fahren Sie nur, Frau Schwarz. Das mache ich schon“, bot ihr Frau Weise an und Dora willigte gerne ein.

Sie packte in aller Eile das Notwendigste und machte sich auf den Weg. Zu jener Zeit war es sehr beschwerlich zu reisen. Die Züge fuhren nicht mehr pünktlich und waren völlig überfüllt. Dora musste immer wieder umsteigen und erlebte dabei die schrecklichen Auswirkungen dieses Krieges hautnah mit. Dort, auf ihrem Weinberg, war sie von dem wahren Ausmaß des Krieges verschont. Nun aber traf sie auf den großen Bahnhöfen mit Hunderten von Polen, Franzosen und Ukrainern zusammen. Die Hallen glichen einem

riesigen Flüchtlingslager. Heimatlose Menschen standen in Gruppen zusammen, die meisten ohne Mäntel, schmutzig und frierend. Viele schleppten schwere Bündel, einige Frauen trugen Säuglinge. Alles wimmelte durcheinander, als wäre halb Europa zu einer Völkerwanderung aufgebrochen.
Dora fuhr dritter Klasse, denn in der zweiten Klasse saßen die Offiziere und deren Damen. Die Menschen in den Abteilen wirkten verbittert und müde, viele starrten gleichgültig vor sich hin. Sie traf eine Familie auf der Flucht, die aus Frankfurt kam, ausgebombt war und nun zu ihren Verwandten weiterreiste. Ihr weniges gerettetes Hab und Gut hatten sie in einem Koffer und einer Kiste verstaut. Das war alles, was ihnen geblieben war. Im Nebenabteil saßen Hitlerjungen, junge Burschen nicht älter als Karlheinz, die gerade erst einberufen worden waren und in ein Wehrvorbereitungslager fuhren. Sie überflog die zarten Gesichter, auf denen sich noch keine Spur von Bartwuchs zeigte, und suchte, ob zufälligerweise Horst Braun unter ihnen saß, der mit seinem Bruder Dietmar vor zwei Jahren seine Sommerferien bei ihr auf dem Berg verbracht hatte, aber er war nicht dabei. Wie es den Brauns wohl ging? Sie hatte den Kontakt zu ihnen verloren und wusste auch nicht, wo sie inzwischen wohnten. Der Krieg hatte die Menschen in alle Himmelsrichtungen zerstreut.
Plötzlich hörten sie einen pfeifenden, schrillen Ton. Tiefflieger! Unwillkürlich duckten sich die Reisenden in Todesangst, obwohl sie überhaupt nichts an ihrem Schicksal hätten ändern können. Eine Ewigkeit lang erwarteten sie ihr Ende, oder aber das Abklingen des furchtbaren Geräuschs. Dora hatte Evi unwillkürlich mit ihrem Oberkörper geschützt. Kaum war der Spuk vorbei und die Anspannung ließ nach, begann die Kleine vor Angst laut zu jammern. Auch den anderen Menschen im Abteil saß der Schreck noch Stunden später in den Gliedern. Ihnen allen war klar, dass sie unbändiges Glück gehabt hatten.
Die lange Reise war für Evi sehr anstrengend, sie wurde immer unleidlicher. Endlich kamen sie unbehelligt am Zielort an und Dora fand ein Zimmer in einer einfachen Pension.
Leider durfte Waldo die Kaserne erst am Abend verlassen und so wartete Dora vor dem Kasernentor auf ihn, genauso wie es in dem Lied von Lili Marleen besungen wurde.
Und dann das Wiedersehen. War das eine Freude!
Waldo presste Dora so fest an sich, dass sie glaubte keine Luft mehr zu bekommen. Verzweifelt und stürmisch küsste er sie. Alles Verlangen, alle

Sehnsucht lag in diesem ersten, langen, nicht enden wollenden Kuss. Gerührt wandte er sich anschließend dem Kind zu.
„Wie hast du dich verändert, du bist ja richtig groß geworden!"
Evi, die bisher ohne jeglichen Kontakt zu einem Mann aufgewachsen war, fremdelte. Sie weigerte sich dem Unbekannten ein Küsschen zu geben, indem sie sich abwandte und ihn wegschubste.
„Das gibt sich", meinte Dora. „Sie braucht nur ein bisschen Zeit."
Doch ein erster, tiefer Stachel saß in Waldos Fleisch. Den Abend verbrachten sie mit Erzählen und Schmusen in Doras Pensionszimmer. An mehr war nicht zu denken, denn Evi war putzmunter und hatte inzwischen auch ihre Zurückhaltung verloren. Sie hüpfte zwischen ihren Eltern herum und kletterte auch auf Waldos Schoß. Versonnen schaute Dora den beiden zu. Waldo hatte sich sehr verändert. Die Härte in seinem Blick war neu, die Augen hatten sich verengt. Sein Gesicht schien hagerer, die Wangen eingesunken. Viel zu früh erhob er sich und sagte, er müsse zurück in die Kaserne, das Tor würde um zweiundzwanzig Uhr geschlossen.
„Versuch mal zu erreichen, dass sie morgen Abend schläft", flüsterte Waldo bei der Verabschiedung.
Die nächsten Abende trafen sie sich jeweils für ein paar Stunden in ihrem Zimmer und verbrachten eine ungestüme Phase des Wiedersehens, während Evi schlief. Sie freuten sich unbändig auf den Sonnabend, wenn Waldo Ausgang bekäme, dann könnten sie endlich wieder ein Weile lang Familie zu dritt erleben.
Der Tag begann mit Eiseskälte. In einer herrlich verschneiten Landschaft unternahmen sie einen ausgiebigen Morgenspaziergang, flüchteten aber gegen Mittag zum Aufwärmen in eine einfache Gaststätte. Das Tagesgericht bestand aus Kartoffelsuppe und Wirsinggemüse, an sich nichts Schlechtem, doch es schmeckte Evi nicht.
Mit allen Überredungskünsten versuchte Dora sie zum Essen zu animieren, aber die Kleine verkreuzte ihr Arme über der Brust und weigerte sich. Waldo wurde zusehends nervöser. Die ganzen Tage über hatte Dora schon gemerkt, dass er unter großer Anspannung stand. Auch rauchte er deutlich mehr als früher.
Schließlich hielt er es nicht mehr aus. Er bog Evis Arme auseinander, drückte ihr den Löffel in die Hand und sagte streng: „Da! Und jetzt iss!"
Mit aller Kraft schleuderte Evi wütend den Löffel durch die Gaststube und rief dabei ein energisches „Nein!"

Im gleichen Moment hatte Waldo ihr schon eine Ohrfeige verpasst und die Kleine fing laut an zu weinen. Die Leute im Lokal schauten zu ihnen herüber. Die meisten lächelten, aber Waldo wäre am liebsten aufgestanden und hinausgegangen. Er konnte das quengelige Kind kaum noch ertragen. Dora versuchte Evi, so gut es ging, zu beruhigen, aber das restliche Essen verlief frostig. Nach dem Essen eskalierte der Streit draußen vor dem Lokal weiter.
„Du erziehst sie zu nachgiebig. Sie ist völlig verwöhnt", warf Waldo Dora vor.
„So ein Unsinn. Sie ist nur ein bisschen durcheinander. Hättest du sie in Ruhe gelassen, wäre alles schnell vorbeigegangen und sie hätte gegessen."
„Du hast ja gesehen, was sie gemacht hat. Wo soll denn das noch hinführen, wenn sie sich jetzt schon nicht zu benehmen weiß?"
„Sie ist doch erst zweieinhalb Jahre alt." Dora schnappte nach Luft, während die Kleine sich ängstlich an sie drückte. Sie wollte nichts mehr mit dem bösen Vati zu tun haben. Selbst Stunden später, als Dora und Waldo das Thema schon längst abgeschlossen hatten und wieder ein normaler Umgangston vorherrschte, war bei Evi die Erinnerung an diese erste Ohrfeige noch wach. Der gerade erst zustanden gekommene Kontakt zu ihrem Vati hatte zumindest vorübergehend einen Riss bekommen.
In der Zwischenzeit trafen in dem kleinen Ort täglich mehr Frauen ein, die ihre Männer, Freunde oder Söhne hier besuchen wollten. Eine solch große Anzahl sammelte sich an, dass zu Beginn der zweiten Woche der Aufenthalt der Frauen im Ort und in der näheren Umgebung strengstens verboten wurde. Die Soldaten bekamen Ausgangssperre und Dora musste schweren Herzens wieder abreisen. Immerhin hatten sie dem Schicksal ein paar wertvolle Tage abgerungen.
Ausgerechnet am Tag vor der Heimreise war Koblenz bombardiert worden. Als Dora dort mit dem Bus eintraf, erkannte sie die Stadt, die sie erst ein paar Tage zuvor durchquert hatte, nicht wieder. Inzwischen herrschte das reinste Chaos. Die Straßen waren mit Bombenkratern übersät und sie musste, um überhaupt voranzukommen, über riesige Trümmerhaufen klettern. Überall gruben die Menschen mit bloßen Händen nach Verschütteten oder versuchten ein wenig von ihrem Eigentum zu retten. Mühselig bahnte sich Dora mit Evi ihren Weg. Als sie den Hauptbahnhof endlich erreicht hatte, fand sie ihn in Schutt und Asche vor.
Großer Gott, was nun? Wie sollte sie je aus dieser zerstörten Stadt herauskommen?

Sie fragte Leute auf der Straße, aber niemand wusste Bescheid. Eine Auskunft, an die man sich hätte wenden können, existierte nicht mehr. Der Bahnbeamte, den sie fragte, antwortete gereizt: „Ich weiß doch auch nicht mehr als Sie, gute Frau."

Zu allem Übel weinte Evi ununterbrochen, weil sie endlich heim wollte. Schließlich bekam Dora mit, dass doch noch eine Straßenbahnlinie fuhr. Ganz außen um die Stadt herum brächte sie die Menschen zu einem Vorortbahnhof, von wo aus sie ihre Heimreise antreten könnten. Erschöpft drängte sie sich in die völlig überfüllte Bahn und war froh die verwüstete Stadt hinter sich lassen zu können.

Gegen drei Uhr nachts kam Dora mit ihrer Tochter todmüde am Berghäuschen an. Sie wunderte sich zwar, dass Frau Weise nicht im Haus war und sie die Türe nicht abgeschlossen hatte, aber sie war viel zu kaputt um sich noch weitere Gedanken darüber zu machen.

Erst am nächsten Morgen ahnte sie Schlimmes. Die Pflaumen standen noch genauso, wie sie sie verlassen hatte. Sie waren inzwischen von Moder übersponnen und im Raum schwirrten Unmengen kleiner Obstfliegen. Frau Weises Sachen waren nicht mehr da und als Dora nach den Tieren schaute, fehlte der kleine Hahn. Böses ahnend lief Dora zum Weingut um dort nach dem Verbleib von Frau Weise zu fragen. Sie sei zu ihrer Tochter nach Berlin abgereist, sagte man ihr. Frau Popperoth war von der Abreise ihrer Wirtschafterin ebenso überrascht worden wie Dora und teilte deren Ärger.

Da stand sie nun also wieder alleine da, und das kurz vor Weihnachten. Wie kann man sich in einem Menschen nur so täuschen, dachte Dora, als sie mit Evi den Berg hinaufstapfte.

„Das ist auch so eine vom Stamme Nimm", schimpfte sie vor sich hin. Aber sie musste doch zugeben, dass die Zeit mit Frau Weise ein gegenseitiges Geben und Nehmen gewesen war. Frau Weise hatte Dora mit ihrer Hilfe bei der Fehlgeburt und als Gesellschafterin viel gegeben, nun hatte sie eben als Dank einiges mitgenommen, den kleinen Hahn und jede Menge Obst. Nur dass sie sich nicht verabschiedet hatte, das schmerzte Dora ungemein.

X

Zu Beginn des neuen Jahres stieg zu allem Übel die Häufigkeit der Alarme beträchtlich. Beinahe jede Nacht, oft auch am Tag, musste Dora hinunter in das Weingut laufen. Doch die Angst vor dem Heimweg blieb unverändert, selbst nachdem sie den Weg nun schon hundert Mal gegangen war.
Auch an jenem Februarabend schlich sich unten auf der Straße nach der Entwarnung dieses unheimliche Gefühl ein. Wäre sie doch nur schon wieder oben in der Geborgenheit des Häuschens. Sie nahm all ihren Mut zusammen und kletterte mit der schläfrigen Evi auf dem Arm über das Wildgatter. Die größte Angst hatte sie vor dem sich anschließenden Wegstück. Der Pfad führte einige Meter in die Schlucht hinein, ehe er sich in einer Haarnadelkurve den Berg hinauf schlängelte. Dort begannen die Wiesen, da war es wieder heller und übersichtlicher.
Plötzlich kam ihr ein heller Gesichtsfleck aus der Schlucht entgegen. Ihr Herz zersprang beinahe vor Angst, aber da hörte sie auch schon eine Stimme: „Frau nicht Angst haben."
Ein Stein fiel ihr vom Herzen. Das war ja einer der französischen Kriegsgefangenen. Sie erkannte ihn gleich, der einzige Blonde unter all den Dunkelhaarigen. Jener, der ihr schon seit zwei Jahren immer wieder verliebte Blicke zuwarf. Blicke, die jedes Mal ein Prickeln in ihr hervorriefen, zeigten sie ihr doch, dass sie als Frau noch begehrenswert war, dass sie ihm trotz ihrer einfachen Kleidung und ihrem ungeschminkten Äußeren gefiel. Sie hatte nie auf sein Verhalten reagiert, zumindest nicht bewusst, ihn nicht anders behandelt als die restliche Gruppe.
Nun nahm er ihr die Kleine vom Arm und sie ließ es widerstandslos geschehen.
„Ich helfe tragen", sagte er freundlich und ging den Weg voran. Sie folgte ihm, die Knie noch weich vor Schreck. Oben am Haus übergab er ihr das schlafende Kind und wünschte eine gute Nacht. Verwirrt und dankbar erwiderte Dora den Gruß und verschwand im Haus. Sie hatte sich keine Minute von ihm bedroht gefühlt, im Gegenteil, sie empfand eher das Gefühl, von nun an würde sie jemand beschützen. Diese Franzosen waren alle anständige, kultivierte Menschen. Sie würden ihr nichts zu Leide tun. Beruhigt schlief sie ein.
An einem der nächsten Tage, als sie wieder einmal über den Hof des Weinguts gehen musste, stand ausgerechnet der Blonde vor der Kellertür, wo die Zwangsarbeiter ihre Unterkunft im Hof hatten und lächelte Dora an. Er

trug eine schrecklich zerrissene Jacke, die Fetzen hingen am Ellenbogen herunter. Ohne viel zu überlegen ging Dora auf ihn zu und sagte: „Sie laufen ja recht zerrissen herum, die Jacke müsste man einmal flicken."
Bedauernd zog er die Schultern hoch und entgegnete: „Keine Frau."
„Ich würde sie Ihnen nähen", bot Dora spontan an. „Geben Sie sie mir doch einfach mit hoch."
„Ich muss vorher waschen", druckste er herum und zeigte ihr verlegen, wie schmutzig das Kleidungsstück war.
„Gut", erwiderte Dora und nahm sich vor die Jacke am nächsten Tag bei ihm abzuholen.
Später fragte sich Dora oft, warum sie ihm dieses Angebot gemacht hatte. Sie wollte nicht als Kollaborateurin dastehen, niemals hätte sie so weit gedacht. Er tat ihr nur einfach leid und sie kannte ihn ja schon seit zwei Jahren, wenn auch nur vom Sehen. Was vergab sie sich, wenn sie diesem armen Kerl die zerlumpten Fetzen flickte?
Aber sie kam nicht dazu die Jacke am nächsten Tag bei ihm abzuholen. Noch am gleichen Abend, als sie mit Evi beim Abendessen saß, klopfte es. Dora öffnete und da stand er, mit der frisch gewaschenen Jacke über dem Arm. Sie sah ihn erstaunt an. Er musste das Kleidungsstück wohl an einem Ofen getrocknet haben. Verlegen lächelnd reichte er ihr die Jacke und hielt ihr gleichzeitig in der anderen Hand ein schon abgezogenes, wildes Kaninchen hin.
„Da, nehmen Sie, Frau", bat er Dora inständig.
Sie war sprachlos und wusste zunächst nicht, wie sie sich verhalten sollte. Es war ihr unangenehm das Kaninchen von ihm zu nehmen. Es gab zwar viele davon in den Weinbergen, sie nahmen regelrecht überhand und die Franzosen hatten ein Geschick darin entwickelt sie mit Schlingen zu fangen. Aber sie bekamen wenig zu essen und brauchten diese zusätzliche Ration dringend. Er wollte das Geschenk gerade ablegen, da bat sie ihn herein.
„Wir sind gerade beim Essen. Möchten Sie?" Dora deutete auf ihre einfache Mahlzeit.
„Nein, danke", erwiderte er und lächelte Evi an.
Was für ein sonniger, gutmütiger Junge! Dora spürte sofort, dass er Kinder liebte und auch Evi zeigte ihm gegenüber nicht die geringste Scheu. Die Kleine ließ sich von scinen Späßen animieren, bis Dora beschloss, sie ins Bett zu bringen, bevor sie allzu sehr aufdrehte. Vielleicht würde er ja gehen, solange sie mit dem Kind beschäftigt war.

Aber er hatte gewartet. Als sie zurückkehrte, stand eine Flasche Wein auf dem Tisch.
„Sie müssen mir nicht so viel mitbringen", meinte sie verschämt, denn sie wusste, wie sehr die Gefangenen unter dem Lebensmittelmangel litten. Sie dagegen besaß noch die Kinderkarte und kam ganz gut über die Runden.
Sie wollte ihre Mahlzeit noch beenden, deshalb forderte sie ihn erneut auf mitzuessen, doch er lehnte ab.
„Ich habe genug im Weingut", behauptete er. „Frau und Kind brauchen viel Essen."
Sie lächelte ihn an, dankbar für seine Beschützerrolle. Er hatte eine ganz besondere Art an sich, er war nicht so sachlich und vernünftig wie die deutschen Männer. Sein ganzes Verhalten war liebenswürdig und es lag eine Eleganz im Umgang mit Frauen darin, die Dora so noch nie erlebt hatte und die sie entzückte.
Auf einmal ging alles sehr schnell, eine tausendstel Sekunde entschied. Sie stand auf um an ihm vorbei zu gehen, da wurde sie von einer Hand berührt. Ihr Körper war wie elektrisiert. Dieses Gefühl war ihr ganz neu. Er musste es gespürt haben, denn zwei starke Arme umschlangen sie und trugen sie auf die Couch. Schwach versuchte sie sich zu wehren, gab aber gleich auf. Nein, diese ungestüme aber zugleich werbende Art, sie kannte das nicht.
Eine pochende Hitze durchfuhr sie, als er sie an sich zog, ihre Lippen suchte, ihr Worte ins Ohr flüsterte, die sie nur teilweise verstand. Mit dem Mund liebkoste er ihre Halsbeuge, ihre Brustwarzen, ihre Bauchwölbung, ihre festen Schenkel. Staunend ließ Dora sich auf das Spiel ein, begann seinen Körper zu entdecken, wie er schmeckte, wie er roch. In ihr erwachte ein ungezügeltes, glühendes Verlangen, wie sie es noch nie gespürt hatte. Die Ungeduld verzehrte sie und trunken vor Erregung gab sie sich ihm willig hin, als er in sie eindrang. Unter Seufzen und Stöhnen liebten sie sich, bis sie schweißnass umarmt lagen, so nah, dass sie einen einzigen Körper zu bewohnen schienen. Ihr war, als hätte sie noch nie so geliebt, hätte nie zuvor diese schrankenlose Hingabe erlebt. Später blieben sie eng beieinander, entspannt, entzündet von einer maßlosen Leidenschaft, den Augenblick genießend. Dora überhörte die zaghafte Stimme des Gewissens, denn sie wusste, dass alle Überlegung nutzlos war. Sie war bereits besiegt, der Morgen käme mit grausamer Ernüchterung.
Als Julien ging, nahm sie sich vor ihn nie wieder einzulassen. Es musste ein einziges Mal bleiben, ein einziger Ausrutscher in ihrem Leben. Das Herz tat

ihr weh, wenn sie an Waldo dachte und sie schob den Gedanken weit von sich.
Natürlich kam Julien am nächsten Abend wieder, aber sie ließ ihn klopfen und machte nicht auf.
Am folgenden Abend ließ sie ihn stundenlang vor der Türe stehen, sie wollte das ja alles nicht. Ihr Herz raste, der Puls schien zerspringen zu wollen, während sie hinter der Tür hockte und die Sehnsucht sie beinahe zerriss. Besiegt von dem ungestümen Verlangen, das ihr seit der ersten Begegnung keine Ruhe mehr ließ, öffnete sie schließlich die Tür. Sie sahen sich nur an und beiden wurde dabei schwindelig. Auch in dieser Nacht, wie in den kommenden, liebten sie sich mit einer Leidenschaft, wie sie es nie für möglich gehalten hatte.
So lange Julien bei ihr war, lebte sie ohne zu denken, nur in der Gegenwart, so wie er das tat. Wer wusste schon, ob man morgen noch lebte? Konnte sie sagen, ob Waldo jemals aus diesem Krieg zurückkehrte? Wie sollte sie im Moment Zukunftspläne machen? Es war einfach unmöglich.
Wenn sie alleine war, erlebte sie eine kleine Hölle an Gefühlen. Was wird werden, was wird bloß daraus werden? quälten sie die Gedanken.
In ihrem Liebesrausch bekam Dora die politische Entwicklung nur am Rande mit. Im März erfuhr sie bei Frau Weinert im Laden, dass die Amerikanische Armee ihren Vormarsch in Richtung Erfurt, Leipzig und Dresden begonnen hatte, die Rote Armee stand bereits an der Oder. Während ihre Mitbürger dem Ende des Krieges entgegenfieberten, wurde Dora von ihren Gefühlen hin- und hergerissen.
Acht Wochen lebte sie die Liebe ihres Lebens, dann war der Krieg aus.
Das war ihr großes Glück, denn ein anderer Aufseher aus Bad Kösen wusste oder ahnte zumindest etwas. Offiziell war jeglicher Kontakt mit den Gefangenen verboten und es herrschten andernorts strengste Sicherheitsvorkehrungen. Gestapo und örtliche Polizei verhängten Strafen gegen die Kollaborateure. Um ein Haar wäre es Dora nicht anders ergangen, als den Frauen, die sich mit ausländischen Zwangsarbeitern eingelassen hatten. Sie wurden bloßgestellt und geschmäht. Man hängte ihnen Schilder um den Hals mit der Aufschrift: „Ich bin eine Ausländerhure“ oder: „Ich treibe Rassenschande“ Später sollte Dora davon noch genug zu spüren bekommen.
Zunächst aber hatte Julien nach Kriegsende freie Hand, was Lebensmittel betraf. Er beschenkte Dora mit allem, was greifbar war und das war nicht gerade wenig. Alle Lagerbestände der Wehrmacht wurden geplündert. Die Straßen lagen voller Mehl und Zucker, weil die Säcke aufgeplatzt waren. Aus

den Riesenfässern ergoss sich der Wein in die Saale und der Direktor des Weinguts weinte, als er es sah. Über Nacht war aus dem distinguierten Grundbesitzer ein alter gebrochener Mann geworden. Julien war besonders empfänglich für das Leid des alten Herrn und litt mit ihm, denn auch er besaß in Südfrankreich ein paar Weinfelder.
Seine gutmütige Art und sein weiches Herz zeigten sich auch im Umgang mit Evi. Er liebte sie inzwischen wie sein eigenes Kind und sie vergötterte ihn.
Einmal, noch vor Kriegsende, hatte er von seiner Familie in Frankreich Schokoladepulver geschickt bekommen und brachte die kleine, wertvolle Packung mit herauf zu Dora. Dort nahm er Evi auf den Schoß und forderte sie auf den Mund zu öffnen, woraufhin er ihr einen Löffel des dunklen Pulvers in den Mund schob. Kaum hatte Evis Zunge den süßen, vollen Geschmack wahrgenommen, den sie noch nie in ihrem Leben hatte genießen dürfen, ging ein Strahlen über ihr Gesicht und sie stöhnte vor Genuss. Julien musste lachen und spendierte ihr noch einen zweiten Löffel. Vergnügt holte er ein kleines, zerknittertes Foto aus seiner Jackentasche und zeigte es Dora. Ein blonder Junge war darauf zu erkennen, nur wenig älter als Evi.
„Mein Sohn", meinte er stolz und fügte lachend hinzu: „Henri und Evi – plus tard – vielleicht einmal heiraten?"
„Du bist ein süßer Spinner", lachte Dora und küsste ihn verliebt auf den Mund.
Dann kam der Tag!
Für ihr ganzes Leben prägte sich das Bild des Abschieds in Doras Kopf ein. Sie waren alle drei mit dem Fahrrad zum Bahnhof gefahren. Dort stand sie, ihr Herz war am Zerspringen vor Schmerz und es gab kein Halten. Julien versuchte ihr zu erklären, dass er sich nun in eine Ecke des Waggons verkriechen würde und nur noch an sie dächte. Aber das machte ihren Schmerz nur noch schlimmer. Schon kam ein französischer Offizier und wies „die Deutsche" angeekelt vom Bahnsteig. In den Tagen und Nächten zuvor hatte Dora in einem Sturzbach der Gefühle ihr Gehirn zermartert. Sollte sie versuchen Julien zu halten? Er wäre vielleicht geblieben, als so labil hatte sie ihn inzwischen kennen gelernt. Aber für wie lange? Sie wusste, dass er seine Familie sehr liebte und sich nach seinem Zuhause sehnte. Außerdem war sie ja auch selbst gebunden.
Als der Güterviehwagen sich in Bewegung setzte, der ihren Geliebten zurück in seine Heimat brachte, vergrub sie ihr Gesicht in ihren Händen. Wie

in Trance verließ sie den Bahnhof, stieg auf ihr Rad mit dem Kind vorne im Kindersitz und radelte heim.
Es war zehn Uhr vormittags, als sie mit Evi wieder am Berg ankam.
Ihr Herz blieb beinahe stehen.
Nein! Das durfte nicht wahr sein!
Dort oben am Haus stand Waldo.
Für einen Moment glaubte Dora ohnmächtig zu werden. Gäbe es doch ein Loch im Erdboden um hineinzufallen. Hätte das Schicksal ihr nicht wenigstens einen Tag Zeit lassen können?
Als wollte es die verloren gegangenen Schläge nachholen, fing ihr Herz an wie von Sinnen zu rasen. Schnell beugte sie sich zu Evi hinunter und meinte zu ihr: „Dort oben steht dein Vati. Schnell, renn hin zu ihm und gib ihm ein Küsschen."
Die Kleine lief los. Das gab Dora einige Sekunden Aufschub.
Der arme, arme Waldo!, war ihr erster Gedanke. Wie soll ich ihm denn nur begegnen? Ich kann doch nicht!
Aber es blieb ihr nichts anderes übrig.
In der ersten großen Freude des Wiedersehens merkte er noch nichts, aber kaum hatte er das Haus betreten sah er es. Julien und sie hatten die Räume am Morgen in großer Eile verlassen. Das Frühstücksgeschirr für drei, der Schlafanzug, das Bett, vom Liebesgewühl zerdrückt, alles lag noch herum. Es ließ sich keine Minute lang vertuschen. Waldo schaute sich nur um, er konnte es einfach nicht wahrhaben. Vielleicht hatte er im tiefsten Inneren die klitzekleine Hoffnung, er täusche sich. Vielleicht gäbe es eine Erklärung und alles würde sich in Wohlgefallen auflösen. Aber Dora war viel zu überrumpelt, sie hatte keine Zeit, sich ein Lügengerüst aufzubauen und so begann sie stockend:
„Ich muss dir etwas sagen..."
Es war entsetzlich. Sie musste ihm so weh tun, ihm, den sie auch liebte, nur eben anders. In der allerersten Minute brach alles über sie herein, ohne dass sie überhaupt Zeit hatten, seine gesunde Heimkehr gebührend zu feiern. Er hatte ihr all die Jahre vertraut. Was hatte sie ihm nur angetan? Wie er da saß und zu Boden starrte, wie ein armer, verletzter Hund! Sie litt unsagbar mit ihm. Wäre sie doch nur in ihrer Wohnung in Leipzig geblieben, das hier alles wäre nicht passiert. Die Worte von Frau Ludwig, der ehemaligen Hauswirtin fielen ihr ein: „Wie ich das an Ihnen schätze, Frau Schwarz. Die jungen Frauen rennen alle über die Straße ins Lazarett zu den Soldaten, weil sie

ganz wild auf einen Mann sind. Sie sind so ganz anders. Ihr Mann kann stolz auf Sie sein."
Dora hatte sich etwas auf ihr Verhalten eingebildet.
Und nun? Sie war kein Deut besser.
Waldo versank in tiefem Schmerz. Das Schlimme war: sie konnte ihm nicht helfen. Wie Fremde lebten sie in den nächsten Tagen nebeneinander her. In ihrer ersten Betroffenheit funktionierten sie nur, kämpften ums Überleben. Im Laufe der nächsten Monate war das kleine Haus dort oben alles, was sie besaßen, eine Insel. Sie hatten den ganzen Tag zu tun um ein wenig zu essen zu bekommen. Entlang des Wegrands sammelten sie unreife Körner, trockneten sie auf dem Backblech, spelzten sie stundenlang aus und zermahlten sie danach mit der Schrotmühle. Das Ganze ergab ein paar Löffel Suppe. Sie schleppten Zuckerrüben hoch und kochten daraus mehrere Stunden lang Sirup im großen Waschkessel. Sie ernteten ein paar Kartoffeln und Dora backte Puffer ohne Fett, weil es keines gab. Sie legten sich mehrere Tiere zu, aber die meisten starben gleich wieder, weil sie nichts zu fressen bekamen.
Im Ort waren sowohl Amerikaner als auch Russen eingetroffen. Der Nazi-Ortsgruppenleiter Bad Kösens hatte sich bis zur letzten Minute verzweifelt gegen den Einmarsch gewehrt und ließ in der Eckartsbergaer Straße Panzersperren aufbauen. Aber die Sieger konnte man nicht aufhalten. In den ersten Wochen zogen die Russen alle Ingenieure nach Osten ab. Später musste die Bevölkerung zu ihrem Entsetzen erfahren, dass die meisten dort umkamen.
Waldo sagte nur: „Wenn die mich wieder nach Russland verfrachten, wo ich schon zwei Kriegsjahre verbracht habe, hänge ich mich vorher auf."
Deshalb meldete er sich nicht für eine Lebensmittelkarte an und hielt sich im Berghäuschen versteckt.
Vielleicht hätten Dora und Waldo durch all die Arbeit wieder zueinandergefunden, wären im Kampf ums Überleben wieder zusammen gewachsen, wenn das Schlimmste nicht noch gekommen wäre:
Dora war schwanger!
Als sie es bemerkte, war ihr sofort klar, dass sie Juliens Kind in sich trug. Es konnte zeitlich nicht anders sein. Jeglicher Hauch von Versöhnung und Neubeginn erstarb, als sie es Waldo schweren Herzens beichtete. Sie hätte es einfach nicht fertig gebracht ihn zu belügen und ihm das Kind unterzuschieben. Dazu liebte sie ihn zu sehr.
Waldo reagierte zutiefst schockiert.
„Wie konntest du uns das nur antun", schleuderte er ihr voller Verachtung entgegen. „Du kannst dir nicht vorstellen, was ich an der Front alles aushal-

ten musste – du hast keine Ahnung davon! Ich konnte das alles nur im Glauben an dich ertragen, für uns, für unsere Zukunft!" Tränen der Wut traten ihm in die Augen und er wandte sich ab.
Was sollte sie ihm sagen? Sie hatte selber das Gefühl vor einem Abgrund zu stehen. Hätte es Evi nicht gegeben, wegen der sie sich zusammennehmen musste, ihre tiefe Hoffnungslosigkeit hätte sie zu einer Verzweiflungstat getrieben.
Als ob ihre Schwester gespürt hätte, wie nötig Dora sie brauchte, platzte Inge eines Tages zu Besuch herein. In den Großstädten gab es kaum noch Lebensmittel. Die Menschen fuhren zu Hunderten mit den Fahrrädern aufs Land um etwas Essbares aufzutreiben. Auch Inge war am frühen Morgen in Leipzig zu so einer Hamsterfahrt aufgebrochen und kam gegen Mittag völlig erschöpft bei Dora an. Da die Post nicht mehr funktionierte, hatte sie sich nicht ankündigen können und die Überraschung war perfekt. Die beiden Schwestern begrüßten sich stürmisch und auch Evi freute sich riesig, ihre Tante nach so vielen Monaten endlich einmal wieder zu sehen.
Nachdem sie ein spärliches Essen geteilt hatten, nutzte Dora die Zeit, solange Waldo noch beim „Kartoffeln stoppeln" auf dem Feld weilte um Inge von ihrer Liebe zu Julien und ihrer Schwangerschaft zu erzählen. Inge war sprachlos, konnte ihrer Schwester aber nicht böse sein. Wer sollte das denn durchhalten, jahrelang ohne Mann, hier allein in dieser Einöde! Kein Wunder, dass Dora schwach geworden war.
„Du musst eben wieder das Gleiche tun wie damals vor zwei Jahren bei dem kleinen Jungen. Da hat es doch auch geklappt", schlug Inge vor, nachdem sie sich von der ersten Überraschung erholt hatte.
„Ich hab schon alles versucht, glaub mir. Das Kind sitzt einfach zu fest." Dora seufzte und ließ ihren Blick über die Herbstlandschaft gleiten. Sie hatten es sich in den Liegestühlen im Garten gemütlich gemacht und genossen die letzten warmen Strahlen der Spätsommersonne. Inge konnte ihr nicht helfen, nicht in dieser Sache. Um das Thema zu wechseln und weil sie es wirklich brennend interessierte, bat Dora: „Erzähl mir doch bitte, was es Neues in Leipzig gibt. Ich habe seit Monaten nichts mehr von dort erfahren."
Inge rieb ihre wunden Füße.
„Mama geht es so weit ganz gut. Nur das stundenlange Anstehen fällt ihr schwer. Leider schickt sie mich immer öfter zum Einkaufen. Ich hasse das!" Inge machte ein Gesicht, als ob sie in eine saure Zitrone gebissen hätte.

„Max ist ein Stinkstiefel wie immer. Er hat, so lange Gerhart im Krieg war, Kontakt zu dessen Frau aufgenommen. Seither hält er sich immer öfter bei ihr auf."

Sie pausierte und rückte mit ihrem Liegestuhl in den Schatten. Nur ja keinen Sonnenbrand bekommen, das fehlte gerade noch. Während der Arbeit in der Leipziger Trümmerwüste brannte die Sonne schon unbarmherzig genug.

„Gerhart war vor kurzem bei uns. Er sieht schrecklich aus. Es geht ihm gar nicht gut. Seine alte Tbc. In den wenigen Monaten, die er im Krieg war, hat er entsetzliche Dinge durchmachen müssen."

Dora richtete sich auf.

„Was war los? Erzähl doch."

„Er wurde ja erst gegen Kriegsende eingezogen, wie du weißt. Da er Berufskraftfahrer war, bekam er eine ganz besondere Aufgabe zugeteilt. Zusammen mit drei anderen Fahrern musste er einen Judentransport nach Rumänien durchführen."

Dora starrte ihre Schwester fassungslos an. Gesprächsfetzen von Gertruds letztem Besuch tauchten blitzartig in ihrer Erinnerung auf und eine böse Vorahnung überfiel sie. Inge fuhr ungehindert fort: „Als er in Rumänien angekommen war, mussten die Juden in einem Waldgebiet aus dem Wagen steigen und man trieb sie zusammen. Er hat gesagt, wie viele Juden das waren, aber ich weiß es nicht mehr. Auf jeden Fall hat man Gerhart ein Gewehr in die Hand gedrückt und ihm den Befehl gegeben, er und die anderen Fahrer sollten nun diese Menschen erschießen."

Dora schüttelte entsetzt den Kopf. Sie wollte etwas rufen, doch ihre Kehle blieb stumm. In Gedanken stellte sie sich Gerhart mit einem Gewehr in der Hand vor. Dieser liebe, große Junge, der als Kind jedes verletzte Tier gerettet hatte, der die Regenwürmer von der Straße aufsammelte und in die Erde zurücklegte. Er, der keiner Fliege etwas zu Leide tun konnte.

„Und weiter?", brachte sie kaum hörbar hervor.

„Er hat sich geweigert. Er hat einen Weinkrampf bekommen und ist zusammengebrochen. Eine von den jüdische Frauen sah wohl so aus wie Mama. Es waren auch Kinder dabei."

Inge stockte. Sie selber hatte Tage gebraucht um das alles zu verarbeiten. Sie musste Dora Zeit lassen. Nur gut, dass Dora den Bruder nicht gesehen hatte. Nachträglich bekam sie Gänsehaut bei dem Gedanken an den Augenblick, als sie zu Hause die Wohnungstür auf ein Klingeln hin geöffnet hatte und ein alter Mann davor stand, mit Bartstoppeln und verfilztem Haar. Eine farblich kaum definierbare Hose schlotterte um seinen mageren Körper. Aus

glanzlosen Augen hatte es sie angeschaut und erst als er sie mit ihrem Namen begrüßte, erkannte sie die vertraute Stimme ihres ältesten Bruders.
Dora saß zusammengesunken auf ihrem Stuhl. Entsetzt hatte sie Inges Schilderung angehört, unfähig, sich das gesamte Grauen auch nur im Entferntesten ausmalen zu können.
Evi, die die ganze Zeit mit ihrem neuen Freund Jürgi vom Weingut im Sandkasten gespielt hatte, kam aufgeregt mit einer Raupe auf der Hand zu ihrer Mutter gelaufen um ihr den Fund zu zeigen. Dora blickte ihre Tochter gedankenverloren an, nickte und strich ihr übers Haar.
„Erzähl bitte weiter", bat sie Inge um Fassung ringend, nachdem das Kind wieder abgezogen war.
„Nun, er wurde sofort gefangen genommen. Ein Glück nur, dass sie ihn nicht gleich vor Ort erschossen haben. Zurück in Deutschland lag er wochenlang in einem Keller. Dort ist seine Tbc wieder ausgebrochen. Er wäre wahrscheinlich bald gestorben, wenn die Amis ihn nicht gefunden und gerettet hätten."
Inge sah, dass Dora trotz der Hitze zitterte. Sie stand auf und legte ihren Arm um ihre Schwester. Wie schlimm es Gerhart wirklich ging, würde Inge ihr nicht sagen. Die Amerikaner hätten ihn, nachdem seine Unschuld geklärt war, sogar in ein Sanatorium geschickt, aber Gerhart wollte unbedingt heim. In seiner kalten Leipziger Trümmerwohnung, in der alles von einer feinen Staubschicht bedeckt war, verbrachte er nun die Tage, gequält von Hustenanfällen und ohne ausreichendes Essen. Es sah wirklich schlecht um ihn aus.
Ein Geräusch unten am Berghang ließ die beiden zusammenfahren. Knackende Äste verrieten einen Menschen und gleich darauf sahen sie, wie Waldo mit einem Kartoffelsack beladen den Berg nach oben kam. Seine Ausbeute war nicht groß, das konnten sie sehen, aber doch besser als nichts.
„Welch eine Überraschung!", rief er erstaunt aus, als er Inge sah und legte seinen Sack beiseite. Er trat zu den beiden Frauen, warf Dora einen kurzen Blick zu und begrüßte Inge herzlich.
Was für eine hübsche, junge Frau seine Schwägerin doch geworden war, dachte er. Gerade mal achtzehn Jahre alt. Er hatte Inge schon immer gut leiden können, denn sie war unkompliziert und fröhlich. Dora würde ihr wohl die Sache von ihrem Liebhaber erzählt haben. Sollte sie nur. Hoffentlich hatte Inge ihr gehörig den Kopf gewaschen, sie war mit ihrer Meinung nie zimperlich. Waldo freute sich, dass sie gekommen war. Sie würde die gespannte Stimmung im Haus neutralisieren und ihm etwas mehr Zeit geben, die schreckliche Nachricht von der Schwangerschaft zu verarbeiten. Er

ging ins Haus, holte Handtuch und Seife. Erst einmal musste er sich gründlich vom Feldstaub befreien. Da er das Wasser in der Regentonne für andere Sachen sparen wollte, machte er sich auf den Weg zur Saale hinunter, nicht ohne die beiden zuvor gefragt zu haben, ob sie mitkommen würden. Doch Dora hatte nach Inges Hand gegriffen und sie bittend angeschaut. Da gab es wohl immer noch Geheimnisse, die sich die Schwestern erzählen mussten.
„Du hast schon Glück mit deinem Mann", sagte Inge, als sie Waldo nachblickte. „Er ist ziemlich geduldig."
„Es geht uns im Moment so schlecht, dass wir nicht auseinander laufen können, selbst wenn wir es wollten", erwiderte Dora. „Wohin sollten wir auch gehen? Wir haben nichts außer diesem Fleckchen hier. Ich kann nur hoffen, dass Waldo und ich wieder zueinander finden."
Sie wollte mit Inge nicht weiter über ihre Ehe sprechen. Statt dessen fragte sie nach ihrem zweiten Bruder. Sie hatte, was ihn anging, ein ungutes Gefühl.
„Weißt du etwas von Heinz?", fragte sie, eine zweite bestürzende Neuigkeit erwartend.
„Er ist in Polen von den Russen gefangen genommen und nach Tula bei Moskau verschleppt worden. Erst letzte Woche kam eine kurze Nachricht von ihm. Mama ist zutiefst betroffen. Andererseits ist sie gottfroh, dass er lebt."
Marthas Lieblingssöhnchen! Auch Dora war froh, dass er lebte. Das zählte natürlich am meisten. Aber er war ja in all den Kriegsjahren nie an der Front gewesen, in ständiger Lebensgefahr, so wie Waldo. Statt dessen hatte er die ganze Zeit als Besatzer in Polen gelebt.
Sie hing ihren Gedanken nach und Inge schwieg.
Wenig später sahen sie Waldo forschen Schrittes den Weg zu Haus zurückkommen. Inge erhob sich aus dem Liegestuhl und räkelte sich.
„Habt ihr endlich fertig getratscht?", neckte er sie und hängte sein Handtuch über die Leine.
„Pah! Vielleicht sollte ich mich auch ein bisschen erfrischen gehen", meinte Inge und sah sich unschlüssig um.
„Na, so etwas! Und mich allein gehen lassen! Warte, dir werd ich es zeigen", rief Waldo und hob die völlig überraschte Inge hoch. Während sie quietschte und strampelte, trug er sie in Richtung Regentonne und drohte sie hineinzuwerfen. Sie klammerte sich um seinen Hals und rief: „Nein, nicht!"
Lachend ließ er sie wieder los.

Dora beobachtete die Szene mit gemischten Gefühlen. Wie seine Hände beim Ablassen an ihrem Körper entlang glitten! Immer dieses Herumflirten bei den beiden, dachte sie. Das war ihr jetzt schon öfters aufgefallen. Konnte es möglich sein, dass ein Mann mit siebenunddreißig Jahren sich für ein so junges Ding interessierte? In Gedanken verglich sie sich mit Inge. Sie war inzwischen im fünften Monat schwanger und natürlich begann die Schwangerschaft sich zu zeigen. Der Bauch wölbte sich, sie war nicht gerade leicht wie eine Feder. Außerdem trug sie ja das Kind eines anderen in sich. Wahrscheinlich wollte Waldo sie eifersüchtig machen, ihr bewusst weh tun. Sie musste auf der Hut sein. Mit einem entschiedenen Ruck stand sie auf und gesellte sich zu den beiden um sich in ihr Gespräch einzuschalten.

Später, als die Dämmerung hereinbrach, saßen sie immer noch im Garten und erzählten. Dora und Waldo waren sehr froh über die Ablenkung und hörten Inge interessiert zu. Sie berichtete von Nachbarn, die behaupteten, in Wirklichkeit nie für Hitler gewesen zu sein, obwohl sie zu den schlimmsten gehört hatten. Von einem ihrer ehemaligen Lehrer hatte sie gehört, er habe sich in seiner Verzweiflung erhängt. Diese Nachricht schien ihr immer noch nahe zu gehen, denn sie wechselte abrupt das Thema und berichtete vom Schwarzmarkt in Leipzig. Mit den britischen und amerikanischen Soldaten, die zuerst da gewesen waren, hatte man sehr gut tauschen können. Jetzt aber, nachdem die russischen Soldaten Leipzig übernommen hatten, lief überhaupt nichts mehr. Ihnen war jeglicher Tauschhandel strengstens verboten. Trotzdem konnte man Strümpfe, Kaffee, Schokolade oder Zigaretten zu Höchstpreisen bekommen.

Als die Nacht hereinbrach und mit ihr die Feuchtigkeit aus dem Boden stieg, räumten sie die Kissen und Decken zusammen und gingen ins Haus. Dora achtete darauf, dass Inge unten im Wohnzimmer schlief, während sie sich etwas später unter der Dachschräge bewusst liebevoll an Waldo heran kuschelte

Am nächsten Tag gaben sie Inge von ihren Nahrungsmitteln, so viel sie entbehren konnten, und so beladen machte diese sich wieder auf den langen Heimweg nach Leipzig.

In den kommenden Wochen lief Dora von Arzt zu Arzt. Sie wollte versuchen das Kind, das in ihr wuchs, loszuwerden, aber keiner war bereit ihr zu helfen.

Dann besann sie sich auf Lucie Reinhard, die Frau aus Mannheim, die für kurze Zeit bei ihr eingezogen war. Sie hatte damals freizügig von ihrem Leben erzählt, unter anderem auch von den Abtreibungen, die bei den Da-

men ihres „Hauses“ ab und zu vorgenommen werden mussten. Kurz entschlossen schrieb Dora ihr ein paar Zeilen, in denen sie andeutete, dass sie ihre Hilfe brauche und kündigte ihren Besuch an.
Sie erklärte Waldo den Grund ihrer Reise und bat ihn während ihrer Abwesenheit auf Evi aufzupassen. Waldo nickte nur. Sie sprachen nach wie vor nicht viel miteinander.
Doras Reise nach Mannheim war sehr beschwerlich, die Züge hatten stundenlange Verspätungen. Nur gut, dass Dora sich, von ihren Krampfadern einmal abgesehen, trotz Schwangerschaft recht wohl fühlte.
Schnell hatte sie sich zu Lucies Anschrift durchgefragt. Das vornehme Haus lag in einer Gegend, die kaum zerbombt war und gehörte einem wohlhabenden, älteren Herrn, bei dem sich ihre Bekannte einquartiert hatte. Dora merkte gleich nach der Begrüßung, dass es Lucie finanziell wieder sehr gut ging. Die Möbel wirkten gediegen, Perserteppiche bedeckten den Boden. Außer einer reinrassigen Siamkatze hielt sich ihre Freundin noch zwei winzige Rehpinscher und einen großen Windhund. Der Kaffeetisch, an den Lucie kurze Zeit später bat, war mit feinem, edlen Porzellangeschirr gedeckt, in der Art wie Dora es von Waldos Eltern her kannte.
„Ich brauche deine Hilfe“, begann Dora ohne Umschweife, kaum dass sie sich gesetzt hatte. In wenigen Worten erzählte sie ihr die Hintergründe ihrer Schwangerschaft.
„Du bist meine letzte Rettung. Das Kind muss weg“, flehte sie inständig.
Lucie nippte an ihrer Tasse.
„Das geht leider nicht mehr.“ Gedankenverloren streichelte sie die Katze, die sich auf ihrem Schoß niedergelassen hatte. „Die Frau, die es immer gemacht hat, ist bei einem Bombenangriff ums Leben gekommen. Eine andere kenne ich nicht“, sagte sie und warf Dora einen bedauernden Blick zu. „Außerdem hat sich mein Lebensbereich etwas geändert, wie du sicher siehst.“
Sie empfahl ihr die üblichen Hausmittel, aber Dora winkte ab. Wie oft hatte sie den schweren Volksempfänger in den letzten Tagen vom Tisch auf den Schrank gestemmt, in der Hoffnung, das Kind würde abgehen. Dieses Mal half es nicht.
Enttäuscht trat Dora zwei Tage später wieder die Heimreise an. Sie hatte so auf Lucies Hilfe gehofft. Die ganze Zugfahrt über grübelte sie vor sich hin. Vielleicht spürte ja das Wesen in ihr, wie sehr sie es eigentlich liebte. Es war doch ein Stück von Julien, eine Erinnerung. Wenn sie nur an ihn dachte, krampfte sich ihre Brust zusammen. Vielleicht musste alles so geschehen wie

es war. Vielleicht hatte alles einen tieferen Sinn, den sie erst später begreifen würde.
Wieder zu Hause lebten Dora und Waldo ihr schwieriges Leben weiter und jeder hoffte auf ein Wunder. Doch was konnte geschehen?
In ihrer Verzweiflung schrieb Dora einen langen Brief an Julien. Sie liebte ihn immer noch mit jeder Faser ihres Herzens und wollte ihm mitteilen, dass sie ein Kind von ihm erwartete. Was sie von ihm erhoffte, wusste sie selber nicht, sicher keinen Rat, vielleicht auch keine Entscheidung, ein bisschen Anteilnahme vielleicht. Als keine Antwort kam, schrieb sie einen zweiten, dann einen dritten Brief. Da die Post immer noch absolut brach lag, gab es nur eine Möglichkeit die Briefe weiterzuleiten. Sie musste sie einem heimziehenden Gefangenen mitgeben, der sie im Heimatland Frankreich in den Briefkasten warf. Doch die französische Garnison war in Naumburg stationiert und Waldo durfte nichts merken. Nach einigem Nachdenken fiel Dora die neue Besitzerin von Dina ein, die in der Saalstraße wohnte. Zu dieser Nachbarin hatte Dora durch den Schäferhund einen guten Kontakt, sie wirkte vertrauensvoll. Diese Frau hatte im Krieg ihren Mann verloren und musste nun jeden Tag nach Naumburg zur Arbeit fahren. Als Dora sie um die Gefälligkeit bat, den Brief mitzunehmen, nickte sie nur und versprach sie zu erfüllen.
Einige Wochen später kam es zwischen Dora und Waldo zu einer unbedeutenden Streiterei, in dessen Verlauf Dora ihm vorwarf nachtragend zu sein. Sie selbst habe die ganze Sache mit Julien schon längst vergessen. Da brach aus Waldo heraus, was sich schon lange in ihm angestaut hatte. Wütend knallte er ein Päckchen Briefe auf den Tisch und stieß mit hochrotem Gesicht hervor: „So! Und was ist das? Wie lange glaubst du eigentlich noch dieses Spiel spielen zu können?“
Dora starrte die Briefe gelähmt vor Schreck an. Da lagen sie, geöffnet, ihre intimsten Gedanken gelesen von Menschen, die das alles nichts anging. Diese böse ränkeschmiedende Nachbarin! Sie hatte die Briefe nicht weiter geleitet, sondern alle getreulich gesammelt und Waldo gegeben. Vielleicht hatte sie die Zeilen vorher sogar noch gelesen! Auf jeden Fall kannte Waldo nun den Inhalt der Briefe. Oh Gott. Nun wusste er alles, die Liebesschwüre, die Sehnsucht. Eine heiße Welle der Scham stieg in ihr auf.
Waldos Stimme kippte fast über. „Weißt du, was man mit solchen wie dir macht? Den Schädel kahl scheren!“
Sein Atem ging schwer und unregelmäßig. Er ballte die rechte Faust und blickte sie wütend an. Für einen Moment sah Dora seine Augen, weit aufge-

rissen und glasig. Er wird doch wohl nicht wahnsinnig werden, fuhr es ihr durch den Kopf.
Sie fühlte Schweiß auf ihre Stirne treten und atmete schnell. In instinktivem Fluchttrieb sprang sie blitzschnell auf, griff im Hinausrennen noch Evi bei der Hand und lief ins Freie.
„Lauf, versteck dich in der Schlucht", flüsterte sie dem Kind zu.
Die Kleine kannte jeden Winkel in der Umgebung und rannte davon. Dora folgte ihr. Aus dem Augenwinkel sah sie, wie Waldo die Axt vom Holzklotz schnappte und ihnen nachkam. Zitternd vor Angst eilte sie hinter Evi her.
Sie hatten Vorsprung gewonnen und Dora beobachtete ihn vom Gebüsch aus, jederzeit bereit weiter zu laufen. Er schien sich zu besinnen, starrte aber immer noch mit wirrem Blick in ihre Richtung und schrie ihr nach: „Du elendes Miststück, du!"
Reglos verharrend spürte Dora ihr Kind neben sich. Die Kleine weinte, gab aber keinen Ton von sich. Erst als Waldo sich umwandte und ins Haus zurückging, nahm Dora ihre Tochter in den Arm und drückte sie fest an sich.
„Vati wird sich bald wieder beruhigen. Hab keine Angst." Sie streichelte Evi über den Rücken und versuchte einen klaren Gedanken zu fassen. Auch ihr rannen Tränen über die Wangen, die sie mit einem Zipfel ihres Pullovers abwischte. Was sollte sie jetzt tun? Es gab in Bad Kösen niemanden, zu dem sie hätte hingehen können. Leipzig war unendlich weit. Wer hätte ihr dort helfen können? Nein, das Häuschen war ihre einzige Zuflucht. Sie mussten aus diesem Schlamassel wieder herauskommen. Doch sie wusste im Moment nicht, wie das geschehen sollte. Sie bedauerte, dass Waldo die Briefe gelesen hatte, aber er war selber schuld, wenn er nun litt. Sie waren ja nicht für ihn gedacht. Am meisten aber hasste sie die alte Hexe, ihre Nachbarin!
Langsam spürte sie, wie ihr Puls wieder ruhiger schlug. Evi hatte aufgehört zu weinen. Sie fing an einige der Brombeeren abzuzupfen, die sie von ihrem Platz aus erreichen konnte und schob sie in den Mund. Dora tat es ihr nach und merkte dankbar, wie sehr sie die Ablenkung beruhigte. Solche Wutausbrüche kannte sie bisher nur von ihrem Vater Max. Der hatte früher zu Hause auch immer so jähzornig herumgetobt. Bei Waldo war dieses Verhalten neu. Hoffentlich würde er bald wieder zu sich finden. Schließlich konnten sie ja nicht tagelang hier im Gestrüpp sitzen bleiben.
Sie blieb mit Evi in Sichtweite des Häuschens und beide vergnügten sich damit Beeren zu sammeln. Nach unendlich langer Zeit sah sie, wie Waldo aus dem Haus trat und sich suchend umblickte. Er schien sich wieder beru-

higt zu haben. Nach einer Weile ermunterte sie Evi: „Geh mal vor und zeig dem Vati, was wir gefunden haben." Sie füllte die Brombeeren aus ihren voll gefüllten Händen in Evis kleine Händchen und schickte das Kind los. Die Kleine traute sich nicht recht, stapfte dann aber nach Doras gutem Zureden vorsichtig auf das Haus zu. An der offenen Haustür blieb sie stehen, schaute sich noch einmal vergewissernd zu ihrer Mutter um und rief ins Innere des Hauses: „Vati, schau mal, wir haben ganz viele Brombeeren gefunden!"
Waldo erschien sofort an der Tür. Er musste auf sie gewartet haben und meinte: „Das ist aber schön."
Er sah zu Dora hinüber, die aus dem Gebüsch herausgetreten war, und sein Blick sagte: Es tut mir leid. Sie kam langsam auf ihn zu und blickte ihn in Erwartung einer Reaktion an. Hätte er sie doch nur versöhnlich in den Arm genommen und irgendein Wort über den Vorfall gesagt. Statt dessen murmelte er: „Ich habe schon das Abendessen für uns alle vorbereitet." Damit ging er ins Haus und die beiden folgten ihm.

Waldo hatte damals, an jenem ersten Tag des Heimkommens das Gefühl gehabt, man würde ihm den Boden unter den Füßen wegziehen. Er war in ein tiefes Loch gefallen. Alle Gefühle waren wie tot, er spürte nichts mehr.
In den Wochen zuvor hatte er sich nächtelang von Aachen aus abseits der großen Straßen durchgekämpft. Hunderte von Kilometern war er während der Nachtstunden marschiert und hatte am Tag in den Wäldern zum Schlafen Schutz gesucht. Seine größte Angst bestand darin in amerikanische, oder schlimmer noch in russische Kriegsgefangenschaft zu geraten. Hungrig und durstig, stumm in Gedanken versunken, ausgelaugt, mit Schmerzen bei jeder Bewegung, hatte er sich Tag für Tag vorangeschleppt. In der letzten Nacht war er die fünfundzwanzig Kilometer lange Etappe von Erfurt bis Bad Kösen gelaufen, die Gedanken an Dora trieben ihn voran, vor sich sah er ihre ausgebreitete Arme, ihr Lachen, ihre Wärme. Endlich, endlich würden sie wieder als Familie zusammenleben können, nicht nur für kurze vierzehn Tage, in denen man sich jedes Mal zuerst aufs Neue kennen lernen musste, während die letzten Tage schon wieder vom bevorstehenden Abschied überschattet waren. Für immer wäre er jetzt zu Hause. Was allein diese zwei Worte ihm bedeuteten!
Er hatte Unmenschliches im Krieg gesehen, Dinge, die er so schnell wie möglich aus seinem Gehirn ausradieren wollte. Nur nie, nie wieder daran denken müssen. Immer, wenn es ihm wirklich dreckig gegangen war, hatte er das kleine zerschlissene Foto von Dora und Evi angeschaut, sich aufge-

rafft und weiter gemacht. Oft hatte allein der Gedanke an die beiden ihm den Lebenswillen wieder gegeben.
Und dann dieser schreckliche, entsetzliche Schock beim Heimkommen. Er hatte sich in Arbeit gestürzt um sich zu betäuben. Indem er von morgens bis abends schuftete, konnte er wenigstens am Tag die grausamen Gedanken fernhalten. Am schlimmsten wurde es abends, wenn sie ins Bett gingen. Hier in diesem Bett hat sie es mit ihm getrieben, während ich an der Front fast krepiert bin, dachte er und der Gedanke machte ihn beinahe wahnsinnig. Als sie das erste Mal wieder zusammen waren, hatte er sich vorgestellt, er sei bei einer Hure. Es war dunkel und er sah ihr Gesicht nicht. Es geht nur um die sexuelle Befriedigung. Nur so konnte er es aushalten.
Nach dem ersten Mal wurde es besser, sie kam ihm danach nicht mehr ganz so schmutzig vor. Sie hätten wieder zueinander gefunden, wenn nicht...
Mein Gott, allein der Gedanke!
In ihr wuchs das Kind dieses anderen. Wenn es je zur Welt käme, wäre es für den Rest ihres gemeinsamen Lebens eine permanente Erinnerung, ein täglicher Beweis ihrer Untreue.
Nie könnte er das aushalten, niemals!
Er war erleichtert gewesen, als sie nach Mannheim fuhr um das Kind wegmachen zu lassen. Aber sie kam unverrichteter Dinge wieder zurück.
Später die Briefe! Eine Nachbarin war zum Berghäuschen heraufgekommen, als Dora einkaufen war um ihm in geheimnisvollem Ton zu erzählen, wie sie zu den Briefen gekommen sei. Sie wolle ihn nur warnen, ihm die Augen öffnen. Wie hatte ihn ihr Verhalten angeekelt! Aber er bedankte sich für das Vertrauen und wechselte ein paar nette Worte mit ihr. Seither hatte er die Briefe versteckt gehalten. Wie eine gespannte Falle lagen sie bereit. Am Morgen, während des Streits, als sie die unverschämte Frechheit besaß ihn ins Gesicht hinein anzulügen, mit dem Franzosen sei alles aus, war die Falle zugeschnappt. Er hatte die Wucht des Zuknallens in seinem Magen gespürt, kochende Wut war in ihm aufgestiegen. Eine unbändige Wut, die ihm selber Angst machte, die er so noch nie bei sich erlebt hatte, nicht einmal im Krieg. Er erschrak vor sich selber und vor dem, wozu er im schlimmsten Fall fähig wäre. Ein paar Sekunden lang hatte er sie töten wollen, das grausige Spiel beenden wollen. Er hätte anschließend auch sich selbst ausgelöscht, daran bestand kein Zweifel, denn sein Leben war ohne ihres nichts mehr wert. Aber das Kind? Es trug keine Schuld.
Nein, nie würde er so eine Dummheit begehen. Seine Nerven hatten sich noch nicht von dem grausigen Krieg erholt, lagen noch blank, doch er hatte

es geschafft, seine Emotionen wieder in den Griff zu bekommen. Während er ruhelos im Zimmer auf und ab ging, sein Taschentuch von einer Hand in die andere wandern ließ, es zusammenknüllte und wieder auseinander faltete, überdachte er die groteske Situation, in der sie sich beide befanden.
Tief im Innersten glaubte er zu wissen, dass er sie nach wie vor liebte, auch wenn er es sich im Moment nicht eingestehen konnte. Vielleicht hätten sie ja noch eine Chance. Wenn nur das fremde Kind nicht wäre!
Er war froh gewesen, als er Evi vor der Türe stehen sah. Es bedeutete, dass auch Dora in der Nähe war, denn sie würde ihr Kind nicht ungeschützt zu ihm lassen. Aber es ärgerte ihn, dass die Kleine zitterte und ihn ängstlich anschaute. Er wollte ein guter Vater sein, aber die Situation war gegen ihn.
In diesen einsamen Stunden im Haus hatte er sich geschworen seine Frau niemals anzurühren, sie nie zu schlagen. Und dennoch, der Gedanke, dass sie hier in diesem Häuschen mit dem anderen zusammengewesen war, blitzte immer wieder auf. Wie sollte er in dieser Umgebung Entspannung oder Erholung für seine geschundenen Nerven finden können? Wie konnte er angesichts ihrer zunehmenden Körperfülle vergessen, was gewesen war?
Leidtragende dieser aufgestauten Wut wurde Evi. Bei ihr konnte er seine Wutausbrüche unter dem Deckmantel der Erziehung verstecken.
An einem Tag im Herbst saß Waldo draußen am Gartentisch und schnitt Rote Rüben klein, die Dora einkochen wollte. Evi hockte in der Nähe des Hauses und spielte hingebungsvoll mit den kleinen Küken, die ihre Eltern sich zugelegt hatten. Inzwischen gab es für die Tiere eine Chance zu Hühnern heranzuwachsen, denn die Grundversorgung mit Lebensmitteln hatte sich leicht gebessert. Während Waldo arbeitete, beobachtete er Evi aus den Augenwinkeln heraus. Erst am Morgen hatte er ihr untersagt die Tiere herumzuschleppen. Es waren Tiere und keine Kuscheltiere und wenn eines herunterfiele, wäre es vermutlich tot. Bei ähnlichen Anlässen hatte er wiederholt festgestellt, dass Evi sich nicht an seine Verbote hielt. Sie war völlig auf ihre Mutter fixiert. Durch die vielen Jahre Alleinseins mit ihr galt sein Wort bei ihr anscheinend nichts, was ihn jedes Mal in Rage brachte. Immerhin war er ihr Vater. Das Kind war seiner Meinung nach ganz gewaltig verwöhnt, Dora hatte die Erziehung ziemlich schleifen lassen. Es war höchste Zeit die Kleine an Regeln zu gewöhnen.
Da sah er, wie sie tatsächlich wieder eines der Tiere hochnahm und es gegen die Brust drückte. Blitzschnell sprang er auf. Er wollte dem Kind eine Lektion erteilen, sie musste wissen, dass sie nicht ungeschoren davon kam. Kaum bemerkte Evi die Reaktion ihres Vaters, ließ sie das Küken vor Schreck

fallen und rannte schreiend davon. „Bleib sofort stehen“, rief Waldo ihr nach und trat dabei fast auf das piepsende Küken, das am Boden zappelte. Er erwischte Evi gerade noch am Arm, bevor sie sich ins Haus retten konnte.

„Hab’ ich dir nicht tausend Mal gesagt, du sollst die Tiere nicht herumschleppen?“, fuhr er sie an und verpasste ihr eine Ohrfeige. Evi schrie und hielt beide Hände vors Gesicht. Eine dünne Blutspur rann durch ihre Finger. Waldo sah auf das Messer in seiner Hand und erschrak zu Tode. Sofort ließ er es fallen und versuchte, ihre Hände vom Gesicht zu entfernen um zu sehen, was geschehen war. Aber sie entwand sich ihm weinend und rannte ihrer Mutter entgegen, die aus dem Haus gelaufen kam.

Er hatte ihr das Nasenbein gebrochen.

Es tat ihm so leid, aber er bekam keine Chance, es zurecht zu rücken. Dora brüllte ihn wütend an: „Du bist ja völlig verrückt geworden.“

Von jenem Tag an hatte Evi das Vertrauen zu ihrem Vater für immer verloren.

Die Nachbarin in der Saalstraße wusste nichts Besseres als die Neuigkeit von Doras Liebesbriefen, ihrem Fehltritt und ihrer Schwangerschaft brühwarm im ganzen Ort herumzuerzählen. Bald wusste jeder in Bad Kösen Bescheid. Als sie das nächste Mal einkaufen ging, erwiderte niemand im Laden ihren Gruß, obwohl etliche Kunden nach Ware anstanden. Demonstrativ drehten sie ihr den Rücken zu und ließen sie mit spitzen Bemerkungen ihre volle Verachtung spüren. „Ausländerliebchen“, tuschelten sie, so dass Dora es hören musste. Niemand fragte, wie sie sich fühlte, oder ließ ihr den Vortritt, obwohl sie inzwischen hochschwanger war. Sie fühlte sich wie eine Aussätzige. Als sie an der Reihe war, bediente Frau Weinert sie so unfreundlich und schroff wie noch nie. Dora kochte innerlich vor Wut und Enttäuschung. Sie hätte die Leute am liebsten angebrüllt: Was geht euch denn das alles an? Ihr könnt doch gar nicht mitreden! Hat eine von euch schon mal jahrelang in so einer Einöde gelebt wie sie? Aber sie musste sich beherrschen, durfte sich nicht gehen lassen. Dieser Laden war der einzige im ganzen Ort und sie war auf ihn angewiesen. Sie werden sich schon beruhigen, wenn sie sich ihre Schandmäuler lang genug zerrissen haben, hoffte sie und schleppte sich betrübt den langen Weg zum Berg zurück.

Die Reaktion ihrer Freundin Gertrud traf Dora weit schlimmer. Sie hatte ihr einen langen Brief nach Leipzig geschrieben, in dem sie alles, was seit Februar geschehen war, ausführlich schilderte. Viel lieber hätte sie Gertrud persönlich getroffen, sie zu sich eingeladen, aber ein Besuch auf dem Berg war zur Zeit schlichtweg undenkbar. Dora und Waldo hatten genug mit sich selber zu tun. Genauso wenig konnte Dora in der jetzigen Situation nach Leipzig fahren.

Gertruds Antwortbrief ließ lange auf sich warten. Als er eintraf, war er voller Vorwürfe. Wie konntest du nur deinen lieben Mann so hintergehen, schrieb sie und verurteilte Doras Treuebruch aufs heftigste. Ihre hohen Prinzipien gaben Dora einen Stich ins Herz. Genauso hatte auch sie selbst geredet, bevor sie Julien kennen gelernt hatte: Die Treue war ihr das höchste Gut, Vertrauen das Wichtigste in einer Partnerschaft. Nur wenn sich jeder auf den anderen hundertprozentig verlassen kann, hatte sie gesagt, ist eine Ehe eine gute Ehe. Hast du deiner kleinen Tochter gegenüber nicht ein schlechtes Gewissen? schrieb Gertrud in ihrem Brief weiter. Dieser Satz verletzte Dora zutiefst. Wie konnte ihre Freundin darüber urteilen, sie, die bisher nie eine richtige Partnerschaft eingegangen war? Sie musste ja nicht treu sein, musste nicht fünfzig Wochen lang von vierzehn Tagen zehren. Dora wurde richtig wütend. Tagelang quälte sie sich mit einer Antwort, überlegte, was sie Gertrud schreiben sollte. Doch allmählich wich ihre Wut einer tiefen Traurigkeit und sie begriff, dass nichts mehr zu ändern war. Sie konnte darlegen, was sie wollte. Gertrud würde von ihren hehren Vorstellungen niemals abweichen. Der Gedanke schmerzte sie furchtbar, aber Dora erkannte, dass sie ihre Freundin verloren hatte.

Im Augenblick hatte sie jedoch noch genug andere Sorgen. Sie musste alles daran setzen ihre gefährdete Ehe zu retten.

Sie war inzwischen in den letzten Schwangerschaftswochen. Die Stimmung zwischen ihr und Waldo hatte einen neuen Tiefpunkt erreicht. Der Winter war früh hereingebrochen und Waldo konnte sich kaum noch draußen beschäftigen, nur ab und zu ging er hinaus um etwas Holz zu hacken. In der Vorweihnachtszeit fing er an, die allerschönsten Spielsachen für Evi zu basteln, während Dora sich trotz der großen Lebensmittelknappheit an einem Weihnachtsstollen versuchte. So gut es ging, bemühten sich beide um Normalität. Sogar der Heilige Abend verlief einigermaßen harmonisch.

In der Nacht zum zweiten Weihnachtsfeiertag bemerkte Dora, dass die Fruchtblase geplatzt war. Erschreckt weckte sie Waldo. Vor sich hinbrummend ging er in die Küche und setzte einen großen Topf mit Wasser auf. Mein Gott, wie lieb er ist, dachte Dora, aber sie konnte sich beim besten Willen nicht vorstellen, wie alles weitergehen sollte. Sie konnte unmöglich eine Hausgeburt wagen. Wo sollte er im Ort eine Hebamme auftreiben, die bereit wäre, jetzt im Winter auf den Berg zu steigen? Mit angespannten Gesichtsmuskeln kam er ins Wohnzimmer zurück, stellte sich vor das Bett und sagte kaum verständlich: „Und wie stellst du dir nun die Schweinerei weiter vor?"

Dora funkelte ihn empört an. Nein, sie hatte seine Hilfe nicht nötig. So nicht. Schlagartig erwachte ein Kampfgeist in ihr, den sie nicht für möglich gehalten hätte. Abrupt stand sie auf, zog sich an, holte ihr kleines Köfferchen und packte alles Notwendige hinein. Waldo hatte sich ins Bett zurückgezogen und gab vor zu schlafen.

Es war acht Uhr morgens als sie den Weg vom Berghaus Schritt für Schritt hinunterging. Sie hatte Glück. Der Weg war nicht glatt, trotzdem setzte sie vorsichtig einen Fuß vor den anderen, denn sie wollte das Kind nicht verlieren. Als sie die Saalstraße erreicht hatte, atmete sie tief durch. Jetzt war sie in der Nähe von Menschen. Sie müssten ihr helfen, falls die Wehen einsetzten. Langsam ging sie die Straße entlang. Das Leben in den Häusern erwachte gerade erst, außerhalb war noch niemand zu sehen. Der Weg dauerte doppelt so lang wie sonst. Endlich hatte sie das Haus ihrer Frauenärztin erreicht. Sie klingelte und wurde hereingelassen. Die Ärztin war nicht ganz so unfreundlich wie die anderen Leute im Ort, aber eine gewisse Ablehnung war auch bei ihr zu spüren. Sie nahm sich Zeit und untersuchte Dora gründlich.

„Es ist noch nicht ganz so weit", erklärte sie anschließend. „Am besten gehen Sie noch einmal nach Hause zurück und legen sich eine Weile hin. Wenn Sie den Mittagszug nach Naumburg nehmen, sind Sie immer noch rechtzeitig genug in der Klinik."

Dora bedankte und verabschiedete sich, aber statt heimwärts zu gehen, schlug sie den Weg nach Naumburg ein. Auf keinen Fall würde sie auf den Berg zurückgehen! Sie wollte auch nicht auf den Zug warten, den einzigen, der am Tag fuhr. Nein, sie würde sich zu Fuß auf den Weg machen. Sieben Kilometer waren es bis Naumburg. Sie würde an der Straße entlang gehen, damit sie jemand fände, falls die Wehen doch früher einsetzten.

Normalerweise war die Strecke in etwa zwei Stunden zu bewältigen, aber Dora ließ sich Zeit. Sie hatte Angst, das Kind unterwegs zu verlieren, es lag ja trocken in ihrem Leib. Außerdem fühlte sie sich offen und das war ein sehr unangenehmes Gefühl.

In den vielen Stunden, die sie lief, kamen nur drei oder vier Autos vorbei, aber keiner kümmerte sich um die Frau, die mutterseelenallein entlang der Landstraße lief.

Mittags gegen ein Uhr kam sie an der Pforte der Klinik an. Das herrliche Gefühl, endlich geborgen zu sein, ließen ihre Knie zittern. Die Schwestern empfingen sie freundlich und als Dora erzählte, wo sie hergekommen war, wurde sie fast wie eine Heldin gefeiert. Es war ihr beinahe peinlich, sie wollte das überhaupt nicht. Die Schwestern wussten ja die wahren Umstände nicht. Dora war einfach nur froh, dass alles gut gegangen war.
In den folgenden Stunden ging alles ganz schnell. Gegen siebzehn Uhr kamen ihre kleinen Zwillingsmädchen zur Welt und als Dora sie sah, wurde ihr hundeelend zumute.
Nun waren das auch noch zwei!
Die Babys lagen in einem Steckkissen. Sie neigten ihre Köpfchen zueinander und sahen ganz niedlich aus. Aber Dora konnte sich nicht freuen.
„Mein armer Mann", waren ihre ersten Worte, als sie die Kinder sah, worauf die Hebamme ganz entsetzt zum Chefarzt sagte: „Haben Sie so etwas schon mal gehört? Jetzt bedauert die arme Frau auch noch ihren Mann, der sie ganz alleine hat hierher laufen lassen."
Wenn die nur wüssten, dachte Dora und sank vor Erschöpfung in das Kissen. Sie bat die Hebamme, ein Telegramm an ihre Mutter aufgeben zu dürfen und schrieb Martha, sie solle so schnell wie möglich kommen.
Schon am nächsten Tag kam ihre Mutter angereist.
„Du musst es Waldo sagen, Mama", bat Dora sie inständig. Zwei Kinder! Was würde ihr Mann dazu sagen?
Martha seufzte. Aber es blieb ihr nichts anderes übrig. Jemand musste Waldo die Nachricht überbringen und so machte sie sich auf den Weg nach Bad Kösen.
Tags darauf brachte sie Waldos Antwort.
„Er hat gesagt, du könntest jederzeit wieder auf den Berg zurückkommen, aber alleine."
So, nun wusste Dora Bescheid. Genauso hatte sie es sich gedacht, die ganzen vielen Monate lang. In der Nacht lag sie wach und grübelte. Waldo würde Evi nicht hergeben, das wusste sie. Die Kleine war ihr Kind, sie hatte sie fast drei Jahre lang alleine groß gezogen und es war ihr unmöglich auf dieses Kind zu verzichten.
Die zwei Babys hier kannte sie kaum.
Martha erreichte, dass Waldo mit Evi ins Krankenhaus kam um Dora zu besuchen. Aber es wurde eine entsetzliche halbe Stunde. Außer ihr lagen noch fünf andere Frauen im Zimmer, darunter eine aus Bad Kösen, die die anderen genauestens über die Hintergründe von Doras Schwangerschaft

informiert hatte. Als Waldo kam, lauschten sie alle gespannt, was der gehörnte Ehemann wohl sagen würde. Aber es gab nichts zu hören, denn Waldo stand nur wortlos neben Doras Bett, während Evi plauderte.
Doras Lage war aussichtslos. Er hatte sie in der Hand und er wusste es.
Es war eine ganz schlimme Erpressung, aber was blieb ihr anderes übrig als nachzugeben? Schweren Herzens entschied sie sich am nächsten Morgen die Kinder zur Adoption frei zu geben.

XI

Mit Hilfe Marthas wurde die Adoption eingeleitet. Sie hatte über das Jugendamt eine Familie in Naumburg gefunden, die allerdings nur ein Kind adoptieren wollte.
In den neun Tagen, die Dora in der Klinik lag, kam dieses Ehepaar einmal vorbei um die Kinder anzuschauen und verliebte sich sofort in eines der Babys. Eigentlich konnte man sich bei Zwillingen keinen größeren Unterschied denken als bei den beiden Mädchen. Eine hatte ein schmales, ovales Köpfchen und ganz dunkles Haar. Bei ihr musste wohl Juliens Mutter durchgeschlagen haben, die er als Schönheit beschrieben hatte. Die andere hatte ein apfelrundes Gesicht, ein blondes Lockenköpfchen und blaue Augen. Sie war Dora wie aus dem Gesicht geschnitten.
Dora nannte die Dunkle Kathrin Monika, die Helle Julia Ingrid. Das Ehepaar hatte sich in das rotbäckige, blonde Baby verliebt, dieses Mädchen wollten sie unbedingt adoptieren. Daraufhin begann man im Amt damit, alle Vorbereitungen zur Adoption zu treffen.
Martha hatte von diesem letzten Schritt allerdings nichts mehr mitbekommen. Sie war mit dem Auftrag abgereist, sich in Leipzig nach einer adoptionswilligen Familie umzuschauen, die eventuell beide Kinder nähme. Beim dortigen Jugendamt nannte man ihr tatsächlich ein Diplomatenehepaar aus besseren Kreisen, dessen Baby gestorben war, das liebend gerne das Zwillingspärchen adoptieren würde. Martha freute sich sehr und erledigte alle Formalitäten.
Inzwischen war Dora aus der Klinik entlassen worden. Waldo hatte sie sogar mit Evi abgeholt und sie waren mit dem Zug nach Bad Kösen zurückgefahren. Nie würde sie das Gefühl der Leere vergessen, mit dem sie im Berghäuschen ankam. Ihr fehlte etwas, sie war nicht vollständig. Sie fühlte sich krank und war völlig apathisch. Von ihrer Tatenkraft und Energie war nichts mehr zu spüren. Drei Tage lang schickte sie noch jeden Tag Muttermilch durch

eine Krankenschwester, die in Bad Kösen wohnte, an ihre Kleinen. Dann verbot Waldo auch dies.

Nun gab es keinen Grund mehr die Kinder in der Klinik zu behalten und so stand der Adoption des blonden Mädchens durch die Naumburger Familie nichts mehr im Wege.

Aber Dora hatte sich inzwischen in den Kopf gesetzt, dass die Kinder, wenn sie sie schon weggeben musste, auf jeden Fall zusammen bleiben sollten. Sie fuhr zum Jugendamt nach Naumburg, wo sie dem dafür zuständigen Herrn diese Bedingung persönlich mitteilte.

Nun ging alles Schlag auf Schlag.

Das Leipziger Ehepaar hatte sich inzwischen auf die Übernahme vorbereitet. Die Naumburger verbrachten eine schlaflose Nacht und entschieden sich am nächsten Morgen ebenfalls beide Kinder zu nehmen. Es spielte sich alles so schnell ab, dass die Leipziger Familie samt Kindermädchen umsonst am Bahngleis wartete und schließlich enttäuscht und ohne die Kinder heimgehen musste. Die blonde Christel jedoch, wie sie von nun an hieß und die dunkle Monika wuchsen endgültig bei der Familie in Naumburg auf.

Der letzte Akt kam Dora einem Gang nach Canossa gleich. Sie musste beim Anwalt in der Kreisstadt vorstellig werden um die Adoption abzuschließen. Zu Fuß gingen sie auf dem Damm der Saale entlang nach Naumburg, Waldo vorne weg, Dora zockelte auf dem Tretpfad hinterher. Evi hatten sie im Weingut bei ihrem Freund Jürgi gelassen. Beide sprachen kein Wort miteinander und Dora dachte immer nur: Warum dreht er sich nicht einmal um? Warum fragt er nicht, ob ich es mir nicht doch noch anders überlegen will?

Sie begriff nicht, wie er ihr so weh tun konnte, wo er doch behauptete, sie von ganzem Herzen zu lieben.

Aber sie war ja kein Mann, sie konnte sich nicht in ihn hineinversetzen, wusste nicht zu beurteilen, wie schwer es für ihn war. So kamen sie zu guter Letzt vor dem Haus des Notars an. Nun musste sie nur noch das Papier unterschreiben, damit hatte sie ihren Teil erledigt. Der Rest war reine Männersache. Der Notar, Waldo und der Adoptivvater unterhielten sich noch eine Stunde lang, während Dora vor der Türe wartete.

Später konnte Dora sich nicht mehr daran erinnern, wie sie wieder heim gekommen war. Die drei Männer hatten die Sache ziemlich geheim abgewickelt und Dora erfuhr nichts vom Verbleib ihrer Kinder. Es machte sie fast verrückt. Sie sehnte so sich nach den Kleinen, die doch nur sieben Kilometer entfernt bei fremden Leuten aufwuchsen und die sie nun nie mehr sehen sollte.

Waldo, der das Berggrundstück bisher selten verlassen hatte, fuhr nun jede Woche einmal in die Kreisstadt und kam stets mit Lebensmitteln beladen wieder heim. Er freute sich wie ein Kind, seiner Frau mit Tüten voller Mehl, Zucker und großen Fleischstücken eine Freude machen zu können. Die Not war riesengroß und Waldos Mitbringsel waren natürlich willkommen. Aber Dora brauchte nicht lange nachzudenken, bis ihr klar wurde, woher die Sachen stammten. Die Äußerung des Mannes vom Jugendamt fiel ihr wieder ein. „Die Kinder kommen in sehr gute Hände", hatte er gesagt, „und werden keinen Hunger leiden müssen. Es ist alles an Lebensmitteln da. Sie haben davon in Hülle und Fülle."

Waldo bekam die Lebensmittel von den Leuten, die ihre Babys hatten! Was für eine Unverfrorenheit von ihm, dafür Lebensmittel als Dank anzunehmen!

Die Sehnsucht nach ihren Kindern ließ Dora keine Ruhe. Sie begann Nachforschungen in Naumburg anzustellen, bis sie herausfand, wo ihre Kinder wohnten. Eines Tages stand sie mit klopfendem Herzen dort vor der Haustüre und klingelte.

Haupts hießen die Leute. Die Frau öffnete.

Dora bemühte sich ganz besonders freundlich zu sein. Sie hatte sich ihre Sätze wieder und wieder zurecht gelegt, ihren Auftritt geplant, nun aber fehlten ihr vor Nervosität die Worte.

„Guten Tag. Ich bin Frau Schwarz aus Bad Kösen", begann sie.

Schlagartig veränderte sich Frau Haupts Gesichtsausdruck. Ein Erkennen durchfuhr sie – sie hatte Dora kurz nach der Entbindung gesehen – und für den Bruchteil einer Sekunde glaubte Dora, sie würde ihr die Tür vor der Nase zuschlagen. Dann aber besann sich die Frau, drehte den Kopf ein wenig in Richtung Hauseingang und rief: „Arthur!"

Sogleich erschien Herr Haupt im Flur. Dora kannte ihn vom Notartermin her und auch er erkannte sie sofort.

„Entschuldigen Sie bitte", stammelte Dora, „es lässt mir einfach keine Ruhe. Dürfte ich die Kinder nur ganz kurz einmal sehen?"

Tränen traten ihr in die Augen, so aufgeregt war sie.

Wäre Frau Haupt alleine zu Hause gewesen, Dora hätte die Kinder wahrscheinlich nicht zu Gesicht bekommen. Aber ihr Mann ließ sich erweichen und bat sie herein. Die Babys hatten es wirklich schön und wurden abgöttisch geliebt, das spürte Dora sofort und es beruhigte sie.

Mit diesem ersten Besuch fing eine Verbindung an, die Jahre dauern sollte. Die Adoptiveltern tolerierten, dass Dora die Zwillinge von nun an alle zwei bis drei Wochen sehen durfte, oft nur für wenige Minuten. Sie musste es Waldos wegen heimlich tun, doch sie hätte, Gott weiß was, dafür in Kauf genommen. Nur so konnte sie die Trennung einigermaßen verkraften. Die Kinder waren doch ein Stück von ihr, sie hatte sie ja nur gezwungenermaßen hergegeben. Bei ihren Besuchen bemühte sie sich, den Adoptiveltern nicht allzu sehr zur Last zu fallen und es entwickelte sich sogar ein recht freundschaftlicher Umgang. Sie fand heraus, dass Herr Haupt, der vom Beruf her Elektriker war, im Moment als Dolmetscher für die Russen arbeitete. Das war auch der Grund, weshalb er an so viele Lebensmittel herankam.

Vom zweiten Besuch an nahm Dora jedes Mal Evi mit. Insgeheim hoffte sie, dass zwischen den Halbschwestern ein Kontakt entstünde. Vielleicht würden sie ja später im Leben einmal wie richtige Geschwister miteinander umgehen können. Doch die Besuche ließen sich nicht lange verheimlichen. Obwohl sie es Evi strengstens verboten hatte, dem Vati von den Fahrten nach Naumburg zu erzählen, verplapperte sich die Dreijährige immer wieder.

„Muss diese dauernde Rennerei nach Naumburg denn sein? Kannst du das nicht endlich unterlassen?", fauchte Waldo, nachdem Evi wieder einmal nicht dicht gehalten hatte.

„Nein", antwortete Dora bestimmt. „Bitte versteh mich doch. Die Kinder sind neun Monate lang in mir gewachsen. Ich kann sie nicht einfach aus meinem Leben streichen. Das hat überhaupt nichts mit uns zu tun."

„Das sehe ich ganz anders", beharrte Waldo. „So lange du immer wieder dort hin gehst, bleibt ein ständiger Stachel zwischen uns, etwas, das uns fortwährend erinnert."

„Waldo, glaube mir. Es sind nur die Kinder, die ich sehen will. Ich muss wissen, wie es ihnen geht. Dabei denke ich nicht mehr an den Mann, von dem sie sind. Du musst mir das glauben!"

Waldo schwieg. Er wollte es gar zu gerne glauben, aber es gelang ihm nicht.

„Du hast dich doch nun oft genug davon überzeugt, dass es ihnen gut geht", begann er noch einmal. „Die Familie ist in Ordnung. Sie haben genug zu essen. Ich verstehe das nicht! Als ob wir hier nicht genügend eigene Sorgen hätten!"

Er spürte, wie die Aufregung ihm wieder auf den Magen schlug. Das hatte alles keinen Sinn. Zwingen konnte er sie nicht, das wusste er, nur an ihre Vernunft appellieren.

„Versuche bitte nie, mir diese Besuche zu verbieten“, warnte Dora und eine Blutwelle schoss ihr dabei in den Kopf. „Ich weiß nicht, was ich sonst machen würde.“
Damit wandte sie sich ab und nahm ihre unterbrochene Arbeit wieder auf. Waldo ahnte, dass sie, was die Kinder anging, unberechenbar war. Gegen ihren Muttertrieb konnte er nichts ausrichten. Sie war durchaus in der Lage dieser Kinder wegen eine große Dummheit zu begehen. Er musste, um sie zu keiner unüberlegten Trotz- oder Panikreaktion zu verleiten, ihre Fahrten nach Naumburg tolerieren, so schwer es ihm auch fiel. Vielleicht stand die Zeit ja auf seiner Seite. Vielleicht würden sie eines Tages ein zweites Kind bekommen. Doch bei der jetzigen wirtschaftlichen Situation war daran absolut nicht zu denken.
Die Russen hatten im Ort inzwischen die neuen Mitglieder für die Stadtverwaltung bestimmt, die mit ihnen zusammen täglich neue Entscheidungen zu treffen hatten. Widerstrebend nahmen die Deutschen russische Befehle entgegen, vorsichtig versuchten sie die Russen zu taxieren. Alle Angehörigen der Wehrmacht und der Waffen-SS mussten sich sofort bei der nächsten Militärbehörde stellen. Vielen Ehemaligen gelang es unterzutauchen und sich zu drücken. Dora dachte an ihren Bruder Heinz, der sich immer noch in russischer Kriegsgefangenschaft befand. Vielleicht war das gar nicht schlecht für ihn. Im besten Fall würde er dort für seine Vergehen Buße tun müssen.
Nachdem die landwirtschaftlichen Gebiete im Osten weggefallen waren und die Soldaten der Besatzungsmacht ganze Lastzüge mit Lebensmitteln, Kartoffel- und Gemüsetransporter für sich selbst beschlagnahmten, bahnte sich eine Hungerkatastrophe ungeahnten Ausmaßes an. Zu allem Übel strömten Tausende von Vertriebenen aus dem Osten nach Deutschland.
Wie dankbar waren Dora und Waldo in dieser Zeit, dass sie das Berggrundstück besaßen. Mit seinen Obstbäumen, Tieren und Feldfrüchten hielt es sie so einigermaßen über Wasser. Lebensmittel waren jetzt fast noch knapper als zu Kriegszeiten. Wieder gab es neue Lebensmittelkarten. Trotzdem musste Dora jeden Tag in langen Schlangen warten, immer in der Hoffnung, dass sie noch ein paar Lebensmittel bekäme, ein paar Nudeln, Trockenerbsen, etwas Schwarzbrot. Hunde und Katzen existierten in Bad Kösen schon lange nicht mehr, selbst Dina war verschwunden.
Obwohl der Tauschhandel überall streng verboten war und es deswegen auch polizeiliche Razzien gab, tauschte Dora ein paar Gläser von ihrem eingemachten Obst gegen Butter, Zucker und Mehl.

Zu ihrer großer Freude gab Waldo das Rauchen auf. Er konnte es sich einfach nicht mehr leisten, denn eine Zigarette kostete zwischen sechs und zehn Reichsmark. Bei einem Monatsverdienst von ungefähr zweihundertfünfzig Reichsmark, sofern man überhaupt Arbeit hatte, war das ein unvorstellbar hoher Preis.
Schon nach kurzer Zeit fiel das Gebiet Leipzig-Bad Kösen endgültig an die Russen und wurde zur Sowjetischen Besatzungszone. Sofort begannen die Russen mit dem Abbau von Maschinen als Kriegsreparationen. Aus dem einzigen Kösener Rüstungsbetrieb Krauss wurde alles Verwendbare herausgeschleppt und per Bahn gen Russland geschickt. Um den Abtransport industrieller Werte von Mittel- nach Westdeutschland zu verhindern, riegelten die Sowjets die SBZ nach Westen hin ab.
Der Kurbetrieb in Bad Kösen brach völlig zusammen. Als Dora und Waldo wieder einmal durch den Ort unterwegs waren, sahen sie, dass die Schulen inzwischen als Lazarette verwendet wurden. Erst Wochen später, nachdem die Verwundeten nach und nach als geheilt entlassen wurden und der Rest auf die Krankenhäuser verteilt war, nahm man den Schulbetrieb wieder auf. Zum ersten Mal gab es eine vom Staat spendierte Zuckertüte. Sogar eine Schulspeisung in Form von Milch und einer einfachen Suppe wurde eingeführt. Das war auch dringend notwendig, denn die meisten Kinder waren unterernährt und geschwächt.
Kohle war so knapp, dass die Schüler in Mänteln im Unterricht saßen und trotzdem froren. Die „Volkssolidarität", das neue Schlagwort, forderte alle Bürger auf, Kohle zu spenden. Entlang der Bahndämme kauerten wartende Menschen um ein paar Briketts von einem vorbeifahrenden Güterzug zu ergattern. Selbst der Kohlestaub wurde noch zusammengekehrt. Waldo fand eine bessere Möglichkeit. Er durchstreifte das Wäldchen hinter dem Haus, welches der Stadt gehörte, und holzte soviel Bäume ab, wie er brauchte.
Seit November verurteilte der Internationale Militärgerichtshof in Nürnberg die NS- und Hauptkriegsverbrecher. Deren Anzahl war so groß, die Prozesse würden sich wahrscheinlich noch Monate, wenn nicht Jahre hinziehen. Entsetzliche Dinge kamen zur Sprache. Erst jetzt erfuhren die Menschen, dass Millionen von Juden in KZs vergast worden waren. Dora war zutiefst schockiert. Sie erinnerte sich an die Gespräche mit Gertrud und an ihre Vermutungen. Heinz' letzter Satz fiel ihr wieder ein: „Belaste dich nicht mit Dingen, die dich nichts angehen. Je weniger du weißt, umso besser", und eine böse Vorahnung überfiel sie.

Endlich kam der langersehnte Sommer und Dora begann aufzuatmen. Nun konnten sie der Enge des Häuschens entkommen, saßen nicht mehr so dicht aufeinander und rieben sich nicht mehr ununterbrochen in Streitereien auf. Seit dem Ende des Krieges war inzwischen ein Jahr vergangen, so lange schon bemühten sie sich um den Fortbestand ihrer Ehe. Für den Moment hatte sie die Not, der tägliche Kampf ums Überleben zusammengeschweißt, doch ihre Beziehung stand weiterhin auf wackeligen Füßen.
Bis vor einem Jahr war Dora noch der Meinung gewesen, sie würde sofort nach Kriegsende nach Leipzig zurück ziehen. Aber die Situation hatte sich seitdem vollständig geändert. Nichts zog sie inzwischen mehr nach Leipzig. Ihre Freundin Gertrud hatte sie verloren, ihre Wohnung in Leipzig war zerstört, Kinos und Theater existierten nicht mehr und für ihre Verwandten war es besser, sie kämen nach Bad Kösen – raus aus der Leipziger Trümmerwüste. Vor allem aber hielten sie die Zwillinge in Naumburg. Die Möglichkeit, sie hin und wieder zu sehen, war unbezahlbar. Nie würde sie das freiwillig aufgeben.
Sobald von Seiten der Russen keine Gefahr mehr für Waldo bestand, machte er sich in der Nachbarschaft nützlich. Er war handwerklich so begabt, dass er sowohl Möbel bauen, als auch Gebäude reparieren konnte. Nachdem er seine Hilfe im Ort angeboten hatte, erhielt er ab und zu einen kleinen Auftrag. Meistens wurde er mit Naturalien bezahlt, denn Geld besaß kaum jemand. Auch im Rathaus hatte er schon wegen einer Arbeit vorgesprochen, doch man nahm nur seine Personalien auf und bat ihn um Geduld.
Im März feierte Evi ihren vierten Geburtstag. Dora und Waldo wollten die Kleine mit einer Bootsfahrt auf der Saale überraschen. Gemeinsam bummelten sie die Saalstraße entlang, überquerten die Schienen und schlugen den Weg in Richtung Kurpark ein. Überall waren Reparaturmaßnahmen im Gang. Das gesamte Rohrleitungsnetz der Medizinischen Badeanstalt und des Kurmittelhauses sollte erneuert werden. Man wollte den Kurort Bad Kösen wieder neu aufwerten. War der Ort bisher nur für finanziell gut gestellte Kurgäste zugänglich gewesen, die privat nach Bad Kösen gefahren waren, so wollte man ihn nun für die Arbeiter öffnen. Dazu fehlten aber die räumlichen Voraussetzungen und so begann man im ehemals privaten Kurhaus „Mutiger Ritter", welches seit neuestem „Ernst Thälmann Haus" hieß, ein erstes Sanatorium mit Geldern der Sozialversicherung aufzubauen.
Die Leihstelle für Boote lag gleich hinter dem Kurpark am Fluss. Dort wählten sie ein Boot aus und stiegen ein. Es war das erste Mal, dass Evi in einem Ruderboot saß, begeistert nahm sie die neuen Eindrücke auf. Waldo ruderte

kräftig drauf los, stromaufwärts, Richtung Rudelsburg und Saaleck. Sie hatten das Boot nur für eine Stunde ausgeliehen. So blieb nicht genügend Zeit um die Burgen zu erreichen und schon bald ließen sie sich wieder flussabwärts treiben.
„Schau mal dort, zwei Enten", wies Dora ihr Töchterchen auf die Tiere hin.
„Au ja! Eine ist ganz grün."
„Das ist der Entenpapa", meinte Waldo grinsend. „Die Papas sehen immer schöner aus als die Mamas."
„Das ist aber nur bei den Tieren so", berichtigte Dora und drohte Waldo: „Sei froh, dass wir in einem Boot sitzen und nicht draußen sind." Zum Spaß begann sie hin und herzuschaukeln.
„Nicht wackeln", rief Evi erschreckt, klammerte sich am Bootsrand fest und begann zu weinen.
Die Kleine hatte sich im letzten Jahr sehr verändert. Sie besaß von Natur aus eine starke Persönlichkeit, war daher durch eine extrem starke Trotzphase gegangen, doch Waldo hatte sie mit seiner Strenge so gut wie gebrochen. Es war auffallend, wie oft das Kind inzwischen verschüchtert reagierte. Dora bedauerte sehr, dass Evi zum Prellbock zwischen ihr und ihrem Mann geworden war, die Kleine bekam viel zu viele ihrer Reibereien ab. Doch was das betraf, war Dora machtlos. So gut es ging, versuchte sie das Kind zu schützen, aber Waldos Verhalten konnte sie nicht ändern.
Die drei hatten inzwischen wieder die Bootsanlegestelle erreicht und stiegen aus. Auf der Brücke trafen sie eine Gruppe von fähnchenschwenkenden Kindern. Singend zogen Mädchen in Dirndlkleidern und Jungs in kurzen Hosen durch Bad Kösen. Evi schaute dem bunten Treiben fasziniert zu und streckte bittend ihre Hand nach einer Fahne aus.
„Das ist keine schöne Fahne", flüsterte Dora leise und drückte ihre Hand herunter. „Ich mache dir zu Hause eine andere."
Schweigend und mit gemischten Gefühlen ließen sie die FDJler, die Gruppe der neu gegründeten Freien Deutschen Jugend, an sich vorbeiziehen.
„Früher nannten sie sich Hitlerjugend und trugen braun. Es hat sich doch nur die Kleidung geändert", sagte Dora leise zu Waldo.
„Mich erschreckt vor allem ihre Begeisterung. Sie wirkt genauso fanatisch wie damals", erwiderte er.
„Evi wird später nicht in die FDJ eintreten, oder?", meinte Dora und schaute Waldo fragend an. Der schüttelte nur den Kopf.

Nachdem die Gruppe vorbeigezogen war, überquerten sie die Straße und gingen zum Bahnübergang. Die Schranken waren geschlossen, weil ein Zug erwartet wurde, und zwangen sie zum Warten.
„Ich muss unbedingt wieder einmal nach Leipzig zu meiner Familie fahren", sagte Waldo, als der Zug endlich vorbeigebraust war und die Schranke sich mit einem fröhlichen Kling, Kling wieder hob. „Seitdem der Krieg aus ist und ich wieder zu Hause bin, haben sie nur durch Bekannte Nachrichten von mir erhalten. Kann ich davon ausgehen, dass du mitkommst?"
Dora hatte nicht die geringste Lust Waldos Familie zu treffen, vor allem Waldos Mutter nicht, diese komische Frau mit ihrem Kartoffelpaket. Andererseits bekäme sie durch die Reise die Gelegenheit, ihre eigenen Verwandten endlich einmal wieder zu besuchen, und so stimmte sie zu.
Die Zugfahrt eine Woche später war eine einzige Katastrophe. Die Abteile waren hoffnungslos überfüllt, selbst auf den Trittbrettern standen noch Menschen. In der drangvollen Enge konnten sie kaum atmen, geschweige denn sich bewegen. Dazu kam die eisige Kälte in den Abteilen, denn wegen des Kohlemangels wurde nicht geheizt.
In Leipzig staunten sie nicht schlecht, wie weit man mit der Enttrümmerung vorangekommen war. Sogar die Straßenbahn fuhr schon wieder. Doch als sie an den einstigen Prachtbauten vorbeifuhren und diese in Trümmern liegen sahen, schnürte es Waldo und Dora das Herz zusammen. Vom alten Rathaus, einem der schönsten Gebäude, stand nur noch ein Teil der Fassade. Immerhin war man dabei, sie für den späteren Wiederaufbau zu sichern. Auch die Gewandhausruine wurde in derselben Art gestützt. Ganze Bezirke waren dem Erdboden gleichgemacht und es bestand keine Hoffnung, dass sie je wieder im alten Stil aufgebaut werden würden.
Telefonisch hatte sich Waldo bei seinen Eltern zu Besuch angemeldet. Dora war innerlich auf das Schlimmste vorbereitet. Gleich bei der Begrüßung reichte Elisabeth ihr nicht einmal die Hand, sondern kümmerte sich einzig und allein um ihren geliebten Sohn. Selbst Evi bekam nur einen äußerst knappen Händedruck. Die steife Atmosphäre währte das ganze Kaffeetrinken hindurch. Was ging nur im Kopf der alten Schwarz vor sich, sinnierte Dora. Für ihre Schwiegermutter war sie vermutlich so etwas wie eine Schickse, eine, die sich mit Juden eingelassen hatte. Nur dass Julien kein Jude gewesen war. Aber was machte das schon, ob Jude oder Franzose. Niederes Volk eben. Wie hatte sie es wagen können, Elisabeths wunderbaren Sohn mit einem Kriegsgefangenen zu betrügen? Wahrscheinlich war sie für die alte Schwarz dadurch zurück in die Gosse gerutscht, dahin, von wo

sie nach deren Auffassung ja wohl auch stammte. Bei diesen Gedanken spürte Dora, wie Hass in ihr zu brodeln begann und sie wäre am liebsten aufgestanden und hätte den Raum verlassen. Ihr Blick wanderte zu Arno hinüber. Auch er hatte sich verändert. Seine vordergründige Fröhlichkeit täuschte nicht über seinen wahren Zustand hinweg. Politische Entscheidungen hatten sein Leben beeinflusst, die Welt konnte ihm mit seinen jetzt 72 Jahren nicht mehr viel bieten. Er hatte, wie es schien, mit Hilfe des Alkohols die Flucht in die innere Emigration angetreten. Schade, dachte Dora. Er war in all den Jahren der einzig Nette gewesen. Waltrauds Zustand hielt sich unverändert, nur dass ihre äußere Erscheinung den Eindruck ihrer Schrulligkeit immer mehr unterstrich. Ihre Haare waren in einer grotesken Frisur zusammengefasst, die Kleidung abgelegte Stücke der Mutter. Sie wirkte apathisch, beachtete Dora kaum. Irgendwann näherte sie sich Evi mit plumpen Annäherungsversuchen, doch als diese sich Schutz suchend an ihre Mutter drückte, fiel Waltraud in ihre Lethargie zurück. Wahrscheinlich hatten ihre Eltern ihr starke Beruhigungsmittel gegeben.
Was tue ich überhaupt hier? Das ist das letzte Mal, dass ich Waldo zu seiner Sippe begleite, nahm sich Dora vor. Vor Langeweile begann sie sich im Zimmer umzusehen. Ihr fiel die perfekte Ordnung auf. Alles stand an seinem Platz, nichts lag herum, fast fühlte sie sich wie in einem Museum. Der Raum war mit exquisiten Möbeln ausgestattet, wobei ihr das wunderschöne Wohnzimmerbüffet an der gegenüberliegenden Wand besonders auffiel. Es war aus dunklem Holz angefertigt, Rosenholz vermutlich. Kleine Ornamente, die aussahen wie Käfer, verzierten die Schranktüren. So etwas hatte Dora bisher nur im Antiquariat gesehen.
Evi rüttelte ungeduldig an ihrem Arm und unterbrach ihre Betrachtungen. Sie war fertig mit Essen und wollte etwas spielen. Dora zuckte nur mit den Schultern. Widerstrebend stand Elisabeth auf und führte ihre Enkelin in Waltrauds Zimmer, wo noch alle deren Spielsachen fein säuberlich auf einem Regal aufgestellt waren.
„Du darfst aber nichts anfassen“, hörte sie Waldos Mutter sagen und musste unwillkürlich vor sich hingrinsen. So ein Blödsinn. Das konnte ja nicht gut gehen. Wie sollte Evi all die interessanten Dinge nur ansehen, aber nicht anfassen dürfen. Und richtig. Nach kurzer Zeit hörte man einen Knall und eine Puppe war beim Herunterholen zu Boden gefallen.
„Lass uns bitte gehen“, flüsterte Dora Waldo zu, während seine Mutter aufsprang und in Waltrauds Zimmer stürmte, Evi herauszog und sie ungezogen schalt.

Waldo hatte wohl auch genug, denn er stand sofort auf und erklärte umständlich, dass sie noch einen Besuch bei Doras Eltern eingeplant hätten. Erleichtert, dass die Begegnung ohne eine größere Szene vonstatten gegangen war, verließ er sein Elternhaus und trat hinaus auf die Straße. Ein paar Tage zuvor hatte er mit seiner Mutter lange am Telefon gesprochen und sie bekniet, sie solle sich bei dem Treffen Dora gegenüber ganz normal verhalten. Er hatte ihr versichert, dass seine Ehe wieder ganz in Ordnung sei, war aber trotzdem darauf gefasst gewesen, dass sie sich mit dem Wiedersehen ihrer Schwiegertochter schwer tun würde. Nach dem heutigen frostigen Nachmittag würde er Dora nicht wieder so schnell mit zu sich nach Hause nehmen.

„Wenn ich mit zu dir komme, musst du danach auch meine Eltern besuchen“, hatte Dora ihm vor ihrer Abreise nach Leipzig gesagt. Jetzt saßen sie in der Straßenbahn nach Probstheida und Dora fragte: „Was wird aus Waltraud, wenn deine Eltern einmal nicht mehr leben?“

Waldo zuckte die Schultern. „Ich weiß es nicht. Vielleicht kann sie alleine wohnen.“

„Das glaubst du doch wohl selbst nicht. Stell dir vor, eine fremde Stimme befiehlt ihr, den Gashahn zu öffnen. Das ganze Haus fliegt in die Luft!“, rief sie entrüstet.

Waldo zuckte zusammen. Woher wusste sie das mit den fremden Stimmen? Ahnte sie etwas von Waltrauds Krankheit? Oder war Waltraud damals auf der Fahrt nach Bad Kösen zu leutselig gewesen? Vielleicht hatte Doras Freundin Gertrud seine Schwester auf der Fahrt ausgequetscht. Nun ja. Dora wusste auf jeden Fall inzwischen mehr, als ihm lieb war, aber sie hatte ihn seither nie direkt auf die Krankheit angesprochen und er würde sich hüten davon anzufangen.

Die Straßenbahn rumpelte über teilweise verbeulte Schienen und quietschte in den Kurven. Dora hatte die Gebäude, die vor dem Fenster vorbeihuschten, kaum wahrgenommen. Plötzlich wurde sie hellwach, denn draußen glitt „ihr“ Volkspark vorbei. Mein Gott, durchfuhr es sie. Wie viele Jahre ist das her, seitdem wir uns dort zum ersten Mal auf einer Parkbank geliebt haben! Tief berührt schaute sie Waldo an, der ihr gegenüber saß, und ihre Blicke begegneten sich. Stumm ergriff er ihre Hände und sie lächelten sich verlegen zu.

Könnte man doch die Zeit zurückdrehen, dachte sie. Wie schön hätte alles sein können ohne diesen Krieg, der ihr ganzes Leben verändert hatte. Ohne

ihn hätte sie Julien nie getroffen, gäbe es die Zwillinge nicht. Sie spürte einen Stich im Herzen und ließ Waldos Hände los.
Der Besuch bei Doras Mutter verlief harmonisch wie erwartet. Später stieß auch Inge dazu, die den ganzen Tag als Trümmerfrau gearbeitet hatte. Dora hätte ihr gar zu gerne von den Kindern in Naumburg erzählt, aber in Waldos Gegenwart war das leider nicht möglich. Gegen Abend wollte Dora noch ihren Bruder Gerhart besuchen, aber Martha und Inge rieten ihr ab. Er sei schwer krank, er könne sie und das Kind anstecken. Widerstrebend ließ sie sich überreden. Sie hätte ihn gerne einmal wieder gesehen, ihn nach seinem schrecklichen Kriegsauftrag, der Fahrt nach Rumänien gefragt, aber damit musste sie sich wohl noch gedulden. Hoffentlich wäre er bald überm Berg.
Am Abend, bei der Heimreise, fuhren sie mit der Straßenbahn am Gebiet der Messe vorbei. Sie hatten dort einen weiteren Trümmerhaufen erwartet und waren sprachlos, als sie die instand gesetzten Messehäuser sahen.
„Das ist unglaublich", staunte Waldo. „Jetzt ist mir auch klar, warum die diesjährige Frühjahrsmesse im Mai schon wieder hier stattfinden kann."
Die Leipziger Mustermesse mit dem Emblem der zwei ineinander verschachtelten Ms war schon immer das Wahrzeichen der Stadt gewesen. Nun ging es wirklich wieder aufwärts, dachte Dora und ein Gefühl von Stolz erfüllte sie.

Zurück in Bad Kösen kündigten große Plakate den 1. Mai als „Tag der Arbeit" an. Er wurde mit Massenkundgebungen der Parteien und des Gewerkschaftsbundes gefeiert. Vertreter der SED und des FDGB sprachen zur Bevölkerung und verkündeten das Aufbauprogramm für das kommende Jahr. Zum Schluss sang man die Internationale.
„Genau das gleiche Getue wie früher", sagte Dora missbilligend, als sie einen der Programmzettel überflog, der an einer Litfasssäule angeklebt war. „Früher Heil Hitler – jetzt Hoch lebe die Solidarität."
Waldo und sie hatten den Tag für einen Ausflug zu den Burgen genutzt und das Ganze nur am Rande mitbekommen. Die neue Politik wirkte auf sie zu machtvoll, zu bestimmend. Sie beobachteten sie lieber mit Abstand. So wie Waldo scheuten sich auch viele andere Männer in seinem Alter vor neuen politischen Aktivitäten und verhielten sich abwartend. Die Jungen jedoch, die Zwanzigjährigen waren begeistert und traten in Scharen in die Partei ein. Bald ergab sich für Waldo die Chance, einem Bad Kösener Bürger einen Kamin einzubauen. Eine großartiger Auftrag. Für Dora bedeutete seine

häufige Abwesenheit zu Hause, dass sie endlich wieder einmal nach ihren Babys schauen konnte. Die beiden waren inzwischen knapp sechs Monate alt und bekamen bestimmt schon die ersten Zähnchen. Das Wetter war warm, also setzte sie Evi am nächsten Tag auf das Rad und fuhr mit ihr los. Eine halbe Stunde später stand sie bei Haupts vor der Türe und klingelte.
„Ach, Guten Tag, Frau Schwarz", sagte das Kindermädchen, das die häufige Besucherin inzwischen recht gut kannte. „Kommen Sie doch herein. Frau Haupt ist mit den Kindern im Garten." Sie ging voran und führte Dora in den kleinen Hausgarten. Dort lagen ihre Töchterchen im Laufstall und sahen so niedlich aus, dass Dora das Herz zu zerspringen drohte.
„Ich störe hoffentlich nicht", begrüßte Dora die Adoptivmutter. „Es ist schon so lange her, seit ich die beiden das letzte Mal gesehen habe."
„Ja, sie sind groß geworden", lächelte Frau Haupt und schaute die Babys liebevoll an. Dora stand neben ihr und konnte ihren Blick nicht von den Kindern losreißen. Es sind meine Kinder! Meine! schrie ihr Herz. Die Beine wurden ihr weich und vor Schmerz krampften sich ihre Hände am Laufstall fest.
„Setzen Sie sich doch, Frau Schwarz. Sie sehen ganz blass aus. Bei dieser Hitze ist es sicher sehr anstrengend mit dem Fahrrad zu fahren. Sie trinken doch eine Tasse Tee mit mir?"
„Machen Sie sich bitte keine Umstände, ich möchte nur ganz kurz bleiben", erwiderte Dora, doch Frau Haupt hatte dem Mädchen schon einen Wink gegeben und diese verließ den Garten in Richtung Küche.
„Wie geht es denn den beiden? Zahnen sie schon?"
Dora bemühte sich ihr galoppierendes Herz zu beruhigen. Sie lauschte Frau Haupt, die erzählte, die Kinder seien zur Zeit recht quengelig und der Zahndurchbruch stehe wohl kurz bevor. Evi hatte sich neben den Laufstall gekauert und spielte liebevoll mit ihren Halbschwestern. So könnte es sein, durchfuhr es Dora und der schneidende Schmerz in ihrer Brust wurde immer stärker. So wäre es, wenn Waldo sich nicht so unmöglich angestellt hätte. Auf einmal hielt sie die Idylle im Garten nicht länger aus, glaubte fast wahnsinnig zu werden. Hastig stürzte sie ihren Tee hinunter, bedankte sich und verabschiedete sich freundlich.
„Sag dem Vati ja nichts davon, dass wir heute hier waren. Hörst du?", bläute sie Evi auf dem Heimweg ein. Glücklicherweise wusste die Kleine inzwischen, dass es besser war über diese Besuche zu schweigen. Zu oft hatte sie, wenn sie sich wieder einmal verplappert hatte, die Wutausbrüche ihres Va-

ters über sich ergehen lassen müssen. Inzwischen wusste sie sich durch Lügen besser zu schützen.

Der Sommer brachte eine vorübergehende Verbesserung der Ernährungssituation. Waldo und Dora waren rund um die Uhr damit beschäftigt, alles, was irgendwie verwendbar war, für den kommenden Winter einzumachen. Von Leipzig und den anderen Großstädten hörten sie, dass immer noch äußerste Knappheit an Lebensmitteln herrschte. Täglich rollten Traktoren mit Anhängern voll mit Kartoffeln, Kohlköpfen oder Salat in die Städte. Beim Fleischer musste Dora stundenlang anstehen um die hundert Gramm Fleisch zu bekommen, die jedem Nichtarbeitenden pro Tag zustanden. Wäre Waldo schon fest angestellter Arbeitnehmer, hätte ihm das Doppelte zugestanden, aber bisher war er nur an Gelegenheitsarbeiten gekommen. Wie im ganzen Land, versuchte die berittene Volkspolizei auch in der Umgebung Bad Kösens das Saatgut und die Ernte vor Dieben zu schützen. Besonders an den Wochenenden fielen die Hamsterer aus den Großstädten über die Felder her.
Die nächsten Monate brachten viele Veränderungen in der Sowjetischen Besatzungszone. Da viele Menschen kaum Kontakte zu den anderen Zonen hatten, fiel ihnen nicht auf, wie stark sich die Kluft, die zwischen Mittel- und Westdeutschland entstand, vergrößerte. Die Bewältigung des täglichen Lebens nahm ihre ganze Kraft und Energie in Anspruch.
Große Bodenreformen wurden durchgeführt und viele Bauern wurden entschädigungslos enteignet. Die Neubauern, denen das Land zugeteilt wurde, hatten teilweise kaum wirtschaftliche Erfahrung. Schon bahnte sich die nächste große Katastrophe an.
Konzernbetriebe wurden in die Hände des Volkes überführt. Die Bevölkerung selbst hatte in einem Volksentscheid für volkseigene Betriebe gestimmt, nicht ahnend, was sich daraus entwickeln würde.
Aus der Zeitung erfuhr Dora, dass die höhere Schule in ihrer bisherigen Form aufgelöst wurde. Statt dessen wurde eine achtklassige Volksschule für alle eingeführt, mit Russisch als Pflichtfach ab der fünften Klasse.
„Was soll Evi mit Russisch anfangen? Englisch wäre viel sinnvoller", schimpfte sie. Aber noch blieb ja Zeit bis zur Einschulung des Kindes. Wer konnte schon sagen, was bis dahin sein würde. Es gab nicht genügend Lehrer, deshalb wurden interessierte Personen in Kurzlehrgängen ausgebildet.
„Du kannst dich ja in der Schule melden", schlug Dora Waldo vor. Doch der winkte sofort ab.

„Bloß das nicht. Das ist kein Beruf für mich. Außerdem werden dafür sowieso nur Leute genommen, die in der Partei sind. Die linientreuen Kommunisten."

Waldo hatte aus der jüngsten Geschichte gelernt. Er wollte sich auf gar keinen Fall politisch stark engagieren, das war nicht seine Art. Sobald es ginge, würde er sich wieder selbständig machen. Heizungen brauchte man immer. Doch bei der momentanen Arbeitslosigkeit war er erst einmal froh, als Frau Popperoth ihm anbot, dass er auf dem Weingut aushelfen könne. Nachdem die Zwangsarbeiter fehlten, wurde dort jede Hand benötigt.

XII

Im Januar 1947 erreichte die Versorgungskrise ihren absoluten Höhepunkt. Pro Bürger standen nicht mehr als sieben hundert Kalorien zur Verfügung. Die Ernährungslage in den Großstädten war besonders miserabel. Die Menschen protestierten, sie verlangten die Kontrolle des Volkes über Nahrungsmittel, sowie die volle Mitbestimmung in den Betrieben.

Dazu kam die katastrophale Brennstoffversorgung. In der Umgebung von Leipzig wurde Braunkohle mit primitivsten technischen Mitteln abgebaut. Wer ins Kino gehen wollte, musste zusätzlich zum Eintrittspreis Briketts oder Holz zum Heizen mitbringen. Die Menschen, die ohnehin schon von den fünf zehrenden Kriegsjahren ausgelaugt waren, erkrankten an Typhus, Diphtherie oder Geschlechtskrankheiten. Um den schlimmsten Mangel zu lindern, bekamen Kleinkinder Lebertran und Vigantolöl verschrieben, während die städtischen Schulkinder zuhauf aufs Land verschickt wurden.

Für Dora und Waldo ging das Leben seinen gewohnten Gang weiter. Sie besaßen ihr Refugium oben auf dem Berg und es ging ihnen vergleichsweise gut, da sie ja zusätzlich von ihrem Eingekochten leben konnten. Holz gab es zur Genüge und so mussten sie in der großen Kälte nicht leiden.

Eines Abends, als sie gemütlich vor dem knisternden Kaminfeuer saßen und Dora Evis zerrissene Kleidung flickte, sagte Waldo: „Jetzt haben sich die Amis mit den Briten vereinigt. Deutschland ist von nun an eine Bizone."

„Was bedeutet das für uns?", wollte Dora wissen.

„Wir sind weiterhin einzig und allein von den Sowjets abhängig. Die Frage ist, ob wir von der US Hilfe, von der Truman gesprochen hat, auch etwas abbekommen."

„Glaubst du daran?", fragte Dora.

„Ich fürchte, die Finanzspritze geht an uns vorbei. Die Sowjets werden von den Amis nichts annehmen“, vermutete Waldo und er sollte Recht behalten. Dora, die sich nach wie vor herzlich wenig für Politik interessierte, wand sich wieder ihrer Arbeit zu. Sie nutzte die kalte Jahreszeit, in der man draußen wenig tun konnte, um zu stricken und zu nähen. Es fehlte ja an allem. Waldo brauchte dringend Socken, also blieb ihr nichts anders übrig als Socken zu stricken. Auch die Unterwäsche musste immer wieder geflickt werden. Evi wuchs aus ihrer Kleidung viel zu schnell heraus. Vor einiger Zeit hatte Dora tagsüber, während Waldo im Ort arbeiten war, zwei allerliebste Mützchen für ihre Zwillinge genäht, die sie zum ersten Geburtstag der beiden nach Naumburg gebracht hatte. Sie passten wunderbar und Frau Haupt hatte sich sehr gefreut.

Aber das lag nun schon wieder mehrere Wochen zurück und es drängte Dora die Mädchen wieder einmal zu besuchen. Wenn nur die eisige Kälte nicht wäre.

Mitte Februar hielt sie es nicht mehr aus. Sie packte Evi warm ein und fuhr mit ihr mit dem Bus in die Kreisstadt. Christel und Monika konnten schon laufen und Frau Haupt hatte nun mit den beiden quirligen Kindern alle Hände voll zu tun. Nur gut, dass sie sich ein Kindermädchen leisten konnte. Der Besuch hatte Doras Sehnsucht nach den Kindern gestillt, doch als sie auf die Uhr schaute, erschrak sie, denn es war später geworden als geplant. An der Bushaltestelle angekommen, musste sie feststellen, dass der Bus nach Bad Kösen gerade abgefahren war. Der nächste Bus fuhr erst in zwei Stunden. In der Zwischenzeit würde Waldo heimkommen, ihr Fehlen bemerken und der nächste Streit war so gut wie sicher. Für einen Moment stand sie ratlos und überlegte. Es blieb keine andere Möglichkeit, als die sechs Kilometer zu Fuß zu gehen. Evi war fast fünf, sie würde das schon schaffen. Wenn sie sich beeilten, bräuchten sie eine Stunde und wären noch vor Waldo zu Hause. Kurz entschlossen nahm sie die Kleine an der Hand. Anfangs lief alles problemlos. Bis zum Ortsrand von Naumburg gab es viel zu sehen und zu erzählen. Später kam das freie Feld und der nadelscharfe Westwind blies ihnen von vorne ins Gesicht. Er war eisig kalt, blies durch die Jacken und gab Dora das Gefühl, nackt unter einer Dusche zu stehen. Flotten Schrittes ging sie voran und versuchte Evi durch allerlei Versprechen zu motivieren.

„Wenn wir zu Hause sind, backe ich dir gleich einen schönen Pfannenkuchen, ja?“

Die Kleine nickte tapfer, sagte aber nichts. Bald hatten sie den Damm entlang der Saale erreicht. Jetzt war die Hälfte des Weges geschafft. Nach und nach wurde Evi immer langsamer.
„Ich kann nicht mehr", klagte sie mit weinerlicher Stimme und als Dora ihre Hand ergriff um sie mit sich zu ziehen, spürte sie, dass Evis Hände trotz der Handschuhe eiskalt waren.
„Wir müssen weiter. Es wird schon bald dunkel. Komm, streng dich an."
Evi stolperte und fing an zu weinen. Ein kurzes Stück konnte Dora sie tragen, dann musste sie die Kleine wieder absetzen. Das Kind war ihr einfach zu schwer. Sie schaute auf die Uhr. So ein Mist. Sie würden es nicht mehr schaffen. Schon brach die Dämmerung herein.
„Schau mal, jetzt sind wir gleich da", machte sie dem Kind noch einmal Mut und deutete auf das Weingut, das vor ihnen auftauchte. Seine erleuchteten Fenster lockten wie die rettende Herberge nach einem Tagesmarsch. Doch Evi konnte sich nicht mehr freuen, sie war am Ende ihrer Kräfte. Tränen rannen ihr übers Gesicht, die Nase lief und alles gefror in der schrecklichen Kälte.
„Du musst jetzt aufhören zu weinen, sonst schimpft der Vati", suggerierte sie ihrer Tochter und putzte ihr das Gesicht, bevor sie zum Berg hochstiegen.
Im Häuschen brannte Licht und Dora machte sich auf das Schlimmste gefasst. Als sie mit Evi an der Hand das Haus betrat, starrte Waldo sie wütend an.
„Bist du total verrückt geworden? Wo kommst du denn jetzt erst her?"
Mit diesem herrischen Ton bekommst du von mir keine Antwort, dachte Dora und drängte sich schweigend an ihm vorbei. Verärgert beugte er sich zu seiner Tochter hinunter und fragte: „Seid ihr wieder in Naumburg gewesen?"
Evi zitterte am ganzen Körper und brachte kein Wort hervor.
„Jetzt schau dir doch mal das Kind an", brauste Waldo auf. „Die ist ja ganz blau im Gesicht. Und eiskalte Hände hat sie", fügte er hinzu, als er ihr die Handschuhe auszog.
Dora war an den Herd getreten und hatte inzwischen einen großen Topf mit Wasser aufgesetzt. Ihr war natürlich auch klar, dass Evi kalt wie ein Eisklotz war. Sie führte die Kleine zu einem Stuhl, setzte sie hin und zog ihr die Schuhe aus. Wie befürchtet waren auch die Füßchen eiskalt. Evi musste so schnell wie möglich in ein heißes Bad und dann ins Bett.

„Ist es dir das wert? Willst du unser Kind umbringen wegen der anderen? Willst du das?", schrie Waldo.
Sie biss sich auf die Lippen. Nur jetzt nichts sagen. Er würde sich wieder beruhigen, das wusste sie. Sie schob den Holzbottich in die Mitte des Zimmers, goss das heiße Wasser hinein, prüfte es und hob Evi in den Bottich. Die Kleine schrie kurz auf, ließ sich aber sogleich von Dora beruhigen. Ganz allmählich ließ ihr Zittern nach. Entgegen ihrer sonstigen Gewohnheit blieb Dora bei ihr sitzen, rieb ihr den Rücken und wärmte ihre eigenen Hände im Wasser. Vor allem aber wollte sie Zeit gewinnen. Waldo hatte sich in seine Leseecke zurückgezogen und es blieb zu hoffen, dass er das Thema nicht mehr aufgreifen würde. Um jeglicher Unterhaltung auszuweichen zog sich Dora kurz darauf mit Evi ins Bett zurück. Schon bald atmete das Kind ruhig im Schlaf. Ich muss es beim nächsten Mal klüger anstellen, dachte sie. Wenn ich wieder nach Naumburg fahre, darf Waldo davon absolut nichts mitbekommen. Dieses Zur-Rede-gestellt-Werden, das habe ich doch überhaupt nicht nötig.
Ein paar Wochen später feierte Evi ihren fünften Geburtstag. Martha schickte Glückwünsche. Inge hatte einen langen Brief geschrieben, in dem sie ihrer Nichte gratulierte, anschließend aber seitenlang von ihrem neuen Freund schwärmte, einem Bulgaren namens Stefan. Begeistert schilderte sie seine charmante Art, sein interessantes Aussehen. Dora merkte gleich, dass ihre Schwester wieder einmal total verliebt war. Sie gönnte es ihr und es beruhigte sie. Solange Inge mit ihrem Freund herumscharwenzelte, brauchte sich Dora hinsichtlich Waldo und ihrer Schwester keine Gedanken zu machen.
Schon lange stand für Dora fest, dass Evi mit fünf Jahren alt genug wäre ein Instrument zu erlernen. Sie schlug es Waldo vor und er war einverstanden. Ein Klavier wäre schön, aber es war unmöglich einen so schweren Kasten hier ins Berghäuschen hoch zu transportieren. Nein, es müsste ein kleineres Instrument sein. Eine Geige. Dora erinnerte sich an Konzerte, die sie vor langer Zeit in Leipzig erlebt hatte. Schon damals hatten ihr die Geigensolisten sehr imponiert.
Sie begann sich in Bad Kösen nach einer Geigenlehrerin umzuhören. Bald fand sie eine, die geeignet erschien. Die Dame wohnte in einer Villa am gleichen Hang wie das Berghäuschen, nur eben ein bis zwei Kilometer weiter ortseinwärts. Sie besaß den klangvollen Namen Frau Musehold.
Als sie das erste Mal zu ihr unterwegs waren, schilderte Dora ihrer Tochter die Geige als eines der interessantesten Instrumente, das es gab. Evi lauschte

gespannt; wie immer war sie für alles Neue leicht zu motivieren. Bis sie ankamen, brannte das Kind schon darauf, mit dem Musizieren beginnen zu dürfen.
Frau Musehold empfing die beiden im Salon. Der Raum war lichtdurchflutet und mit edlen Möbeln ausgestattet. Auf einer Kommode mit Säulen stand eine chinesische Vase, umgeben von alten Photos in Silberrahmen. Darüber hing ein wertvoller Gobelin an der Wand. Mit Troddeln besetzte Damastvorhange umrahmten die Fenster zu beiden Seiten und Kissen mit Fransen und Pompons schmückten die Couch.
Die Dame war schon etwas älter, aber noch recht rüstig und aktiv. Sie strich Evi über die dunkelbraunen Haare und öffnete einen Geigenkasten. Ganz vorsichtig holte sie eine kleine Kindergeige heraus, reichte sie Evi und zeigte ihr, wie man sie richtig zu halten habe. Hierauf drückte sie ihr den Bogen in die Hand und trat hinter sie. Mit ihrer rechten Hand nahm sie Evis Rechte und führte den Bogen über die leeren Saiten hin und her, mal leicht, mal stark. Daraufhin ließ sie Evi los und bat sie alleine weiter zu spielen.
„Das kannst du wirklich sehr schön", lobte Frau Musehold, nachdem Evi mit voller Konzentration ein paar Mal hin und hergestrichen hatte. „Möchtest du denn gerne Geige spielen lernen?"
„Ja", strahlte Evi, der sowohl die freundliche Dame als auch das kleine, zierliche Instrument gut gefielen.
So begannen Evis Geigenstunden. Zu Beginn kam Frau Musehold jede Woche einmal ins Berghäuschen. Aber schon beim dritten Besuch erklärte sie, dass ihr der Weg doch zu weit und zu beschwerlich sei. Man einigte sich darauf, dass Evi statt dessen zu ihr käme. Zwei Mal begleitete Dora ihre Tochter zur Geigenstunde, danach schickte sie sie alleine. Die einfache Wegstrecke dauerte vierzig Minuten. Wenn Dora mitginge, wäre der ganze Nachmittag für sie verloren. Das Kind konnte sich nicht verlaufen, und was hätte auch schon passieren sollen? Von da an stapfte Evi, obwohl sie noch kein Schulkind war, einmal pro Woche alleine los.
Im August brachte die Briefträgerin ein Telegramm aus Leipzig ins Berghäuschen. Martha teilte darin mit, dass Gerhart gestorben sei. Dora stand wie gelähmt an der Türe und starrte auf die Zeilen. So einfach, ohne Sang und Klang, war ihr Bruder gegangen, ohne dass sie sich von ihm hatte verabschieden können. Dabei war sie sich so sicher gewesen, dass er die Krankheit überwinden würde, wie schon einmal. Hätte sie ihn doch nur beim letzten Aufenthalt in Leipzig besucht, ihn noch einmal gesehen. Nun machte sie sich Vorwürfe. Dadurch, dass er so früh von zu Hause ausgezogen war

und wenig Kontakt zum Elternhaus gehalten hatte, wusste sie nicht viel von ihm. Im November wäre er fünfunddreißig Jahre alt geworden. So jung noch und schon hatte er sterben müssen. An allem war dieser furchtbare Krieg Schuld. Warum hatten sie diesen kranken Mann noch in den letzten Kriegsmonaten einziehen müssen? Nun waren seine zwei Buben Halbwaisen. Wie alt waren sie eigentlich? Dora rechnete nach. Der größere musste dreizehn sein, der kleinere elf. Sie musste unbedingt mit Martha telefonieren. Doch zuvor wollte sie mit Waldo sprechen.
Sie rief Evi und ging mit ihr zum Weingut hinunter. Waldo arbeitete irgendwo im Weinberg und spritzte die Trauben. Um ihn zu finden brauchten sie nur dem Lärm des Geräts zu folgen. Sie ließ die Kleine bei Jürgi und machte sich auf die Suche. Waldo blickte erstaunt auf, als er Dora kommen sah. Er ahnte sofort, dass etwas geschehen sein musste, denn sie besuchte ihn sonst nie während der Arbeitszeit. Verwundert stellte er den Motor ab und ging ihr entgegen.
„Mama hat ein Telegramm geschickt. Gerhart ist gestorben. Es ist so schrecklich." Dora sank in seine Arme und ließ sich minutenlang schweigend von ihm halten.
Waldo hatte seinen Schwager kaum gekannt, wusste aber, dass Dora ihn sehr verehrte. Im Gegensatz zu ihr war ihrem Bruder schon sehr frühzeitig die Abnabelung von zu Hause gelungen.
„Es tut mir so leid", sagte er leise.
„Ich muss mit meiner Mutter telefonieren, aber ich weiß nicht, was ich ihr sagen soll. Würdest du mit zur Beerdigung nach Leipzig fahren?", fragte Dora.
Waldo zögerte. „Lass uns mal in Ruhe darüber sprechen", meinte er und deutete auf eine mit Gras bewachsene Stelle, wo sie sich niedersetzten. Doras Augen glitten über die liebliche Landschaft, die Saale, die Bahngleise, die in der Sonne glitzerten. Es war ein herrlicher Sommertag, doch sie nahm nichts davon wahr.
„Ich kann zur Zeit hier unmöglich weggehen", meinte Waldo. „Es gibt niemand anderen, der sich mit dem Spritzen auskennt und es muss jetzt gemacht werden. Das Wetter soll in zwei Tagen umschlagen."
Er schaute sie mit einem Ausdruck des Bedauerns an. Dora nickte nur. Sie hatte es nicht anders erwartet. Frau Popperoth brauchte ihn dringend. Er arbeitete jeden Tag von früh bis abends und man musste die Zeit wirklich nutzen, so lange es nicht regnete.

„Mir war eigentlich klar, dass du unabkömmlich bist“, sagte sie nach einer Weile. „Ich bin mir nur nicht sicher, ob ich alleine fahren soll.“
„Diese Entscheidung kann ich dir nicht abnehmen“, erwiderte Waldo.
Dora blinzelte in die Sonne und erhob sich unschlüssig. Ihr grauste vor der langen Bahnfahrt. Das Reisen war nach wie vor anstrengend. Außerdem machten ihr die Krampfadern, die sich durch die Zwillingsgeburt enorm verschlechtert hatten, mehr und mehr zu schaffen, vor allem jetzt, in dieser drückende Sommerhitze.
Zurück am Weingut, holte Dora tief Luft, bevor sie das Gebäude betrat. Das Verhältnis zwischen ihr und Frau Popperoth hatte sich nach Doras Liebschaft mit Julien und vor allem nach der Schwangerschaft merklich abgekühlt. Dora versuchte ihr aus dem Weg zu gehen, so gut es nur ging, aber heute war ein Notfall. Sie hätte zwar auch zum nächsten öffentlichen Telefon in den Ort radeln können, aber dann wäre sie eine Stunde unterwegs gewesen.
Frau Popperoth saß in ihrem Büro. Sie hörte sich Doras Anliegen distanziert an und drückte ihr Beleid aus. Kein Wort wegen des Franzosen, keine erniedrigende Reaktion. Ein warmes Gefühl der Erleichterung durchströmte Dora. Das war eben auch eine Eigenschaft der gebildeten Leute, dass sie weniger nachtragend waren als die einfachen Menschen im Ort, oder dass sie zumindest ihre Emotionen besser im Griff hatten. Nachdem die Chefin noch kurz ihre Papiere zusammengeschoben hatte, verließ sie den Raum.
Martha wurde während des Telefonats immer wieder von Weinkrämpfen geschüttelt. Ihr armer Junge! Hätten sie ihn nicht verschonen könne, diese Verrückten? Den Krieg hatte er überlebt und nun musste er so elend sterben. Dora ließ sie eine Weile lang reden, bevor sie sie unterbrach und nach den Einzelheiten der Beerdigung fragte. Wegen seiner Krankheit würde es eine Feuerbestattung geben und zwar schon am kommenden Tag. Länger konnte man wegen der Hitze nicht warten.
„Es werden nur wenig Leute anwesend sein: seine Frau und die Kinder. Natürlich gehen Inge und ich auch hin“, hörte sie ihre Mutter am anderen Ende der Leitung schniefend sagen. „Aber du brauchst nicht zu kommen. Tu dir das nicht an. Du findest wahrscheinlich so schnell niemanden, der auf das Kind aufpassen könnte.“
Dora atmete auf. Gut, dass ihre Mutter ihr die Entscheidung abgenommen hatte. Sie hätte ihrem Bruder jetzt sowieso nicht mehr helfen können. Vorher wäre ein Besuch nötig gewesen, nun war es zu spät. Die Beerdigung

würde ohne sie stattfinden müssen. Dora beendete das Gespräch, nicht ohne Martha aufzufordern, bald wieder zu Besuch zu kommen.
Sie bedankte sich bei Frau Popperoth und ging schleppenden Schrittes den Weg zum Berghäuschen nach oben. Szenen aus ihrer Kindheit fielen ihr ein, Gerhart, der ewig Mutige, der Einzige, der sich dem cholerischen Vater entgegengestellt hatte. Und ausgerechnet den sollte es nun nicht mehr geben, während der Angepasste, verblendet Strebsame, weiterlebte. Aber so durfte man nicht denken, schalt sie sich und schüttelte die Gedanken ab.

Zwei Monate später erreichte sie ein Brief von Inge. Ihre Schwester schrieb, dass sie Nachwuchs erwartete, ein Kind von ihrem Stefan und wie sehr sie sich auf das Baby freute. Heiraten würden sie aber zunächst noch nicht. Sie wollten sich noch prüfen.
Hätten sie sich lieber ohne Kind geprüft, dachte Dora. Sie wusste, was es hieß, ein Kind alleine groß zu ziehen. In ihrer Antwort versuchte sie, Inge ihre Gedanken vorsichtig mitzuteilen, aber sie kannte ihre Schwester nur zu gut. Was diese sich einmal in den Kopf gesetzt hatte, würde unveränderlich auch so geschehen.
Am Abend, als Waldo von der Arbeit heimkehrte, erzählte er, dass man unten im Tal auf den Feldern so viele Kartoffelkäfer entdeckt hätte wie noch nie in den vergangenen Jahren. Überall im Ort seien Plakate angeklebt, auf denen zu lesen stand, die Amerikaner hätten die Plage über der SBZ vom Flugzeug aus abgeworfen.
„Geradezu grotesk, diese Vorstellung“, sagte er kopfschüttelnd. „Jetzt bekommen die Schulkinder schulfrei und werden auf die Felder geschickt um die Käfer aufzusammeln.“
„Bin ich froh, dass Evi noch nicht in die Schule geht“, erwiderte Dora und blickte kurz von ihrem Nähzeug auf.
Waldo hatte sich noch nicht beruhigt. „Unsere politische Führung lässt keine Möglichkeit aus um gegen die Amerikaner zu hetzen. Im gleichen Atemzug werden die westdeutschen Politiker als gewissenlose Werkzeuge der westlichen Besatzungsmächte dargestellt.“
„Besteht eigentlich noch eine Chance, dass wir auch solche Care-Pakete von den Amerikanern bekommen, wie die Menschen in der Westzone?“
„Der Kaiser und der Lemmer von der CDU haben sich dafür eingesetzt. Aber sie sind die einzigen, die sich gegen die Blockbildung der SED erhoben haben“, erklärte Waldo. „Ob sie sich durchsetzten können, bezweifle ich. Die SED gewinnt ständig an Macht und vergrößert ihren Einfluss.“

„Das heißt, es geht hier im Osten weiter bergab“, konstatierte Dora.
„Wahrscheinlich schon, wenn wir vom Marshallplan nichts abbekommen.“
„Das ist völlig ungerecht“, ereiferte sich Dora. „Eigentlich müssten wir uns hier in der Ostzone für eine bessere Versorgung stark machen.“
„Wie soll das gehen? Du weißt, dass die sowjetische Besatzungsmacht uns keine Möglichkeit zum Aufbegehren lässt. Ständig finden überall Säuberungen statt. Nach und nach verschwinden alle ehemaligen SPD Mitglieder, statt dessen werden die Stellen mit führenden ehemaligen KP-Funktionären besetzt.“
„Es ist immer das Gleiche. Die da oben haben mal wieder das Sagen“, erwiderte Dora lakonisch.
Waldo, der sich inzwischen wieder seiner Weihnachtsbastelei zugewandt hatte, einem Bauernhof für Evi, ging mit zwei kleinen Holzteilen, die er aneinander presste, im Zimmer auf und ab.
„Sie wollen jeden dazu zwingen, dass er in die Partei eintritt. Jedes Mal, wenn ich im Rathaus wegen Arbeit frage, kriege ich die gleiche Spitze zu hören. ‚Ja, Herr Schwarz, wir hätten da schon etwas für Sie. Aber es gibt noch einen zweiten Bewerber, ein Parteimitglied. Jetzt müssen wir mal abwarten, wie die Stelle besetzt wird.’ Wenn ich das schon höre! Falls ich überhaupt je in die SED eintreten würde, dann nur freiwillig. Allein der Druck stört mich. Außerdem, was ist denn das für eine Demokratie, in der es nur eine einzige Partei gibt?“
Waldo widmete sich wieder seiner Holzarbeit. Dora wusste nicht so recht, was sie zu alledem sagen sollte. Sie beneidete die Leute im Westen wegen der schönen Care-Pakete. Warum wurden nur sie unterstützt? Sie hatten doch alle im gleichen Maß unter den Kriegsfolgen zu leiden. Von der neuen Partei hielt sie auch nicht viel. Sie fand es gut, dass Waldo sich davon fernhielt und machte keine Anstalten, ihn zu einer Mitgliedschaft zu überreden, bisher jedenfalls noch nicht.

Der Winter kam in diesem Jahr früh und brachte besonders viel Schnee. Evi hatte einen Schlitten geschenkt bekommen und verbrachte einen Großteil ihrer freien Zeit damit den steilen Berghang hinunterzurutschen. Dora achtete darauf, dass sie trotzdem jeden Tag Geige übte. Die Kleine kam eigentlich ganz gut voran. Nur der Weg zur Geigenlehrerin war jetzt besonders beschwerlich. Er dauerte beinahe doppelt so lang wie im Sommer, aber das kam sicher auch zum Teil daher, dass Evi trödelte.

Eines Tages kam sie besonders spät vom Unterricht nach Hause, es fing schon an zu dämmern. In ihrem Mantel hatte sich eine Unmenge Schnee verklumpt, sogar in den Stiefeln steckte er. Seltsamerweise sah auch der Geigenkasten nass aus und was Dora sofort auffiel: er war furchtbar zerkratzt.
„Wo hast du denn so lange gesteckt?", empfing Dora sie verärgert.
„Es hat heute länger gedauert beim Geigen", erwiderte Evi.
„Erzähl mir doch keine Märchen. Wieso bist du denn so nass? Und was ist mit deinem Geigenkasten geschehen?" Dora merkte an Evis Herumdrucksen sofort, dass etwas nicht stimmte und bohrte so lange nach, bis ihre Tochter mit der Sprache herausrückte.
„Es gibt da einen Weg, der geht oben am Waldrand entlang. Den bin ich heute zurückgegangen. Und weil dort soviel Schnee lag, bin ich, immer wenn es steil war, auf dem Geigenkasten gerutscht", gab Evi kleinlaut zu.
„Du bist ja verrückt! Die wertvolle Geige", rief Dora.
Im gleichen Moment hörte sie Waldo im Nebenzimmer aufspringen und zuckte zusammen. Bloß nicht wieder einen seiner Wutanfälle. Schützend stellte sie sich vor das Kind. Doch Waldo hatte sich nach der Sache mit dem gebrochenen Nasenbein geschworen seine Tochter nie wieder ernstlich zu verletzen. Er schämte sich furchtbar für sein ungezügeltes Verhalten und wusste oft selber nicht, was mit ihm los war. Seine Nerven lagen bloß, manchmal fürchtete er, verrückt zu werden. Die erbliche Vorbelastung, die Nervenkrankheiten in seiner Familie, hingen wie ein Damoklesschwert über ihm.
Doch Grenzen mussten gesetzt werden, so auch jetzt. Er schlug Evi ein paar Mal kräftig auf den Hintern und fuhr sie an: „Das ist die Strafe für den Unsinn, den du gemacht hast! Und morgen hast du Stubenarrest."
Zu Dora gewandt sagte er vorwurfsvoll: „Du musst sie unbedingt strenger erziehen. Das kommt alles davon, weil du sie so verwöhnt hast. Wie kann man nur auf eine so blödsinnige Idee kommen." Damit wandte er sich wieder an Evi. „Morgen setzt du dich neben mich hin und schaust mir zu, wie ich den Kasten repariere."
Evi hielt sich den Po und versuchte tapfer das Weinen zu unterdrücken. Mist, dass sie bei dem herrlichen Schnee nicht Schlitten fahren durfte. Sie würde sich hier drin zu Tode langweilen. Wütend auf den Vati, der immer so streng mit ihr war, setzte sie sich in eine Ecke und schmollte.

XIII

Die Londoner Konferenz im Dezember 1947 war gescheitert. Im Westen bildete sich der Wirtschaftsrat, im Osten eine eigene Wirtschaftskommission. Damit waren zwei provisorische Regierungsbehörden geschaffen worden.

Waldo reagierte verbittert.

„Durch diese Maßnahme sind wir jetzt noch mehr von der Entwicklung im Westen abgeschnitten", schimpfte er. „Nun wird es endgültig nichts werden mit der Teilnahme am Marshallplan."

Auch Dora ärgerte sich. Leute im Ort, die Verwandte in den anderen Zonen hatten, erzählten immer wieder, wie schnell das Leben dort aufwärts ging. Noch war es ohne weiteres möglich, mit einem Interzonenausweis über die Demarkationslinie in die Westzone zu reisen. Sie erzählten auch, dass regelmäßig sowjetische Kontrolleure an der Zonengrenze in die alliierten Militärzüge einstiegen und auf einer Nachprüfung der Identität der Fahrgäste bestanden. Die Westmächte protestierten zwar dagegen, aber ihr Protest blieb wirkungslos.

Im April, kurz nachdem Evi ihren sechsten Geburtstag gefeiert hatte, begann für sie der Ernst des Lebens. Sie wurde eingeschult. Seit Tagen schon freute sie sich auf den ersten Schultag, auf ihre Mitschüler und all das Interessante, von dem ihre Mutter erzählt hatte. Stolz schritt sie zwischen ihren Eltern, mit Schleifchen im Haar, eingehüllt in den neuen Mantel, den Oma Martha extra für den Einschulungstag genäht hatte und trug ihre große, bunte Zuckertüte. Was da wohl alles drin war? Leider durfte man erst nach der Einschulung hineinschauen, aber allein die Vorfreude machte sie ganz kribbelig. Die Schiefertafel klapperte bei jedem Schritt im Lederranzen auf ihrem Rücken, während das Läppchen und ein Schwamm zum Putzen außen daran hin und her baumelten. Ab und zu drehte sie sich um und schaute, ob Jürgi vom Weingut, der ebenfalls eingeschult wurde, hinter ihnen herkommen würde. Sie hätte ihm gerne ihre Zuckertüte gezeigt und ihm zur Feier des Tages sogar eines von Omas rot-weißen Pfefferminzbonbons geschenkt, die sie in der Manteltasche entdeckt hatte, aber er war nicht zu sehen. Endlich hatten sie die Ortsmitte erreicht. Direkt neben der Kirche lag der schmucklose, graue Bau der Volksschule. Dort stand auch schon Jürgi an der Hand seiner Mutter und winkte ihr aufgeregt zu. Waldo konnte gerade noch ein Foto für das Familienalbum machen, da trat eine Lehrerin aus der Pforte und bat um Ruhe. Jedes Kind wurde namentlich aufgerufen. Es dauerte für Evi furchtbar lange, bis sie ihren Namen hörte und sie befürchtete schon, man hätte sie vergessen. Endlich durfte sie auch vortreten und sich an die Zweierreihe der Kinder anschließen. Schüchtern warf sie ihren Eltern einen Blick zu. Sie standen wie all die anderen Erwachsenen etwas abseits, nicht viel, nur ein paar Schritte, trotzdem überkam Evi ein beängstigendes Gefühl, denn sie wusste, dass sie nun längere Zeit alleine in diesem großen, grauen Haus zubringen musste. Frau Holländer, wie die Lehrerin sich vorgestellt hatte, forderte zum Eintreten auf und ohne sich noch einmal umzudrehen folgte Evi den anderen. Wie eine Glucke führte die Frau das leise flüsternde Häufchen zu ihrem Klassenzimmer. Dort ließ sie die Kinder sich vor einem großen Foto an der Wand versammeln und sagte mit ehrfürchtigem Ton: „Das ist unser Genosse Walter Ulbricht. Den kennt ihr sicher schon alle.“

Während einige Kinder ein lautes „Ja“ riefen, die anderen zumindest nickten, betrachtete Evi das Foto und ließ alle Besucher, die in letzter Zeit auf dem Berggrundstück gewesen waren, vor ihrem inneren Auge vorbeiziehen. Aber so sehr sie auch grübelte, an diesen Mann konnte sie sich beim besten Willen nicht erinnern. Auch im Ort war sie ihm noch nie begegnet. Inzwischen hatte die Lehrerin damit begonnen die Kinder auf die Plätze zu verteilen. Vorne saßen die Kinder der Funktionäre, in der Mitte die Bauernkinder, hinten die Kinder, von denen die Lehrerin annahm, dass es die schwächsten wären. Evi wartete, bis sie an der Reihe war, und setzte sich auf den ihr zugewiesenen Platz in der hintersten Reihe. Da für sie alles neu war, begriff sie das Diffamierende an der Situation nicht. Sie wehrte sich nicht und klagte auch zu Hause nie.

Erst nach einem Lehrerwechsel zwei Jahre später wurde sie in die vorderen Reihen gesetzt und freundlicher behandelt. Da erst berichtete sie ihrer Mutter von den vergangenen Jahren.

„Diese blöde Kuh, diese Holländer. Jetzt hat die doch tatsächlich ihre persönliche Ablehnung, die sie mir gegenüber wegen der Zwillinge empfindet, an dem armen Kind ausgelassen“, schimpfte Dora.

„Warum hast du dich nicht gewehrt?“, fuhr Waldo seine Tochter kopfschüttelnd an. Die brach nur in Tränen aus und schämte sich nachträglich für ihre Schüchternheit.

Im Sommer wurde Westdeutschland in die OPEC Staaten aufgenommen und die Presse sprach zum ersten Mal von einem „Eisernen Vorhang“ zwi-

schen den beiden deutschen Staaten. Noch war die grüne Grenze, wie man sie auch nannte, durchlässig.
Ende Mai forderte der Volksrat ein Volksbegehren. Das gesamt deutsche Volk sollte für eine unteilbare demokratische Republik stimmen.
„Das ist prima", freute Dora sich, „genau das, was wir wollen."
„Wieso denn?", warf Waldo ein. „Diese Unterschriftensammlung wird vom ostdeutschen Volksrat durchgeführt. Wenn der Westen daran teilnähme, würde er damit automatisch den ostdeutschen Volksrat anerkennen."
Dora schaute ihn fragend an.
„Na und?" Ihr war nicht klar, was daran schlecht sein sollte.
„Verstehst du denn nicht? Der alliierte Kontrollrat hat den Volksrat nie anerkannt. Im Westen gibt es keinen Volkskongress. Eine gesamtdeutsche Abstimmung würde bedeuten, dass Gesamtdeutschland die ostdeutsche Staatsform akzeptierte."
„Bloß das nicht", rief Dora. „Der Einfluss der Amis würde dann ja ganz verloren gehen."
Gedankenvoll wandte sie sich den Erbsen auf ihrem Schoß zu und fuhr fort, sie aus den Schoten zu pulen. Diese Unterschriftensammlung war also auch nur wieder so ein blöder Propagandazug der Sowjets. Volksbegehren! Das Wort klang wirklich positiv. Wer sollte dem schon misstrauen?
„Gehst du zu dieser Unterschriftenaktion?", fragte Dora.
„Ja, ich muss. Die kontrollieren genau, wer kommt. Der Druck auf mich als zukünftiger Arbeitnehmer ist groß. Aber du brauchst ja nicht zu gehen", fügte er unnötigerweise hinzu, denn es war klar, dass Dora sich den Weg in den Ort sparen würde.
Wenige Tage später kam Waldo hochbeglückt nach Hause.
„Stell dir vor! Es hat geklappt! Ich habe eine feste Arbeitsstelle gefunden!" Voller Freude umarmte er Dora. „Nächsten Monat fange ich bei der Stadtverwaltung im Rathaus an. Was sagst du dazu?"
Er strahlte übers ganze Gesicht, genauso wie damals vor dem Krieg, als er den Ford gekauft hatte, nur dass der heutige Grund weitaus existenzieller für sie beide war.
„Das ist herrlich", jubelte Dora. „Das müssen wir gebührend feiern!"
In der kleinen Speisekammer neben der Küche, lagerten noch einige Flaschen hervorragenden Weines, die sie für ganz besondere Anlässe aufgehoben hatten. Heute war ein solcher Tag. Während Waldo eine Flasche auswählte, sie entkorkte und einschenkte, begann er zu erzählen.

Er war, wie schon so oft, wieder einmal aufs Rathaus gegangen um nach Arbeit zu fragen. Seit Monaten hatte man ihn vertröstet, ihn immer wieder bedauernd auf seine fehlende Parteizugehörigkeit hingewiesen. Inzwischen kannten ihn aber schon sehr viele Leute im Ort. Man wusste, dass er ein hervorragender Ingenieur war, einer der wenigen, den die Russen kurz nach dem Einmarsch nicht verschleppt hatten. Solche Leute fehlten nun dringend und so hatte man ihn zähneknirschend wohl oder übel in der Stadtverwaltung angestellt. Vorerst sollte er das Wohnungsamt und die landwirtschaftliche Abteilung betreuen. Feierlich stießen sie auf dieses Ereignis an.
„Auf eine gute Zukunft“, sagte Waldo.
„Auf eine gute Zukunft“, wiederholte Dora.
Ein paar Tage später kündigte der Rundfunk eine Währungsreform an. Am Sonntag, dem 20. Juni, erhielt jeder Bewohner der Westzonen für sechzig Reichsmark ein Kopfgeld von vierzig Deutschen Mark. Sparguthaben wurden im Verhältnis 10:1 eingetauscht.
Die DM-West war eingeführt!
„Ja, und wir?“, entrüstete Dora sich. „Wann bekommen wir die Deutsche Mark?“
Verärgert verfolgte sie in den nächsten Tagen die Nachrichtensendungen. So erfuhr sie, dass die Einführung der DM in der SBZ verboten wurde. Der sowjetische Militärgouverneur sagte, mit dieser Reform sei die Spaltung Deutschlands vollendet. Die Spalter seien aber nicht das deutsche Volk gewesen. Also die Amerikaner? dachte Dora. Wollten die etwa die sowjetische Besatzungszone den Russen überlassen? Das wäre ganz furchtbar.
Als Reaktion auf diese Aktion sperrte die SBZ wenige Tage später von einem Tag zum anderen die Zonengrenze für den Bahn-, Fahrzeug- und Fußgängerverkehr. Waldo vermutete, dass damit die Westmächte gezwungen werden sollten, auf Berlin zu verzichten. Alle Stromlieferungen aus der Zone in den Westteil der Stadt wurden eingestellt, Lieferungen von Kohle und Heilmitteln wurden untersagt. Da jedoch der Zug- und Straßenverkehr zwischen Berlin und der Zone durch die Blockade nicht berührt wurde, stiegen die Schwarzmarktpreise in die Höhe. Einige Bad Kösener, die Verwandte in Berlin hatten, bezogen in den kommenden Wochen und Monaten Informationen aus erster Hand. Frau Weinerts Laden wurde zur wichtigsten Nachrichtenzentrale. Aus der Ferne erlebte so auch Dora interessiert die schwere Zeit mit, die für die Berliner nun begann. Mit jedem Monat stieg ihre Bewunderung für die Bewohner dieser Stadt. Die Sowjets hatten kalkuliert, die Empörung der Menschen dort richte sich gegen die Westmächte, weil deren

Alleingang die SBZ ja gewissermaßen zur Schließung der Grenze gezwungen hatte. Aber die Berliner sahen das anders. Mit grimmigem Humor und unbeugsam nahmen sie die Entbehrungen hin. Sie wollten nur eines nicht: ja nicht an die Sowjetzone fallen.

Ohne weiteren Aufschub begannen die Amerikaner die Bevölkerung aus der Luft zu versorgen, was zu einer großen Begeisterung für die Amis führte. Aus den Besatzern wurden Freunde. Auch Dora bekam wieder Hoffnung.

„Die Amerikaner werden es nicht zulassen, dass unsere Zone so mir nichts, dir nichts an die Russen fällt", meinte sie und klammerte sich daran.

Eine Woche später wurde auch in der SBZ das Geld umgetauscht. Doras Hoffnung stieg weiter, aber schon bald merkte sie, dass es sich nur um das alte, wertlose Geld mit neuer Bezeichnung handelte. Alles blieb beim Alten: Genussmittel waren weiterhin unerschwinglich, der Schwarzhandel blühte wie bisher. Wie erst wenige Jahre zuvor unter Hitler, so getrauten sich die Menschen auch jetzt wieder nicht Kritik am Regime zu üben. Es ließ sich nicht verheimlichen, dass sich die ostdeutschen Gefängnisse langsam mit Menschen füllten, die es gewagt hatten aufzumucken. Wieder konnte man nur im engsten Familienkreis seine wahren Gedanken ausformulieren.

„Das Schicksal ist so ungerecht", klagte Dora eines Abends. „Nur weil wir östlich der Elbe wohnen, sollen wir die Zeche bezahlen. Dabei hat doch das ganze deutsche Volk den Krieg verloren und nicht nur wir. Wenn ich manchmal höre, was es im Westen alles zu kaufen gibt! Und wir mit unseren einfachen HO Läden. Ständig fehlt es an etwas. Ich bräuchte dringend neue Schuhe, Evi neue Strumpfhosen. Aber das gibt es zur Zeit einfach nirgends zu kaufen."

Waldo musste wohl oder übel zustimmen. Sein Jugendfreund Heinrich wohnte inzwischen im Westen und hatte ihm mehrfach von den dortigen Lebensbedingungen geschrieben. Überlegt euch doch, ob ihr nicht ebenfalls in die Westzone umsiedeln wollt, hatte er erst im letzten Brief vorgeschlagen. Für kurze Zeit war Waldo verunsichert gewesen. Aber in Leipzig lebten ja beider Eltern, die Geschwister, alle Verwandten. Hier in Bad Kösen besaßen sie ein Haus, wenn es auch nur klein war. Und jetzt hatte er sogar Arbeit im Ort gefunden. Sollten sie das alles im Stich lassen und über Berlin, welches noch offen war, in die Westzone flüchten? Er konnte sich nicht vorstellen, dort drüben als armer Flüchtling anzukommen, in Flüchtlingslagern zu wohnen. Nein, das war nichts für ihn. Lieber würde er versuchen sich hier hochzuarbeiten. Für einen Ingenieur gäbe es immer etwas zu tun.

„Jetzt verkaufen die im Ort Mäntel und Schuhe aus Igelit", unterbrach Dora seine Gedanken. „Das Zeug knistert ekelhaft. Was ist denn das überhaupt?"
„Das ist ein Kunststoffprodukt, das, soweit ich weiß, sogar gesundheitsgefährdend ist."
„Warum verkaufen sie so etwas?"
„Das ist ein Ersatz, weil Rohstoffe, wie zum Beispiel Baumwolle, zu teuer sind."
„Und auf ihren Propagandaschildern preisen sie das gute Leben im Sozialismus an! Den ganzen Ort verschandeln sie mit ihren aufdringlichen Parolen."
Am nächsten Tag, als Dora vom Einkaufen zurückkam, fand sie im Briefkasten einen Brief von Inge vor. In einer Geburtsanzeige teilte sie mit, dass ihr kleiner Sohn Stefan, benannt nach seinem Vater, das Licht der Welt erblickt hatte. Ihre Zeilen klangen rundherum so glücklich, dass Dora am liebsten schnurstracks nach Leipzig gefahren wäre um den kleinen Erdenbürger zu begrüßen. Aber Waldo hatte ja erst mit der neuen Arbeit angefangen, er bekam so schnell keinen Urlaub und Evi durfte nicht in der Schule fehlen. Dora sann darüber nach, ob sie alleine fahren sollte, doch die Gluthitze, die seit Tagen herrschte, lähmte sie und sie beschloss die Reise zu verschieben.
Gegen Mittag kam Evi missmutig von der Schule nach Hause. Dora fiel schon seit einiger Zeit auf, dass das Kind häufig so verschlossen und in sich versunken war. Sogar Nachbarn hatten sie darauf angesprochen, dass Evi immer mit gesenktem Kopf durch die Straßen gehe.
„Was ist denn los? Gab es etwas in der Schule?", fragte sie, doch Evi schüttelte nur wortlos den Kopf.
Das Kind ist ein richtiger kleiner Eigenbrötler geworden, dachte Dora. Daran ist sicher die Einsamkeit auf dem Berg schuld. Außer Jürgi wohnten hier weit und breit keine Kinder. Aber Evi hatte ja sowieso nicht viel Zeit zum Spielen übrig. Die Nachmittage waren mit Hausaufgaben und Geigen belegt und mindestens zwei bis drei Mal pro Woche musste sie nochmals in den Ort laufen um fehlende Lebensmittel zu holen.
Auch an jenem heißen Junitag hatte Dora erst nach dem Einkauf zu Hause festgestellt, dass die Milch sauer geworden war. Deshalb beauftragte sie ihre Tochter nach dem Essen einen Liter bei Frau Weinert zu holen. Ohne viel Widerspruch fügte Evi sich in ihr Schicksal, nahm die Kanne und ging los.
Wie oft war sie diesen Weg schon gegangen. Jede Kleinigkeit kannte sie, die Windungen des Flusses, die Stromschnellen, die hübschen Villen mit den

gepflegten Gärten zu ihrer Rechten, die Kinder, die darin wohnten. Zwei oder drei gingen sogar in ihre Klasse, aber sie mochten sie nicht. Das lag vielleicht daran, dass die Lehrerin Evi benachteiligte, sie gleich behandelte wie die schmutzigen Jungs, die neben ihr in der letzten Reihe saßen. Erst heute hatte der eine neben ihr seinen Hosenladen geöffnet und seinen Schniegelwutz herausgeholt, ein rosarotes kümmerliches Ding, nicht größer als ein Engerling. Na und? Evi war nicht schockiert gewesen, sie wusste schon längst, dass Männer so ein Ding besaßen. Wie oft hatte sie ihren Vater gesehen, wenn er im heißen Sommer draußen splitternackt duschte. Hätte sie der Lehrerin sagen sollen, was der Junge gemacht hatte? Aber was wäre geschehen? Frau Holländer hätte sie aus ihren blaugrünen Augen nur verächtlich angestarrt und ihr vielleicht nicht einmal geglaubt. Auch ihrer Mutter hatte Evi es nicht sagen wollen. Wie schon einmal wäre diese bestimmt sofort in die Schule gelaufen und hätte ein großes Theater gemacht mit dem Ergebnis, dass Frau Holländer Evi womöglich am nächsten Tag vor der ganzen Klasse bloßgestellt hätte. Nein, das beste war zu schweigen.
Ein Fahrrad fuhr neben sie heran und bremste mit lautem Quietschen ab. Für einen Moment schaute Evi auf und erkannte eine Nachbarin aus der Saalstraße. Schnell senkte sie ihren Blick wieder und ging weiter.
„Hallo, Evi. Musst du in den Ort?“
Sie nickte.
„Du kannst hinten auf dem Gepäckträger sitzen, ich nehm’ dich mit“, bot ihr die Nachbarin an, doch Evi schüttelte den Kopf.
Sie kannte die Frau, wusste, dass sie in Haus Nummer zweiundzwanzig wohnte, aber sie wollte nicht mitgenommen werden. Sie hätte mit der Frau sprechen müssen und dazu hatte sie keine Lust.
„Gut, wenn du nicht willst...“, erwiderte die Frau, saß auf und fuhr weiter.
Evi konzentrierte sich darauf, den nächstbesten Stein vor sich her zu kicken und ihn in gerader Linie die Straße entlang zu befördern, als ob es die ihr gestellte, wichtige Aufgabe war. Geradlinig sollte er rollen, nicht wegkollern. Wie verbissen arbeitete sie daran.
Dreißig Minuten später erreichte sie den HO Laden. Sie hatte Glück, denn es war nicht allzu voll, die meisten Leute scheuten wohl die große Hitze.
„Na, Evi, braucht ihr noch Milch?“, fragte die dicke Frau Weinert.
„Ja, einen Liter“, antwortete Evi und schob das Geld, das sie die ganze Zeit in der Hand gewärmt hatte, über die Theke.
„So, fertig.“ Frau Weinert reichte ihr die volle, silberne Kanne und drückte den Deckel darauf. „Pass gut auf, dass du nicht hinfällst.“

Evi verließ den Laden und überlegte, ob sie noch kurz zum Wehr hinunter gehen sollte. Nein, mit der Kanne in der Hand vielleicht doch lieber nicht. Aber einen Stein von der Brücke hinunterwerfen, das könnte sie. Sie schaute sich nach einem großen um, fand einen im Gebüsch und ging damit auf die Mitte der Brücke. Am linken steinernen Brückengeländer befand sich ein kleiner Anbau, der aussah wie eine überdachte Kanzel. Von dort aus konnte man die ganze Saalstraße entlang schauen, bis fast zu ihrem Haus. Sie schleuderte den Stein so weit sie konnte in den Fluss und betrachtete die Kreise, die entstanden, immer größer wurden und schließlich von der Strömung weggespült wurden. Hoffentlich hatte sie keine Forelle getroffen.
Schnell machte sie kehrt und ging in Richtung Bahngleise. Man konnte die Züge kommen hören, wenn man das Ohr auf die Schiene legte, hatte der Vater ihr erklärt. Aber es sähe komisch aus, wenn sie sich jetzt hier hinknien würde. Vielleicht würde sie einer der doofen Jungs aus ihrer Klasse dabei beobachten. Sie warf einen kurzen Blick zu dem Bahnwärter, der oben in seinem kleinen, roten Backsteinhäuschen arbeitete. Seine einzige Aufgabe bestand darin die Schranke herunterzulassen, wenn ein Zug kam, und sie danach wieder zu öffnen. Er schaute zum Fenster hinaus und winkte. Evi deutete ebenfalls ein Winken an, dann bog sie in die Saalstraße ein.
Auf der Höhe des Hauses, in dem ihre Lehrerin wohnte, blieb sie stehen und schaute in den Garten. Die Frau war böse. Sie mochte Evi nicht, das spürte diese genau. Warum nur? Blöde Kuh. Ihr Fuß stieß einen Stein los, dass es nur so staubte. Ein aggressives Fahrradklingeln schreckte sie auf. Ein Knirschen auf der sandigen Straße, ein Fluch. Gerade noch rechtzeitig konnte der Radfahrer durch einen Schlenker verhindern, dass er auf Evi auffuhr. Im Vorbeifahren rief er ihr etwas Unverständliches zu, aber Evi starrte auf den Boden, denn dort lag die Kanne mit der Milch, die sie vor lauter Schreck fallengelassen hatte. Sie schaute sich kurz um. Niemand war zu sehen. Blitzschnell bückte sie sich. Nun galt es zu retten, was zu retten war. Mit ihren kleinen Händen schöpfte sie die Milch, so gut es ging, aus der Pfütze in die Kanne zurück. Sie atmete tief durch. So ein Mist, ein Teil fehlte. Hoffentlich würde Mutti nichts merken, sonst würde sie wieder stundenlang schimpfen. Vor allem aber durchfuhr sie panische Angst, dass ihr Vater etwas davon erführe. Niedergeschlagen stapfte sie wenig später den Berg hoch. Ihre Mutter wartete schon. Sie brauchte die Milch für die Ofenschlupfer, die sie zum Abendessen backen wollte. Unauffällig beobachtete Evi ihre Mutter, während diese den Teig rührte. Würde ihr etwas auffallen? Jetzt goss sie die Milch ein. Gott sei Dank war es in der kleinen Küche im-

mer ein bisschen duster. Missbilligend schaute ihre Mutter in die Kanne und brummelte kopfschüttelnd: „Können die denn die Milch nicht besser säubern?"
Das war alles. Evi fiel ein Stein vom Herzen. Es war noch einmal gut gegangen.
Bald darauf kam ihr Vater von der Arbeit nach Hause. Bis zum Abendessen hatte Evi die ganze Sache schon längst wieder vergessen. Deshalb fuhr sie erschrocken zusammen, als er fragte: „Sag mal, warst du heute Nachmittag im Ort?"
Sie brachte keinen Ton heraus und nickte nur. Oh je, ihr schwante Schlimmstes.
„Mein Kollege hat dich gesehen. Du warst auf dem Heimweg mit der Milchkanne und er fuhr mit dem Rad an dir vorbei", erklärte Waldo. Evi wagte nicht aufzublicken. Krampfhaft überlegte sie, ob sie jetzt, so lange noch die Möglichkeit bestand, davonrennen sollte. Aber da wandte sich ihr Vater zur Überraschung an die Mutter.
„Wie oft schickst du das Kind eigentlich in den Ort? Sie muss doch schon jeden Morgen den langen Weg hin und zurück gehen, dazu noch ein Mal pro Woche zum Geigen. Meinst du nicht, das reicht?" Er warf Dora einen vorwurfsvollen Blick zu und als sie schwieg, schob er nach: „Du gehst doch beinahe jeden Morgen selbst einkaufen. Ich verstehe nicht, weshalb sie nachmittags noch einmal in den Ort muss."
„Die Milch war sauer geworden." Dora hasste es, wenn er sie kritisierte. Was musste er sich einmischen. Sie stand auf und ging in die kleine Küche.
Evi atmete tief durch. Ihr Herz raste zum Zerspringen und sie wäre liebend gerne aufgestanden, aber sie durfte den Vater jetzt nicht alleine sitzen lassen, sonst würden sich die Eltern wieder streiten. So knapp wie möglich aber doch freundlich beantwortete sie seine Fragen betreffs der Schule und des Geigens, bis das Essen endlich beendet war und sie guten Gewissens ihrer Mutter beim Aufräumen helfen konnte.

Ende des Sommers erhielt Dora einen Brief von ihrer Mutter, in dem diese fragte, ob sie vielleicht in nächster Zeit einmal nach Bad Kösen kommen könnte. Es gäbe viel zu erzählen. Könnte Dora es einrichten, dass sie ungestört Zeit hätten?
Etwas musste vorgefallen sein. Martha suchte sonst nicht ihre Nähe und Hilfe. Dora freute sich riesig und überlegte, wie sie es anstellen könnte, dass sie mit ihrer Mutter alleine wäre. Schon seit Wochen drängte Waldo wegen

eines Besuchs bei seinen Eltern in Leipzig. Wenn er bereit wäre ohne sie zu fahren und eventuell sogar Evi mitzunehmen, hätte sie alle Zeit der Welt für ihre Mutter.

Noch am gleichen Abend nahm sie die Sache in Angriff und lenkte das Gespräch während des Essens auf dieses Thema. Waldo ging sofort darauf ein, denn er hatte seine Eltern lange nicht gesehen. Dass Dora nicht mitkommen wollte, war ihm nach dem Fiasko beim letzten Besuch eher recht. Es beruhigte ihn sogar, als er erfuhr, dass Martha sich zu einem Besuch angemeldet hatte, denn damit Dora wäre nicht ganz so allein. Nur mit Evi war er sich unschlüssig.

„Sie wird sich langweilen“, gab er zu bedenken.

„Unternimm etwas mit ihr. Geht in den Zoo oder auf die Messe.“

Waldo rieb sich nachdenklich am Kinn.

„Das mit dem Zoo ist gar nicht so dumm. Da kämen vielleicht sogar alle mit.“

So kam es, dass Dora ihren Mann mit Tochter zum Bahnhof brachte und wenig später ihre Mutter abholte. Als Martha aus dem Zug ausstieg, erschrak Dora. Wie war die Frau gealtert! Klein, zierlich und zerbrechlich wirkte sie mit ihren siebenundfünfzig Jahren und den ergrauten Haaren. Trotz des heißen Sommertags trug sie schwarz. Dora umarmte sie und nahm ihr das kleine Köfferchen ab.

Auf dem Weg zum Berghäuschen erzählte Dora von Evis Einschulung, ihrem Geigenunterricht, dem Leben hier im Ort. Sie wollte ihrer Mutter Zeit lassen und ihr unterwegs nicht zuviel Anstrengung zumuten. Den steilen Weg zum Haus hoch hakte sich Martha bei ihrer Tochter ein und langsam, immer wieder Pausen einlegend, folgten sie den Pfad bergaufwärts.

Zur Begrüßung kochte Dora Kaffee, echten Bohnenkaffee, den ihre Mutter so liebte und den es inzwischen wieder zu kaufen gab, wenn auch nur für teures Geld. Sie hatte den Tisch draußen im Garten gedeckt, im Schatten unter dem großen, alten Pflaumenbaum, und Martha gebeten, dort Platz zu nehmen. Als sie mit dem Tablett ins Freie hinaustrat, saß ihre Mutter noch genauso dort, wie sie sie vor wenigen Minuten verlassen hatte, die Hände im Schoß gefaltet, den Blick aufs Tal gerichtet.

„Das ist so wunderschön hier“, lächelte sie ihre Tochter an. Dora verteilte die Tassen und schenkte für beide ein.

„Ja, aber es ist nicht mehr so, wie es einmal war“, seufzte sie, während sie sich setzte und ihre Füße auf einen Gartenstuhl hochlegte. Sie wollte ihrer

Mutter jetzt unmöglich von sich selbst vorklagen. Martha drückten allem Anschein nach eigene Sorgen.
„Du wolltest mir etwas Wichtiges sagen“, begann Dora. „Ich bin schon ganz neugierig. Was gibt es denn?“
Als hätte sie nur auf ein Startzeichen gewartet, füllten sich Marthas Augen mit Tränen. Dora sprang verblüfft auf und legte den Arm um ihre Mutter.
„Um Gottes Willen, was ist denn passiert?“
Umständlich nestelte Martha ein Taschentuch hervor, schnäuzte und fing an zu erzählen.
„Stell dir vor, Heinz ist zurück! Vorletzte Woche, nachmittags, stand er vor der Tür. Er trug Polizeiuniform und ich dachte für einen Moment, es sei ein fremder Polizist und Inge sei etwas passiert. Sein Gesicht sah so anders aus, ausgemergelt und blass. Als ich ihn dann erkannte, habe ich mich wie wahnsinnig darüber gefreut, dass er lebt und endlich heimgekehrt ist.“
Ihre Unterlippe hatte sich bläulich verfärbt und zitterte.
„Er hat den ganzen Tag erzählt, vom Kriegsende, wie er von den Russen verhaftet wurde und nach Tula in Kriegsgefangenschaft kam. Dort musste er schwer arbeiten, die ganzen drei Jahre lang, aber sie haben ihm genug zu essen gegeben. Doch was das Erstaunlichste ist, sie haben ihn sogar geschult! Warum sie gerade ihn ausgewählt haben? Frag mich nicht. Aus irgendeinem Grund schien er ihnen besonders geeignet. Auf jeden Fall ist er inzwischen ein ausgebildeter Polizist. Er wollte wissen, ob er vorübergehend bei mir wohnen könnte, bis er sich eine eigene Wohnung gesucht hätte. Ich war natürlich überglücklich. Es war alles so unglaublich. Da stand er, gesund, wenn auch ein wenig eingefallen, und sah mit der schmucken Uniform beinahe so gut aus wie früher. Zu alledem hatte er auch gleich wieder eine Arbeit. Die Russen hatten ihn nämlich sofort in der Karl Heine Straße in Probstheida im Polizeihauptquartier eingestellt. Das musst du dir mal vorstellen! Kommt zurück und findet im Nu eine Arbeit.“
Sie schwieg und griff mit zittriger Hand nach ihrer Tasse um einen Schluck zu trinken. Dora glaubte ihren Ohren nicht zu trauen. Marthas Erzählung hörte sich wie eine Phantasiegeschichte an. Das machte doch alles keinen Sinn. Wieso kam ihr Bruder in Uniform aus der Kriegsgefangenschaft zurück, während viele andere NS Größen in Nürnberg noch auf ihren Prozess warteten? Tief in ihr fing es an zu brodeln, bäumte sich etwas auf. Sie musste sich mit aller Kraft beherrschen um nicht auf Martha einzureden, denn sie spürte, dass es noch viel mehr zu berichten gab. Vorsichtig stellte ihre Mut-

ter die Tasse auf den Tisch zurück und knetete das Taschentuch, das sie immer noch in der Hand hielt.

„Vier Tage nur waren mir vergönnt ihn bei mir zu haben, vier wunderschöne Tage!“

Mit einer fahrigen Handbewegung wischte sie sich über die Augen, bevor sie weiter sprach.

„Am fünften Tag, kam er auf einmal, eine halbe Stunde nachdem er das Haus verlassen hatte, wieder zurück. Er sah totenblass aus. Rastlos ging er im Zimmer auf und ab und auf meine Frage, was denn los sei, antwortete er nur, er müsse sofort weg. Ich war wie vor den Kopf gestoßen und verstand kein einziges Wort. Wieso musste er weg? Wohin? Aber er sagte nichts weiter. Der Zufall wollte es, dass in diesem Moment Inge, Stefan und der Kleine mich besuchen kamen. Inge erschrak zu Tode, als sie Heinz so überraschend in der Wohnung stehen sah. Sie wusste ja von nichts Bescheid. Kaum dass sie ihn wieder erkannte. Schließlich war sie noch ein Kind, als er ging.“

Martha schwieg. Ihre Finger spielten unablässig mit den Falten ihres Rockes. Ständig wurden sie neu zurechtgelegt, aber sie war sich dessen überhaupt nicht bewusst. Dora hätte gerne die blasse Hand mit den Altersflecken ergriffen, aber Marthas Unruhe hatte sich auf sie übertragen, sie spürte förmlich, wie sie mitvibrierte.

„Die Jungen gingen ins Nebenzimmer. Sie ließen den Kleinen bei mir und ich verstand nicht mehr alles so genau. Erst später hat Inge mir erzählt, was geschehen war. Vor etwa einem Jahr hat Gerhart seine Entlassungspapiere von den Amerikanern bekommen hat, erinnerst du dich? Seinen sogenannten Persilschein, der besagte, dass er frei von Schuld war. Diese Papiere waren über genau das gleiche Polizeiamt gelaufen, in dem Heinz nun anfangen sollte. Deshalb fiel der Name Dosse auch niemandem auf. Ob G. Dosse oder H. Dosse, darauf hatte niemand geachtet. An jenem fünften Morgen, als Heinz auf die Polizeistation kam und die Morgenpost öffnete, fiel ihm plötzlich der Brief mit seiner eigenen Verhaftung in die Hände. Er war in höchster Gefahr und musste sofort untertauchen.“

Dora fühlte, wie sich die Härchen an ihren Armen aufstellten. Sie versuchte, das Gehörte zu verarbeiten, aber es gelang ihr nicht. Wut stieg in ihr auf, weil sie merkte, dass sich soeben ihre jahrelangen Vorahnungen bestätigt hatten.

„Dann ging alles irrsinnig schnell. Stojan, Inges bulgarischer Freund, führte mehrere hektische Telefongespräche, von denen wir nichts verstanden.

Danach sagte er zu Heinz, alles sei geregelt. Heinz solle schleunigst zusammenpacken, was der auch sofort tat. Ich habe mich noch gewundert, dass er auf diesen Unbekannten hört, aber Inge hat mir später gesagt, er hätte gar keine andere Wahl gehabt. Stojan war sozusagen sein Lebensretter. Heinz zog noch schnell seine Uniform aus, die Stojan später beseitigte, und warf sich in alte Sachen aus dem Schrank. Dabei bemerkte Inge, dass er am rechten Unterarm gar keine Blutgruppen-Tätowierung besaß, wie alle anderen SS-Mitglieder. Auf ihre Frage danach erwiderte Heinz, er hätte zu einer Sondereinheit gehört, deshalb sei er nie tätowiert worden. Komisch, nicht? Inge sagte später zu mir, das sei wirklich ein Glücksfall. So bräuchte er sich die Nummer nicht herausschneiden zu lassen, wie viele andere, die untertauchen wollten. Ich verstehe das alles nicht. Wieso muss Heinz denn untertauchen? Was hat er Schlimmes gemacht?"

In Doras Kopf drehte sich alles. War ihre Mutter wirklich so verblendet? Begriff sie wirklich nicht, was ihr Lieblingssohn während der Kriegsjahre getan hatte? In all der Zeit hatte sie die Augen verschlossen und tat es heute noch. Doch es hatte keinen Sinn mit ihr zu diskutieren. Sie würde Heinz immer in Schutz nehmen, alles damit entschuldigen, dass er ja nur Befehle ausgeführt habe.

Da Dora schwieg, fuhr Martha fort: „Heinz verabschiedete sich in aller Eile von mir, sagte, ich solle mir keine Sorgen machen, er käme schon durch. Und bevor ich mich umsah, waren alle weg. Ich stand alleine in meiner Wohnung und fragte mich, ob ich das alles nur geträumt hatte."

Ihre Augen begannen sich wieder mit Tränen zu füllen. „Sie haben Heinz erst einmal bei Stojan versteckt", fuhr sie mit gepresster Stimme fort. „Am Abend fing Inge ihren Vater nach der Arbeit ab und führte ihn zur Wohnung. Dort besprachen sie gemeinsam, wie es weitergehen sollte. Stojan wollte Heinz über die grüne Grenze schmuggeln, aber das war den anderen zu gefährlich. Wenn sie dabei erwischt worden wären, wäre Heinz noch schlimmer dran gewesen. Max kam auf die Idee die Kirche einzuschalten. Nur sie konnte helfen. Inge ging also am nächsten Tag zum Pfarrer und hat ihm die Situation geschildert. Sie sollte vorfühlen, wie die Leute von der Kirche reagieren würden. Nach Rücksprache mit seinen Vorgesetzten gab der Pfarrer eine positive Rückmeldung, und so brachte Stojan Heinz auf verschlungenen Wegen nach Berlin in das christliche Hospiz. Von dort aus wurde er in das Lager Kupferdreh ins Rheinland ausgeflogen. Ich habe in den letzten Tagen Todesängste ausgestanden bis ich endlich von Stojan Nachricht bekam, dass Heinz gut im Westen angekommen ist. Stojans

Freunde haben Heinz nach München geholt, wo er nun eine Weile ohne sich anzumelden leben soll."

Dora hatte ihrer Mutter nur zugehört und schaute sie nun aufgewühlt an. Am Ende des Erzählens war Martha in sich zusammengesunken. Sie schien noch kleiner geworden zu sein, als sie ohnehin schon war. Umständlich entfaltete sie das zerknüllte Taschentuch, rieb sich zuerst die verschwitzten Hände trocken, danach die Augen und putzte sich zum Schluss lautstark die Nase. Dora wusste nicht, ob sie lachen oder weinen sollte. Inges Stojan, ein Bulgare, ein minderwertiger Nichtarier hatte Heinz gerettet. Was für ein Hohn! Wie das Leben doch manchmal spielte. Jetzt kam ihr Bruder wieder dort an, wo er begonnen hatte. In München, unweit von Fürstenfeldbruck, in der Nähe seiner ehemaligen Eliteschule. Aber wie tief war er gefallen! Er befand sich auf der Flucht, ein Gejagter, so wie er vermutlich zuvor Menschen gejagt hatte. Es war nur eine Frage der Zeit, wann sie ihn finden würden. Dieses Gefühl erfüllte Dora mit Genugtuung.

Martha saß noch immer wie ein Häufchen Unglück neben ihr. Ihre Hände fingerten ununterbrochen nervös aneinander herum. Sie konnte einem nur leid tun. Für sie war und blieb Heinz ihr geliebter Sohn, egal was er getan hatte. Und ausgerechnet den würde sie nun lange Zeit nicht mehr sehen. Dora wusste aus eigener Erfahrung was es bedeutete, sein Kind nicht sehen zu dürfen. Sie kauerte sich neben Martha hin, nahm ihre Hand und sagte: „Lass ein bisschen Zeit vergehen, Mama. Das wird schon werden. Hauptsache ist doch, dass er von Russland zurück ist und lebt."

Martha lächelte wie aus weiter Ferne, holte tief Luft und nickte. „Ja, das sage ich mir auch immer. Aber ich hätte ihn gar zu gerne wenigstens noch ein paar Tage länger bei mir gehabt."

Wie grausam doch manchmal das Schicksal ist, dachte Dora. Ihre Mutter hatte fünf Kinder geboren, zwei waren gestorben, einer untergetaucht, blieben nur noch sie und Inge. Und das neue Enkelkind.

„Wie geht es Stefan-Baby?", fragte Dora um ihre Mutter auf andere Gedanken zu bringen.

„Ach, der ist ganz süß. Hat lauter blonde Löckchen, ein herziger Bub." Ein Leuchten erhellte ihr zerfurchtes Gesicht. „Inge ist noch sehr jung, zu jung für ein Kind. Nach all den Kriegsjahren will sie jetzt endlich leben. Sie hat mich doch tatsächlich gefragt, ob ich ihr helfen könnte den Kleinen großzuziehen."

Dora machte innerlich Freudenhüpfer. Das würde ihrer Mutter helfen, sie von den Gedanken an Heinz ablenken.

„Das wäre doch schön für dich. So eine rüstige Oma wie du bist!"
„Na, ich weiß nicht", winkte Martha ab. „Du hast ja gesehen, wie ich hier den Berg hinaufgeschnauft bin."
„So etwas brauchst du ja mit dem Kleinen nicht zu machen. Du kannst mit ihm auf den Spielplatz gehen, in der Sonne sitzen, mit anderen reden. Du musst doch jetzt nicht mehr täglich an der Nähmaschine arbeiten, oder?"
Martha zupfte ein Fussel von ihrem Rock ab und strich ihn glatt.
„Nein, ich mach nur noch ab und zu etwas", meinte sie leise. „Es wäre wirklich schön mit dem Kleinen."
„Was sagt denn Max dazu?"
„Ach, der." Das zierliche Persönchen atmete tief aus und sackte erneut im Stuhl zusammen.
„Ist Max dagegen, dass du Klein-Stefan zu dir nimmst?"
Martha schüttelte den Kopf und Dora sah, wie sich schützend an ihr pochendes Herz fasste. Hatte Max es womöglich verboten? Wenn dem so wäre, dann würde sie sich dieses Mal sogar in die Ehe ihrer Eltern einmischen und ihm die Meinung sagen.
„Einen Moment", flüsterte Martha, erhob sich und ging schweren Schrittes zur Regentonne, wo sie ihr Gesicht mit frischem Wasser benetzte. Dora reichte ihr ein Handtuch und wartete, bis ihre Mutter sich wieder gefangen hatte.
„Du musst nicht über Dinge sprechen, die dich sehr belasten", sagte sie. „Doch vielleicht kann ich dir ja helfen."
„Ich muss da irgendwie durch", erwiderte Martha nun wieder gefasster. „Es geht um Max. Seit Gerharts Tod im letzten Jahr ist er immer wieder mal nachts nicht heimgekommen. Anfangs war es mir egal. Das hat er all die Jahre hindurch gemacht."
Dora setzte sich neben ihre Mutter und nahm deren Hand, die wieder anfing nervös am Rock zu spielen.
„Ja, das muss dir auch egal sein", bekräftigte Dora und dachte verächtlich an ihren Vater, der anscheinend auch im Alter noch immer nicht genug bekommen konnte.
„Das Schlimmste kommt ja noch." Martha schloss die Augen und öffnete sie wieder. „Er war jedes Mal bei Gerharts Frau."
Sie hielt an um Luft zu holen. „Er sagt, sie sei jetzt alleine und hilflos, deshalb will er zu ihr ziehen. Dieser alte, geile Hengst mit seinen achtundfünfzig Jahren fängt ein Verhältnis mit seiner Schwiegertochter an, die zwanzig Jahre jünger ist. Kannst du dir das vorstellen?"

Verzweifelt vergrub sie ihr Gesicht in ihre Hände.
Dora spürte ihr Herz bis zum Hals pulsieren und hätte am liebsten ein lautes „Ja" herausgeschrieen, doch sie biss die Zähne zusammen. Sie sah sich als Vierzehnjährige und spürte wieder seine Hand auf ihrer Brust, auf ihrem Po. In diesem Augenblick begriff sie die Verlassenheit ihrer Kinder- und Jugendjahre, ihre Scham, ihre Schuldgefühle. Die langen Jahre des Elends, den ganzen furchtbaren Weg, den sie durchlaufen hatte, ehe sie Waldo kennen lernte. In Gedanken sagte sie ihrer Mutter alles, was sie laut auszuformulieren nie den Mut gehabt hätte. Warum hast du nicht besser auf mich aufgepasst? Hättest du dich nicht von ihm trennen können, damals schon? Doch dann dachte sie zurück, an die Jahre zwischen den Kriegen. Martha hatte vier Kinder. Sie wäre ohne Mann nicht zurechtgekommen. Sie, die nie etwas Richtiges lernen durfte, hätte wahrscheinlich nach einer Trennung von ihrem Mann mit ihren Kindern von der Sozialhilfe leben müssen. Ihrer armen Mutter war keine andere Wahl geblieben, als es in all den Jahren mit dem cholerischen Tyrannen auszuhalten, dem Ernährer der Familie. Nun aber gab es keine Hinderungsgründe mehr.
„Mama, lass dich scheiden!", sagte Dora, so ruhig sie nur konnte. „Du darfst dich nicht von ihm kaputt machen lassen."
Vorsichtig streichelte sie die Hände ihrer Mutter, die faltige, rissige Haut auf dem Handrücken. Martha hob den Kopf und sah sie mit leerem Blick an. Sie öffnete den Mund, sagte aber nichts.
Erst spät am Abend, als sie sich eine gute Nacht wünschten, meinte sie: „Ich bin dir so dankbar für das heutige Gespräch. Ich brauchte unbedingt einen Menschen, mit dem ich das alles durchdenken konnte. Du hast recht, ich werde mich von ihm trennen."

Am nächsten Morgen wirkte Martha erholt und voller Energie. Gemeinsam hatten sie den Frühstückstisch im Freien gedeckt, draußen war es angenehm warm und noch nicht so heiß, wie es tagsüber werden würde. Kein Ton war zu hören, nur das Rauschen der Blätter im lauen Wind. Die Vögel hatten ihr Morgenlied schon längst gesungen und tschilpten leise vor sich hin. In der Ferne glitt ab und zu ein Zug vorbei.
„Das Gespräch gestern mit dir hat mir gut getan", meinte Martha und biss in ein Brot mit Doras selbst gemachter Himbeermarmelade. „Ich habe heute Nacht so gut geschlafen, wie schon lange nicht mehr. Aber wir haben gestern überhaupt nicht über dich gesprochen. Wie geht es euch beiden denn?"

Dora nippte an ihrem Kaffee. Was sollte sie antworten, wo sie sich doch über ihre Beziehung selbst nicht im Klaren war?
„Ich glaube, wir haben uns wieder zusammengerauft“, begann sie. „Ganz so wie früher ist es noch nicht. Im schlimmsten Fall wird es so vielleicht nie mehr werden. Wir kannten uns ja auch erst drei Jahre, bevor der Krieg begann. Ich glaube, jede Beziehung verflacht nach einiger Zeit. Es wäre natürlich alles halb so schlimm, wenn es die Kinder nicht gäbe. Ich habe schon versucht sie mir aus dem Herzen zu reißen, doch ich brauche nur ihren Namen zu flüstern oder mich an ihre Gesichtchen zu erinnern, schon schlägt in meiner Brust eine Sturmglocke an. Ohne sie zu sehen kann ich nicht leben. So alle drei Wochen muss ich hin. Ich habe sie lange nicht gesehen und wollte dich fragen, ob du mich heute zu ihnen begleiten möchtest.“
Bittend sah sie ihre Mutter an. Letzte Nacht war sie noch lange wach gelegen, hatte über das Gespräch mit ihrer Mutter nachgedacht, über Heinz, für den sie nur noch Verachtung empfand, über die Ehe ihrer Eltern, über ihre eigene. So war sie auf den Gedanken gekommen Waldos Abwesenheit für einen Besuch in Naumburg auszunützen, wenn möglich zusammen mit ihrer Mutter. Als sie sah, wie Martha sie kritisch anblickte und schon ihre Ablehnung formulierte, fuhr sie fort: „Wir nehmen nachher den Zwölf-Uhr-Zug nach Naumburg. Dort könntest du die Fahrt nach Leipzig unterbrechen und wir würden kurz bei Haupts vorbeischauen. Du hast die Zwillinge seit ihrer Geburt nicht wieder gesehen, sie sind doch auch deine Enkel!“
Martha hatte etwas einwenden wollen, aber Dora ließ sie nicht zu Wort kommen. Jetzt, nachdem sie ihre letzten Trumpf ausgespielt hatte, schwieg sie. Mit einer müden Geste fuhr sich Martha über das Gesicht.
„Ich weiß nicht, ob es so gut ist, wenn ich mitkommen. Für die Adoptiveltern, meine ich.“
„Das macht sicher kein Problem“, beeilte Dora sich zu sagen. „Sie sind sehr großzügig. Und du bist ja die rechtmäßige Oma der Zwillinge.“
„Aber Dora“, sagte ihre Mutter in vorwurfsvollem Ton, „du musst aufpassen, dass du den Bogen nicht überspannst. Die Kinder sind adoptiert worden! Sie sollten weder wissen, dass du ihre Mutter bist, noch dass ich ihre Oma bin!“
Doch nachdem Dora sie unverwandt bittend anschaute, gab sie auf und sagte: „Also gut, nur ganz kurz. Nur ‚Guten Tag‘ sagen. Mehr nicht.“
„Danke, Mama.“ Dora strahlte sie glücklich an.
Sie brachen auf, bevor die Mittagshitze einsetzte. Auf dem Weg zum Bahnhof kam es Dora vor, als sei ihre Mutter zehn Jahre jünger geworden. Un-

terwegs sprach sie nochmals das Thema Scheidung an. Sie drängte ihre Mutter, nicht mehr lange zu zögern. Martha versicherte, sie habe sich schon entschieden. Gleich am Montag ginge sie zu einem Rechtsanwalt. Sie wolle jetzt so schnell wie möglich klare Fronten.

Als sie bei Haupts vor dem Haus standen, war Dora doch verunsichert. Normalerweise überfiel sie die Leute nicht sonntags um die Mittagszeit, sondern eher unter der Woche. Vom Garten her ertönten Kinderstimmen und Dora schaute ihre Mutter verklärt und sehnsüchtig an.

„Sie sind da", flüsterte sie und streifte ihre Hand am Rock ab, bevor sie all ihren Mut zusammennahm und klingelte.

Ein Hundegebell antwortete. Nanu, hatten sie sich einen Hund angeschafft? Frau Haupt öffnete die Türe einen Spalt weit. Gebückt, einen kleinen Hund haltend, schaute sie die beiden an.

„Still, Bella. Ach, Frau Schwarz. Das ist heute ein bisschen ungeschickt. Wir erwarten Besuch..."

Ein kleines blondes Köpfchen schob sich zwischen Frau Haupt und den Hund und als es die bekannte Frau vor der Türe sah, strahlte das Kind: „Tante Doa!"

Dora zerfloss beinahe vor Rührung, aber noch war sie nicht am Ziel. „Entschuldigen Sie bitte die Störung, Frau Haupt", beeilte sie sich zu sagen. „Meine Mutter ist auf der Durchreise nach Leipzig kurz hier. Wir sind in fünf Minuten wieder weg."

Widerwillig öffnete Frau Haupt die Tür einen Spalt weiter und zog den Hund zurück.

„Na, dann kommen Sie schnell herein. Der Hund läuft sonst weg."

„Wauwau", sagte Christel glücklich und griff ungestüm nach dem kleinen Hund, der schnell das Weite suchte. Von den Stimmen angezogen erschien nun auch Monika in der Diele und lächelte, als sie Dora erkannte. Diese durchlebte wie bei jedem Besuch ein Wechselbad der Gefühle: Stolz, Freude, Glück mischten sich mit allertiefster Traurigkeit. Ihre kleinen Mädchen lernten nun sprechen. Sie begrüßten sie als „Tante Dora" und sie konnte nichts daran ändern.

Wie vereinbart blieben Dora und Martha nur ganz kurz, denn sie spürten, dass sie wirklich ungelegen gekommen waren. Aber Martha hatte die Kinder gesehen und das war das Wichtigste.

„Niemals hätte ich geglaubt, dass Zwillinge so verschieden aussehen können", bemerkte Martha, als sie anschließend durch Naumburgs Straßen zurück zum Bahnhof gingen. „Christel macht ihrem Namen alle Ehre, blond, blauäugig, wie ein deutsches Mädel. Monika dagegen sieht jetzt schon ganz südländisch exotisch aus. Da schlägt wohl der Vater durch. Hübsche Kinder sind das." Mitten auf dem Gehweg blieb sie stehen und sagte: „Aber es wäre besser gewesen, du hättest sie nach der Geburt nie wieder gesehen. So quälst du dich ein Leben lang."

Schweigend gingen sie, in Gedanken versunken nebeneinander her bis sie den Bahnhof erreicht hatten. Während sie auf den Zug warteten, mahnte Martha: „Sei auf der Hut mit Waldo. Ein Mann kann so einen Fehltritt seiner Frau nur sehr schwer überwinden. Früher oder später wird er sich revanchieren wollen!" Sie schaute Dora ernst an. „Auch wenn du jetzt glaubst, ihr hättet es geschafft – sei dir nicht allzu sicher. Reiz ihn nicht so sehr, auch mit den Zwillingen nicht. Du musst dir immer überlegen, wie wichtig dir deine Ehe ist!"

Schon rollte der Zug in den Bahnhof ein. Sie umarmten und verabschiedeten sich. Selbst als ihre Mutter schon längst abgereist war, blieb Dora noch lange stehen. Sie grübelte über das nach, was Martha ihr zum Abschied gesagt hatte. Deren Worte klangen selbst dann noch nach, als sie den Bahnsteig wechselte und in den nächsten Zug zurück nach Bad Kösen einstieg.

Sie kam vor Waldo zu Hause an und war froh noch etwas Zeit zu haben. Der Besuch ihrer Mutter hatte sie angestrengt, schon allein all der Informationen wegen, die ausgetauscht worden waren. Sollte sie Waldo von der Sache mit Heinz erzählen? Vielleicht lieber nicht. Die ganze Sache war so brisant, je weniger Menschen davon wussten, umso besser. Zum anderen musste sie selber erst einmal mit den Emotionen fertig werden, die in ihr wühlten. Dass ihr Bruder „Dreck am Stecken" hatte, war für sie klar. Warum sonst hätte er flüchten müssen?

Die Dunkelheit senkte sich schon auf die Pappeln im Wäldchen, als Waldo und Evi endlich eintrafen. Sie wirkten beide sehr erschöpft und Dora brachte das Kind gleich ins Bett. Dabei erfuhr sie, dass es mit dem Zoobesuch leider nichts geworden war, denn Waltraud hatte sich nicht wohl gefühlt und man wollte sie nicht alleine lassen. Evi musste sich ziemlich langweilt haben. Sie sei so froh endlich wieder zu Hause zu sein, murmelte sie schlaftrunken bevor sie in einen tiefen Schlaf fiel. Auch Waldo war todmüde und nickte beinahe am Tisch ein. So kam Dora gar nicht dazu, ihm von Marthas Kummer zu erzählen. Weder von Evi noch von ihrem Mann erfuhr sie in den nächsten Tagen viel über den Besuch bei seinen Eltern. Wahrscheinlich gab es ganz einfach nicht viel zu berichten. Nur gut, dass sie sich das hatte ersparen können.

Der Herbst brachte die übliche Arbeit im Garten. Bald schon wurden die Tage kürzer und die Abende empfindlich kalt. Bereits am Nachmittag zündete Dora das Feuer im Kamin an, damit es bis zum Abend angenehm warm in dem kleinen Haus wäre. Anfang November fiel der erste Schnee. Eines Morgens war es katastrophal glatt. Waldo hatte das Haus früh verlassen und es geschafft den rutschigen Bergweg hinunterzukommen. Als Evi zur Schule gehen musste und gleich zu Beginn des Weges ausrutschte und hinfiel, nahm Dora den Ascheeimer, ging voran und streute. Nach der Hälfte des Weges war die Asche ausgebraucht, der Zickzackweg durch das kleine Wäldchen bis hinunter zur Straße blieb ungestreut.

Achselzuckend sagte Dora: „Es tut mit leid, aber weiter kann ich dir nicht helfen. Du musst eben ganz langsam gehen und gut aufpassen."

Damit beugte sie sich zu dem Kind hinunter und drückte ihr einen Kuss auf die Wange. Vorsichtig, einen Schritt vor den anderen setzend, zog Evi los, doch keine zwei Meter weiter kam sie auf eine glatte Stelle, fiel hin und geriet ins Rutschen. Erschreckt presste Dora die Hände vor den Mund. Hilflos musste sie mit ansehen, wie das Kind mit dem Schulranzen auf dem Rücken den ganzen Hang durch das Gestrüpp hinunterrutschte und erst unten an der Straße zum Halten kam. Dora stand wie versteinert am oberen Ende des Weges und starrte auf das Kind, das sich nicht mehr bewegte.

„Was ist los? Hast du dir weh getan?", rief sie und benutze ihre Hände als Trichter. Doch Evi blieb weinend am Boden liegen. War sie ernsthaft verletzt? Sollte Dora wirklich versuchen diesen rutschigen Weg zu ihr zu gelangen? Es würde ihr womöglich genauso ergehen wie ihrem Kind. Damit wäre keinem geholfen.

„Steh auf, wenn du kannst. Der Boden ist kalt", rief sie durch die verschneite Einsamkeit. Langsam erhob sich Evi, hielt den Kopf mit beiden Händen und blickte hilfesuchend zu ihrer Mutter. Gott sei Dank, dachte Dora, es war ihr nichts geschehen.

„Das vergeht schon wieder", versuchte ihr Dora Mut zu machen. „Geh nur, sonst kommst du zu spät."

Schmutzig, verkratzt und mit einem Dröhnen im Kopf marschierte Evi schließlich tapfer los, während Dora in die Sicherheit des Häuschen zurückkehrte.

XIV

Doras Krampfadern bereiteten ihr zusehends Sorgen. Seit der Schwangerschaft mit den Zwillingen waren an beiden Beinen dicke blauviolette Adern hervorgetreten, Kindsfüße, die bei Hitze und längerem Stehen furchtbar aufquollen und schmerzten. Bei einem Gespräch mit einer Nachbarin erfuhr sie von einer neuen Masseuse im Ort. Sie sei kompetent, vielleicht könne sie ihr helfen. Man soll nichts unversucht lassen, dachte Dora und machte sogleich einen Termin aus. Der erste Besuch bei Frau Rogowski überraschte sie angenehm. Die Frau war aus Königsberg evakuiert worden, eine sehr gebildete, bildschöne Frau. Sie war eine der vielen Zuwanderer, die Bad Kösen seit Kriegsende hatte aufnehmen müssen. Hunderte waren gekommen und der Strom riss nicht ab. Es waren viel mehr Menschen als der Ort eigentlich verkraften konnte. Frau Rogowski konnte nicht viel für Dora tun, außer ihr eine Salbe mit Rosskastanienextrakt auftragen und ihr zeigen, wie man die Beine straff wickelte, immer von unten nach oben, dem Herz zu. Aber vom ersten Moment an empfanden beide Frauen große Sympathie füreinander und es entstand in kürzester Zeit eine ganz besondere Freundschaft. Was Dora an Gertrud verloren hatte, in Erli Rogowski fand sie es wieder.

Schon beim zweiten Termin erzählte Dora ihr von Julien und den Zwillingen und registrierte glücklich, dass Erli sie nicht verurteilte, wie die meisten anderen Kösener, sondern sich äußerst verständnisvoll zeigte. Sie gab Dora endlich wieder das Gefühl vorbehaltlos angenommen zu werden. Erlis Ausstrahlung und ihre Schönheit faszinierten Dora und sie fühlte sich durch die Freundschaft geehrt. Obwohl Erli schon seit ein paar Monaten in Bad Kösen lebte, war sie immer noch sehr isoliert. Ihr einziger Kontakt bestand zu ihrer Schwester, die in einem Nachbarort wohnte. Dora konnte nicht anders, sie nahm sie in ihre Familie auf und überschüttete sie mit Liebe.

Eines Tages, als sie nach Erlis Feierabend zusammen im Café Schoppe saßen und Kaffee tranken, erzählte Dora von ihrem Besuch bei den Zwillingen in Naumburg. Ihre neue Freundin hörte aufmerksam zu und meinte abschließend: „Vielleicht solltest du noch einmal ein Baby bekommen. Die Trennung von den zwei Mädchen wäre leichter zu verkraften."

„Ja, daran habe ich auch schon gedacht. Aber mit achtunddreißig Jahren? Ist das nicht ein bisschen spät?"

„Ach wo. Ich kenne viele Frauen, die in dem Alter noch Mutter geworden sind. Es wäre ja nicht deine erste Geburt."

Dora trank den letzten Schluck Kaffee aus und schaute auf die Uhr. Sie musste sich beeilen, denn Waldo kam bald nach Hause. Zuvor musste sie Evi noch unten im Weingut bei Jürgi abholen.

„Dein Mann hat von seinem ersten Kind ja nur wenig mitbekommen, wie du mir erzählt hast", sagte Erli und gab der Bedienung ein Zeichen, dass sie zahlen wollten.

„Ja, während ihrer ersten drei Lebensjahre war er im Krieg. Neulich hat er gesagt, er wünsche sich noch eine Tochter." Die Bedienung kam und sie unterbrachen für einen Moment ihre Unterhaltung.

„Ein Kind würde eurer Ehe bestimmt gut tun", meinte Erli, als sie draußen vor dem Café standen und sich zur Verabschiedung umarmten. „Ich an deiner Stelle würde noch einmal darüber nachdenken."

Auf dem Heimweg gingen Dora die Worte ihrer Freundin durch den Kopf. Vielleicht hatte Erli recht. Ein Kind könnte helfen ihre Ehe zu kitten. Sie wusste, dass Waldo sich über ein zweites Kind sehr freuen würde. Erst neulich hatte er gesagt, er habe ja nun ein festes Einkommen, es ginge ihnen endlich wieder gut, so gut wie schon lange nicht mehr. Sie hatte sich bisher immer noch etwas gegen den Gedanken gesträubt. Wollte sie wirklich noch einmal mit alledem anfangen? Windeln waschen, Baby wickeln? Aber die Vorstellung so etwas Kleines, Warmes an die Brust legen zu können, es zu herzen und zu knuddeln, war schon bestechend, vor allem, nachdem Evi mit ihren sieben Jahren langsam jeglicher Zärtlichkeit überdrüssig wurde. Als Dora wenig später am Weingut ankam, wo sie ihre Tochter abholen wollte, hatte sie beschlossen, die Entscheidung dem Schicksal zu überlassen. Die Natur sollte mit entscheiden, ob sie noch einmal schwanger werden würde. Sie würde Waldo einfach vorschlagen von jetzt ab die Verhütungsmittel wegzulassen.

Schon wenige Monate später merkte Dora, dass sie Nachwuchs erwartete. Waldo reagierte überglücklich.

„Herrlich, mein Schatz! Ich freue mich so." Glücklich nahm er sie in die Arme und gab ihr einen Kuss.

Wie oft hatte er sie in letzter Zeit wegen eines zweiten Kindes angesprochen. Es war ihm nicht entgangen, dass sie immer noch mindestens einmal pro Monat nach Naumburg fuhr um die Zwillinge zu sehen. In dem kleinen Ort ließ sich das einfach nicht verheimlichen. Zwar hatte Dora ihrer Tochter wohl Stillschweigen auferlegt, aber er merkte der Siebenjährigen an, wenn sie ihn anlog. Er bekam zu diesem Kind einfach keinen Zugang mehr. Zu stark war sie durch die ersten drei Jahre engster Symbiose auf ihre Mutter fixiert.

Durch ein zweites Baby hoffte er vor allem, dass Dora die Kinder in Naumburg vergessen oder zumindest sich weniger um sie kümmern würde.
„Vielleicht sollten wir uns nach einem größeren Haus umschauen“, meinte Waldo. „Für ein weiteres Kind wird es hier oben etwas eng, meinst du nicht?“
Dora fand die Idee wunderbar. Zwar liebte sie dieses Berghäuschen über alles, ihr „Küllebill“, wie sie es in den ersten Jahren genannt hatte. Diesen Namen hatte sie nach Julien nie wieder erwähnen dürfen, Waldo wäre vor Wut rasend geworden. Andererseits belastete der beschwerliche Aufstieg zum Haus, den sie manchmal mehrmals täglich bewältigen musste, ihre Beine gewaltig. Auch Evi konnte der lange Schulweg über Jahre hinweg nicht zugemutet werden. Mit Schaudern dachte Dora an jenen Wintertag, an dem sie von oben hatte zusehen müssen, wie das Kind den vereisten Berg hinuntergerutscht war.
„Könntest du uns nicht eine Wohnung in der Saalstraße besorgen, in einer der Villen vielleicht?“, schlug Dora vor, die von der neuen Idee ganz angetan war. In Gedanken sah sie sich schon auf der Terrasse vor einem der schmucken Häuser sitzen. Das wäre ein Traum, ein echter sozialer Aufstieg! Die Leute in Bad Kösen würden sie endlich respektvoller behandeln.
„Du sitzt doch an der Quelle. Ich meine, du verteilst doch Wohnungen! Bitte, Waldo, versuche es“, drängte sie ihn.
Waldo musste über ihre kindliche Begeisterung schmunzeln. „Ich will mal schauen, was sich machen lässt“, erwiderte er, „aber es kann einige Zeit dauern.“
Insgeheim hatte er schon seit längerem mit dieser Wohnlage geliebäugelt. Aber die Flüchtlinge aus dem Osten benötigten vorrangig jeden freien Wohnraum. Dora und er hätten bisher keine Chance auf Zuteilung einer größeren Wohnung gehabt. Jetzt allerdings, nachdem ihre Familie um ein weiteres Kind anwachsen würde, konnte er guten Gewissens bei seinem Vorgesetzten vorstellig werden. Gleich am nächsten Tag sprach er Herrn Schott, den Leiter der Wohnungsamtes, darauf an. Während einige der Mitarbeiter im Amt Waldo wegen seiner fehlenden Parteizugehörigkeit unverhohlen argwöhnisch beobachteten und auf jede seiner Äußerungen achteten, hatte er bei seinem Chef seiner zuverlässigen Art wegen einen Stein im Brett. Herr Schott hörte ihm aufmerksam zu und versprach seinen Antrag vorrangig zu behandeln.
In den nächsten Wochen genoss Dora den Weg in den Ort, wann immer sie ihn ging. Sie betrachtete die Villen ausgiebig, wog einzelne Vor- und

Nachteile ab und stellte sich immer wieder vor, wie es wäre, wenn sie in Zukunft in einem der Gebäude leben würde.
Im HO Laden, lauschte sie interessiert dem Gespräch der Kundinnen, die sich ihr gegenüber inzwischen beinahe wieder normal verhielten. Sie entnahm der Unterhaltung, dass die Berlinblockade nach fast einem Jahr endlich aufgehoben worden war.
„Jetzt werden die Amis froh sein, dass sie nicht mehr fliegen müssen", meinte eine Kundin und die anderen stimmten ihr zu. Dora hielt sich wie immer zurück. Ihr Blick fiel auf die Tageszeitung. Die Militärregierung hat ein neues Grundgesetz für Westdeutschland genehmigt, prangte dort in Fettdruck. Das würde Waldo bestimmt interessieren. Sie legte das Blatt zu ihren anderen Einkäufen, bezahlte und verabschiedete sich. Sie sprach bei Frau Weinert nie sehr viel, außer Belanglosem eben, denn sie wusste, dass die eine oder andere Mitbürgerin nur darauf wartete ihr eines auszuwischen. Während sie weiter in Richtung Fleischer ging, fiel ihr ein Gespräch ein, das sie mit Waldo im März geführt hatte, kurz nachdem für die Ostzone eine neue Verfassung angenommen worden war. Rundfunk und Presse in Mitteldeutschland hatten die Regelung die demokratischste genannt, die Deutschland je gehabt hatte, aber Waldo, der wie immer alles gründlich durchlas, wies Dora auf einen Passus hin, der ihm sehr zu denken gab.
„Schau mal, hier heißt es: ‚Alle Handlungen und Äußerungen gegen das Regime werden ab sofort als Boykotthetze bezeichnet und unter höchste Strafe gestellt'. Damit ist praktisch jegliche politische Freiheit der Bürger beseitigt. Wir haben inzwischen hier in der Ostzone ein Spitzelsystem, das genauso funktioniert, wie damals unter Hitler. Man muss wieder aufpassen, was wer zu wem sagt. Furchtbar ist das", hatte er damals geschimpft. Seither war Dora mit ihren Äußerungen noch mehr auf der Hut.
Mit einer ziemlich leeren Einkaufstasche kehrte sie nach Hause zurück. Viele Sachen, die sie dringend benötigte, waren wieder einmal nicht geliefert worden, während es andere im Überfluss gab. Nur gut, dass Waldo zur sogenannten „Intelligenz" gehörte. Damit durfte er – und in diesem Falle auch sie – in ganz bestimmten Geschäften bevorzugt Lebensmittel und Mangelware einkaufen. In Bad Kösen gab es keinen solchen Laden, dafür aber in der Kreisstadt. Also würde sie morgen wieder nach Naumburg fahren um einzukaufen. Wie praktisch für sie! Dadurch hatte sie sogar einen Grund für ihre monatliche Reise.
Christel und Monika waren in einem bezaubernden Alter, im Herbst würden sie in den Kindergarten kommen. Bei ihrem Besuch führten sie Dora stolz

ihre zwei neuen Schaukelpferdchen vor. Wie schon so oft hatte Dora wieder ihren Fotoapparat dabei und machte ein Foto von den beiden mit Evi in der Mitte. Was sie nicht ahnen konnte war, dass der Besitzer des Fotogeschäfts in Bad Kösen, der die Fotos entwickelte, Waldo regelmäßig Bericht erstattete. Er wurde dafür gut entlohnt und Waldo blieb auf dem Laufenden.
Auf der Rückfahrt von Naumburg nutzte Dora die Zeit um Evi auf das neue Baby vorzubereiten.
„Was würdest du denn sagen, wenn du bald ein kleines Schwesterchen bekommen würdest?", fragte sie und wartete gespannt auf Evis Reaktion.
Die Antwort kam prompt:
„Die soll bleiben, wo sie ist!", maulte Evi. Wozu eine Schwester? Da waren doch schon die zwei, wegen denen sie ständig nach Naumburg mitfahren musste. Viel lieber würde sie währenddessen bei Jürgi bleiben, aber ihre Mutter bestand ja ständig darauf, dass sie mitkam. Und jetzt noch so ein Schreihals? Nein, danke. Alles würde sich wahrscheinlich nur noch um das Neue drehen. Grimmig blickte Evi vor sich hin. Sie war sich sicher, dass sie das Baby vom ersten Augenblick an hassen würde.

An jenem Abend kam Waldo freudig aufgeregt nach Hause.
„Es ist so weit, ich habe eine Wohnung für uns!", berichtete er glückstrahlend.
„Erzähl! Wo ist sie?" Dora konnte ihre Ungeduld kaum bremsen.
„Unten in der Saalstraße, Nummer neunundzwanzig. Du kennst das Haus bestimmt."
Dora ließ die Häuser entlang der Straße blitzschnell vor ihren inneren Auge vorbeiziehen.
„Das Haus mit den riesigen Tannen?"
„Ja, das ist es. Ich habe es mir gerade noch einmal von außen angesehen."
Sie versuchte sich genauer an das Haus zu erinnern. Es besaß ein stattliches, mit Schiefer gedecktes Walmdach. Zum anderen war es recht groß, zwei oder drei Stockwerke hoch, wenn man das Dachgeschoss mitzählte.
„Es gehörte einem HNO Arzt aus Leipzig, der inzwischen gestoben ist", berichtete Waldo weiter. „Bisher hat seine Schwester, Frau Härtel, darin gewohnt. Sie ist alleinstehend und vor zwei Wochen aus Altersgründen in ein Heim umgezogen. Die Kösener Stadtverwaltung hat das frei stehende Haus konfisziert; es wird mit Flüchtlingen belegt."
Dora rümpfte die Nase. So hatte sie sich das nicht vorgestellt. Waldo, der ihre Reaktion nicht anders erwartet hatte, beschwichtigte sie.

„Das ist ein erster Schritt, Dora. Wir können es uns im Moment nicht leisten Ansprüche zu stellen. Außerdem bist du schon im vierten Monat. Je länger wir warten, umso anstrengender wird ein Umzug für dich."
Sie blickte immer noch mürrisch drein. Er hatte zwar recht, aber sie war trotzdem enttäuscht.
„Was sind denn das für Leute, die dort einziehen? Wie groß ist unsere Wohnung?"
„Ich habe uns das Beste ausgesucht, mein Schatz. Wir ziehen ins Erdgeschoss. Das ist eine riesige Wohnung mit herrlich großen Zimmern und Fenstern, ein absoluter Traum."
Waldos Augen blitzen. Zaghaft ließ sie sich von seiner Begeisterung anstecken.
„Gehört der große Garten zur Erdgeschosswohnung?"
„Ja, ganz richtig", nickte Waldo. „Und was die Leute im Haus angeht, da mach dir mal keine Sorgen. Im ersten Stock wird eine sehr sympathische Familie einziehen, die Bergers. Ihre Tochter Sabine ist fast so alt wie Evi, und der kleine Sohn Lutz wird jetzt ein halbes Jahr alt, ein idealer Spielkamerad für unser Baby. Sie sind aus Breslau in Oberschlesien gekommen und wohnten bisher drei Häuser weiter bei einer anderen Kösener Familie."
Das klang ja alles ganz passabel. Dora hoffte, dass damit das Haus ausreichend belegt war, aber zu ihrem großen Schreck fuhr Waldo fort: „Ganz oben unterm Dach wird Frau Brendel mit ihren sechs Kindern einziehen. Die arme Frau ist Witwe, der Mann ist im Krieg gefallen."
„Sechs Kinder!", rief Dora. „Das wird ja ein furchtbares Geschrei geben." Im Stillen sah sie das Haus und den Garten voller Kinder wimmeln, aber Waldo winkte ab.
„Ich habe die Familie kennen gelernt. Es sind nette Kinder, glaub mir. Und außerdem solltest du wirklich froh sein, dass ich uns die untere Wohnung besorgen konnte. Eigentlich stünde sie dieser Familie zu. Aber ich habe deine kranken Beine angeführt. Ich habe einfach behauptet, du könntest keine Treppen steigen."
Verschmitzt lächelte er sie an. Er war ein so lieber Kerl, dachte Dora. Er würde alles für sie tun. Warum hatte er sie nur gezwungen die Zwillinge herzugeben? Das konnte sie ihm einfach nicht verzeihen.
Die nächsten Wochen und Monate brachten viel Unruhe mit sich. Zunächst wollte Dora sich die Wohnung anschauen. Schon am nächsten Tag besorgte Waldo den Schlüssel und verabredete sich um sechzehn Uhr mit ihr am Haus. Evi hatte an jenem Nachmittag Geigenstunde bei Frau Musehold und

so begleitete Dora sie ausnahmsweise die Saalstraße entlang in Richtung Ort. Unterwegs schwärmte sie ihrer Tochter vom bevorstehenden Umzug vor. Doch statt der erwarteten großen Freude reagierte Evi mit Traurigkeit.
„Ich will im Berghäuschen bleiben! Da hab ich all die Tiere und es gibt die Schlucht mit den wilden Himbeeren. Alles ist dort viel schöner! Ihr wollt nur wegen dem blöden Baby umziehen", schimpfte sie vor sich hin.
„Nicht nur, Evi", wandte Dora ein. „Denk doch mal an den letzten Winter. Dein Schulweg wird in Zukunft viel kürzer und weniger anstrengend sein."
„Aber Jürgi wohnt nicht mehr so nahe. Das ist gemein!" Evi kämpfte mit den Tränen.
Zugegeben, Jürgi war ihr einziger und bester Spielkamerad. Aber gerade deshalb war es für sie wichtig unter andere Kinder zu kommen.
„Im neuen Haus wirst du viele Freunde finden", versuchte Dora ihre Tochter zu trösten und fügte hinzu: „Jürgi kann selbstverständlich immer kommen. Sein Schulweg führt ja direkt am Haus vorbei."
Die Kleine schien ein bisschen überzeugter zu sein. Jürgi würde sie weiterhin jeden Tag abholen und alle anderen könnten ihr gestohlen bleiben.
Sie waren inzwischen vor dem leeren Haus in der Saalstraße angekommen. Evi warf einen kurzen Blick darauf. Sie kannte das Gebäude genau, wusste, dass nur eine alte Frau darin gewohnt hatte. Es war ein schönes Haus. Da würde sie bald leben! Der Gedanke bereitete ihr Bauchweh und so ging sie schnell weiter. Nachdem Dora ihr kurz hinterhergeschaut hatte, drückte sie die Klinke zum Gartentürchen probeweise herunter und stellte erfreut fest, dass es nicht verschlossen war. Aufgeregt betrat sie den Garten. Sie kam sich vor wie damals, als sie zum ersten Mal mit Waldo Frau Popperoths Weinberggrundstück betreten hatte. Der Garten war wie ein kleiner Park angelegt. Hohe, dunkle Tannen standen im Vorgarten und schirmten Teile des Hauses gegen neugierige Blicke ab. Ein Weg schlängelte sich durch einen Steingarten über Stufen zur höher gelegenen Haustüre hoch. Das Erdgeschoss besaß eine große Terrasse, von der man einen wunderschönen Blick über die Außenanlage und die Saaleauen haben würde. Gerade, als Dora sich vorstellte, wie sie dort oben in der Sonne sitzen und faulenzen würde, hörte sie Waldos Pfiff hinter sich. Freudig ging sie ihm ein paar Schritte entgegen. Er sah ihr glückliches Gesicht und wusste, dass sie sich entschieden hatte. Gemeinsam betraten sie die Wohnung. Die großen hellen Räume im Erdgeschoss überzeugten Dora vollends.
„Das Haus ähnelt Frau Museholds Villa", schwärmte sie. „Es ist herrlich! Ich kann mir noch gar nicht vorstellen, demnächst hier zu wohnen!" Dabei

drehte sie sich mit ausgestreckten Armen in dem leeren, lichtdurchfluteten Raum. Waldo schaute sie lächelnd an. Sie war kaum wiederzuerkennen. Vor ihm stand die junge Dora mit ihrer mädchenhaften Freude, so wie er sie von früher kannte. Er nahm sie in die Arme und spürte eine Welle heißer Liebe in sich aufsteigen. Ein neues Wohnen, ein zweites Kind. Einem Neuanfang stand nichts mehr im Wege.

Als er sie losließ, sinnierte Dora: „Wie um alles in der Welt sollen wir diese großen Räume nur möblieren?"

„Ich habe vor ein paar Tagen meine Eltern angerufen", erwiderte Waldo mit einem schelmischen Lächeln. „Dir hat doch damals das Büffet im Wohnzimmer aus Rosenholz so gut gefallen, erinnerst du dich noch? Ich konnte meine Eltern überreden uns dieses Stück und noch einige andere abzutreten."

Er strahlte sie an, wie ein Schulbub, der eine gute Leistung vollbracht hatte und auf ihr Lob wartete. Sie war sprachlos. Wie hatte er es nur angestellt, seine Eltern, speziell seine Mutter, zur Herausgabe der Möbel zu bringen? Das würde wohl sein Geheimnis bleiben. Kopfschüttelnd und glücklich fuhr sie ihm durch seine schwarzen Haare.

Einen Tag später begleitete Dora ihre Tochter morgens bis in den Ort. Das war ziemlich ungewöhnlich, denn sie brauchte morgens sonst immer recht lange, bis sie mit ihren hausfraulichen Aufgaben fertig wurde. Aber heute wollte sie unbedingt Erli von den Neuigkeiten berichten. Vor den Bahngleisen verabschiedete sie sich von Evi. Diese nahm den Fußweg rechts durch den Tunnel in Richtung Kirche und Schule, während Dora der Straße über die Schienen zum Kurmittelhaus folgte. Zielstrebig betrat sie das große Gebäude und ging geradewegs zur Massageabteilung. Erli war schon da und wartete auf ihre erste Patientin. Erstaunt blickte sie auf, als sie Dora kommen sah.

„Du? So früh am Morgen? Gibt es Probleme?", begrüßte ihre Freundin sie besorgt.

„Nein, im Gegenteil. Ich platze vor Neuigkeiten. Wann hast du heute Zeit?", sprudelte es aus Dora heraus. Erli schaute Dora erstaunt an, dann warf sie einen kurzen Blick auf ihren Terminkalender.

„Nach der ersten Patientin habe ich eine Pause. Da hat eine Frau abgesagt."

„Prima", freute sich Dora. „Ich komme in einer halben Stunde wieder, ja?"

„Du machst mich ganz neugierig", rätselte Erli. „Willst du mir nicht wenigstens eine Andeutung machen?"

In diesem Augenblick klopfte es und das Gespräch wurde unterbrochen. Dora beschloss, kurz zum HO Laden zu gehen um das Nötigste einzukaufen. Es gab, wie erwartet, nichts Besonderes, das Angebot war immer das gleiche, die Grundnahrungsmittel eben. Gerade rechtzeitig zu Erlis Pause kehrte Dora zum Kurmittelhaus zurück.
„So, nun aber heraus mit der Sprache“, forderte Erli sie auf. „Die ganze Massage hindurch habe ich überlegt, was los sein könnte.“
„Da kommst du nicht drauf.“ Dora stellte ihre Einkaufstasche ab und ließ sich auf einen Stuhl plumpsen. Sie berichtete von der neuen Wohnung in der Villa. Ihre Freundin lauschte gespannt. Als Dora mit Erzählen fertig war, gratulierte Erli ihr voller Freude.
„Hast du ein Glück, dass Waldo an dieser Stelle sitzt!“
„Ja, das stimmt“, erwiderte Dora. „Aber es hat auch nicht von heute auf morgen geklappt. Wir haben mehrere Monate auf diese Gelegenheit warten müssen. Willst du das Haus einmal sehen?“
„Da fragst du noch?“
Schon klopfte es erneut an der Tür und Erli hob bedauernd die Schultern. „Die nächste Patientin“, meinte sie bedauernd und fügte schnell hinzu: „Holst du mich nachher um sechzehn Uhr ab?“
Dora nickte und verließ die Abteilung. Sie ging geradewegs zum Rathaus um bei Waldo den Schlüssel für die Villa im Empfang zu nehmen und ihm zu erklären, dass es am Abend etwas später werden könnte.
Der Umzug fand Anfang August statt. Die paar Habseligkeiten vom Berghäuschen herunterzuschleppen war ein Klacks, zumal Waldo einen Mitarbeiter gefunden hatte, der bereit war zu helfen. Dora hatte von Waldo die Auflage bekommen absolut nichts zu tragen um die Schwangerschaft nicht zu gefährden, und so stand sie nur herum und schaute mit einem seltsamen Gefühl zu. Ein Lebensabschnitt ging zu Ende. Mehr als zwölf Jahre hatten sie beide in diesem Häuschen gelebt. Es hatte die schönsten Jahre ihres Lebens gesehen – und die schlimmsten! Glück und Liebe hätte es sehen sollen. Beides gab es. Aber mit der Liebe kam auch das Unglück. Ganz unerwartet war dieses Haus zu einer Rettungsinsel geworden. Und in den letzten Jahren hatte es vielleicht geholfen, die Ehe wieder zusammenzuschweißen. Mit einem tiefen Seufzer wandte sie sich ab und begleitete die Männer den Weg vom Berg hinunter.
Schwieriger gestaltete sich der Transport der Möbel von Leipzig nach Bad Kösen. Außer von dem wunderschönen Wohnzimmerschrank hatte Elisabeth sich sogar noch von einem Sekretär und einem Büffet getrennt. Aber

wie sollten die Möbel jetzt hierher gelangen? Da besann Dora sich auf Stojan, Inges Freund. Der war groß und stark, er würde bestimmt mit anpacken.
Ein Anruf in Leipzig ergab, dass Stojan in den nächsten zwei Wochen nicht da war. Inge konnte oder wollte nicht sagen, wo er steckte, bot aber an, dass sie Waldo selber beim Möbeltransport helfen würde. Dora zögerte nur kurz, dann nahm sie Inges Angebot dankbar an. Sie hätte außer ihr wirklich niemand anderen gewusst.
Am Wochenende fuhr Waldo mit einem geliehenen, klapprigen Kleintransporter nach Leipzig. Dora wollte den Tag in der neuen Wohnung verbringen und das ein oder andere einräumen. Als sie in der Villa ankam, sah sie, dass die Familie im ersten Stock schon eingezogen war. Die neue Mieterin kam gerade mit dem Baby auf dem Arm aus dem Haus heraus, als Dora den Garten betrat. Noch hatte die Frau sie nicht gesehen und Dora nützte die Minute um sie neugierig aus der Ferne zu betrachten. Sie wirkte sehr gepflegt und strahlte eine enorme Mütterlichkeit aus, als sie den Kleinen liebevoll zum Schlafen in den Wagen legte. Nachdem sie ihr Baby richtig gebettet hatte und aufblickte bemerkte sie Dora, die jetzt forsch näher kam. Lächelnd kam ihr die Frau ein paar Schritte entgegen.
„Guten Tag, ich bin Frau Berger."
„Schwarz ist mein Name. Dann wohnen wir jetzt also hier zusammen in dieser schönen Villa", meinte Dora, bemüht, ihre Wichtigkeit von Anfang an ein bisschen herauszuhängen. „Sie haben einen kleinen Jungen, nicht wahr?" Dora deutete auf das schlafende Baby. „Wie war noch mal sein Name?"
„Lutz", antwortete Frau Berger. „Ich habe gehört, Sie erwarten auch ein Baby? Ihr Mann hat es erzählt. Wir haben ihm ja so viel zu verdanken."
Über Frau Bergers Gesicht flog ein Strahlen, als sie Waldos Namen erwähnte. Sie rollte das R, wenn sie sprach, und hatte einen harten schlesischen Akzent. Doch ihr ganzes Wesen strahlte Wärme aus.
In diesem Augenblick trat ein Mann aus dem Haus und stellte sich als Herr Berger vor. Auch er wirkte freundlich und offen. Sie wechselten ein paar Worte miteinander und stellten fest, dass Sabine, die Tochter von Bergers, eine Klasse unter Evi besuchte.
„Da haben die beiden ja gleich jemand zum Spielen", freute sich Dora. Nachdem sie ein paar Belanglosigkeiten gewechselt hatten, entschuldigte sich Dora fürs Erste mit ihrer vielen Arbeit. Würdevoll schloss sie die Tür zu „ihrer" Wohnung auf und betrat die leeren Räume, in denen es wie in

Ballsälen hallte. Sofort stellte sich ein Gefühl von Noblesse bei ihr ein. Als erstes spazierte sie in die große, helle Küche, die voll funktionsfähig war. Die alte Dame, die ins Heim gezogen war, hatte zum Glück alle Küchenmöbel dagelassen. Daneben befand sich das Bad – ein Traum! Eine große Wanne und fließendes Wasser! Sie ging weiter ins leere Schlafzimmer. Die Möbel dafür waren bereits bestellt, die Lieferung sollte Ende der Woche erfolgen. In Evis Zimmer stand schon ihr Bett und die Kommode aus dem Berghäuschen. Heute Abend würden die edlen Wohnzimmermöbel aus Leipzig kommen. Dora trat ins Wohnzimmer und überlegte, wo sie sie hinstellen würde. Dabei fiel ihr Blick hinaus in den Garten. Die großen Fenster vermittelten den Eindruck, als stünde sie im Freien. Sie öffnete die Schiebetür zur Terrasse und ließ die warme Luft herein, die nach Tannenharz und Erde roch. Was für ein herrliches Wohnen! Selbst Waldos Eltern in Leipzig wohnten nicht so vornehm. Einzig vergleichbar war Frau Museholds Villa, die Dora vom ersten Tag an fasziniert hatte. Und nun durfte sie selbst so leben!

So ausgiebig verlor sie sich darin, das Neue aufzunehmen und zu genießen, dass sie richtig erschrak, als Evi im Garten auftauchte.

„Oh je, ist es schon so spät? Ich habe noch gar nichts gekocht. Was essen wir denn heute?“, fragte sie das hungrige Kind.

Evi zuckte die Schultern. „Vielleicht Pfannenkuchen?“ Das machte ihre Mutter häufig, es ging schnell und schmeckte gut. Während Dora sich um das Essen kümmerte, durchstreifte Evi die halbleeren Räume. Verloren blieb sie neben Dora stehen.

„Das ist alles so riesig und leer“, klagte sie.

„Wenn erst mal alle Möbel da sind, wird es gemütlich werden“, tröstete Dora und legte den Arm um ihre Tochter. Das Kind hatte ihr ganzes bisheriges Leben in einem Häuschen zugebracht, dessen Grundfläche kaum größer war als die eines einzigen Zimmers hier. Dazu kam die Einsamkeit und Wildnis dort oben. Natürlich fiel ihr die Umstellung schwer. Aber mit der Zeit würde sie sich schon an das Neue gewöhnen.

Sie hatten sich gerade zum Essen gesetzt, da klingelte es.

„Nanu, wer kann denn das sein?“, staunte Dora und öffnete die Wohnungstür.

Ein kleines Mädchen mit einem Schälchen in der Hand stand davor. „Guten Tag“, sagte die Kleine. „Ich bin die Sabine Berger vom ersten Stock. Meine Mutter lässt fragen, ob Sie ein bisschen Apfelkompott haben möchten.“ Damit hielt sie Dora die Schüssel entgegen.

„Das ist aber nett“, freute sich Dora, die Frau Bergers Absicht sogleich durchschaute. Die beiden Mädchen sollten sich kennen lernen. „Komm doch kurz herein“, forderte Dora sie auf.
„Schau mal“, wandte sie sich an Evi. „Das ist Sabine. Sie wohnt über uns und könnte deine neue Freundin werden.“
Evi blieb am Tisch sitzen und schaute das Mädchen kurz an.
„Tag“, murmelte sie und ergriff für einen Moment Sabines ausgestreckte Hand. Die beiden musterten sich stumm und verlegen, bis Dora merkte, dass keine weitere Kommunikation stattfinden würde und sie einschreiten musste.
„Sag deiner Mutti vielen Dank. Vielleicht könnt ihr nachher noch ein bisschen miteinander spielen.“
Sabine, erleichtert den Auftrag richtig ausgeführt zu haben, verabschiedete sich nickend. Evi aber verspürte nicht die geringste Lust dieses Mädchen besser kennenzulernen. Erstens war sie viel zu jung und zu doof, zweitens wirkte sie wie ein dressiertes Äffchen.
Nachdem die Hausaufgaben beendet waren, widmete sich Evi ausgiebig ihrem Geigenspiel, weit intensiver als sie es sonst tat. Zum Glück brachte schon bald lautes Hupen die Erlösung für sie. Endlich kamen Vati und Tante Inge mit den Möbeln aus Leipzig. Sie legte ihre Geige zur Seite und lief ihrer Tante entgegen.
„Mein Gott, bist du groß und schwer geworden.“ Inge drehte ihre Nichte einmal im Kreis und setzte sie vor sich ab. „Hier wohnt ihr jetzt also.“
Fasziniert betrachtete sie das Haus. Dora kam den Weg herunter und die Schwestern begrüßten sich aufs herzlichste.
„Tausend Dank, Inge! Ohne dich hätten wir das nie geschafft. Wie ging es denn mit dem Möbelschleppen?“
„Oh je, frag nicht.“ Inge lächelte Waldo an.
„Sie war eine große Hilfe“, sagte Waldo, wobei er den Arm für einen Moment kumpelhaft um Inge legte. Sodann wandte er sich voll und ganz Dora zu, gab ihr einen lieben Begrüßungskuss und streichelte ihren Bauch.
„Na, wie geht’s uns denn so?“
„Sehr gut“, strahlte sie.
Später, als alles am richtigen Ort stand, meinte Inge: „Ich muss zurück nach Leipzig. Oma passt zwar auf Klein Stefan auf, aber ich habe versprochen zu Hause zu sein, bevor er ins Bett kommt. Wenn ihr euch ein bisschen eingelebt habt, kommen wir euch mal zu viert besuchen.“
„Abgemacht“, meinte Dora. „Dann gibt’s ein kleines Einweihungsfest.“

Die neuen Möbel gaben der Wohnung das gewisse Etwas. Stolz und glücklich bewunderte Dora die edlen Stücke, zog die diversen Schubladen auf und überlegte, womit sie sie füllen sollte.
In den nächsten Tagen zog auch die Frau mit den sechs Kindern ein. Eine ordentliche Person, wie Dora erleichtert feststellte, aber sie hielt trotzdem Abstand. Zwei der Kinder waren in Evis Alter. Wenn es morgens Zeit war in die Schule zu gehen, zog meistens eine Kinderschar von vier Mädchen los. Sabine aus dem ersten Stock, Margot und Gudrun von ganz oben und Evi, die stets ein bisschen abseits trottete.
Jürgi hatte Evi nur in den ersten Tagen abgeholt, inzwischen vermied er weitere Zusammentreffen. Wahrscheinlich weniger weil er Evi nicht begegnen wollte, sondern eher, weil er sich unter den vier Mädchen verloren vorkam. Vielleicht genierte er sich inzwischen auch, als Junge mit all den Mädchen gesehen zu werden.
Evi blieb trotz der vielen Kinder ein Außenseiter. Nachdem ihre Eltern jetzt endlich so herrlich große Räume bewohnten, beschlossen diese ein Klavier anzuschaffen. Zusätzlich zum Geigenunterricht erhielt Evi nun auch noch Klavierstunden und so blieb ihr kaum noch freie Zeit zum Spielen.
In den folgenden Wochen begann Dora ihren Lebensstil dem Leben in einer Villa anzugleichen. Bald legte sie zum Essen eine feine Damasttischdecke auf. Nicht lange danach besaß sie ebenfalls Messerbänkchen aus Bleikristall, so wie sie es früher einmal bei ihrer Schwiegermutter gesehen hatte.
Wenige Wochen nach dem Einzug kam Inge wie versprochen mit Oma Martha, Stojan und Klein Stefan zu Besuch. Der Kleine hatte gerade Laufen gelernt und sah mit seinen langen Locken allerliebst aus. Er war fein herausgeputzt und Inge achtete darauf, dass er sich nicht schmutzig machte.
„Sie behandelt ihn wie eine große Puppe“, flüsterte Dora Waldo in einem unbemerkten Augenblick zu. „Sieh doch nur, wie sie ständig an seinen Kleidern herumzupft.“
Waldo musste lächeln. Ja, alle machten an dem kleinen Hosenmatz herum, Doras Mutter nicht minder. Sie hatte beim Kaffeetrinken erzählt, dass sie inzwischen von Max geschieden war, der endgültig bei seiner Schwiegertochter lebte. Wie es schien, kam sie ganz gut mit der neuen Situation zurecht, auf jeden Fall ging sie voll und ganz in der Betreuung des kleinen Stefan auf. Erstmals hatte sie für ein Kind Zeit, da sie nur noch für sich und die Familie nähte. Entsprechend verzog sie den kleinen Jungen.
„Dieser Stojan ist ein seltsamer Kerl“, sagte Waldo leise zu seiner Frau, bevor sie sich beide wieder unter ihre Besucher mischten. Ja, das fand Dora

auch. Es war das erste Mal, dass sie Stojan begegneten. Der Bulgare trug trotz der sommerlichen Hitze Anzug und Krawatte. Er war um einiges älter als Inge und an seinem Haaransatz zeigten sich schon starke Geheimratsecken. Waldo versuchte eine Unterhaltung mit ihm zu beginnen, doch Stojan blockte die meisten Fragen zu seiner Person ab. Waldo erfuhr nur, dass er Pharmazie studierte und kurz vor dem Abschluss stand. Das einzige Thema, über das Stojan bereitwillig Auskunft erteilte, war Bulgarien, und da Waldo durch seine Kriegszeit das Land ein wenig kannte, verloren sie sich bald in der Beschreibung von Städten und Landschaften. Dora nutzte die Zeit um mit Inge im Haus zu verschwinden.
„Weißt du etwas Neues von Heinz?“, begann sie, nachdem sie sich vergewissert hatte, dass niemand in der Nähe war.
„Ja, dem geht es schon wieder ganz gut. Die alten SS-Seilschaften scheinen noch zu funktionieren. Er hat von München aus Kontakte geknüpft und die haben sich seiner angenommen.“ Inge grinste sie vielsagend an. „Verrückt, nicht?“
„Das kannst du wohl sagen.“ Dora schüttelte den Kopf. „Unsere Mutter hat mir letztes Jahr im Herbst die Geschichte von Heinz’ Flucht geschildert. Hast du eine Ahnung, warum er damals untertauchen musste? Hat er etwas davon erzählt?“
Für einen Moment war Inge verblüfft und Dora spürte, wie ihre Schwester mit sich kämpfte. Angespannt schien sie abzuwägen, ob sie sprechen sollte oder nicht.
„Wenn du etwas weißt, sag es bitte. Es handelt sich doch auch um meinen Bruder“, forderte Dora ihre Schwester auf.
Inge schaute durch die große geöffnete Schiebetür im Wohnzimmer hinaus in den Garten. Waldo und Stojan unterhielten sich angeregt, Martha saß im Schatten und erfreute sich daran, Evi mit Klein Stefan spielen zu sehen.
„Ich weiß offiziell von nichts“, begann Inge. „Letztes Jahr, als Heinz hier war, haben wir nicht über die Gründe für seine Flucht gesprochen. Selbst wenn ich ihn gefragt hätte, wäre er sicher nicht darauf eingegangen. Aber ich habe vor einigen Jahren etwas mitbekommen, worüber ich bisher noch mit keinem Menschen gesprochen habe.“
Eine ungewohnte Traurigkeit legte sich auf ihr Gesicht. Nur jetzt keine Störung, hoffte Dora und drückte die Küchentür von innen zu.
„Ich glaube, es war im Sommer 1943“, begann Inge leise zu erzählen. „Heinz kam auf einen kurzen Besuch nach Hause. Spät abends, als Martha schon schlief und auch ich schon längst schlafen sollte, lauschte ich mit dem

Ohr am Schlüsselloch. So bekam ich mit, wie unser Vater, der mit Heinz im Wohnzimmer saß, diesen drängte ihm von Polen zu erzählen. Ich war damals sechzehn und fand das Gespräch äußerst spannend. Heinz sträubte sich, aber Max bohrte so lange nach, bis er stockend berichtete."
Inge schluckte und strich sich eine Haarsträhne aus dem Gesicht.
„Er hat schreckliche Dinge erzählt. Dort in Lemberg, wo er die ganzen Jahre über eingesetzt war, bewarben sich in den ersten Tagen nach der deutschen Besetzung viele Ukrainer zum Hilfsdienst bei der Wehrmacht und der SS. Auf diese Weise konnte sogar eine eigene ukrainische SS-Division aufgestellt werden. Eines dieser Bataillons mit dem Namen „Nachtigall" veranstaltete unter Anleitung der Deutschen eine Hetzjagd auf die Juden der Stadt. Die eingefangenen Menschen mussten sich entkleiden und anschließend durch ein Spalier der ukrainischen Soldaten laufen. Diese schlugen oder stachen mit Bajonetten auf sie ein. Die Deutschen standen dabei und kontrollierten die Abläufe. Viertausend Juden wurden bei dieser Aktion umgebracht. In Lemberg war fast ein Drittel der Bevölkerung jüdisch, etwa Hunderttausend Menschen. In kürzester Zeit wurden alle in Vernichtungslager transportiert, wo sie meistens mit Auspuffgasen getötet wurden. Heinz musste diese Transporte als Berittener begleiten, absichern, wie er sagte. Unterwegs gab es zahlreiche Einzelerschießungen, wenn einer nicht mehr laufen konnte oder versuchte zu fliehen. Auch vom Niederbrennen eines Dorfes hat er erzählt. Alle Menschen wurden erschossen, weil in einem Haus Gewehrmunition gefunden worden war. Ich stand damals ewig lange an der Tür und habe vor Kälte geschlottert. Es fiel Heinz nicht leicht, über all diese Dinge zu sprechen. Er sagte, die deutschen Besatzer dort lebten in ständiger Furcht vor den Polen. Sie gingen nur zu viert auf Patrouille, weil einer in jede Himmelsrichtung absichern musste. Stell dir vor, wenn ein Deutscher den Polen in die Hände fiel, haben sie ihn in großen Bottichen lebendig gekocht!"
Inge schüttelte sich bei dem Gedanken und ihre Hände umklammerten sich gegenseitig. Mit leiser Stimme schloss sie: „Ich habe mit niemandem darüber gesprochen. Martha hätte mir kein Wort geglaubt und du warst damals für mich unerreichbar, wohntest schon mit Evi auf dem Berg."
Sie zuckte die Schultern und ließ sie sofort wieder hängen. Mein Gott, durchfuhr es Dora. Was für Bestien der Krieg aus Menschen machte. Auf der einen, wie auf der anderen Seite. Sie hatte sich Schlimmes vorgestellt, aber so etwas? Wie hatte ihr Bruder das nur alles miterleben, vielleicht sogar mitmachen können. Besaß er denn gar kein Gewissen? Ließ sich denn alles

mit Befehlsgehorsam abtun? Hätte es für ihn wirklich nie eine Möglichkeit gegeben rechtzeitig auszusteigen? Wie lebte er jetzt wohl mit seiner Schuld?
Dora umarmte ihre Schwester und presste sie fest an sich. Die Arme hatte das in all den Jahren mit sich herumgeschleppt. In Doras Erinnerung tauchte ein kleines, zierliches Mädchen auf, das dem Vater lautstark die Meinung sagte, vor dem die Mitschüler kuschten. Inge war schon immer stark gewesen, auf jeden Fall stärker als sie.
Just in diesem Moment ging die Tür auf und Waldo stieß beinahe mit den beiden Frauen zusammen, die in fester Umarmung in der Küche standen.
„Nanu, was ist denn hier los?"
Völlig überrumpelt lösten sich die beiden. Waldo suchte in ihren Gesichtern nach einer Erklärung. Hatte eine der beiden geweint? Aber statt Tränen sah er eine Starre in ihren Augen, als hätten sie soeben einen schrecklichen Film gesehen. Dora fand als erste wieder zu sich und sagte: „Frauenprobleme, mein Lieber. Was gibt es denn?"
„Na, wir vermissen euch da draußen. Seid ihr denn bald so weit, dass ihr glaubt, unsere herbe Gesellschaft wieder ertragen zu können?", mokierte er sich.
Dora schaute Inge fragend an.
„Nun gönnt uns doch mal ein paar Minuten schwesterlicher Unterhaltung", antwortete diese bemüht schnippisch und schob Waldo aus der Küche hinaus. „Wenn wir fertig sind, werden wir schon kommen."
Vor sich hinbrummend verschwand Waldo wieder in den Garten. Von dort erschallte Stefans lautes Quietschen und Evis Lachen, dazwischen die Stimme von Oma Martha, die ihre Enkel zur Vorsicht ermahnte.
Inge fuhr sich mit den Händen durch ihre Locken. „Ich habe dieses Wissen all die Jahre verschlossen gehalten. Und ich will auch nie wieder darüber sprechen müssen. Es bringt ja doch alles nichts. Meinst du nicht, viele andere waren schlimmer als er?"
Sie schaute durch Dora hindurch, blickte sich suchend um und fragte: „Hast du hier einen Spiegel?"
Dora schüttelte den Kopf. Bevor sie noch etwas sagen konnte, schwirrte Inge ins Bad davon.
Spät am Abend, als die Besucher schon längst gegangen waren, fragte Waldo: „Sag mal, was hattet ihr denn vorhin für Probleme?"
„Ach, nichts weiter", entgegnete Dora betont gelassen und um Waldo zufrieden zu stellen fügte sie hinzu: „Ich glaube eigentlich nicht, dass Inge und

Stojan lange zusammenbleiben. Das einzige, das sie an ihm reizt, ist seine aalglatte, vornehme Art und sein Geld vielleicht."
„Er scheint mir eher so etwas wie ein Vaterersatz für sie zu sein", murmelte Waldo schläfrig und drehte sich gähnend zur Wand.

Im Herbst des gleichen Jahres fanden in den Westzonen die Wahlen zum 1. Deutschen Bundestag statt. Konrad Adenauer wurde der erste Bundeskanzler.
Auf Grund der Bildung der Bonner Separatregierung hat sich eine neue Lage herausgebildet, schrieb die ostdeutsche Presse tags darauf. In dem Artikel las Waldo, dass die Sowjetunion den Westmächten vorwarf, die Spaltung Deutschlands vollendet zu haben. Die drehen das, wie sie es gerade brauchen, dachte er verbittert.
In den kommenden Wochen folgte eine Welle von Resolutionen der Betriebe und Behörden. Erst viel später erfuhr die Bevölkerung, dass sie alle staatlich gelenkt waren. Presse und Rundfunk unterstützten die Forderung nach der sofortigen Bildung einer eigenen Regierung in der Sowjetzone. Drei Wochen später wurde die Deutsche Demokratische Republik ausgerufen mit Wilhelm Pieck als Präsident, Otto Grotewohl als Ministerpräsident und Walter Ulbricht als stellvertretender Ministerpräsidenten.
„Die zwei Teile Deutschlands driften immer weiter auseinander", konstatierte Waldo. Er saß im Wohnzimmer am Esstisch, den sie vom Berghäuschen mit heruntergebracht hatten und studierte die Zeitung. Mit einem kurzen Blick auf die Schiebetür vergewisserte er sich, dass sie geschlossen war. Man wusste ja nie.
„Das stimmt schon", pflichtete Dora ihm bei, die auf der Couch saß und in einem Buch las. „Aber uns beiden geht es doch inzwischen ganz gut."
„Da hast du allerdings recht", erwiderte Waldo. „Stell dir vor, was mein Chef, Herr Schott, mich heute gefragt hat! Er hat Kontakte zu einem Bauern und wollte wissen, ob wir ein halbes Schwein haben möchten. Natürlich habe ich sofort zugesagt. Da siehst du mal wieder, was Beziehungen wert sind!"
Stolz strahlte er sie an.
„Ein halbes Schwein! Das ist ja eine Unmenge Fleisch", freute sich Dora. „Wir werden in Schnitzel, Schinken und Wurst schwelgen. Wunderbar!"
Waldo erklärte, dass Herr Schott einen Fleischer kenne, der das Tier schlachten und in Portionsgrößen zerlegen werde. Sogleich überlegte Dora,

wem sie ein Stück abgeben würde. Der Familie Berger vielleicht, denn die hatten schon oft etwas gebracht. Und Erli natürlich.

„Ach übrigens. Erli hat mich gefragt, ob ich nicht ein gutes Wort bei dir für sie einlegen kann. Ihre Schwester wohnt mit ihren drei Kindern in Bad Sulza. Sie möchte gerne nach Bad Kösen ziehen und das geht nur mit einer Sondergenehmigung vom Rathaus, wie du ja weißt. Kannst du nicht etwas für sie tun?" Sie sah ihn bittend an.

„Na ja", antwortete er, „mal sehen, was sich machen lässt."

In letzter Zeit wurden ab und zu wieder Wohnungen frei. Viele Menschen verließen die DDR und flüchteten in den „Goldenen Westen". Inzwischen war das allerdings nicht mehr über die grüne Grenze möglich. Die wurde strengstens von der Volkspolizei bewacht. Aber über Berlin konnte man, seitdem die Blockade beendet war, völlig unproblematisch ausreisen. Man musste nur mit dem Zug nach Ostberlin fahren und von dort ging es mit der S-Bahn nach Westberlin. Drüben waren große Durchgangslager eingerichtet worden. Von dort wurden die Flüchtlinge, sobald sie die Prozedur für eine Aufenthaltsgenehmigung und Arbeitserlaubnis durchlaufen hatten, nach Westdeutschland ausgeflogen. Noch konnte man aus den Zeitungen die Zahl der Republikflüchtlinge erfahren. Bis zu eintausend Menschen pro Tag gaben alles auf, ihre Heimat, ihren letzten Besitz, die Angehörigen, Freunde, die gewohnte Umgebung.

Waldos Freund Heinrich hatte ihm die unwürdige Situation der Ostdeutschen im Westen geschildert. Viele hausten illegal in Notunterkünften oder Massenquartieren, ohne ausreichende Ernährung und Heizung. Da er einer der ersten gewesen war, der sich in den Westen abgesetzt hatte, ging es ihm finanziell schon etwas besser. Aber er litt, wie alle anderen, unter der Gesinnung der Einheimischen. Sie empfanden die Ostdeutschen als Eindringlinge und behandelten sie entsprechend herablassend und verächtlich.

„Siehst du. Es ist gut, dass wir geblieben sind", meinte Waldo, nachdem er Dora den Brief zum Lesen gegeben hatte. Zustimmend nickte sie.

Und dann fiel der erste Schnee. Als Dora die Vorhänge an der Schiebetür zurückzog, wurde sie von dem glitzernden Schnee geblendet, der die Tannen vor dem Fenster wie mit Puderzucker überzogen hatte. Weiße Polster bedeckten die Gartenbank. Minutenlang stand sie da und sah hinaus. Sie konnte sich nicht satt sehen an dem hellen, sauberen Licht, das sich in den Schneekristallen wie in Diamanten brach. Sie holte aus der Küche eine Fettkugel mit Vogelfutter und hängte sie an einen Ast des Baumes. Es dauerte

nicht lange, da kamen die ersten Meisen, Rotkehlchen und Spatzen und balgten sich um das Futter. Dora, die vor allem wegen des vielen Schweinefleisches beinahe zehn Kilo zugenommen hatte, zog sich mit einem Buch auf die Couch zurück, von wo sie den Blick am besten genießen konnte.
Am Abend kam Waldo mit rotgefrorenen Backen nach Hause. Sie sah seinem Gesicht sogleich an, dass er eine gute Neuigkeit hatte.
„Stell dir vor, was heute passiert ist!", platzte er los, noch während er seinen Mantel und die Schuhe auszog. „Herr Schott hat mich gefragt, ob ich mich zur Wahl des Bürgermeisters aufstellen lassen würde!"
Dora schaute ihn an und brachte vor Überraschung kein Wort hervor. Lächelnd setzte er sich zu ihr auf die Couch.
„Kein Grund zur Aufregung", beruhigte er sie. „Da ist noch ein Haken dabei."
Er legte die Hand auf ihren Bauch und versuchte zu spüren, ob sein Kind strampelte.
„Erzähl doch", bat Dora erwartungsvoll.
„Ich müsste in die Partei eintreten", sagte Waldo ruhig und konzentrierte sich ganz auf die Wahrnehmung an seiner Handinnenfläche.
Dora schwieg nachdenklich. Nach einem Moment fragte sie: „Und was wirst du jetzt tun?"
Waldo stellte sich diese Frage schon seit Wochen. Er wusste, dass sein Schicksal früher oder später von dieser Entscheidung abhängen würde. Vor allem aber ahnte er, dass er damit die Zukunft seiner Kinder mitbestimmen würde. Es wäre alles so einfach. Er bräuchte nur eine Unterschrift zu leisten und sein weiterer Lebensweg würde steil bergauf führen. Täglich sah er im Rathaus, wie viel von Beziehungen, Kaderzugehörigkeit und Anpassung abhing. Das zählte mehr als alles andere in diesem Staat, mehr als echtes Können. Als zukünftiger Bürgermeister, das war ihm klar, würde er von der Einheitspartei fremdbestimmt werden. Er müsste sich in allem anpassen und könnte nur selten eigene Vorschläge durchsetzen. Das war nicht das, was er sich vorstellte. Sein eigentliches Können lag auch weniger im politischen Bereich. Er wünschte sich wieder das zu tun, was er studiert hatte und am besten konnte. Er wollte wieder als Heizungsingenieur arbeiten.
„Ich werde Herrn Schott morgen absagen. Diese Form eines politischen Amtes ist nichts für mich."
In Doras Gesicht zeigte sich Enttäuschung.
„Schade, ich wäre so gerne Frau Bürgermeister geworden." In Gedanken hatte sie sich gerade als solche gesehen und sich die Reaktion einiger Köse-

ner vorgestellt. Herrlich wäre das zu erleben, wie sie zu Kreuze kriechen würden. Sie musste lachen.
„Willst du es dir nicht doch noch einmal überlegen?“, versuchte sie ihn umzustimmen.
Doch Waldo hatte sich bereits entschieden.
„Ich werde hier in der Wohnung ein Heizungsbüro aufmachen“, überraschte er sie. „Das große Esszimmer nebenan funktioniere ich zu meinem Büro um. Wir haben trotzdem immer noch genug Platz.“
„Hier?“ Sie stutzte. Das Nebenzimmer stand tatsächlich beinahe leer. Sie hatten sogar den Esstisch ins Wohnzimmer gestellt, weil der Blick auf den Garten von hier aus so schön war. Warum sollte er sein Büro eigentlich nicht nebenan eröffnen? Die Villa lag günstig, finanziell ging es in der Bevölkerung ständig aufwärts. Die Menschen ließen ihre alten Häuser und Heizungen in zunehmendem Maß renovieren. Eigentlich waren die Voraussetzungen ideal.
Langsam begann sie sich für die Idee zu erwärmen und besprach mit Waldo, wann und wie er mit dem Projekt beginnen könnte. Sie kannte ihn. Wenn er sich einmal etwas in den Kopf gesetzt hatte, dauerte es nicht mehr lange bis zur Umsetzung.
„Vielleicht im Frühjahr, wenn das Baby erst einmal da ist“, sinnierte er und legte seinen Kopf vorsichtig auf ihren Bauch. Es fehlten nur noch wenige Wochen bis zum Geburtstermin. Alles war vorbereitet. Waldo hatte eine wunderschöne Wiege aus Holz gezimmert, die bei ihnen im Schlafzimmer stand. Evis weißer Kinderwagen mit den verchromten Bügeln war auf Hochglanz poliert worden und Dora hatte alle Babysachen durchgewaschen und in das neue Büffet eingeräumt. In letzter Zeit fühlte sie sich schlapp und unbeweglich. Vor allem die Beine taten ihr furchtbar weh. Links, unterhalb des Knöchels, sah die Haut dünn und bläulich aus und juckte ständig.
„Du musst deine Beine jetzt täglich wickeln und hochlegen“, mahnte Erli bei einem ihrer häufigen Besuche.
Wohl oder übel saß Dora deshalb die letzten Wochen nur noch herum und las viel. Simmel, Golon, danach verschlang sie das Buch „Via Mala“ von John Knittel.
„Wenn es ein Mädchen wird, werde ich sie Erli Sylvelie nennen“, sagte Dora eines Tages zu ihrer Freundin. „Erli, weil du mir den Anstoß zu diesem Versöhnungskind gegeben hast, und Sylvelie, weil das so ein hübscher Name ist und das Mädchen im Buch so tapfer gegen ihr Schicksal kämpft.“

Am Morgen, als Waldo nach einer unruhigen Nacht ins Behelfskrankenhaus ging um nach Dora zu schauen, die er am Vortag mit Wehen dorthin gebracht hatte, wurde er mit der freudigen Nachricht überrascht, eine Tochter sei ihm in den frühen Morgenstunden geboren. Er eilte in Doras Zimmer, doch sie war von der anstrengenden Geburt noch völlig mitgenommen und schlief. Die Stelle an ihrem Fuß sei aufgeplatzt, berichtete ihm die ältere Krankenschwester leise, er müsse sich darauf einstellen, dass seine Frau mehrere Wochen wegen der Thrombose im Krankenhaus bleiben müsse. Sodann erkundigte sie sich, ob er das Kind sehen wolle. Was für eine Frage!
„Ein ganz schön schwerer Wonnepfropfen“, lächelte sie und legte ihm das schlafende Paket in den Arm. Sprachlos und ergriffen bewunderte er seine Tochter.
Ihr kleiner Mund schmatzte genüsslich im Schlaf, die Augen waren fest zugepresst. Winzige Wimpern umrahmten die Augenlider. Auf ihrem Köpfchen kräuselte sich blonder Flaum, der nach frischem Babyöl roch. Waldo schmolz dahin, als sie mit ihrem Händchen seinen Finger umklammerte und kurz mit den Augen blinzelte. Dieses Kind würde Dora für die verlorenen Zwillinge entschädigen. Es würde sein Kind sein, er würde es baden und wickeln, jeden Atemzug betreuen, es wachsen und gedeihen sehen, Woche für Woche, Monat für Monat. Eine kleine Ewigkeit trug er es herum und gab ihm im Stillen dieses Versprechen. Vorsichtig legte er es in sein Bettchen zurück und verließ die Station.
Am nächsten Tag ließ er seine Tochter stolz beim Standesamt eintragen: Erli Sylvelie, geboren am 30. Januar 1950 in Bad Kösen, auf den Tag genau 17 Jahre nach Hitlers Machtergreifung.

Danksagung

Mein erster und herzlichster Dank gehört meinem Mann Klaus, der mich unaufhörlich ermutigte, unbeirrt an dem Buch weiter zu arbeiten und der sich die Zeit nahm, sich wieder und wieder überarbeitete Versionen anzuhören. Seine Fürsorge und seine Freundschaft haben mich durch dieses Projekt getragen.
Meinem Sohn Marcel danke ich für seine äußerst hilfreiche Art als Erstlektor, einer Mischung aus Lob und konstruktiver Kritik.
Felix, unserem zweiten Sohn, möchte ich recht herzlich für seine unermüdliche Arbeit beim Layout des Buches danken.
Zu guter Letzt danke ich allen Freunden und Verwandten, die mir wertvolle Informationen gaben, den Werdegang des Buches mit großem Interesse verfolgten und mich ermutigten.

Sylvia Smuda, Herrenberg im Januar 2005

Sylvia Smuda

Wilde Wege
Roman

Ein Mädchen wächst wohlbehütet in den 50er Jahren in der DDR auf, verliert dort die wichtigste Bezugsperson, den Vater, und flüchtet 1959 mit der Mutter in den Westen. Dort erleben beide einen tiefen sozialen Abstieg. Der bedrückende soziale Status des Flüchtlingskindes bringt Sibylle in eine dramatische Isolierung. In den 60er Jahren wächst sie als Schlüsselkind im Raum Stuttgart in Armut auf, ständig auf der Suche nach Geborgenheit und Anerkennung. Schon sehr früh droht sie auf die schiefe Bahn zu geraten. In der Pubertät wird das Verhältnis zu ihrer jähzornigen, cholerischen Mutter immer unerträglicher. Verzweifelt sucht sie nach Wegen, erfährt Rückschläge und findet schließlich zu sich selbst.

Sylvia Smuda

Souvenir Français
Roman

Sibylle weiß, dass sie in Ostberlin Halbschwestern hat, die Zwillinge Christel und Monika, Folgen einer Liebschaft zwischen ihrer Mutter und einem französischen Zwangsarbeiter kurz vor Ende des 2. Weltkriegs. Ein Leben lang hat sie die Existenz der Geschwister, die gleich nach ihrer Geburt zur Adoption freigegeben wurden, negiert und den Kontakt zu ihnen verweigert. Nach mehr als fünfzig Jahren ergibt sich ein kurzes Treffen mit Monika, und Sibylle bietet spontan an, sich mit ihr gemeinsam in Frankreich auf die Suche nach deren Vater zu machen. Auf der Fahrt kommen sich die beiden näher. Während Sibylle nur schwer mit dem plötzlichen Umbruch in ihrem Gefühlsleben zurecht kommt, steigt Monikas Nervosität mit jedem Kilometer, den sie sich dem Wohnort ihres noch nie gesehenen Vaters nähern.

Die Autorin

Sylvia Smuda wurde in Bad Kösen, Kreis Naumburg geboren. Im Alter von neun Jahren flüchtete sie mit der Mutter aus der ehemaligen DDR. Sie studierte Anglistik und Kunst für das Lehramt. Nach dem Tod ihrer Mutter entdeckte sie deren Tagebücher. Der brisante Inhalt dieser Fragmente regten zur intensiven Auseinandersetzung mit der Nazizeit und zum Entstehen des Romans „Bergweg“ an. Heute lebt Sylvia Smuda in Herrenberg, ist verheiratet und hat zwei erwachsene Söhne.

„Bergweg“ ist der erste Band einer Trilogie. „Wilde Wege“ und „Souvenir Français“ schließen sich an.